ANNA LEVIN

Im Schatten des Flammenbaums

Buch

Während andere Frauen ihres Alters als Sekretärinnen, Lehrerinnen oder Verkäuferinnen arbeiten, ist die junge Pariserin Louise Bernard Automechanikerin bei Citroën. Dort beweist sie ihren Kollegen, dass auch eine Frau in diesem Beruf gute Arbeit leisten kann. Sie vermisst allerdings ihren Zwillingsbruder Adrien, der mit seiner Frau Rana im Südosten Madagaskars die Tierauffangstation *Coeur de la Jungle* leitet. Als die Station wegen Überschwemmungen in Schwierigkeiten gerät, beauftragt André Citroën Louise und ihren Kollegen Fabrice, eins der neuesten Citroën-Modelle, den legendären B10, nach Madagaskar zu transportieren. Dort wird der Wagen einer norwegischen Mission gespendet, die mit der Auffangstation arbeitet. Doch Louise ahnt nicht, dass das Wiedersehen ihr Leben auf den Kopf stellen wird …

Autorin

Anna Levin schreibt Geschichten, seit sie denken kann. Bevor sie ihre Leidenschaft zum Beruf machte, war sie im medizinischen Bereich tätig. Seit vielen Jahren treiben sie ihre Neugier und Sehnsucht immer wieder in ferne Länder, wo sie sich besonders für andere Kulturen und deren prähistorische Vergangenheit interessiert. Außerdem schreibt sie unter einem anderen Pseudonym erfolgreich historische Romane. Sie lebt mit ihrer Familie im Norden Deutschlands.

Von der Autorin bereits erschienen:

Das Korallenhaus; Das Lied der Sturmvögel

Anna Levin

Im Schatten des Flammenbaums

Roman

blanvalet

Der Verlag weist ausdrücklich darauf hin, dass im Text enthaltene externe Links vom Verlag nur bis zum Zeitpunkt der Buchveröffentlichung eingesehen werden konnten. Auf spätere Veränderungen hat der Verlag keinerlei Einfluss. Eine Haftung des Verlags ist daher ausgeschlossen.

MIX
Papier aus verantwortungsvollen Quellen
FSC® C014496

Verlagsgruppe Random House FSC® N001967

1. Auflage

in der Verlagsgruppe Random House GmbH,
Neumarkter Str. 28, 81673 München
Redaktion: Andrea Stumpf
Umschlaggestaltung: www.buerosued.de
Umschlagabbildungen: Getty images/David Evans; www.buerosued.de
ED · Herstellung: Sam
Satz: Buch-Werkstatt GmbH, Bad Aibling
Druck und Bindung: GGP Media GmbH, Pößneck
Printed in Germany
ISBN 978-3-7341-0261-5

www.blanvalet.de

KAPITEL 1

Paris, im Februar 1926

»Au revoir«, rief Louise Bernard ihren Kollegen zu, dann verließ sie die Fertigungshalle von André Citroën und steuerte auf die Waschräume zu. Als einzige Frau in der Abteilung stand ihr kein separater Umkleideraum zur Verfügung. Mit Bedauern entledigte sie sich ihres Overalls, den alle Automechaniker im Betrieb trugen, und schlüpfte in ihr grünes Strickkleid. Hosen waren so herrlich bequem und schnürten nicht ein. Louise konnte überhaupt nicht verstehen, warum es nach wie vor verpönt war, dass Frauen sie auch privat trugen. Gedankenverloren setzte sie sich den Glockenhut auf das modisch kurz geschnittene blonde Haar und knöpfte ihren Mantel zu. Dabei raschelte der Brief in der Innentasche. Sie hatte ihn bereits vor vier Wochen erhalten, das Papier war vom vielen Lesen schon ganz zerknittert und die Tinte der energischen Handschrift verwischt. Er war von ihrem Zwillingsbruder Adrien.

Wie ihr Vater, der als führender Ingenieur beim Autobauer an der Seine arbeitete, war auch Adrien dort beschäftigt gewesen. Von der Rue Duranton im 15. Arrondissement, wo sich die Zwillinge eine Wohnung geteilt hatten, war es nur eine Viertelstunde Fußweg bis zur Firma. Immer, wenn sie an ihren Bruder dachte, schossen ihr Tränen in die Augen. Eigentlich war Louise weder wehleidig noch zart besaitet, aber den Abend im Sommer 1924, an dem Adrien ihr und den Eltern eröffnet hatte, dass er von Monsieur Citroën den Auftrag erhalten hatte, im Oktober die Expedition *Croisière Noire* von Algerien nach Madagaskar zu begleiten, würde sie niemals vergessen. Acht Fahrzeuge sollten über Afrika ins ferne Madagaskar geschickt werden. Fast ein Dreivierteljahr hatte die Reise gedauert. Damals hatte Louise noch geglaubt, Adrien würde nach einem kurzen Aufenthalt heimkehren, stolz von seinen aufregenden Erlebnissen zwischen Colomb-Béchar und Antananarivo berichten und sein altes Leben in Paris wieder aufnehmen. Aber Louise hatte sich getäuscht. Der Frauenschwarm, der sich für Kunst und Sport interessierte, hatte bei einer Erkundungsreise eine Tierauffangstation im Südosten der Insel entdeckt, die von einem älteren Einheimischen und seiner Tochter geführt wurde. Offenbar hatte ihr Bruder in der Pflege verletzter und verwaister Tiere seine Bestimmung gefunden und genoss das Vertrauen des Leiters, denn der hatte ihm zunächst die Einkäufe und Buchführung übertragen. Inzwischen teilten sich die beiden Männer die Leitung der Station. Adrien war schon immer ein Abenteurer gewesen, sich jedoch vorzustellen, wie er auf einer entlegenen Insel fernab jeder Zivilisation sein Leben verbrachte, fiel ihr schwer.

Louise verließ das Firmengelände und zwang ihre Gedanken in eine andere Richtung. Fröstelnd schlang sie den Mantel enger um sich. Der morgendliche Regen hatte sich in Schnee verwandelt, auf den Pfützen bildete sich allmählich eine dünne Eisschicht.

Sie lenkte ihre Schritte weiter zum Haus ihrer Eltern. Im Flur klopfte sie sich die Schneeflocken vom Mantel und hängte ihn zum Trocknen auf.

Heimelige Wärme empfing sie im Wohnraum der Eltern.

»*Salut,* Papa.«

Tadellos gekleidet, die spärlichen Haare streng nach hinten gekämmt, saß Ernest Bernard vor dem Kamin und las in einer Automobilzeitschrift. Auch privat gelang es ihm selten, von seiner Leidenschaft für die modernen Fahrzeuge zu lassen, die Paris ein noch mondäneres Gesicht verliehen. Die Nickelbrille war ihm bis auf die Nasenspitze gerutscht, und er lächelte abwesend, als seine Tochter ihn auf die hohe Stirn küsste.

»*Bonsoir,* mein Mädchen.«

Liebevoll betrachtete der Vater Louise. Schon als Kleinkind hatte sie nicht dem Bild entsprochen, das sich Eltern üblicherweise von einem Mädchen machen. Ihre Knie waren meist aufgeschürft, sie hatte es geliebt, auf Bäume zu klettern und mit Adrien zu raufen. Der Puppe, die sie zu ihrem sechsten Geburtstag geschenkt bekommen hatte, konnte sie nichts abgewinnen und spielte lieber mit Autos. Vor ein paar Jahren hatte sie ihren Eltern schließlich eröffnet, dass sie Automechanikerin werden wollte. Ihrer sanften Mutter war das Entsetzen von der Miene deutlich abzulesen gewesen. Das sei kein Beruf für ein junges Mädchen. Doch Louise war es letztlich gelungen, ihre

Eltern davon zu überzeugen, dass es nicht schadete, wenn sie bei Monsieur Citroën einen Tag zur Probe arbeitete und ihr Geschick unter Beweis stellte.

Louise lächelte versonnen. Das alles lag mittlerweile fünf Jahre zurück, und sie gehörte zur festen Belegschaft des Autobauers am Seine-Ufer, am Quai de Javel.

Mit einer Schale Gebäck betrat Marie Bernard den Wohnraum und brachte einen Hauch Parfum mit. »*Bonsoir,* Louise«, begrüßte sie ihre Tochter und küsste sie auf beide Wangen. Eine lose Strähne ihres hochgesteckten blonden Haares kitzelte Louise am Hals.

»*Salut,* Maman.«

Ernest Bernard betrachtete seine Tochter nachdenklich und wies zum Esstisch. »Bitte setzt euch, es gibt einiges, was ich mit euch besprechen möchte.« Damit zog er zwei Briefe aus der Innentasche seiner Jacke und legte sie auf den Tisch.

»Post von Adrien?«, entfuhr es Louise freudig, als sie die Übersee-Stempel erkannte.

Er reichte ihr einen Brief. »Ja, der hier ist für dich.«

Louise erkannte Adriens Handschrift und ließ den Umschlag in ihre Handtasche gleiten.

In aller Gemütsruhe stopfte sich der Ingenieur eine Pfeife, bevor er fortfuhr. »Wie ihr wisst, wird die Tierauffangstation *Coeur de la Jungle* von norwegischen Missionaren unterstützt. Als Adrien vor zwei Wochen den Brief schrieb, steckte er leider in Schwierigkeiten. Die Sandpisten waren nach der Regenzeit unpassierbar, so dass die Mitarbeiter aus den umliegenden Dörfern die Station nicht erreichen konnten.

Ohne verlässliche Unterstützung wird es Adrien und den anderen auf Dauer nicht gelingen, die Station zu halten.«

»Um Himmels willen«, entfuhr es Marie Bernard.

»Adrien schreibt, dass die Einheimischen normalerweise zu Fuß oder mit Trägern unterwegs sind. In diesem Jahr hatten sie jedoch wegen des Wetters Angst vor Unfällen.«

»Verstehe«, sagte Louise entsetzt.

Ihr Vater griff nach einem Zitronenplätzchen. »Heute Morgen nach der Sitzung hatte ich Gelegenheit, Monsieur Citroën um ein kurzes Gespräch zu bitten. Wenig später bat er mich in sein Büro und erkundigte sich nach Adriens Wohlergehen. Daraufhin habe ich ihm die Sachlage geschildert. Monsieur Citroën hörte sehr aufmerksam zu. Natürlich habe ich nicht versäumt, den Umstand zu erwähnen, dass es Adrien und den anderen nur dank der Großzügigkeit der norwegischen Mission möglich ist, ihren unermüdlichen Kampf um die Tiere des Dschungels fortzuführen.« Er zog die Schultern hoch. »Ob er etwas für Adrien ausrichten kann, ist natürlich fraglich. Aber wenn jemand gute Verbindungen nach Madagaskar unterhält, dann er.«

Louise nickte. »Was hat Monsieur Citroën dazu gesagt?«

»Er äußerte sein Bedauern über die widrigen Bedingungen und schlug vor, ein paar Erkundigungen über die Station einzuziehen.«

Marie Bernard gab ihrem Mann einen Kuss auf die Wange. »Danke, mein Lieber. Ich mache mir Sorgen. Adrien wird bestimmt rund um die Uhr arbeiten. Wenn wir wenigstens telefonieren könnten.«

Louise bemerkte die feuchten Augen ihrer Mutter und umarmte sie. »Die einzigen Telefone weit und breit sind in Fianarantsoa bei der Poststation und im Missionshaus. Das weißt du doch, Maman.« Sie gab sich Mühe, ihrer Stimme einen festen Klang zu geben, doch innerlich war sie in Aufruhr. Die Vorstellung, wie ihr Zwillingsbruder verzweifelt versuchte, ohne Kontakt zur Außenwelt mit den anderen die Station am Laufen zu halten, setzte auch ihr zu. Plötzlich hielt es sie nicht mehr an ihrem Platz. »Wir sehen uns morgen«, sagte sie zu ihren Eltern. »Es war ein langer Tag.«

Wenig später zog Louise die Tür zu ihrer Wohnung ins Schloss und ließ sich auf einen Sessel sinken. Ungeduldig riss sie den Brief auf. Zwischen den beiden Blättern lag ein dünnes, in Stoff gewickeltes Päckchen, das sie zunächst beiseitelegte.

Liebe Louise,
ich sitze in unserer Hütte und finde keine Ruhe. Wenn Du glaubst, im Regenwald sei es des Nachts still, irrst Du. Just in diesem Moment prasselt der Regen derart laut aufs Dach, dass er alle anderen Geräusche verschluckt. Du fehlst mir. Ich würde Dir so gern die Insel zeigen, damit Du verstehst, warum ich mein Herz an diesen wilden Fleck verloren habe. Warum ich nicht anders kann, als mich um ihre tierischen Bewohner zu kümmern, die so dringend unsere Hilfe benötigen.

Ich kann Dich förmlich vor mir sehen, wie Du mit konzentrierter Miene Motoren einbaust oder mit mir auf dem Heimweg über Gott und die Welt debattierst. Weil Du meinem Herzen am nächsten stehst, sollst Du die Erste sein, die es erfährt. Wie ich Dich kenne, hast Du es längst aus meinem letzten Brief herausgelesen. Ich liebe Ranavalona, die Tochter unseres Stationsleiters Jean-Pierre, den hier jeder Jipa ruft. Den Nachnamen erspare ich Dir, da er für Europäer kaum auszusprechen ist. Obwohl Rana nur zwei Jahre die Schule besucht hat, ist sie klüger als die meisten Frauen, denen ich je begegnet bin. Dich ausgenommen natürlich. Ich gebe zu, sie spricht sehr viel besser Französisch als ich Malagasy. Vor zwei Wochen wurden Rana und ich in der Kirche von Fianarantsoa von Pastor Johan Olsen getraut.

Es war eine feierliche Zeremonie, doch habt Ihr mir an diesem Tag besonders gefehlt. Maman und Papa werden entsetzt sein, dass ich eine Eingeborene zur Frau genommen habe, noch dazu eine Schwarze. Wie ich sie kenne, werden sie Zeit brauchen, bis sie sich an den Gedanken gewöhnen. Ich weiß aber, dass Du Dich von ganzem Herzen mit uns freust. Mein Schwiegervater hatte eigens für unser Fest einen Fotografen aus Fianarantsoa bestellt. Heute hat er uns zwei Aufnahmen geschenkt. Eine füge ich dem Brief bei. Ich hoffe, sie kommt wohlbehalten bei Dir an. Sieh Dir nur meine wunderschöne Rana an. Ich bin ein glücklicher Mann.

Pass auf Dich auf, Schwesterchen.

In Liebe, Dein Adrien

Verblüfft ließ Louise den Brief sinken. Ihr Bruder – verheiratet? Wenn sie ihm das vor einem Jahr gesagt hätte, hätte er wohl schallend gelacht. Vorsichtig wickelte sie die Fotografie aus. Das Brautpaar stand vor einem Portal, umringt von einer Kinderschar und anderen Gästen. Alle waren in Weiß gekleidet. Neben den Brautleuten entdeckte Louise einen hageren älteren Mann, wahrscheinlich handelte es sich um Ranavalonas Vater Jipa. Kerzengerade und mit gebräunter Haut stand Adrien in der Mitte der Gesellschaft. Seine von der afrikanischen Sonne ausgebleichten blonden Haare waren kurz geschnitten. Auf seiner Stirn entdeckte sie beim genaueren Hinsehen eine steile Falte, was ihm eine gewisse Nachdenklichkeit verlieh. Voller Stolz blickte er auf seine junge Frau, die ein glückliches Lächeln auf den Lippen trug. Ranas Teint hatte die Farbe von Kakao, mit ihren schwarzen Augen blickte sie offen in die Kamera. Eine weiße Haube verbarg ihr Haar. Obwohl das schlichte Brautkleid weit geschnitten war, zeichneten sich Ranas schlanke Formen und ihre langen Beine deutlich unter dem Stoff ab. Louise holte tief Luft. Da war Freude darüber, Adrien so glücklich zu sehen, aber auch Traurigkeit, weil sie ihn nicht in die Arme schließen und seine Rana kennenlernen konnte. Louise rief sich zur Ordnung. Zunächst musste sie überlegen, wie sie den Eltern die Neuigkeit schonend beibrachte.

KAPITEL 2

Ihre Eltern hatten die Nachricht gefasst aufgenommen. Doch hinter ihren unbewegten Mienen spürte Louise, wie verletzt sie waren, weil Adrien ihnen nicht von Rana und seinen Hochzeitsplänen erzählt hatte. Eine weitere Woche verging. Louise überprüfte gerade die Zylinder eines neu gefertigten B10, ob sie auch nicht oval waren, sowie die dazugehörigen Wandungen, die unbedingt eine glatte Oberfläche haben mussten. Als sie damit fertig war, überzeugte sie sich davon, dass Pleuel und Kolbenbolzen nicht zu viel Spiel hatten. Das galt auch für die Kolbenringe in ihren Nuten. Louise war zufrieden, die Kolben standen parallel, genau so, wie es sein musste.

Da trat ihr Vorarbeiter Claude Dubois auf sie zu. »Der Chef will dich sprechen.«

Verwirrt dankte sie ihm und wischte sich die Hände ab. Mit einem Kloß im Hals klopfte sie wenig später an der Tür des Büros.

André Citroën saß am Schreibtisch. In seinem Anzug und dem gestärkten weißen Hemd wirkte er äußerst vornehm. Er musterte sie freundlich durch seine randlose Brille. Verblüfft entdeckte sie, dass auch ihr Vater anwesend war, und sie wechselte einen fragenden Blick mit ihm.

»*Bonjour,* Mademoiselle Bernard, bitte nehmen Sie Platz«, forderte der Autobauer sie auf und wies auf einen Stuhl. Louise setzte sich neben ihren Vater.

»Ich habe Sie zu mir gebeten, weil Sie beide meiner Firma seit Langem treue Dienste leisten und Monsieur Bernard aus Madagaskar Ihr enger Verwandter ist. Auch ihn schätze ich sehr, und ich bedaure, dass er unseren Betrieb verlassen hat. Umso begrüßenswerter ist sein Engagement auf der Insel, und ich habe es als meine Pflicht angesehen, mich nach den Bedingungen in der Tierschutzstation zu erkundigen.« Der Autobauer bot ihnen etwas zu trinken an, doch Louise und ihr Vater lehnten ab. »Gestern ist es mir gelungen, mit dem Leiter der Missionsstation, Pastor Olsen, zu telefonieren. Die Situation ist in der Tat dramatisch. Die Madagassen hatten gehofft, die Regenzeit wäre endlich vorüber, aber sie kehrte mit sturzbachartigen Regenfällen zurück. Die Missionsschulen sind derzeit geschlossen, und Monsieur Olsen kann seine Schäfchen nicht besuchen. Wie ich hörte, gibt es erste Engpässe bei der Versorgung von Mitarbeitern und Tieren.«

Louise drängten sich Bilder von verzweifelten Menschen und vor Hunger schreienden Tieren auf. Ihr Vater war bleich geworden.

Monsieur Citroëns Blick war ernst. »Ich denke, hier ist schnelle und unkonventionelle Hilfe vonnöten.«

»Was … was soll das heißen?«, fragte Louise.

André Citroëns Schnauzbart zitterte, als er lächelte. »Mein Anliegen ist es, unseren Automobilen zu weltweiter Bekanntheit zu verhelfen. Die norwegische Mission und die Tierauffangstation benötigen dringend ein stabiles und sicheres Fahrzeug. Die Einheimischen müssten sich nicht mehr zu Fuß mit schweren Lasten und auf rutschigem Boden über die Straßen quälen. Mit einem Wagen wären sie schneller, und die Versorgung von Mensch und Tier wäre selbst in der Regenzeit sichergestellt. Deshalb wäre ich unter Umständen bereit, einen unserer neuen B10 für die Tierauffangstation zu stiften.«

Ernest Bernard hob den Kopf. Seine Augen waren vor Verblüffung geweitet. »Das wäre großartig. Von welchen Umständen sprechen Sie?«

Der Firmeninhaber beugte sich vor. »Die Sicherheit des Transports müsste natürlich gewährleistet sein. Aus diesem Grund habe ich mir überlegt, mindestens zwei fähige Männer auszuwählen, die den Wagen kennen. Außerdem hat mich Monsieur Olsen gebeten, einen Kollegen aus Norwegen mitzunehmen. Der Missionar wird sich noch in diesem Jahr zur Ruhe setzen, und der junge Mann soll seine Nachfolge antreten.« Der Autobauer sah seine Mitarbeiter an. »Wer in der Belegschaft Interesse hat, den B10 nach Madagaskar zu überführen, soll sich innerhalb der nächsten sieben Tage bei meiner Sekretärin schriftlich darum bemühen. Selbstverständlich setze ich bei den Bewerbern eine gute Gesundheit und Ausdauer voraus.«

Seine Worte jagten wie Stromstöße durch Louises Körper. Sie richtete sich kerzengerade auf. »Das ist überaus großzügig von Ihnen, Monsieur Citroën«, sagte sie deutlich erregt. »Bitte lassen Sie meinen Vater und mich den Wagen zur Tierauffangstation begleiten. Mein Vater hat den B10 mitentwickelt, und ich arbeite täglich an seiner Fertigung und kenne ihn in- und auswendig. Niemand ist besser geeignet als wir beide, stimmt es nicht, Papa?«

Louise wollte schon aufspringen, doch ihr Vater hielt sie zurück.

»Das sehe ich leider anders, Mademoiselle Bernard«, widersprach ihr Chef bestimmt. »Ich kann Ihren Herrn Vater nicht entbehren, besonders jetzt, da wir ein neues Modell entwickeln, ist er hier mit seiner Erfahrung unabkömmlich.«

Louise biss sich auf die Unterlippe. Aus den Augenwinkeln sah sie ihren Vater nicken.

»Eine Expedition ist nichts für mich«, erklärte er leise. »Sosehr ich mich auch freuen würde, Adrien wiederzusehen. Abenteuer dieser Art überlasse ich lieber Jüngeren.«

Louise schnappte nach Luft. Wie konnte sich Papa nur so schnell fügen? Er hätte wenigstens versuchen können, den Chef zu überzeugen. Louise reckte das Kinn. »Bitte schenken Sie mir Ihr Vertrauen, Monsieur Citroën. Ich werde Sie nicht enttäuschen. Das Fahrzeug wird Madagaskar unbeschadet erreichen, das versichere ich Ihnen.«

Dem Autobauer schien die Situation unangenehm zu sein, denn er putzte seine Brille umständlich, als bräuchte er Zeit für eine Antwort. Bedauernd schüttelte er den Kopf. »Das ist unmöglich. Ich danke Ihnen für Ihren unermüdlichen Einsatz, und ich verstehe, dass Sie Ihrem Bruder helfen wollen. Bitte sehen Sie es mir jedoch nach, wenn ich zwei kräftige Männer für die Expedition auswähle.«

Ihr Vater drückte warnend ihren Arm, was Louise allerdings nicht zum Innehalten bewegte. »Was Fähigkeiten und Ausdauer angeht, stehe ich meinen Kollegen in nichts nach, Monsieur Citroën. Darüber hinaus erachte ich es für vorteilhaft, eine Frau mit auf Reisen zu nehmen.«

Ihr Chef lehnte sich zurück und legte die Hände aneinander. »Tatsächlich? Inwiefern?«

Seinen amüsierten Tonfall beschloss sie zu überhören. »Frauen tritt man allgemein höflicher und gesitteter entgegen, außerdem sind sie in Verhandlungen geschickter.«

Für einen Moment wirkte Monsieur Citroën verblüfft, dann erhob er sich. »Das nehme ich zur Kenntnis. Wenn Sie mich jetzt bitte entschuldigen?«

»Natürlich. Vielen Dank für alles«, erwiderte Ernest Bernard mit einer angedeuteten Verbeugung und zog Louise mit sich aus dem Büro. »Bist du verrückt geworden, seine Entscheidungen infrage zu stellen?«, zischte er ihr zu, während sie über den Flur zu den Werkstätten eilten. »Was fällt dir nur ein?«

»Ich stelle gar nichts infrage, Papa«, protestierte sie und wartete, bis die Sekretärin mit den Akten im Arm an ihnen vorüber war. »Nur weil ich eine Frau bin, traut Monsieur Citroën mir eine derartige Aufgabe nicht zu. Findest du das etwa gerechtfertigt?«

»Ja, nicht auszudenken, was dir unterwegs alles zustoßen könnte.« Er blieb stehen. »Ich weiß, wie sehr du Adrien vermisst. Aber eine monatelange Reise ist zu kräftezehrend und gefährlich für dich. Sei vernünftig!«

Louise schluckte die Antwort herunter, die ihr auf der Zunge lag, machte auf dem Absatz kehrt und ging in die Werkstatt, um die letzte Prüfung des neuen B10 vorzunehmen. Während sie die Zylinderwandungen leicht ölte, ertappte sich Louise immer wieder dabei, wie sie zur Uhr schielte. Gemeinsam mit einem Kollegen setzte sie den Zylinderblock auf die Kolben und ließ ihn ganz langsam abwärtsgleiten, bis die ersten Kolbenringe gefasst hatten. Der ungefähr dreißigjährige Fabrice spürte ihre düstere Stimmung wohl, denn er warf ihr verstohlene Blicke zu und ließ sie in Ruhe.

Zu Hause angekommen, machte Louise kein Licht. Sie setzte sich auf ihr altes Sofa, hüllte sich in eine Decke und starrte nachdenklich aus dem Fenster.

KAPITEL 3

Die nächsten Tage vergingen schleppend, was Louises wechselhafter Stimmung geschuldet war. In manchen Momenten kochte sie vor Wut, wenn sie an das Gespräch mit Monsieur Citroën dachte. Ganz sicher jedoch wäre es unklug, sich die Anerkennung und Sympathie des Autobauers durch unbedachte Äußerungen zu verscherzen. Ihre Eltern schienen ihre Zerrissenheit zu spüren, sagten aber nichts. Louise war es recht, dass sie nicht das Gespräch auf Adriens Hochzeit und die geplante Expedition brachten.

Eines Abends traf sie ihre Entscheidung und setzte sich mit ihrer Schreibmaschine in die Küche. Wenig später unterbrach nur das Hämmern der Tasten die Stille in der Wohnung.

Am nächsten Tag nach Dienstschluss steuerte sie auf das Vorzimmer zu, aus dem eifriges Tippen zu hören war, und trat ein. »*Bonjour,* Madame Picard.«

Die Sekretärin mit den hochgesteckten Haaren blickte auf. »*Bonjour,* Mademoiselle Bernard. Sie wünschen?«

»Ich will meine Bewerbung für die Ausschreibung einreichen.« Louise hielt ihr das Kuvert entgegen.

Madame Picard runzelte die Stirn. »Ich verstehe nicht.«

»Das ist auch nicht nötig. Wenn Sie nur so freundlich wären, mein Schreiben Monsieur Citroën zukommen zu lassen.«

»Selbstverständlich.«

Auf dem Nachhauseweg stattete sie ihren Eltern einen Besuch ab. Besorgt registrierte sie die tiefen Augenringe ihrer Mutter. Auch ihr Vater lächelte ihr müde entgegen. Es tat weh, die beiden so zu sehen. Offensichtlich hatten die Nachrichten aus Madagaskar die beiden tiefer getroffen, als sie zugaben. Louise wartete, bis alle am Tisch vor dem Kamin Platz genommen hatten. Die Mienen ihrer Eltern wechselten, während sie erzählte.

»Monsieur Citroën hat dir seine Meinung unmissverständlich dargelegt«, ergriff ihre Mutter das Wort. »Dein Starrsinn verstört mich.«

»Das kann ich mir vorstellen, Maman«, erwiderte Louise so sanft wie möglich. »Ich wünsche mir nur, dass man mich nicht nach meinem Geschlecht, sondern nach meiner Leistung beurteilt.«

»Du riskierst eine Menge, um Adrien zu sehen«, wandte Ernest Bernard ein. »Hoffentlich hast du Monsieur Citroën nicht verärgert.«

»Das hoffe ich auch, Papa. Die Bewerbungsfrist läuft in drei Tagen ab.«

Ihr Vater nickte langsam. »Ich verstehe dich, nur gelten Frauen wie du schnell als unbequem.«

»Du machst dir mit deinem Verhalten das Leben schwer«, ergänzte ihre Mutter kopfschüttelnd.

»Das mag sein«, räumte Louise ein. »Aber für mich fühlt es sich trotzdem richtig an, den Schritt gewagt zu haben.«

Louises Vermutung, der Firmeninhaber würde die Kandidaten gleich nach Ablauf der Frist zu sich bitten, bestätigte sich nicht. Ihre Anspannung wuchs. Nachts starrte sie mit offenen Augen an die Zimmerdecke und ging in Gedanken die Namen jener Kollegen durch, denen sie genügend Abenteuerlust zutraute. Da war Fabrice aus ihrer Abteilung, der einen Vollbart trug, damit er nicht mehr wie ein Pennäler aussah. In seiner Freizeit fuhr er Autorennen. Arthur, ein stiller und verlässlicher Kollege. Oder der etwas hochnäsige Lucas, der vor einigen Jahren französischer Landesmeister im Boxen gewesen war. Insgesamt kam Louise auf ein Dutzend geeigneter Kandidaten. Was ihr an Muskelkraft fehlte, musste sie eben mit Gewitztheit und Geschick ausgleichen.

Am nächsten Morgen kam ihr Madame Picard auf dem Weg zur Werkstatt entgegen. »Monsieur Citroën erwartet Sie. Wenn Sie mir bitte folgen.«

»Sicher.« Als Louise das Büro des Firmeninhabers betrat, fand sie fünf Kollegen vor. Zwei aus der Reparaturwerkstatt, die sie nur vom Sehen kannte, dann waren da noch Lucas, der hagere Antoine und Fabrice.

Monsieur Citroën bat seine Mitarbeiter an den Tisch. Sie folgten seiner Aufforderung und sahen ihn erwartungsvoll an. »Ich danke Ihnen allen für Ihre Bewerbungen«, brach der Autobauer das Schweigen. »Sind Sie nach wie vor an der Überführung eines B10 nach Madagaskar interessiert?«

Die sechs Bewerber nickten.

»Da mir daran gelegen ist, die Expedition schnellstmöglich durchzuführen«, fuhr er fort, »werden die ausgewählten Mitarbeiter den Wagen bereits übernächste Woche nach Marseille fahren. Dort setzen sie mit der *Leconte de Lisle* über. Um die Sicherheit des Fahrzeugs zu gewährleisten, habe ich eigens einen Wachmann engagiert, der es nicht aus den Augen lassen wird. Für meine Mitarbeiter ist eine Kabine in der ersten Klasse reserviert. So weit das Organisatorische.«

Louise bemerkte die wachsende Anspannung ihrer Kollegen.

»Da gibt es ein paar Dinge, die Sie bei Ihrer Entscheidung berücksichtigen sollten«, mahnte Monsieur Citroën. »Ein Missionar aus Norwegen sowie ein Fotograf, der die Expedition dokumentieren soll, werden Sie begleiten. Die Reisedauer ist ungewiss, da sie von verschiedenen Faktoren abhängt. Haben meine Mitarbeiter Madagaskar erreicht, müssen sie es mit schwierigen Straßenverhältnissen aufnehmen. Ich möchte mit einer privaten Spendensammlung die Modernisierung der Tierauffangstation einleiten und habe alle notwendigen Unterlagen angefordert. Bei der Umsetzung meiner Pläne benötige ich tatkräftige Unterstützung. Ich erwarte, dass die Bewerber mit Werbemaßnahmen einverstanden sind, schließlich sollen sie unseren B10 präsentieren. Sie sehen also, die Reise stellt in vielerlei Hinsicht eine Herausforderung dar.« Der Firmenchef blickte auf seine Armbanduhr. »Ich gebe Ihnen eine halbe Stunde Bedenkzeit, danach brauche ich eine verbindliche Zusage.«

Während die Männer leise auf dem Flur debattierten, hielt sich Louise abseits und zählte die Minuten. Ihre Kollegen beobachteten sie verstohlen, doch sie tat, als bemerkte sie es nicht. Gedankenversunken blickte sie aus dem Flurfenster und verfolgte, wie sich Tautropfen von dem Ast einer Kastanie lösten. Adriens und Ranas Hochzeitsfotografie tauchte vor ihrem geistigen Auge auf, sie sah wieder die schwarzen Kinder und die hochgewachsene Braut mit den strahlenden Augen. Louise zwang sich zur Ruhe.

Dann kehrten die Bewerber ins Büro zurück.

André Citroën klappte eine Akte zu und legte seine Lesebrille auf den Schreibtisch. »Ich hoffe, Sie haben sich entschieden?«

Lucas meldete sich als Erster zu Wort. Zu Louises Erstaunen zog er seine Bewerbung aus privaten Gründen zurück. Die beiden Kollegen aus der Reparaturwerkstatt schlossen sich ihm an. Sie hegten Zweifel, ob sie den körperlichen Strapazen gewachsen waren. Dann trat Antoine vor und räusperte sich. So kurzfristig fände er niemanden, der sich während seiner Abwesenheit um seine Hühnerzucht kümmern könne. Ob sich die Abreise nicht um zwei Wochen verschieben ließe.

Das schloss Monsieur Citroën kategorisch aus.

Antoine und die anderen verließen das Büro. Fabrice und Louise lächelten einander schüchtern zu.

»Wie bedauerlich«, sagte der Firmenchef. »Ich danke Ihnen von Herzen, dennoch betrachte ich die Ausschreibung somit als gescheitert. Ich werde auf anderem Wege nach einem zweiten Kandidaten suchen.« Er suchte Louises Blick. »Wenngleich ich Ihrem Wunsch leider nicht entsprechen kann, Mademoiselle Bernard, muss ich zugeben, dass mich Ihr Kampfgeist beeindruckt.«

»Wenn ich mich kurz äußern dürfte, Monsieur Citroën?«, wandte Fabrice ein.

Louise betrachtete den Kollegen irritiert.

»Nur zu, Monsieur Colet«, erwiderte der Firmenchef.

»Seit ungefähr drei Jahren arbeite ich mit Mademoiselle Bernard zusammen. Sie war nie krank, arbeitet ebenso hart wie wir Männer und behält selbst in schwierigen Situationen einen kühlen Kopf. Wenn wir beide den Wagen nach Madagaskar überführen dürften, wäre uns das eine große Ehre, nicht wahr, Louise?«

»So ist es«, antwortete sie hastig, von Fabrice' Fürsprache erstaunt. »Seit vielen Jahren sind Frauen als Forschungsreisende in der ganzen Welt unterwegs«, führte sie an, »denken Sie nur an Mary Kingsley oder Gertrude Bell.«

Der Autobauer schmunzelte. »Sicher jedoch waren die beiden Damen im Hinblick auf Automobile weniger geschickt.«

Louises Herz hüpfte bei seinen Worten. Sie trat vor. »Bitte lassen Sie mich Ihnen beweisen, dass ich einen guten zweiten ›Mann‹ abgebe.«

André Citroën klopfte rhythmisch mit einem Füllfederhalter auf den Schreibtisch. Louise hielt die Spannung kaum noch aus.

Monsieur Citroën wandte sich ihnen zu. »Monsieur Colet, können Sie sich für Mademoiselle Bernard verwenden?«

Sie warf Fabrice einen flehenden Blick zu.

»Das kann ich, Monsieur Citroën«, erwiderte er.

Louise klopfte das Herz.

»Na schön, es kann uns tatsächlich zum Vorteil gereichen, wenn eine junge Frau unseren Wagen präsentiert. Ich verlasse mich auf Sie, Mademoiselle Bernard.«

Sie presste eine Hand vor den Mund, um einen Jubelschrei zu unterdrücken. »Ich danke Ihnen«, antwortete sie kaum hörbar.

»Bitte richten Sie Ihrem Bruder Grüße aus«, sagte der Autobauer. »Sie reisen mit dem übernächsten Schiff zurück, somit haben Sie vier Wochen auf der Insel. Demnächst erhalten Sie detaillierte Instruktionen von mir. Das wär's fürs Erste, vielen Dank.«

Im Flur hielt sie Fabrice am Ärmel fest. »Ich weiß gar nicht, wie ich dir danken soll. Warum … warum hast du das getan?«

Lächelnd reichte er ihr die Hand. »Weil du es verdienst. Auf eine gute Zusammenarbeit.«

Überglücklich erwiderte sie seinen festen Händedruck und konnte es kaum erwarten, ihren Eltern von der wunderbaren Neuigkeit zu erzählen. Als sie das Wohnzimmer ihrer Eltern betrat, fand sie ihre Mutter am Telefon vor.

»Adrien!«, rief Marie Bernard erregt in die Hörmuschel. »Wie geht es dir?« Ihre Wangen waren vor Freude gerötet.

Louise trat von einem Fuß auf den anderen.

»Das freut mich«, erwiderte Marie Bernard weich. »Du ahnst nicht, welche Sorgen wir uns gemacht haben. Ich gebe dir jetzt deine Schwester, bevor sie mich mit ihrem Getänzel völlig wahnsinnig macht.«

»Ich bin so froh, deine Stimme zu hören!«, stieß Louise gleich darauf atemlos aus.

»Danke, gleichfalls«, er lachte am anderen Ende.

»Wie geht es dir und Rana?«, rief sie ins Telefon.

»Es geht uns gut. Die Straßen sind inzwischen wieder frei. Ich hoffe, Maman und Papa haben den Schock über unsere Hochzeit inzwischen überwunden?«

»Mach dir keine Sorgen«, erklärte Louise ausweichend und berichtete ihm in kurzen Zügen von Monsieur Citroëns Plänen. Sie hörte selbst, wie ihre Stimme sich dabei fast überschlug.

Jetzt betrat auch ihr Vater den Raum. Gemeinsam mit seiner Frau lauschte er mit geweiteten Augen.

»Du kommst hierher?«, schrie Adrien ins Telefon.

Grinsend hielt Louise den Hörer etwas vom Ohr weg. »Ja! Ich kann es selbst noch gar nicht glauben. Dann lerne ich auch deine Rana kennen.«

KAPITEL 4

In der Nacht vor ihrer Abreise tat Louise kein Auge zu und schielte immer wieder zu ihrem Gepäck. Frühmorgens machte sie sich sorgfältig zurecht und streifte ihr wadenlanges Wollkleid über. Der Teller mit ihrem Frühstücksbrot blieb unberührt.

Als Fabrice und sie eine Stunde später im B10 aus der Fertigungshalle fuhren, begleitete sie der begeisterte Applaus der Belegschaft. Monsieur Citroën überreichte ihnen feierlich ihre Passagierscheine und wünschte ihnen eine gute Reise. Auch Louises Eltern waren gekommen, etwas blass um die Nase winkten sie ihr nach.

Vor ihnen lag eine neunstündige Autofahrt bis Marseille, auf der sich die beiden am Steuer abwechseln wollten. Ein paar Kilometer hinter Paris stieg der Fotograf zu. Louise schätzte ihn auf etwa vierzig. Mit seiner stämmigen Figur könnte Mathieu Henri ebenso Wirt oder Maurer sein, dachte sie, während er sich seinen Mitreisenden vorstellte. Bald darauf waren die drei in ein kurzweiliges Gespräch verwickelt.

Am Nachmittag erreichten sie Marseille und hielten nach Sander Maartens Ausschau, mit dem sie am Hafen verabredet waren. Geschäftiges Treiben und Stimmengewirr empfingen sie. Vor ihnen hatte sich bereits eine Traube von Passagieren eingefunden, mit unzähligen Kisten und Koffern zu ihren Füßen.

Ein Mann in einem dunklen Anzug und mit einem Hut, aus dem ein paar strohblonde Strähnen hervorlugten, erregte ihre Aufmerksamkeit. Er überragte die meisten Passagiere und blickte sich suchend um. »Das wird er sein«, raunte sie ihren Mitreisenden zu.

Die drei bahnten sich einen Weg zu ihm. *»Excusez moi«,* sprach Fabrice ihn an. »Sind Sie Monsieur Maartens aus Trondheim?«

»Ja, der bin ich«, erwiderte der Hüne in einwandfreiem Französisch.

Louise musterte den Missionar mit den braunen Augen und den ungleichmäßigen Zügen unauffällig. Zusammen mit seinem fliehenden Kinn und der breiten Nase wirkte sein Äußeres zwar beinahe grotesk, aber nicht unangenehm.

Fabrice stellte sie einander vor, und Louise bemerkte, wie einen kurzen Moment lang Überraschung auf Sander Maartens' Gesicht aufblitzte, als er sie ansah. Seine Kleidung war tadellos gebürstet, die Haare akkurat gescheitelt. Trotz des kräftigen Windes und der klirrenden Kälte entdeckte Louise Schweißperlen auf seiner Stirn. »Für mich ist es die erste große Reise«, sagte er etwas verlegen. »Ich gebe zu, ich bin ein wenig aufgeregt.«

»Ach, das gehört zu einem Abenteuer dazu«, erwiderte Mathieu lächelnd und bot seinen Mitreisenden gleich das Du an.

Kurz darauf stellte sich ihnen Emil Duprais vor. Der blonde Mittvierziger war der Wachmann, den Monsieur Citroën für den B10 engagiert hatte.

»Ich werde mich persönlich um die Sicherheit des Fahrzeugs kümmern«, versicherte er ihnen. »Wenn Sie mich jetzt bitte entschuldigen? Ich muss das Verladen beaufsichtigen. Wir sehen uns sicher noch.«

Louise verfolgte das Geschehen und stellte sich auf die Zehenspitzen. Wenige Minuten später wurde der blank polierte Citroën B10 auf die *Leconte de Lisle* gefahren. Sie beschirmte die Augen gegen das blendende Sonnenlicht. Bald darauf verschwand der B10 im Bauch des Dampfschiffs.

Die Passagiere erklommen die Gangway. Louise hielt ihren Hut fest, damit der stürmische Wind ihn ihr nicht vom Kopf riss. Ihr Herz klopfte schneller, als sie mit ihren Kollegen das Promenadendeck der ersten Klasse erreichte. Vornehme Herren mit Reisemützen und Krawatten standen in lockeren Gruppen beieinander und blickten zum Kai, wo sie ihre Angehörigen zurückgelassen hatten. Schon spürte Louise das Vibrieren der Motoren, als die *Leconte de Lisle* mit dröhnendem Getöse ablegte. Die Passanten riefen ihren Familien am Hafen noch ein Lebewohl zu, obwohl ihre Rufe nicht mehr zu hören waren. Tücher und Hüte traten anstelle der Stimmen. Es wehte und flatterte wie auf einem Volksfest, und zwischen die Hurraschreie mischte sich das Schluchzen einer älteren Dame neben Louise. Ihr Mann legte tröstend den Arm um sie und führte sie ins Innere.

»Wir sehen uns später im Speisesaal«, sagte Louise zu ihren Mitreisenden und nahm ihren Koffer. An der linken Wand ihrer Kabine befand sich ein Etagenbett, rechts ein schmaler Schrank mit einer Waschschüssel und einem Handtuchhalter. Auf dem unteren Bett lag eine Holzkiste, darauf ein Strohhut. Pastor Olsen hatte Monsieur Citroën ausrichten lassen, dass ihr Gepäck eine grobe Behandlung und Feuchtigkeit vertragen müsse, weshalb er zu Metallkisten riet. Offenbar war ihre Kabinennachbarin nicht entsprechend instruiert worden. Louise verstaute ihre Habseligkeiten und machte sich frisch. Die See war rau an diesem frühen Abend. Vom Kabinenfenster aus betrachtete sie mit gemischten Gefühlen, wie in der Ferne eine Ortschaft nach der anderen an ihnen vorüberzog. Neugierig geworden machte sich Louise auf den Weg, um das Schiff zu erkunden. Die Treppe, die zum Speisesaal führte, war mit Stechpalmen gesäumt und machte einen vornehmen Eindruck. Staunend fand sie sich in einem Raum mit einigen Sitzgruppen wieder, dessen Mittelpunkt eine Orgel darstellte. Der dicke Teppich verschluckte jeden ihrer Schritte.

»Darf ich dich auf eine Erfrischung einladen?«, fragte eine tiefe Stimme hinter ihr. Es war Sander Maartens.

»Gern.« Sein Gesicht war irgendwie faszinierend. Sein warmes Lächeln nahm sie sofort für ihn ein.

Im Musiksaal war wenig Betrieb. Sie wählten einen Tisch im Gang, und der Missionar bestellte Kaffee. Louise erfuhr, dass er selbst um seine Versetzung gebeten hatte.

»Nach fünf Jahren in einer kleinen Gemeinde am Stadtrand von Trondheim habe ich nach einer neuen Aufgabe gesucht, wollte in den Missionarsdienst wechseln. Als ich das Angebot erhielt, in Fianarantsoa Pastor Olsens Stelle zu übernehmen, habe ich sofort zugesagt.« Er rührte Zucker in seinen Kaffee. »Was führt dich nach Madagaskar, Louise?«

Maartens hörte aufmerksam zu, während sie ihm ihre Geschichte erzählte.

»Ich gratuliere. Seit Langem bin ich der Meinung, dass die Fähigkeiten der Frauen unterschätzt werden.«

Gegen sechs trafen Louise und Sander mit ihren Begleitern im Speisesaal wieder aufeinander. Louise war von dem Komfort auf dem Schiff und den Speisen sehr angetan, zu Hause lebte sie weitaus bescheidener. Monsieur Citroën ließ sich wirklich nicht lumpen. Als das Dessert serviert wurde, begann das Schiff leicht zu schwanken. Gläser und Teller wanderten über den Tisch. Louise bemerkte, wie Maartens, der ihr gegenüber Platz genommen hatte, zum Bullauge lugte. Jede Farbe wich ihm beim Anblick der schwappenden Wellen aus dem Gesicht, und er schob den Teller beiseite.

»Nicht hinaussehen«, sagte sie ihm. »Die Augen immer geradeaus, dann ist es weniger schlimm.«

Nicht, dass Louise aus Erfahrung sprach, sie hatte nie zuvor ein Schiff betreten. Das war nur einer der Ratschläge, die ihr Vater ihr mit auf den Weg gegeben hatte.

»Danke«, presste der Pastor hervor und erhob sich. »Ich gehe jetzt wohl besser in meine Kabine. Gute Nacht.«

Mathieu trank den Cognac, den er sich statt des Desserts genehmigt hatte. »Der Ärmste scheint nicht besonders seefest zu sein.«

Fabrice legte seine Serviette auf den Teller. »Ich werde nach ihm sehen. Bis morgen.«

Wenig später gingen auch Mathieu und Louise in ihre Kabinen. Glücklicherweise hatte sich der Wind etwas gelegt. Eine ältere Dame mit schwarz gefärbten Haaren lag auf dem unteren Etagenbett. Sie grüßte kurz und richtete den Blick wieder auf ihr Buch. Was Louise ganz gelegen kam, so konnte sie ihren Gedanken freien Lauf lassen.

Am nächsten Morgen, nach einer Nacht in der stickigen Kabine, sehnte sich Louise nach einer frischen Meeresbrise. Den Hut tief ins Gesicht gezogen, trat sie aufs stille Promenadendeck. Der Wind war klirrend kalt und stach auf der Haut, vertrieb jedoch den letzten Rest Müdigkeit aus ihren Gliedern. Wolken zogen träge über den Himmel, während sie den Sonnenaufgang betrachtete. Wohin sie auch blickte, überall nur das weite Meer. Obwohl Louise seit Jahren von einer Schiffsreise geträumt hatte, beschlich sie jetzt ein beklemmendes Gefühl. Geradezu winzig kam sie sich angesichts des schier endlos wirkenden Meers vor. Wäre doch wenigstens ein Zipfelchen Land am Horizont zu erkennen. Aber was war schon eine flüchtige Empfindung gegen die Gewissheit, dem Wiedersehen mit Adrien mit jeder Seemeile näher zu kommen? Freudige Erwartung erfasste sie, gleichzeitig löste die Vorstellung, dass bis dahin noch viele, viele Tage vergingen, Unruhe in ihr aus.

Sie schätzte die Zahl der Passagiere der ersten Klasse auf ungefähr dreißig, und sie machten alle einen recht vornehmen Eindruck. Wie viele die zweite und dritte Klasse beherbergten, wusste sie nicht, da sie auf unterschiedlichen Decks untergebracht waren. Den einfachen Passagieren war es untersagt, sich in der ersten Klasse aufzuhalten, aber dem stetigen Geräuschpegel nach zu urteilen, mussten es an die hundert Menschen oder mehr sein.

Sander, Fabrice und Louise vertrieben sich die Zeit mit Gesellschaftsspielen. Der Missionar war zwar etwas still, schien sich aber von seiner Übelkeit erholt zu haben. Mathieu hingegen hatte sich zu einem Mann am Nebentisch gesellt, mit dem er sich angeregt unterhielt. Offenbar schloss er schnell Freundschaft. Louise fand, sie hatte es mit ihren Begleitern gut getroffen. Sander war ausnehmend höflich und wirkte belesen. Er trug stets ein Buch bei sich, das er mit Anmerkungen versah. Zweifelsohne war er ein interessanter Mann. Weil er und Mathieu so ganz anders als Louise waren, tat es ihr allerdings gut, Fabrice bei sich zu haben.

Nachdem sich der Pastor zurückgezogen hatte, blieben die beiden noch eine Weile im Musikzimmer, um dem Organisten zu lauschen, der zum Tanz aufspielte.

»Du bist immer noch entschlossen, im Tierauffanglager zu bleiben?«, fragte Fabrice besorgt. »Im Gästetrakt vom Missionarshaus, wo wir drei untergebracht werden, ist es bestimmt bequemer als mitten in der Wildnis.«

»Das mag sein, aber ich möchte so viel Zeit mit meinem Bruder verbringen wie möglich.« Louise lächelte entschuldigend. »Monsieur Citroën hätte es allerdings auch lieber gesehen, wenn wir alle zusammenbleiben würden«

»Aber dir ist es gelungen, ihn zu überreden«, vervollständigte Fabrice ihren Satz. In seine dunklen Augen trat ein amüsiertes Funkeln. »Wie schaffst du das nur immer?«

»Mit Argumenten. Ich habe ihm die Vorteile verdeutlicht, direkt vor Ort zu sein. Bestimmt gibt es dort für uns einiges zu tun. Hoffentlich kann Monsieur Citroën genügend Spenden sammeln.«

Fabrice zwirbelte grübelnd seinen Bart. »In meinem Gepäck befindet sich ein Werkzeugkoffer.«

Louise lächelte. »In meinem auch.«

KAPITEL 5

Louises Kabinengenossin erwies sich als eine freundliche, stille Marseillerin um die vierzig. Ihr Kontakt beschränkte sich zunächst auf ein paar höfliche Worte. Danach wurde Cecile Lavache allmählich zugänglicher, und sie plauderten häufig miteinander. Sie schien eine Büchernärrin zu sein, denn in ihrem Gepäck befanden sich gleich mehrere dicke Wälzer, unter anderem einer über madagassische Märchen.

Die Dame lächelte leise, als sie Louises Blick bemerkte. Sie wies auf das in rotes Leder gebundene Buch. »Meine Lieblingslektüre. Die Märchen und Sagen sind einfach wundervoll. Möchten Sie das Buch lesen? Ich leihe es Ihnen gern.«

Louise dankte ihr erfreut. Abends, wenn es still auf dem Schiff wurde, vertiefte sie sich in die Sagen über eine Schlange mit sieben Köpfen, einen blinden König und seine Tochter Nirina, was in der madagassischen Sprache so viel hieß wie »die Erwünschte«. Vor dem Schlafengehen hielt Louise ihre Erlebnisse stets in einem Reisetagebuch fest, um die vielen kleinen Details nicht zu vergessen, die sie täglich beobachtete.

Den ersten Stopp legte der Dampfer am Hafen von Palermo ein. Louise beobachtete das muntere Treiben der Fischer, die ihren Fang direkt vom Boot aus verkauften. Sie konnte sich an den kargen, zerklüfteten Bergen und dem intensiven Blau des Tyrrhenischen Meers kaum sattsehen. Ob Adrien bei der Überfahrt ebenso empfunden hatte? Indes kamen ein Schiffsarzt und ein Postoffizier an Bord.

Die erste Woche ihrer Reise war rasch vergangen. Einmal hatten Louise und Fabrice den Laderaum im Bauch des Dampfers aufgesucht und sich davon überzeugt, dass der Citroën bei Emil Duprais in guten Händen war. Der Wachmann hatte ihn mit einem riesigen Segeltuch abgedeckt und sorgte dafür, dass das Fahrzeug nie ohne Aufsicht war.

Mit der Zeit gewöhnte Louise sich an das leichte beständige Schaukeln und das Dröhnen der Dampfmaschinen. Bald nahmen sie Kurs auf Kretas Hauptstadt Heraklion. Als der Kapitän den Reisenden einige Stunden Landgang bescherte, erschien ein Strahlen auf allen Gesichtern. Während die Passagiere die Insel erkundeten, sollten Marmorplatten und hundert Fässer mit griechischem Käse für Alexandria geladen werden. Bei der Rückkehr an Bord erwartete sie allerdings eine unangenehme Überraschung. Wegen einiger Probleme mit der Ladung mussten sie auf die Weiterfahrt warten. Der Kapitän bat um Geduld und kredenzte den Passagieren der ersten Klasse zum Abendessen ein Fässchen Portwein.

»Was werden deiner Meinung nach die anderen Passagiere serviert bekommen?«, wollte Louise von Sander wissen, der sich neben sie gesetzt hatte.

Der Missionar spießte ein Teigröllchen auf die Gabel und warf ihr einen zerstreuten Blick zu. »Ach, ich weiß nicht.«

»Sie bekommen gar nichts«, mischte sich Mathieu leutselig ins Gespräch. »Die einfache Bevölkerung und die Kaffer gehen natürlich leer aus.«

»Wieso denn?«, wandte sie stirnrunzelnd ein.

»Aber Louise«, empörte sich der Fotograf. »Gibt man den Negern Alkohol, werden sie noch fauler, als sie es ohnehin schon sind.«

»Woher willst du das wissen?«, fragte Fabrice kühl.

Mathieu machte eine wegwerfende Handbewegung. »Ich kenne das Pack, habe es auf meinen Reisen oft genug beobachtet. Leider sind diese Leute an keine regelmäßige Arbeit gewöhnt. Hätten sie gelernt, den Boden zu bebauen und eine rationelle Landwirtschaft zu betreiben, wären sie wenigstens die Sorgen um das tägliche Brot los. So aber landen sie im sozialen Elend. Und die Kaffer brauchen eine harte Hand. Zeigt man denen nicht, wer das Sagen hat, handelt man sich nur Ärger mit ihnen ein.«

Der Pastor gab zu bedenken, dass es nicht recht sei, ein ganzes Volk mit dem Vorwurf der Trägheit zu belegen.

Während Sander mit dem Fotografen über Politik diskutierte, versuchte Louise, sich ihr Entsetzen über Mathieus abfällige Worte nicht anmerken zu lassen.

Fabrice wechselte geschickt das Thema, was Louise mit einem dankbaren Lächeln quittierte. Sobald sich die Gelegenheit ergab, zog sie sich unter dem Vorwand, müde zu sein, zurück.

Mathieus Äußerungen über die Schwarzen ließen Louise nicht los. Ob Adrien mit den Madagassen ähnliche Erfahrungen wie Mathieu gemacht hatte? Das hielt sie für unwahrscheinlich, sonst hätte er sich sicher nicht entschlossen, dortzubleiben. Interessant, wie rasch Menschen bereit waren, über andere Urteile zu fällen. Frauen taugten nur zum Kinderkriegen und zum Schuften. Schwarze waren arm und faul, und Weiße reich und klug. Gerade von dem aufgeschlossenen und weit gereisten Fotografen, der ihnen von seinen Bildreportagen aus aller Welt berichtet hatte, hätte sie eine differenzierte Sicht erwartet. Louise schüttelte den Kopf.

Ihre Gedanken wanderten zu Adrien, und sie nahm die Hochzeitsfotografie aus ihrer Handtasche. Sein jungenhaftes Lächeln war dem eines gereiften Mannes gewichen, was ihm ausgesprochen gut zu Gesicht stand. Er wirkte schmaler, sehniger, und die Art, wie er seine junge Frau betrachtete, ließ Louise lächeln. Sie konnte es kaum erwarten, endlich madagassischen Boden zu betreten und die Frau kennenzulernen, die ihren Bruder derart verändert hatte.

Wenn die Zeit nur schneller verginge, aber sie schleppte sich in einem gleichförmigen Einerlei dahin. Ganze vier Tage hatte es gedauert, bis die *Leconte de Lisle* endlich wieder Fahrt aufnahm. Louises Freude darüber verflüchtigte sich jedoch schnell, nachdem sie in den nächsten Tagen nichts als dunkle Regenwolken oder öde Felsen in der Ferne zu sehen bekamen. Das schlechte Wetter schlug ihr aufs Gemüt, weshalb sie die meiste Zeit lesend in ihrer Kabine verbrachte oder in ihr Reisetagebuch schrieb.

Von ihrer Kabinennachbarin erfuhr Louise, dass sie Verwandte im Norden Madagaskars besuchen wollte.

Dann endlich wurde ihnen mitgeteilt, dass sie in Kürze Alexandria im Königreich Ägypten erreichen würden. Fabrice, Sander und Louise verfolgten, wie der Dampfer anlegte. Die Hafenstadt pulsierte, es wimmelte vor Menschen unterschiedlicher Herkunft. Orientalische Gerüche lockten, im Hintergrund erhoben sich Minarette stolz in den blauen Himmel. Zu Louises Bedauern setzte der Dampfer seine Fahrt wenig später in Richtung des Suezkanals fort.

Seit dem leidigen Vorfall ging Louise Mathieu aus dem Weg, was ein Leichtes war, da er sich einer Gruppe fein gekleideter Herren angeschlossen hatte. Fabrice suchte oft ihre Nähe, doch so sympathisch er auch war, machte ihr der Mangel an Rückzugsmöglichkeiten zunehmend zu schaffen.

Inzwischen waren sie sechs Wochen auf See, hatten den Suezkanal passiert und das Rote Meer erreicht, das ihnen im nördlichen Teil angenehme Temperaturen bescherte.

Abends, wenn sich die Reisenden mit Tanz oder anderen Vergnügungen die Zeit vertrieben, ging sie aufs Deck. Dann drang das muntere Plappern der Afrikaner zu ihr hoch, während sich die Passagiere der ersten Klasse nur flüsternd unterhielten.

An einem Nachmittag Mitte April genoss Louise die Wärme an Deck, lauschte den Afrikanern in der dritten Klasse und ging einem spontanen Gefühl folgend hinein. Dort blickte sie sich nach allen Seiten um und schlüpfte durch eine Tür mit der Aufschrift »Kein Zutritt«. Und tatsächlich, dahinter befand sich eine Treppe, die abwärtsführte. Louise folgte den Schildern bis zur untersten Stufe. Kinder plärrten, irgendwo sang ein Mann zu einem Instrument, das sie nie zuvor gehört hatte. Der Geruch von Schweiß und billigem Parfum schlug ihr entgegen. Als sie die Tür zur dritten Klasse hinter sich ins Schloss fallen ließ, fand sie sich auf dem Gang zu den Kabinen wieder. Eine Frau in einem bunten Wickelrock stillte gerade ihren Säugling. Nur wenige Schritte weiter kauerte ein hohlwangiger Greis vor einer Kabinentür und führte Selbstgespräche. Louise sah sich um und steuerte auf das Deck der dritten Klasse zu. Da ihr niemand Beachtung schenkte, nahm sie auf einer Bank Platz und ließ die Eindrücke auf sich wirken. Die Schwarzen schienen sehr gesellig zu sein, überall standen sie in Grüppchen und redeten durcheinander. Wenig später betrat ein halbes Dutzend weiße Mädchen um die zwölf oder dreizehn lärmend das Deck. Trotz ihrer jungen Jahre hatten sie bereits lückenhafte Gebisse. Doch das war nichts gegen die anzüglichen Blicke, die sie den vorbeieilenden Matrosen zuwarfen.

»Schlimme Mädchen«, sagte jemand in afrikanisch gefärbtem Französisch hinter ihr. Louise drehte sich um und sah sich einer hübschen und anmutigen Frau ihres Alters gegenüber. »Sie waren auf Straße früher. Arme Kinder. Aber jetzt sind sie verdorben und dreckig.«

Louise konnte ihr nur schaudernd beipflichten.

Die junge Afrikanerin hatte ihre dicken Haare zu vielen dünnen Zöpfen geflochten und um den Kopf gewickelt, wodurch ihr Hals noch schmaler und ihre Augen groß wie Murmeln wirkten. Eine Hand ruhte auf ihrem gewölbten Bauch.

»Von erster Klasse, oder?«, fragte die Schwarze mit einem Wink auf Louises langen Wollmantel und kehrte zu einer Gruppe Frauen zurück.

Louise war fasziniert und hätte gern mehr über die junge Schwarze erfahren. Doch sie war hier der Eindringling, weshalb sie froh sein konnte, sich nicht ihren neugierigen Fragen stellen zu müssen.

Zwei Monate nach ihrer Abreise passierten sie den östlichsten Punkt Afrikas, das Kap Guardafui an der Somali-Halbinsel. Hingerissen beobachtete Louise eine Schule Delfine, die in eleganten Bögen aus den Wellen stiegen. Mathieu hielt das Schauspiel mit seiner Leica auf einem Stativ fest. Kurz darauf erreichten sie den Indischen Ozean und den Äquator. Louises Aufregung wuchs mit jeder Seemeile, die das Dampfschiff seinem Ziel näher kam. Tagsüber war es tropisch heiß, was ihr im Gegensatz zu den meisten Passagieren nichts ausmachte. Wenn abends die Temperaturen auf ein erträgliches Maß sanken, strömten die Reisenden an Deck und ließen sich von Stewards in schmucken Uniformen Erfrischungen reichen. Sooft es Louise möglich war, schlich sie in die dritte Klasse, um die Schwarzen zu studieren. Wenn sie sich unbeobachtet fühlte, fertigte sie in ihrem Reisetagebuch sogar Skizzen an.

Wenige Grade südlich des Äquators kamen die Seychellen in Sicht. Das frische Grün der Inseln tat ihren Augen wohl. Nach einem kurzen Spaziergang durch die Hafenstadt Port Victoria auf der Insel Mahé und nachdem kistenweise Kaffee, Maniok und Kokosnüsse geladen waren, setzte der Dampfer die Reise fort. In derselben Nacht wurde die *Leconte de Lisle* von Monsunwinden wie das Spielzeug eines Meeresgottes hin- und hergeworfen, begleitet von sturzbachartigen Regenfällen. Überraschenderweise war es Fabrice, der immun gegen die Seekrankheit zu sein schien, während der Gestank von Erbrochenem über dem ganzen Schiff hing. Auch Louise hatte es erwischt. Nachdem sie zwei Tage und Nächte unter Übelkeitsattacken gelitten hatte, trug Fabrice dafür Sorge, dass sie wieder etwas zu sich nahm.

Sander traf sie des Öfteren im Musikzimmer an, wo er über seinen Aufzeichnungen saß. Auf ihre Frage erklärte er ihr, an einer theologischen Abhandlung über den Missionarsdienst zu arbeiten. Bald sprach sich herum, dass er Pastor war. Da es in der Mannschaft keinen Geistlichen gab, bat man ihn, den sonntäglichen Gottesdienst zu leiten, was er mit Freuden tat. Mit Mathieu, der ständig auf der Suche nach guten Motiven für die Reisereportage war, traf sie nur zum Abendessen zusammen.

Vier Tage nachdem sie die Seychellen verlassen hatten, stand Louise mit ein paar anderen Passagieren an Deck, als sie in der Ferne eine Landspitze entdeckte. Ein Mulatte mit arabischen Zügen trat neben sie. »Das ist die Île de la Réunion«, erklärte er. »Sie liegt zwischen Mauritius und Madagaskar.«

Am Nachmittag ankerten sie wegen des üblichen Zolls in der Hauptstadt Saint-Denis. Aus der Ferne sah Louise einen sanft geformten Gebirgszug, der von einer dicht bewachsenen Schlucht durchschnitten wurde. Die Ebenen entlang des Ufers wurden von Zuckerrohrplantagen beherrscht, die La Réunion ein üppig blühendes Aussehen verliehen. Hinter ihnen erhob sich ein Hügel, auf dem ein palastähnliches Gebäude stand. Louise bedauerte, die Insel nicht erkunden zu können.

Am folgenden Nachmittag lag der Dampfer im Hafen von Port Louis, der Hauptstadt von Mauritius. Fabrice und sie staunten nicht schlecht, als Dutzende Ziegen und Käfige mit Federvieh in ein paar freie Kabinen der dritten Klasse gebracht wurden.

Der Wind stand günstig, blies aus Osten, wie es von Mai bis Oktober beständig der Fall war. So jedenfalls berichtete es ihnen der Kapitän und machte ihnen Hoffnung, das Ziel ihrer Reise alsbald zu erreichen.

KAPITEL 6

Nach fünfundsiebzig Tagen auf See legte die *Leconte de Lisle* Mitte Mai in den frühen Morgenstunden in Tamatavé im Osten Madagaskars an. Louise hatte einen Großteil der Nacht an der Reling verbracht und erwartungsvoll verfolgt, wie sich der Dampfer der Insel näherte, auf der das Leben eben erwachte. Bereits zu dieser Tageszeit schlug ihr feuchte Hitze entgegen. Tamatavé glich einem ausgedehnten, ärmlichen Dorf, das aus einigen Straßen mit zusammengewürfelten Hütten bestand. Die bescheidenen Bambus- oder Holzhütten ruhten auf Pfählen und waren mit Palmblättern gedeckt. Hinter dem quirligen Hafen schienen Sandpisten zu verlaufen. Wenige Meilen weiter erstreckte sich weite, undurchdringliche Wildnis, deren intensives Grün sie im Morgenlicht beinahe blendete. Es war die ungezähmte Schönheit inmitten von Armut, die Louise berührte. Wie weit mochte es noch bis zur Tierauffangstation sein? Sie wusste nur, dass die nächste Stadt Fianarantsoa hieß und in einiger Entfernung von Adriens neuer Heimat lag.

Wie sie die Einheimischen um ihre freizügige Kleidung beneidete. Die meisten Frauen waren barbusig und mit einem langen Rock bekleidet, manche trugen helle Tücher um die Schultern drapiert. In ihrem dunklen Reisekleid, das ihr am Leib klebte, fühlte sich Louise wie eine Matrone.

Ein hochgewachsener Schwarzer in einem bunten Hemd hielt ein Schild mit der Beschriftung »Citroën« hoch und winkte, und die vier Reisenden steuerten auf ihn zu. Bewundernde Blicke fielen auf den auf Hochglanz polierten B10, als er von Emil Duprais aus dem Bauch des Dampfers gefahren wurde.

»Herzlich willkommen auf Madagaskar. Pastor Olsen lässt Sie grüßen. Sie werden im Hotel de France übernachten, übermorgen brechen wir zur Mission auf«, erklärte ihr Guide, der sich ihnen als Bary vorstellte. Er schnippte mit dem Finger, woraufhin drei etwa fünfzehnjährige Jungen herbeieilten, sogleich ein paar Koffer schulterten und sich krumm unter ihrer Last einen Weg durch die lärmende Menschenmenge bahnten. »Sie bringen Ihr Gepäck ins Hotel«, fügte Monsieur Bary hinzu. »Wer möchte, folgt mir bitte. Es sind nur wenige Schritte zu Fuß.«

Sie verabschiedeten sich von Emil Duprais. Ihn würden sie erst am Tag der Rückreise wiedertreffen.

»Mademoiselle Bernard und ich werden den Wagen zum Hotel fahren, wenn Sie uns den Weg verraten«, sagte Fabrice bestimmt.

»Wie Sie wünschen«, antwortete der Guide. Während sich Mathieu und Sander ihm anschlossen, quälte Fabrice das Auto an neugierigen Kindern vorbei, die Ochsen hinter sich herzogen, deren Hörner dem teuren Gefährt immer wieder bedrohlich nahe kamen. Fabrice und Louise stand der Angstschweiß auf der Stirn. Bald wurde es ihm zu bunt. Als er hupte, sprangen die Rotznasen erschrocken beiseite, was den beiden im Auto ein Grinsen entlockte.

Am Ende einer sandigen Piste hatten sie ihr Ziel erreicht. Louise ließ den Blick über die frisch gemalten Lettern »Hotel de France« schweifen und fragte sich, womit die Behausung, die nichts anderes war als ein Holzschuppen, ihren Namen verdient hatte. Immerhin war das Dach offenbar kürzlich gedeckt worden, und der Verschlag für den Wagen machte einen soliden Eindruck. Die Reisegefährten ließen sich von dem Guide ins Innere geleiten, wo sie von einer kleinen dürren Frau begrüßt wurden.

Madame Nahla führte sie durchs Haus. Fabrice und Mathieu teilten sich ein Zimmer, Sander bekam eine eigene Kammer zugewiesen, was sicher dem Umstand geschuldet war, dass man dem Pastor besonderen Respekt zollen wollte. Louises Zimmer war klein, aber recht sauber. Über einer Matratze auf dem Boden war ein Moskitonetz gespannt, auf einem Tisch am Fußende standen ein Krug Wasser und eine Waschschüssel. Mit einem wohligen Seufzen schlüpfte sie aus ihrem verschwitzten Kleid.

Wenig später traf man sich im Speiseraum, ein Affenbrotbaum vor dem Fenster spendete wohltuenden Schatten. Madame Nahla und die anderen saßen bereits auf dem Boden, in der Mitte zwei Schüsseln mit Reis und Bohnen, dazu wurde ein Krug mit einer milchigen Flüssigkeit gereicht, die sich als Reiswasser herausstellte. Louise verzog nach dem ersten Schluck das Gesicht und stellte den Becher beiseite. Fasziniert beobachtete sie, wie sich die Hausherrin geschickt eines Blattes statt eines Löffels bediente.

Mit dem gefalteten Blatt schöpfte sie sogar Flüssigkeiten aus Töpfen. Die Reisenden probierten es ebenfalls, Louise scheiterte jedoch kläglich. Sander zwinkerte ihr vergnügt zu, auch ihm bereitete das fehlende Besteck sichtlich Mühe. Mathieu erwies sich als der Fingerfertigste.

Offenbar hielt die Wirtin nichts vom Plaudern, denn sie aß stumm, ja beinahe andächtig, und blickte nicht ein Mal auf. Louise war darüber nicht unglücklich, die Hitze hatte sie erschöpft, und sie war froh, als sie sich gemeinsam mit ihren Begleitern von Madame Nahla verabschieden konnte.

Kaum hatten Fabrice und Louise am folgenden Tag den Citroën in seinem Verschlag von allen Seiten begutachtet, tauchte Monsieur Bary mit etwa fünfzig Männern unterschiedlichen Alters vor dem Hotel auf.

»Was hat das zu bedeuten?«, entfuhr es Sander leise, der eben mit Mathieu auf die Terrasse trat.

Aber weder Louise noch die anderen fanden dafür eine Erklärung.

»Bonjour«, begrüßte der Guide sie gut gelaunt. »Ich hoffe, Sie haben gut geschlafen. Ich möchte Sie bitten, mindestens zwanzig, besser fünfundzwanzig Männer für unsere Reise auszuwählen.«

Verwirrt blickte Louise in die Reihen Männer, die ihre Augen wie bei einem Appell streng geradeaus gerichtet und die Hände auf dem Rücken verschränkt hielten. Die Madagassen hatten breite Nasen und einen großen Mund, manche Gesichter wirkten asiatisch und fielen durch ihre dichte Lockenmähne auf, andere sahen fast europäisch aus und hatten helle

Augen. Auch in ihrer Aufmachung unterschieden sie sich. Louise nahm an, dass die Männer verschiedenen Stämmen angehörten. Einige waren nur mit bunten Lendenschurzen bekleidet. Wieder andere hatten sich den weißen Lamba um die Schultern geschlungen oder trugen ihn als einen wadenlangen Rock, der mit einem Gürtel an der Taille festgehalten wurde. Manche wiederum waren in bunte Stoffe gehüllt. Besonders ein hagerer Mann mit weißen Haaren und Kinnbart erregte ihr Interesse. Hoch aufgerichtet ließ er Louises Musterung über sich ergehen. Er sah großartig aus, stolz, und als er lächelte und seine makellosen Zähne zeigte, fühlte sie sich ertappt. Widerwillig löste sie sich von seinem Anblick. »Ich verstehe nicht recht, Monsieur Bary. Wozu benötigen wir so viele Leute?«

»Die Hälfte der Männer transportiert Gepäck, Proviant und die Zelte für unterwegs.« Der Guide sah von einem zum anderen. »Im Wagen finden höchstens fünf Leute Platz. Auf unserer Insel gibt es nur wenige befestigte Wege, auf denen wir zu Fuß oder mit dem Wagen sicher vorankommen, ihr Zustand unterliegt verschiedenen Einflüssen, die nicht in unserer Hand sind. Eine Gruppe lotst den Wagen. Für die andere Route brauchen wir ein paar Männer, die diejenigen, die nicht im Wagen mitfahren, in einem Stuhl tragen, den wir ›Filansana‹ nennen, das ist eine Art Tragestuhl. Die restlichen Männer brauchen wir, um die Träger abzulösen.« In einer vertraulichen Geste beugte sich Monsieur Bary näher zu Sander. »Wenn ich Ihnen einen Ratschlag geben darf, suchen Sie sich ausdauernde Kerle, die Ihnen zuverlässig und willig erscheinen. Stellen

Sie ihnen als zusätzliche Belohnung ein abendliches Glas Rum in Aussicht. Damit wecken Sie ihren Ehrgeiz. Noch etwas: Es ist immer von Vorteil, ein fröhliches Naturell in der Gruppe zu haben, das die Stimmung an beschwerlichen Tagen hebt.«

»Danke, Monsieur Bary«, antwortete der Pastor, dem Louise anmerkte, dass er mit der Situation überfordert war.

Sie trat näher und suchte die Aufmerksamkeit Barys. »Gibt es unter den Kandidaten Familienmitglieder oder Männer, die sich gut kennen? Sie arbeiten vermutlich besser miteinander.«

»Guter Gedanke.« Der Guide ließ eine Handvoll Einheimische vortreten. »Diese Träger zählen zu dem herrschenden Stamm der Hova und sind für ihre Zähigkeit bekannt. Während diese hier«, er wies auf ein paar Männer hinter sich, »dem Stamm der Bara angehören, einem Hirtenvolk aus dem Südwesten.«

Wenig später hatten die Reisenden genügend Träger ausgewählt. Nachdem Monsieur Bary den Männern die Zusage gegeben hatte, regelte er das Finanzielle mit ihnen. Er lächelte. »Sie werden morgen bei Sonnenaufgang hier sein.«

Verwirrt blickte Louise den Einheimischen nach, die mit Bary den Rückweg antraten.

»Tragestuhl? Sümpfe und Wasserwege?«, entschlüpfte es ihr. Vom Eingang des Hotels aus war nichts als eine karge Ebene auszumachen, die nur hier und da von einigen Affenbrotbäumen oder Lehmhütten unterbrochen wurde. Die Wolken am Himmel verdichteten sich und dämpften das Licht, was der Umgebung etwas Tristes verlieh.

Fabrice schnaubte. »Hoffentlich erreicht der B10 die Station unbeschadet.«

Sander stimmte ihm mit sorgenvoller Miene zu.

Mathieu lachte. »Spart euch die langen Gesichter, meine Lieben. Das wird schon gut gehen. Außerdem haben wir Angehörige des Hirtenvolkes ausgesucht. Wer kennt sich besser aus als sie? Ich könnte euch da Geschichten aus Zentralasien erzählen …«

»Nein, danke«, entfuhr es Louise. »Ich werde noch ein wenig schlafen. Morgen wird ein anstrengender Tag.«

Sie schlief tatsächlich sofort ein, und als sie erwachte, war es längst Nachmittag. Sie fand Sander auf der Terrasse. Er saß auf einem Liegestuhl, las und machte sich Notizen. Gemeinsam verbrachten sie zwei ruhige Stunden, bis angstvolles Gackern von der anderen Seite des Hauses zu hören war. Louise hob den Kopf.

»Ich ahne, was dir durch den Kopf geht«, sagte der Missionar mit einem wissenden Blick. »Aber denk nicht im Traum daran, das Fleisch heute Abend abzulehnen. Betrachte es als eine Ehre, dass Madame Nahla eigens für uns ein Huhn schlachtet.«

»Woher weißt du das?«, fragte sie.

»Gerade gelesen.« Sander wies auf das Buch auf seinem Schoß. »Das Schlachten geschieht in der Regel nur zu besonderen Festtagen.«

»Was denkst du, wie lange wir unterwegs sind?«

Der Missionar legte seine Lesebrille beiseite. »Monsieur Bary sprach von drei bis sieben Tagen.«

Louise beobachtete, wie Mathieu eine Fotografie von Madame Nahlas etwa zehnjährigem Sohn machte, der im Sand neben der Terrasse gekonnt mit Bällen jonglierte und ohne jede Scheu in die Kamera lachte. »Glaubst du auch, dass die Schwarzen träge und stumpfsinnig sind, Sander?«

»Nein«, erwiderte er ruhig. »Vielen von ihnen fehlt nur eine Perspektive. Sieh dir den Kleinen an. Trotz seiner Armut macht er einen fröhlichen und aufgeweckten Eindruck. Du scheinst ihn jedenfalls zu interessieren, er sieht dauernd zu dir herüber.«

»Ich weiß.« Louise schmunzelte. »Vermutlich hat er noch nie eine hellhäutige, blonde Frau gesehen.«

»Ganz sicher wenige Frauen, die vollständig bekleidet sind«, fügte er zwinkernd hinzu. »Nur ledige Mädchen bedecken ihre Brüste. Wenn verheiratete Frauen ihren Oberkörper verhüllen, geschieht das aus Scham Fremden gegenüber.«

Louise musste wieder an Adrien und Rana denken und spürte ihr Herz schneller schlagen. »Die Vorstellung, von irgendwelchen fremden Männern getragen zu werden, gefällt mir gar nicht«, gestand sie und erntete dafür ein verständnisvolles Nicken.

»Aber vergiss nicht, auf uns warten Abenteuer, Louise. Einzigartige Abenteuer.«

KAPITEL 7

Die Träger hielten Wort. Der Morgen färbte den Himmel rot, als sie in Begleitung von Monsieur Bary mit langen Schritten auf das Hotel zusteuerten. Einige trugen lange Stangen über den Schultern, andere transportierten ohne sichtbare Mühe Holzstühle auf dem Rücken. Der alte Mann schleppte zusammen mit einer Handvoll Männer Zelte und Decken. Anders als am Tag zuvor waren die Träger einheitlich mit hellen Hemden, kurzen Hosen und Hüten gekleidet. Vor dem Hotel de France blieben sie abwartend stehen.

Was für ein enormer Aufwand nötig war, um sie an den Rand des Dschungels zu bringen! Louises Erregung wuchs ins Unermessliche, während sie zusah, wie Mathieu, Fabrice und Sander das Gepäck aus dem Hotel trugen.

Der Guide löste sich aus der Gruppe und trat auf die vier zu. »Schönen guten Morgen. Sind Sie bereit zum Aufbruch?«

Louise und ihre Begleiter bejahten.

»Unsere erste Strecke sollte gut zu befahren sein. Deshalb können Sie fünf den Wagen in südwestlicher Richtung bis zu der kleinen Stadt Brickaville fahren. Ich führe die Träger an«, erklärte er. »Wir treffen uns dort, wo sich die Straße verzweigt. Soweit es uns möglich ist, bleiben wir wie besprochen auf demselben Weg, an bestimmten Abschnitten werden sich einige von Ihnen der Obhut unserer Träger überlassen.«

Louise setzte ein entschlossenes Gesicht auf, doch in ihrem Inneren flatterte es.

»In etwa drei Stunden dürften Sie in Brickaville eintreffen. Nach einer kurzen Rast fahren wir weiter bis Antananarivo. In der Hauptstadt habe ich gute Zimmer für Sie reservieren lassen. Genießen Sie noch einmal die Annehmlichkeiten eines Hotels, den Rest des Wegs schlagen wir unser Lager nämlich im Freien auf«, endete Monsieur Bary. Er wünschte ihnen eine gute Fahrt und brach mit den Trägern auf.

»Ich fahre die erste Strecke«, entschied Louise und ignorierte Fabrice' zusammengezogene Brauen.

»Bist du sicher?«, warf Sander vorsichtig ein. Mathieu schwieg.

»Ganz sicher.« Louise startete den Citroën, ihren Reisegefährten war die Anspannung deutlich an den Mienen abzulesen. Die Straße verwandelte sich bald in eine holprige Sandpiste mit unübersichtlichen Kurven. Sie passierten Weideland und ausgedehnte Felder, auf denen Sisal-Agaven wuchsen. Trotz der frühen Stunde war es schon ungewöhnlich warm. Einmal musste Louise scharf bremsen, da eine Rinderherde in aller Gemütsruhe die Straße überquerte, gefolgt von einer sehnigen Frau und ihrem Hund, der die Herde in Schach hielt. Louise ließ die Landschaft auf sich wirken. Die Weite, die rotbraune Erde, nur von einzelnen Sträuchern unterbrochen, und die fahle Sonne, die sich immer wieder durch die Wolken kämpfte – genau so hatte sich Louise Adriens neue Heimat vorgestellt.

Sie erreichten Brickaville ohne besondere Vorkommnisse. Eine gute Stunde später tauchten auch Monsieur Bary und die Träger am Rand eines Felds auf. Doch kaum schickten sie sich an, ihre Fahrt nach Antananarivo fortzusetzen, setzte dichter Nebel ihrem Plan ein jähes Ende. Sie beschlossen, die Nacht in Moramanga zu verbringen, der östlichsten Stadt im Hochland, die nur wenige Kilometer von der Hauptstadt entfernt lag. Der Guide versicherte ihnen zum Abschied, er würde für die Träger schon ein trockenes Plätzchen finden.

Louise sah den Männern nach. Sie meinte, Schemen von Bergen und hohen Pflanzen auszumachen. Doch da ihre Kleidung schwer und klamm war, hatte sie es eilig, in ihre Unterkunft zu kommen und sich umzuziehen. Zufrieden begutachtete sie ihre spartanisch eingerichtete Kammer.

Nach dem Abendessen, das aus Maniok und gekochten Bananen bestand, kauften die Männer beim Wirt eine Flasche Rum und setzten sich in den Speiseraum.

Sander winkte und klopfte neben sich auf ein Kissen am Boden. »Ich habe gelesen, Alkohol verhindert Infektionen. Leiste uns ein bisschen Gesellschaft und trink ein Glas mit uns.«

Er schien den Unsinn tatsächlich zu glauben.

»Nein, danke. Macht euch einen angenehmen Abend. Wir sehen uns morgen früh.« Damit ging Louise aufs Zimmer. Sie wäre ohnehin keine gute Gesellschaft, denn ihre Gedanken kreisten unablässig um

Adrien. Die Vorstellung, ihn in ein paar Tagen wiederzusehen, ließ sie die Mühen und Strapazen der letzten Wochen vergessen. Mit einem wohligen Seufzen streckte sie sich auf dem Bett aus. Nur ein wenig ausruhen wollte sie, doch ehe sie den Gedanken beendet hatte, war sie schon eingeschlafen.

Der Nebel über Moramanga hatte sich mit den ersten Sonnenstrahlen aufgelöst und gab den Blick auf eine Landschaft frei, die sich ihr unauslöschlich ins Gedächtnis brannte. Louise war wie verzaubert von dem satten Grün, das sich ihr unversehens auftat. Auf der von Palmen gesäumten Straße herrschte bereits reges Leben. Einige Frauen mit Körben auf dem Kopf und kleinen Kindern auf dem Rücken schlenderten plaudernd an der Herberge vorbei. Vermutlich waren sie auf dem Weg zur nächsten Wasserstelle. Ein junger Mann in kurzen Hosen und Sandalen zog singend einen rot bemalten Handkarren hinter sich her, der einen schweren süßlichen Duft mitbrachte. Beim genaueren Hinsehen erkannte Louise, dass er getrocknete Vanilleschoten geladen hatte. Grinsend lüftete er seinen Strohhut, als er sie bemerkte.

Die fremdartige Atmosphäre nahm Louise gefangen. Der Duft von Vanille mischte sich mit dem kräftigen Aroma von Kaffee, der irgendwo in der Nähe gebrüht wurde. Auf der gegenüberliegenden Seite standen ein paar strohgedeckte Hütten, die offenbar ebenfalls als Herbergen dienten. Junge, üppig blühende Bäume vor ihren Eingängen warfen bunte Farbtupfer. Unter ihnen hatten sich Hunde zusammengerollt und genossen ihr schattiges Plätzchen. Wie gut, dass sie keine Notiz von ihr nahmen. Louise hatte noch nie eine Beziehung zu Tieren gehabt. Sie waren ihr fremd, weshalb sie es vorzog, ihnen aus dem Weg zu gehen.

Hinter den Häusern wuchsen meterhohe Pflanzen, die auf der rotbraunen Erde wie willkürlich hingeworfen wirkten und deren langstielige Blätter sich pfauenradgleich auffächerten. Das Sonnenlicht spielte mit den Blättern, und Louise fiel es schwer, den Blick von ihnen zu lösen. Am Ende der Siedlung waren in der Ferne Terrassenfelder zu sehen, die sich an sanft geschwungene Berge schmiegten.

»Der Baum der Reisenden«, hörte sie Mathieus Stimme hinter sich und fuhr herum. »So heißen die Bäume mit den fächerartigen Blättern, die du bewunderst«, ergänzte der Fotograf.

»Wunderschön«, murmelte Louise.

»Das sind sie. Hier«, Mathieu reichte ihr ein winziges Fläschchen mit einer pulvrigen Substanz. »Chinin. Monsieur Bary hat es mir gestern gegeben. Schmeckt scheußlich, hilft aber gegen das Fieber. Ein gehäufter Teelöffel pro Tag sollte genügen.«

Louise verzog keine Miene. »Danke«, entgegnete sie und ging wieder hinein.

Monsieur Bary erkundigte sich, ob sie ihre Medizin eingenommen hatten, und ermahnte sie, den Tropenhut keinesfalls abzunehmen.

Diesmal beharrte Fabrice darauf, den Wagen zu fahren. Was sich wenig später als glücklicher Umstand erwies, denn auf die Weise hatte Louise Muße, die wechselnden Eindrücke in sich aufzunehmen. Aus dem quirligen Moramanga führte eine gut ausgebaute

Route bergauf nach Antananarivo, das sie eine Stunde später erreichten. Tana, wie die Einheimischen die Stadt liebevoll nannten, lag auf ungefähr tausendfünfhundert Meter und erstreckte sich über sieben Hügel. Monsieur Bary erzählte ihnen von nahe gelegenen alten Königssitzen und Siedlungsorten des Merina-Volkes, die allerdings den Adeligen vorbehalten waren. Im Stadtkern von Antananarivo befand sich ein tiefblauer, fast kreisrunder See. Louise verschlug es die Sprache. Ihre Reisebegleiter unterhielten sich über Automobile. Nicht zu fassen, die Männer mussten blind für die Schönheit der malerischen Hauptstadt sein.

Dann setzten sie ihre Fahrt fort. Die Träger eskortierten sie. Louise hatte gedacht, Bary und seine Männer würden mit ihrer Last weit hinter ihnen zurückbleiben, aber das stellte sich als Trugschluss heraus, denn in dem bergigen Gelände, das Fabrice' ganze Aufmerksamkeit forderte, kamen sie nur im Schritttempo voran. Weite, terrassenförmig angelegte Reisfelder beherrschten das Bild. Keine Menschenseele begegnete ihnen, und zum ersten Mal empfand Louise Dankbarkeit, sich in Gesellschaft einiger kräftiger Männer zu befinden.

Während Fabrice über den Zustand der Piste schimpfte und Mathieu frustriert seinen Fotoapparat sinken ließ, hatte sie Gelegenheit, die Träger eingehender zu betrachten. Der alte Mann berührte sie besonders. In seinem Alter sollte er daheim bei seiner Familie sein, statt durch die Wildnis zu laufen. An den Gesprächen der anderen beteiligte er sich selten, und wenn, klang seine Stimme gesetzt, als würde ihn nichts so schnell aus der Ruhe bringen. Die Träger hatten sicher ihr abendliches Glas Rum bekommen, denn sie machten einen motivierten und zufriedenen Eindruck. Louise bewunderte ihre Kondition und den Frohsinn, mit dem sie ohne Anzeichen von Ermüdung den Weg zurücklegten. Sie hätte gern mehr über ihr Volk und ihr Leben in Erfahrung gebracht. Doch sosehr sie sich auch bemühte, wenigstens Blickkontakt mit ihnen aufzunehmen, sie liefen unbeirrt voran. Es ging weiter bergauf, und sie näherten sich dem Umland von Antoirabe. Dort wurde der Grund für die hohe Luftfeuchtigkeit ersichtlich – vor ihnen tat sich der grüne, alles verschlingende Schlund eines Regenwaldes auf. Die Straße schien mitten durch das undurchdringliche Dickicht gebaut worden zu sein. Nur hier und da blitzten verschlungene Wasserwege auf, die sich durch den Wald schlängelten. Die Regenfälle hatten die Straße in eine Rutschbahn verwandelt; winzige Wassertropfen tanzten in der Luft und legten sich wie ein feiner Film auf Haut und Haare.

An den sonnenbeschienenen Stellen kamen sie gut vorwärts, an den schattigen schlitterte der Citroën mehrfach bedenklich.

Monsieur Bary sprang auf das Trittbrett des B10 und wies Fabrice ruhig ein, derweil hoben die Träger nicht mal die Brauen. An widrige Umstände schienen sie gewöhnt zu sein.

Mit weit aufgerissenen Augen starrte Louise in jeden Winkel, schwankte zwischen nie gekannter Faszination und dumpfer Furcht, in dieser grünen Hölle festzusitzen. Sie schauderte und schob jeden weiteren Gedanken energisch beiseite. Niemand sprach ein Wort. Das Motorengeräusch verschluckte die Schritte der barfüßigen Träger und das helle Summen der Stechmücken, die in Schwärmen über ihren Köpfen kreisten. Mathieu machte ein paar Fotografien, Sander bewegte lautlos die Lippen, als ob er betete, und Fabrice konzentrierte sich vollkommen auf die Straße. Geradezu misstönend klang der Motor inmitten der exotischen Welt, deren Pforten Louise eine Ahnung von ihren Geheimnissen vermittelten.

»Vorsicht!«, rief Monsieur Bary.

Aber es war zu spät. Die Räder drehten durch, der Wagen rutschte in eine Senke und steckte fest.

»Auch das noch!« Einige Sekunden war Fabrice starr vor Schreck. Sander neben ihm brauchte ebenfalls einen Moment, um zu begreifen.

Mit einem Satz sprang Louise aus dem Auto. Sie achtete nicht darauf, dass sie bis zu den Knöcheln einsank, ebenso wenig Mathieu und Bary, die ihr sofort zu Hilfe eilten. »Fabrice! Komm schon und hilf uns«, entfuhr es ihr.

Endlich kam Bewegung in ihn und den Pastor. Trotzdem brauchten sie mehrere Anläufe, bis es ihnen gelang, den B10 aus der schlammigen Senke zu schieben.

Ihr Guide sprach mit den Trägern, danach wandte er sich den vier Reisenden zu. »Es tut mir leid, hier kommen wir nicht weiter. Wir nehmen eine andere Route. In ungefähr zwanzig Metern rechts gibt es einen Pfad, dort biegen Sie ab und lassen den Wagen stehen. Ich werde das Auto unbeschadet ans andere Ufer bringen.«

»Ans andere Ufer?«, riefen Sander und Louise gleichzeitig.

»Ganz recht. Wir müssen einen Wasserlauf überqueren.« Er berührte Louise an der Schulter. »Keine Sorge, Mademoiselle Bernard. Es gibt eine seichte Stelle, an der man durchfahren kann. Allerdings ist das Wasser dort recht wild …«

»Tut mir leid, Monsieur Bary. Bitte nehmen Sie das nicht persönlich«, unterbrach sie ihn resolut. »Wir haben Monsieur Citroën zugesagt, das Fahrzeug nicht aus den Augen zu lassen. Und genau daran werde ich mich halten.« Sie beäugte Fabrice unauffällig, der sich den Schweiß von der Stirn wischte und den Schreck von eben wohl noch nicht verwunden hatte, und wandte sich dann wieder an Monsieur Bary. »Ich fahre selbst.«

Hinter dessen höflicher Fassade erkannte Louise, dass sie ihn gekränkt hatte.

»Das ist natürlich Ihre Entscheidung. Dennoch muss ich aus Sicherheitsgründen darauf bestehen, Sie auf dem Beifahrersitz zu begleiten.«

»Meinetwegen«, lenkte Louise ungerührt ein. Die Männer brauchten nicht zu merken, wie anstrengend es war, immer die starke und entschlussfreudige Frau zu mimen, nur um als vollwertiges Expeditionsmitglied anerkannt zu werden.

Eigentümlich hohe Töne rissen sie aus ihren Gedanken. Wie angewurzelt verharrte sie in der Bewegung. »Was ist das?«, flüsterte sie heiser und drehte sich nach allen Seiten um.

Monsieur Bary bedeutete ihnen, leise zu sein, und wies auf einen Regenwaldriesen keine dreißig Meter entfernt. »Sehen Sie den Baum, der gerade von der Sonne angestrahlt wird?«, flüsterte er. »Ungefähr auf halber Höhe ist eine Astgabel. Wenn Sie genau hinsehen, können Sie darauf schwarz-weiße Flecken erkennen.«

»Ja, ich sehe sie«, raunte Louise. Die Männer neben ihr murmelten Zustimmung.

»Das sind Indris, die größte lebende Lemurenart. Sie werden von uns Einheimischen sehr verehrt und kommen nur auf unserer Insel vor«, erläuterte Monsieur Bary. »Ihre Morgengesänge dienen zur Revierverteidigung. Sie haben uns entdeckt und warnen uns, nicht näher zu kommen.«

Wie zur Bestätigung hallten die Töne abermals durch den Regenwald. Als die Tiere auf den nächsten Baum sprangen, hielt Louise gebannt den Atem an und bewunderte, wie behände die Lemuren von Ast zu Ast hüpften. Doch schon im nächsten Moment waren sie ihrem Blickfeld entzogen.

»Ihre Rufe klingen wie quietschende Autoreifen, findet ihr nicht auch?«, sagte sie, um die plötzliche Stille zu überbrücken.

Fabrice und die anderen lachten.

Monsieur Bary klatschte in die Hände. »Weiter geht's zur Wasserstelle. Danach habe ich eine kleine Überraschung für Sie. Ich schlage vor, wir brechen sofort auf.«

Die Reisenden sahen sich fragend an und machten sich auf den Weg.

An ihrem Ziel angekommen, versuchte sich Louise ihre jäh aufflammende Angst nicht anmerken zu lassen. Der Flussausläufer hatte einen weichen, sandigen Untergrund. Zweifelnd beobachtete sie, wie Wasservögel von der Unterströmung zu einem Findling getrieben wurden.

»Lass mich fahren«, raunte Fabrice neben ihr. »Du hast Angst.«

»Blödsinn! Ich weiß genau, was ich zu tun habe.«

»Da bin ich mir sicher.« Er grinste. »Komm, gib dir einen Ruck und lass mich das machen.«

Kommentarlos drehte sie sich auf dem Absatz um. »Monsieur Bary, ich wäre dann so weit.« Mit erhobenem Kopf stolzierte sie an Fabrice vorbei, stieg ins Auto und wartete, bis auch der Guide Platz genommen hatte. Ihre Begleiter krempelten die Hosenbeine hoch und folgten den Trägern ins kristallklare Wasser. Louise umklammerte das Lenkrad und gab Gas, dabei befürchtete sie, mit ihren feuchten Händen abzurutschen. Der Citroën geriet ins Schlingern, fing sich jedoch wieder und kämpfte sich zum rettenden Ufer, begleitet von den Schreien aufgescheuchter Vögel. Nicht auszudenken, wenn der Wagen beschädigt wird, konnte Louise nur denken. Noch fünfzig Meter, dann hatte sie es geschafft, und ihre Knie wurden weich vor Erleichterung.

»Gut gemacht.« Der Guide deutete eine Verbeugung an. »Von hier aus zweigt eine Piste ab, von der ich annehme, dass sie sich in einem besseren Zustand befindet. Den Wagen lassen wir erst mal hier stehen, ein paar Träger werden ihn und das Gepäck bewachen.«

Louise musterte ihn. »Was haben Sie vor?«

»Sie werden schon sehen.«

Inzwischen hatten auch die anderen zu ihnen aufgeschlossen. »Ich vermute, Sie alle haben eine Tasche mit dem Nötigsten dabei?«, fragte der Guide in die Runde. »Nehmen Sie sie bitte mit.« Daraufhin sprach er leise mit den Trägern, während der alte Mann sie beobachtete. Ihre Blicke begegneten sich, und Louise schmunzelte. Offenbar war das Interesse beiderseitig. Mit ihrem kleinen Lederkoffer folgte sie Monsieur Bary auf einen staubigen Weg nur wenige Schritte vom Ufer entfernt. Stechpalmen säumten die Piste, und die Landschaft wirkte bis auf einige mit Gräsern bewachsene Flächen karg und beinahe unwirklich. Die Sonne brannte erbarmungslos vom Himmel. Wenn sie nur den Hut abnehmen könnte. Louise wischte sich den Schweiß von der Stirn. Gleich darauf gerieten flache Hügel in ihr Sichtfeld, einzelne Kiefern wiegten sich im Wind. Eine Weile ging der Weg bergan, und Louise erkannte in der Ferne einige zweistöckige Lehmhäuser. Dann, wie von Zauberhand, wurde die Gegend grüner und die Kiefern zahlreicher. Der Blick wurde auf einen smaragdfarbenen See freigegeben, der im schroffen Gestein eingeschlossen war. Die Farben von Himmel und See schienen sich zu vereinen und hüllten die Flora in blaues Licht. Überwältigt atmete Louise tief ein. Wenn Adrien bei seiner Anreise auch nur annähernd dasselbe empfunden hatte wie sie in diesem Moment, konnte sie verstehen, warum er geblieben war.

»Wir nennen ihn Lac Tritriva«, hörte sie Monsieur Barys Stimme, aus der ein Lächeln klang. »Er ist einer unserer beiden Vulkanseen.« Er wandte sich den anderen zu. »Meine Herren, in unserem See kann man wunderbar baden, da keine Fische darin leben. Wenn Sie sich also erfrischen wollen?«

Louise biss sich auf die Unterlippe. Wieso sprach er nur die Männer an? Als ob Frauen nicht ebenfalls ein kühles Bad gebrauchen könnten, durchfuhr es sie. Sander machte keinerlei Anstalten, er unterhielt sich mit dem alten Träger. Fabrice hatte die Hände in die Hüften gestemmt, betrachtete den Felsen, von dem aus es ungefähr fünf Meter in die Tiefe ging, und machte einen unschlüssigen Eindruck. Vermutlich machte er sich Sorgen, wie er nach dem Baden wieder heraufklettern sollte. »Sieh mal, Fabrice. Dort hat man eine Treppe ins Gestein geschlagen.«

Sein Gesicht hellte sich augenblicklich auf. »Danke.« Mathieu hingegen schien keinerlei Scheu zu kennen, er zog völlig ungeniert sein Hemd aus, winkte ihr zu und sprang. Entschlossenen Schritts steuerte Louise mit ihrem Koffer unterm Arm auf ein Kieferngehölz zu. Die Träger verfolgten verblüfft, wie sie Mathieu wenig später im Badeanzug mit Anlauf folgte.

KAPITEL 8

Ihr nächstes Etappenziel sollte die Stadt Ambositra sein. Immer weiter ging es endlose Kurven durch Reisfelder, Eukalyptus- und Kiefernwälder. Manchmal hielten sie, um die Waren zu betrachten, die Einheimische am Straßenrand anboten. Sie erstanden einen Korb mit Früchten und ein Töpfchen Honig und erfreuten sich der bunten Kleidung, in die sich die Madagassen in diesem Teil der Insel hüllten. Sie verließen den Ort, und nach und nach wich die heitere Atmosphäre, als hoch aufragende Findlinge die Straße stetig schmaler und dunkler machten. Den Trägern blieb nichts übrig, als hintereinander zu laufen, einer stillen Prozession gleich.

Der Pfad verzweigte sich, und Monsieur Bary hob die Hand. »Hier teilen wir uns auf.« Er wies auf die Abzweigung. »Dieser Weg ist wegen der vielen Wasserfälle in der Gegend schwierig zu befahren. Aber mit der tatkräftigen Hilfe der Einheimischen kommen wir mit dem Wagen durch. Ich schlage vor, Sie begleiten mich, Monsieur Colet. Sie kennen sich mit dem Fahrzeug aus und können im Zweifelsfall eingreifen. Die Rückbank brauchen wir für Ihr Gepäck.«

Louise sah, wie Fabrice nickte, und reckte das Kinn.

»Ich bin ebenfalls Automechanikerin und würde den Wagen gern begleiten.«

Monsieur Bary betrachtete sie von Kopf bis Fuß. »Gewiss, Mademoiselle Bernard. Aber ich möchte einen kräftigen Mann mitnehmen. Sie lassen sich bitte von unseren routinierten Einheimischen tragen.«

Du traust es mir nur nicht zu, durchzuckte es Louise. Sie fing einen beschwörenden Blick von Fabrice auf, unterdrückte ein Seufzen und nickte.

»Gut. Ich bedanke mich für Ihr Verständnis, Mademoiselle Bernard«, fuhr der Guide fort. »Wir beide fahren mit ein paar Männern die Route weiter bis kurz vor Ambositra, während sich die anderen unseren tatkräftigen Trägern anvertrauen. Bis dorthin liegen allerdings noch einige Stunden vor uns. Heute Nacht werden wir das Lager etwas abseits von Wasserläufen aufschlagen, dort gibt es weniger Stechmücken.« Er sah in jedes Gesicht, sein Blick blieb einen Moment an Louise hängen. »Oder haben Sie irgendwelche Einwände?«

Monsieur Bary hielt sie offenbar für eine Quertreiberin. Nun gut, damit konnte sie leben. »Keine Einwände«, entgegnete sie.

»Sehr gut.« Daraufhin delegierte der Guide die Einheimischen, wählte zwei aus, die sich um das Gepäck von Monsieur Barys Gruppe kümmerten und nachts Wache hielten. Die restlichen Männer sollten Sander, Mathieu und Louise begleiten. Fabrice nickte Louise aufmunternd zu, als vier Träger den Sitz an den langen Stangen befestigten und ihr zu verstehen gaben, Platz zu nehmen. Mit einem bangen Gefühl leistete sie Folge und sah zu, wie sich der Citroën in Bewegung setzte und um eine Kurve bog.

Im nächsten Moment spürte Louise, wie sie in dem Sitz hochgehoben wurde. Am liebsten hätte sie protestiert, den Trägern versichert, sie sei durchaus in der Lage, den Weg durch das felsige Gelände allein zu bewältigen. Als sie jedoch sah, wie die vier Männer am Rand eines Reisfelds knöcheltief im Schlamm versanken, hielt sie sich zurück. Auf den Feldern herrschte reges Treiben, aus der Ferne waren fröhliche Stimmen und Gelächter zu hören. In dem Filansana, wie der Guide den Sitz genannt hatte, spürte man jede Erschütterung, jedes Zittern. Führte der Weg abwärts oder um eine Kurve, mochte Louise gar nicht hinsehen, da ihr das Schwanken des Stuhls Unwohlsein bereitete. Links und rechts ragten karge, scharfkantige Felsen auf, die Träger kämpften auf steinigem Untergrund um einen sicheren Halt. Ein Gefühl von Beklemmung erfasste Louise. Als ein Habicht schrie und dicht über ihren Kopf hinwegflog, fuhr sie zusammen. Dann brachte die flirrende Luft den Geruch von brackigem Wasser mit. Einige Kilometer weiter wurde die Landschaft üppiger, als sie es sich jemals hätte vorstellen können. Meterhohe Nelkennussbäume sorgten für Schatten. Sie entdeckte Farne, groß wie Bäume, und wilden Pfeffer, der lange Lianen bildete und sich auf Bäume stützte. Der Weg wurde fester und verlief parallel zu einem Flussufer, wo einige Frauen in langen Röcken Wäsche wuschen und sie zum Trocknen auf Felsen ausbreiteten. Nachdenklich nahm Louise die Eindrücke in sich auf. Das Bild mit den Frauen am Fluss hatte etwas Friedliches. Sie passierten ein mit Blumen geschmücktes Dorf. Louise hatte keine Vorstellung davon, wie weit die Tierauffangstation von Fianarantsoa entfernt lag. Aber müsste sie der letzten Wegstrecke nicht voll freudiger Erwartung entgegensehen? Stattdessen hatte sie Kopfschmerzen, ihr Rock starrte vor Schmutz, und sie hätte liebend gern den Tragestuhl gegen ihren gemütlichen Sessel zu Hause getauscht. Oder gegen einen einfachen Stuhl in ihrem Lieblingsbistro, in das sie in den Sommermonaten öfter mit ihren Eltern einkehrte. Dort könnte sie bei einem kühlen Getränk mit Besteck essen und sich zurückziehen, wann immer ihr danach zumute war. Stattdessen lauschte sie dem eigentümlichen, mit Französisch durchsetzten Malagasy, während die Gruppe weiter durch steiniges Gelände schritt. Mehrfach hatte sie ihren Trägern zu verstehen gegeben, dass sie sich erleichtern müsste, ohne dass diese mit einem Wimpernzucken reagiert hätten. Im Gegensatz zu ihr schienen sich Mathieu und Sander gut zu amüsieren. Der Pastor übte mit einem der Träger Worte in Malagasy, während Mathieu seine Männer offenbar überredet hatte, sich von ihm ablichten zu lassen. Jedenfalls hielten sie an einer grasbewachsenen Ebene, und die anderen folgten ihrem Beispiel. Louise nutzte die Gelegenheit und verschwand eilig hinter dem ausladenden Blätterdach eines Jacarandabaums. Als sie zu den anderen zurückkehrte, bot sich ihr eine eindrückliche Szene: Zwei Einheimische, den traditionellen Lamba locker um die Hüften geschwungen, posierten Arm in Arm vor Mathieus Kamera, die er auf einem Stativ aufgebaut hatte. Sie zeigten dem

Fotografen ihre Zahnlücken. Louise bemerkte, wie ein paar Geldscheine den Besitzer wechselten.

Sander stellte sich zu ihr. »Was ist los? Du machst ein ziemlich mürrisches Gesicht.«

Louise schnippte ein Insekt von der Hand. »Die Männer hören nicht auf mich«, ereiferte sie sich. »Sie tun, als wäre ich Luft, meine Bitten werden ignoriert. Höflichkeit scheint ein Fremdwort für sie zu sein.« Die hohe Luftfeuchtigkeit trieb Schweißperlen in ihren Nacken, und sie fächelte sich Luft zu.

Der Missionar strich ihr über den Arm. »Wir haben es bald geschafft, meine Liebe. Wenn alles gut geht, sind wir morgen bei deinem Bruder.«

»Wie kommst du darauf? Hat Monsieur Bary das gesagt?«

»Ja, und wenn er es sagt, glaube ich ihm. Du hast dich bislang tapfer geschlagen. Jetzt zeig ihnen für den letzten Rest des Wegs ein freundliches Gesicht.«

Louise nickte.

Am frühen Abend erreichten sie den verabredeten Treffpunkt. Heilfroh, ihrem Tragestuhl zu entkommen, streckte Louise die verspannten Muskeln. Eine halbe Stunde später stießen die anderen zu ihnen.

Kurz darauf trafen Mathieu, Fabrice, Sander und Louise wieder zusammen und verfolgten, wie die Träger das Gepäck von den Holzstangen nahmen, sie unter dem dichten Blätterdach einiger Affenbrotbäume zu drei Gerüsten aufbauten und schließlich mit dunklen Zeltbahnen bedeckten, die aus schwarzem Ziegenhaar gefertigt waren, wie sie von Monsieur Bary erfuhren.

»Es schützt vor dem Regen, der in dieser Gegend fast jeden Abend fällt.« Er musterte sie. »Sie bekommen selbstverständlich ein eigenes Zelt. Sorgen Sie bitte dafür, die Plane während der Nacht verschlossen zu halten. Lassen Sie nichts unverpackt herumliegen. Bei uns gibt es zwar nur wenige giftige Tiere, dafür aber lästige Ratten und Insekten.«

»Danke für den Hinweis. Wann werden wir an der Station eintreffen?«

»Morgen in den Nachmittagsstunden, denke ich«, antwortete der Guide.

Louises Stimmung hob sich augenblicklich. »Ich danke Ihnen.«

Nachdem das Lager vorbereitet war, presste ein Träger mithilfe von Steinen Saft aus einigen Zuckerrohrstangen und wechselte ein paar Worte mit Mathieu und Fabrice, als er ihnen die Erfrischungen reichte, während er sich vor Louise leicht verbeugte.

Weil die Luft zu feucht war, wurde das Lagerfeuer in einem der nach oben hin offenen Zelte entfacht, und die Träger machten sich mit Eifer an die Zubereitung des Abendessens. Reis wurde gekocht, Früchte in Häppchen geschnitten und mit Honig beträufelt. Ein paar Träger wiesen zu einem kleinen Wald kaum hundert Schritte entfernt und sprachen mit dem Guide.

»Die Männer fragen, ob sie auf die Jagd gehen sollen«, gab Monsieur Bary den vier Reisenden wieder. »Sie haben in der Nähe Lemuren entdeckt.«

Einer der Madagassen baute sich vor ihnen auf und gestikulierte wild beim Sprechen.

»Er sagt, er sei ein guter Schütze und brauche nur einen einzigen Pfeil pro Tier«, übersetzte Monsieur Bary in sachlichem Tonfall.

»Um Himmels willen, nein«, rief Louise entsetzt aus. Wenngleich sie keine Beziehung zu Tieren hatte, sollten die Lemuren ihretwegen nicht getötet werden.

»Sagen Sie ihm bitte unseren verbindlichsten Dank, wir fühlen uns wirklich geehrt«, sprang Fabrice ihr mit liebenswürdiger Miene zur Seite. »Doch das wird nicht nötig sein. Wir brauchen heute kein Fleisch.«

Louise musste sich abwenden. Bei der Vorstellung, wie man einen Lemuren erlegte und häutete, wurde ihr übel.

Der Guide sprach mit dem Madagassen, und dieser zuckte mit den Schultern.

Als die Träger nach dem Essen ihren wohlverdienten Becher Rum kredenzt bekamen, griff auch Louise zu. Fabrice grinste, als sie sich angewidert schüttelte, bevor sie um einen zweiten bat und den Rum mit dem Rest ihres Zuckerrohrsaftes kippte. »Soll gut für den Magen sein«, flüsterte sie Fabrice zu. Der Alkohol verfehlte seine Wirkung nicht, wenig später taumelte Louise mit einem gemurmelten Gruß in ihr kleines Zelt.

Der nächtliche Regen hatte die Luft erfrischt. Der Gedanke, Adrien in ein paar Stunden wiederzusehen, verscheuchte augenblicklich Louises Erschöpfung. Sie nutzte die Ruhe und schrieb ihre letzten Eindrücke und Erlebnisse in ihr Reisetagebuch.

Wenig später traten die ersten Träger aus dem Zelt; mit Krügen auf dem Kopf machten sie sich auf den Weg zur nächsten Wasserstelle. Andere bauten unter einem Baum einen Paravent aus Sisalmatten auf, hinter dem sie einen Waschplatz einrichteten. Bald darauf machten sich einige ans Werk und bauten das erste Zelt ab, während sich der alte Träger bemühte, den letzten Glutresten der gestrigen Feuerstelle neues Leben einzuhauchen. Als die Männer mit dem Wasser zurückkamen und ihr mit einem schüchternen Blick einen Krug reichten, hätte sie am liebsten laut gejubelt. Eilig warf sie am Waschplatz ihre schmutzige Kleidung ab, wusch sich gründlich und schlüpfte in ein schlichtes helles Reisekleid.

Wie üblich gab es Reis zum Frühstück, danach brachen sie auf. Bis Ambositra ging es wie am Tag zuvor auf dem Reisestuhl weiter, und Louise warf den Einheimischen bewundernde Blicke zu. Sicher, sie waren es gewohnt, Lasten durch unwegsames Gelände zu transportieren, durch Schluchten und Sümpfe, aber leichter wurde es dadurch nicht; ihre Familien bekamen sie sicherlich nur selten zu Gesicht. Doch nun ging es bergauf, und die Einheimischen, die sonst lebhaft erzählten und scherzten, wurden stiller. Die Strapazen waren ihren Mienen deutlich abzulesen, und nachdem einer von Louises Trägern seinem Kollegen einen rüden Kommentar zuwarf, weil er beinahe gestolpert wäre, waren nur noch der schwere Atem der Männer und zuweilen ein paar Vogelstimmen zu hören. Erst in diesem Moment wurde Louise bewusst, wie wohltuend die Redseligkeit der Träger gewesen war. Sie wusste nicht, was schwerer zu ertragen war: die dünner werdende schwüle Luft oder die Stille.

Mathieus und Sanders Träger gingen vor ihr. Fabrice und einer der Einheimischen sollten mit dem B10 bald wieder zu ihnen stoßen. Monsieur Bary und die Männer, die Proviant und Gepäck trugen, flankierten sie. Als sich der Weg verbreiterte und sie unter einem Blätterdach hindurchschritten, schloss der alte Mann wie auf einen unausgesprochenen Befehl hin zu Louise auf.

»Halt!«, erklang seine leise, aber bestimmte Stimme.

Die Gesellschaft stoppte abrupt.

»Nicht bewegen«, raunte er auf Französisch. »Ganz still!«

Louises Puls beschleunigte sich jäh. Sie spürte eine Berührung in ihrem Nacken. Die entsetzten Blicke ihrer Begleiter waren auf einen Punkt über ihr gerichtet. »Was … was ist denn? Sagt doch was, ihr macht mir Angst.«

Doch sie blieben stumm. Wenige Herzschläge später nahm sie aus den Augenwinkeln eine Bewegung wahr. Der weißhaarige Madagasse hielt den Kopf einer Schlange zwischen Daumen und Zeigefinger. Sie maß ungefähr zwei Meter, der Kopf war handtellergroß. »O Gott!«, flüsterte Louise kaum hörbar und beobachtete, wie der alte Mann die Schlange abseits des Wegs ins dichte Unterholz entließ.

»Das war eine Hundskopfboa«, erläuterte Monsieur Bary, der sich zu ihr gesellt hatte. »Wahrscheinlich haben wir sie beim Sonnenbad gestört. Sie ist zwar nicht giftig, aber ihr Biss ist äußerst schmerzhaft.« Er hielt ihr einen Wasserbeutel hin. »Trinken Sie. Sie sind ganz bleich.«

Louise wartete, bis sich ihr Herzschlag wieder etwas beruhigt hatte, trank und dankte dem alten Mann leise.

Er lächelte, schritt voran und begann zu singen. Eigentlich klang es eher wie ein Sprechgesang, bei dem er immer dieselben Worte wiederholte, in die schließlich auch die anderen Träger einfielen.

»Wovon singt er?«, fragte Louise Monsieur Bary.

»Tianasoa dankt den Ahnen, die Sie beschützt haben.«

Louise war plötzlich zu müde, um weiter nachzuhaken, und schwieg. Wenige Minuten später gelangten sie auf ein Hochplateau, wo sie wieder auf Fabrice und den Einheimischen stießen und Monsieur Bary die Reisenden zu einer Rast aufforderte. Die Sonne stand hoch am Himmel, dennoch herrschten dank der Höhe angenehme Temperaturen.

»Wir haben Ambositra erreicht«, erläuterte der Guide. »Die Stadt wurde auf einem natürlichen Hügel errichtet. Von hier aus hat man den schönsten Ausblick.«

Louise und ihre Begleiter ließen sich nicht lange bitten. Malerisch thronte die Stadt über einem weiten grünen Tal. Die Stimme des Guides vernahm sie nur noch wie aus weiter Ferne. Die gelben und grünen Terrassenfelder, die sich an den Hügel schmiegten, sahen aus wie die Decken, die Louises Mutter im Krieg aus Stoffresten genäht hatte. Auf den gefluteten Feldern entdeckte sie bunte Punkte, vermutlich waren es Bauern, die ihrem Tagewerk nachgingen. Dazwischen standen ihre rotbraunen zweistöckigen Lehmhäuser. In der Stadt warfen die Dächer einiger Kirchen einen hellen Lichtpunkt in den tiefblauen Himmel. Louise löste sich nur schwer von dem Anblick. Auch Fabrice und Sander schienen beeindruckt zu sein, während Mathieu zu einem blumigen Vergleich der großen Schönheit Südostasiens und Madagaskars ansetzte.

Monsieur Bary unterbrach seinen Redefluss. »Für Gespräche haben Sie noch genügend Zeit, Monsieur Henri. Jetzt fahren wir erst einmal zur Mission, wo wir von Pastor Olsen erwartet werden und wo Sie, meine Herren, Ihre Kammern beziehen. Danach bringe ich Sie zur Tierauffangstation, Mademoiselle Bernard. Deshalb schlage ich vor, wir halten uns nicht lange auf, damit wir unser Ziel noch bei Tageslicht erreichen.«

»Fahren wir mit dem Auto weiter, Monsieur Bary?«, hakte Louise hoffnungsvoll nach.

»So ist es«, gab er lächelnd zurück. »Deshalb werden Ihre Männer mit den Tragevorrichtungen vorerst nicht mehr benötigt. In vierundzwanzig Tagen treffen wir uns an genau dieser Stelle wieder.«

Daraufhin dankten sie den Trägern und steckten ihnen ein paar Münzen zu.

KAPITEL 9

Louises Vorfreude steigerte sich ins Unermessliche, während sie den Wagen über bergige Pisten seinem eigentlichen Ziel entgegenlenkte. Irgendwann entdeckte sie den Wegweiser nach Fianarantsoa, und der Guide wies sie an, der Route zu folgen. Fabrice' Angebot, sie beim Fahren abzulösen, lehnte sie ab. Wenig später vernahm sie das gewaltige Donnern eines Wasserfalls.

Eine gute Stunde später hatten sie die norwegische Mission erreicht, die sich in einem Tal zwischen unwirklichen Felsformationen befand. Das Gebäude war nicht zu verfehlen, denn das weiträumige getünchte Steinhaus mit dem Holzkreuz über dem Portal leuchtete weiß zwischen dicht stehenden Bäumen und Sträuchern.

Der alte Mann machte Anstalten, den Rückweg anzutreten, als sie beobachtete, wie der Guide sich achtungsvoll vor ihm verbeugte und mit ihm sprach.

Nachdem Monsieur Bary sich von ihm verabschiedet hatte, trat Louise auf ihn zu. »Ihr Name ist Tianasoa, nicht wahr?«

»So ist es.«

Louise berührte seinen Arm. »Ich möchte Ihnen nochmals danken. Wenn Sie nicht so aufmerksam gewesen wären, hätte mich die Boa möglicherweise gebissen.«

Er senkte den Kopf, ohne den Blick von ihr abzuwenden. »Keine Ursache. Mögen die Ahnen über dich wachen.«

Sie nahm seine ausgestreckten Hände, dann legte sie ein paar Münzen hinein und sah ihm nach, wie er ohne Hast auf die Straße zurückkehrte und schließlich in der dichten Vegetation verschwand. Indes entluden die verbliebenen Träger das Gepäck, legten Louises Taschen in den Wagen und wurden verabschiedet.

Ihre Ankunft war nicht unbemerkt geblieben, vor dem Eingang standen vier Dutzend Kinder in Reih und Glied und verfolgten mit großen Augen die Ankunft der Reisenden. Ein stämmiger Mann in der Mitte winkte ihnen erfreut entgegen.

»Habt ihr die Fotografen bei dem Empfangskomitee gesehen?«, entfuhr es Sander aufgeregt, als sie auf einen ordentlich gekehrten Weg bogen, der sie hinter das Gebäude führte, wo sie den Wagen in einem Verschlag abstellten.

In ihrer Aufregung hatte Louise die Fotografen nicht bemerkt. Entsetzt sah sie an sich runter und strich schnell wenigstens ihr Kleid glatt. Sander nahm Louise entschlossen am Arm. »Bist du so weit?«

Die Kinder strahlten und klatschten begeistert, als sich die Reisegesellschaft näherte. Louise betrachtete sie gerührt. Es war unverkennbar, dass sie noch nie einen Wagen wie den Citroën gesehen hatten. In ihrer Heimat, durchfuhr es Louise, weckte vermutlich nur ein riesiges Weihnachtsgeschenk ähnliche Begeisterung. Ein Auto, das nicht für sie bestimmt war, würde die Pariser Kinder höchstens in Erstaunen versetzen.

Johan Olsen eilte ihnen mit ausgestreckten Armen entgegen. »Willkommen auf unserer Missionsstation. Wie schön, dass Sie uns wohlbehalten erreicht haben.«

Monsieur Bary stellte sie einander vor, und Louise konnte den Blick kaum von Pastor Olsens buschigen Augenbrauen wenden, die beim Sprechen lebhaft auf und ab sprangen und seinen groben Zügen Heiterkeit verliehen.

»Freut mich sehr, Sie kennenzulernen«, erklärte Olsen herzlich. »Ich kann Ihnen gar nicht sagen, wie dankbar wir Monsieur Citroën sind, und Ihnen natürlich auch, weil Sie den beschwerlichen Weg zu uns in Kauf genommen haben. Der wunderbare Wagen wird unsere tägliche Arbeit um einiges erleichtern. In Zukunft wird es keine Lebensmittelengpässe mehr geben, und ich kann meine Gemeindemitglieder jederzeit aufsuchen, wenn sie meinen Beistand benötigen. Lieber Kollege«, meinte er an Sander gewandt, »ich freue mich, dass nun ein junger und engagierter Pastor meinen Posten übernimmt. Wir werden noch Gelegenheit haben, uns ausführlich zu unterhalten.«

Er machte eine ausholende Geste. »Unsere Schüler und Schülerinnen wollten Sie unbedingt begrüßen. Außerdem haben es sich Reporter aus allen Teilen der Insel nicht nehmen lassen, Ihre Ankunft festzuhalten. Mir wäre lieb, wenn wir den offiziellen Teil hinter uns bringen, bevor wir es uns gemütlich machen.«

Kaum setzte Sander zu einer Antwort an, baten die Fotografen schon um ein paar Gruppenbilder. Nachdem die Reisenden ihnen Rede und Antwort zu ihrer Anreise gestanden hatten, hoben sie die immense Bedeutung des B10 für Madagaskars Süden hervor, der ihn besser mit dem Rest der Insel verband. Sie schüttelten den Schülern die Hand und gingen ins Haus.

Pastor Olsen führte sie durch die angrenzende Schule und die Räumlichkeiten der Mission, doch seine erklärenden Worte rauschten gleich einem stetigen Strom an Louise vorbei. Sie erwiderte das Lächeln der Bediensteten und hatte Mühe, ihre Unruhe im Zaum zu halten.

Nach einer Erfrischung im Speisesaal drängte Monsieur Bary zum Aufbruch. Der Abschied Louises von ihren Reisegefährten fiel kurz und herzlich aus; sie würden sich bald wiedersehen.

Die Straße führte auf einen Waldabschnitt zu, der nur hier und da ein paar Lichtstreifen durchließ. Wie ein schwerer feuchter Mantel war die Luft und trieb Schweißperlen auf ihre Stirn. Überdies stand die Sonne bereits tief, und Louises Puls beschleunigte sich bei der Vorstellung, durch den finsteren Dschungel fahren zu müssen. Aber ihre Sorge erwies sich als unbegründet. Wenig später lichtete sich der Wald und gab den Blick auf ein Dorf frei, das aus etwa einem Dutzend Lehmhütten bestand, die man in die Felsen gebaut hatte. Außerdem entdeckte sie eine Ziegenherde sowie einen Verschlag mit Hühnern, die bei ihrer Durchfahrt in aufgeregtes Gackern verfielen.

Es konnte nicht mehr weit sein.

Am Ende der Siedlung folgte Monsieur Bary einer Abzweigung. Und dann waren da auf einmal Stimmen, die der Wind zu ihnen trug, und schrilles Affengeschrei. Im nächsten Moment tauchte eine Ansammlung von Behausungen vor ihnen auf, hinter der ein lang gezogenes, helles Gebäude auszumachen war, alles eingerahmt von blühenden Flammenbäumen. Louise stockte der Atem angesichts des leuchtend roten Blütenmeers, das ihren Augen und ihrer Seele schmeichelte, gefangen von der Farbe, die der sonst eher schlichten Anlage einen besonderen Zauber verlieh.

Auf dem sandigen Vorplatz hoben gerade drei Männer Kisten aus einem Karren, zwei im traditionellen Lamba, der andere in kurzen Hosen. Als sie den B10 bemerkten, hielten sie inne und drehten sich neugierig um.

Monsieur Bary stellte den Wagen ab und machte sich daran, das Gepäck zu entladen. Louises Herz klopfte zum Zerspringen, als sie den Mann mit dem nackten Oberkörper erkannte. »Adrien!«

Er stellte seine Kiste ruckartig ab. »Louise!«

Die Blicke der beiden Einheimischen folgten ihr. Nur Wimpernschläge später fand Louise sich in einer stürmischen Umarmung wieder. Glücklich betrachtete sie seine vertrauten, etwas hageren Züge, wollte etwas sagen, aber ihre Kehle war wie zugeschnürt.

»Louise, wie schön! Herzlich willkommen im *Coeur de la Jungle!* Ich kann es kaum glauben, dich tatsächlich leibhaftig vor mir zu sehen«, sagte Adrien freudestrahlend. »Monsieur Bary, vielen Dank, dass Sie meine Schwester hierherbegleitet haben.«

»Ihr kennt euch?«, fragte Louise.

Der Guide bejahte. »Ich habe Ihren Bruder seinerzeit ebenfalls hierhergeführt. Sie werden sich sicher eine Menge zu erzählen haben. Ich mache mich wieder auf den Weg. Mit etwas Glück schaffe ich es noch vor Einbruch der Dunkelheit. Bitte grüßen Sie Ihre reizende Frau von mir.«

Als das Motorengeräusch verklungen war, wies Adrien die wartenden Männer an, Louises Gepäck ins Haus zu bringen. Dann legte er den Arm um sie. »So, jetzt komm erst mal rein in unsere gute Stube. Rana wird sich freuen, dich endlich kennenzulernen. Sie zieht mich schon auf, weil ich seit Wochen von kaum etwas anderem geredet habe.«

Louise kicherte und kniff die Augen zusammen, die Silhouetten der Hütten verschmolzen in der Dämmerung mit der Umgebung, während Adrien mit ihr den Vorplatz überquerte und auf eine der Holzhütten zusteuerte, deren Terrasse von den tief hängenden Zweigen eines Flammenbaums beschattet wurde.

Ein rauchiger Geruch schlug ihnen im Inneren entgegen. In der Mitte eines quadratischen Raums hockte eine junge Frau vor der Feuerstelle und warf Kohle in die Glut. Als sie Adrien und Louise sah, bedeckte sie ihren Oberkörper rasch mit dem Oberteil des Lamba und eilte zu Adrien, um ihn liebevoll auf die Nase zu küssen. Nur wenig kleiner als ihr Ehemann, wirkte sie trotz ihrer Jugend würdevoll. Rana hatte ihr dickes schwarzes Haar ähnlich wie die Schwarze auf dem Schiff zu vielen dünnen Zöpfen geflochten und hochgesteckt, was ihr ausdrucksvolles Gesicht noch betonte. Ihre Stimme klang samtig, als sie leise mit

Adrien sprach und sich dann ihrem Gast zuwandte. »Herzlich willkommen«, begrüßte sie Louise in tadellosem Französisch. »Endlich lernen wir uns kennen.« Sie lächelte. »Wie ähnlich ihr beide euch seht. Komm, du musst völlig erschöpft sein. Fühl dich bei uns ganz wie zu Hause.«

Die junge Madagassin wies auf ein buntes Kissen neben dem von Adrien nahe der Feuerstelle. »Bitte mach es dir bequem. Ich bereite uns inzwischen etwas zu essen zu.« Ohne eine Antwort abzuwarten, hängte sie einen eisernen Topf übers Feuer.

»Lass mich dir helfen«, bat Louise.

Erfreut reichte ihr Rana ein paar Süßkartoffeln, die Louise in mundgerechte Würfel schnitt, während sie verfolgte, wie Adriens Frau Knoblauch und etwas Ingwer in die Brühe tat und eine Art Blattgemüse folgen ließ.

»Was ist das?«, wollte Louise wissen.

»Wir nennen es Anamamy«, erläuterte Adrien. »Das ist ein Gemüse, das wild hier in der Umgebung wächst. Es schmeckt bittersüß.« Er zwinkerte. »Der Geschmack ist für den europäischen Gaumen anfangs ein wenig ungewöhnlich, aber inzwischen mag ich es sehr.«

Louise warf ihrem Bruder, der ruhig auf seinem Kissen saß, einen nachdenklichen Blick zu.

»Hier ist vieles anders, Louise. Es ist das Vorrecht der Frauen, die Familie zu bewirten. Greift ein Mann ein, versteht sie das als Zeichen ihrer Unfähigkeit.«

»Ach so, ich verstehe.« Louise schwirrte der Kopf von den vielen verwirrenden Eindrücken und Fragen. Bestimmt ist es unhöflich, sie gleich am ersten

Abend zu stellen, dachte sie und streckte die Beine aus. Das Feuer der Kochstelle wärmte augenblicklich ihre Füße, eine lähmende Müdigkeit schlich sich durch ihren Körper.

Rana zeigte auf den dampfenden Kochtopf, der auf einer Sisalmatte auf dem Boden stand. »Iss etwas und dann leg dich schlafen. Adrien hat dir schon unser Gästebett gerichtet.«

Erleichtert registrierte Louise die Porzellanteller und das Besteck, da musste sie sich in ihrer Müdigkeit nicht mit Bananenblättern herumquälen. Die Suppe schmeckte wunderbar, und plötzlich merkte Louise, wie hungrig sie war. Nachdem sie noch einen zweiten Teller gegessen hatte, ließ sie sich von Adrien in einen nur von einem Vorhang abgetrennten Raum begleiten, dessen Ausstattung aus einem Waschtisch, einem bequem aussehenden Schaukelstuhl und einem hölzernen Bett bestand. Darüber war ein Moskitonetz gespannt, um die lästigen Insekten fernzuhalten.

Ihr Bruder küsste sie liebevoll auf die Stirn. »Schlaf dich erst mal aus, morgen werde ich dich mit Fragen nach unseren Eltern, Paris und der Fabrik löchern.« Damit ließ er sie allein.

KAPITEL 10

Als Louise die Augen aufschlug und ihr bewusst wurde, wo sie sich befand, war sie schlagartig hellwach. Sie hatte tatsächlich ihr Ziel erreicht. Die Freude, die der Erkenntnis folgte, ließ ihren Puls in die Höhe schnellen. Eine Vielzahl von Geräuschen drang auf sie ein. Da waren die gellenden Rufe von Vögeln, die übers Haus hinwegflogen, das Klappern von Töpfen und eine zornige Männerstimme, die andere offenbar aufschreckte. Louise spähte aus dem Fenster. Auf dem Vorplatz entdeckte sie ein paar Einheimische mit großen Körben in den Armen. Adrien stand in ihrer Mitte, hörte einem der erregt gestikulierenden Männer zu, ging mit ihnen zu dem lang gezogenen Gebäude und verschwand aus ihrem Blickfeld.

Louise schaute sich im Gästezimmer um und schüttelte den Kopf. Sie musste wie ein Stein geschlafen haben, denn Rana oder ihr Bruder hatten eine Schüssel mit frischem Wasser, etwas Seife und ein Handtuch hereingebracht, ohne dass sie etwas davon bemerkt hatte. Am Kopfende des Bettes lag ein Bündel, das sich bei näherer Betrachtung als ein in hellen Farben gewebtes zweiteiliges Kleid entpuppte.

Mit einem wohligen Seufzen wusch sie sich den

Staub der Reise vom Körper. Bald darauf hörte sie ihre Schwägerin singen und im Haus hantieren. Sie roch den köstlichen Duft von frisch gebrühtem Kaffee. Louise begutachtete die beiden Stoffteile unschlüssig und war froh, als sie hörte, wie sich ihrem Zimmer leichte Schritte näherten.

»*Bonjour,* Louise. Hast du gut geschlafen?«, vernahm sie Ranas Stimme hinter dem Vorhang.

»Danke, ja.«

»Ich habe deine Kleider waschen lassen und dir etwas zum Anziehen hingelegt. Kommst du zurecht?«

»Ehrlich gesagt, nein. Ich finde keine Knöpfe«, antwortete Louise zögernd.

Rana lachte hell auf. »Darf ich reinkommen?«

»Natürlich.« Rasch bedeckte Louise mit einem Stoffteil ihre Blöße und musste dennoch gegen die aufsteigende Röte in ihren Wangen ankämpfen.

Adriens junge Frau trug nur einen bunten Rock um die Hüften und betrachtete sie ungeniert. »Du bist schön.«

Louise verzog das Gesicht. Sie kannte das Schönheitsideal der Madagassen nicht, möglicherweise mochten sie ja Frauen, die etwas zu breite Schultern, Schuhgröße 41 und Hüften hatten, die eine Spur zu ausladend waren. »Mein Vater hat immer gesagt, mit meinen groben Knochen sei ein halber Junge an mir verloren gegangen.«

Mit ihrem unbekümmerten Lachen nahm Rana ihr die Scheu. »Das finde ich nicht, du bist schön und stark. Eine Frau, die zuzupacken weiß. Du wirst einmal deinen Ehemann sehr glücklich machen.«

»Ich will keinen Ehemann.«

Ranas Augen wurden groß. »Aber wieso denn nicht?«

»Was geht da draußen vor sich?«, lenkte sie das Gespräch in eine andere Richtung, während ihr die Madagassin mit einem Wink zu verstehen gab, ihren Oberkörper zu entblößen.

Sie gehorchte.

»Ein paar Männer aus dem Dorf haben verletzte Tiere gebracht.« Rana bemerkte ihren verwirrten Blick. »Buschwildjäger«, erläuterte sie mit umwölkter Stirn. »Oft sind es seltene Lemurenarten oder sogar unsere heiligen Indris, die ihnen verletzt oder vergiftet entkommen konnten. Wir und die Dorfbewohner versuchen, sie zu retten und später wieder auszuwildern. Doch die Zahl derer, die verkauft und ins Ausland geschmuggelt werden, ist noch immer hoch. Heb mal die Arme.«

Rana zog aus der oberen und unteren Naht des Oberteils Schnüre, raffte und verknotete sie. »Siehst du, es ist ganz einfach. Jetzt zieh den Rock an.«

»Danke, Rana«, sagte Louise, als ihre Schwägerin fertig war. »Und dann landen die Tiere in engen Käfigen?«, lenkte sie das Gespräch aufs Thema zurück.

»Ja, oder sie fristen ihr Leben mit einem Halsband geschmückt auf den Schultern reicher Herrschaften.«

Louise überlief ein Schauer. »Das klingt grausam.«

»Du sagst es. Wenn du Lust hast, zeige ich dir nach dem Frühstück die Station. Du kannst mich auch bei der Fütterung unserer Patienten begleiten, wenn du magst.«

»Oh ja, gerne«, antwortete Louise wie aus der Pistole geschossen.

Ihre Schwägerin musterte sie. »Die Tiere müssen zutraulich genug sein, damit sie zulassen, dass wir sie untersuchen. Unsere Halbaffen sind von Natur aus gelehrig, mit ihnen haben wir die wenigsten Probleme. Andererseits dürfen wir sie aber auch nicht zähmen, sonst finden sie sich später in der Wildnis nicht mehr zurecht.« Rana legte den Kopf schief. »Hast du Angst vor ihnen?«

»Ich?« Der Gedanke war geradezu lächerlich. »Nein, wo denkst du hin, Rana? Sie sind mir fremd, das ist alles.«

Adriens Frau zurrte ihr Oberteil fest und nickte zufrieden. »Jetzt siehst du schon fast wie eine Tanala aus.«

»Tanala?«, wiederholte Louise.

»So heißt mein Stamm. Übersetzt bedeutet der Name: die, die im Wald leben. Meine Familie ist schon sehr neugierig auf die Frau, die um die halbe Welt gereist ist, um ihren Bruder zu sehen.«

»Darf ich dich etwas fragen, Rana?«

»Alles, was du willst.«

»Du sprichst meine Sprache sehr gut. Dabei unterhaltet ihr euch hauptsächlich in Malagasy. Hast du die Missionsschule von Pastor Olsen besucht?«

»Nein, ich habe mich erst vor unserer Hochzeit taufen lassen. Mein Vater hat es mir beigebracht. Er sagte, es ist wichtig, die Amtssprache zu beherrschen, sonst wird man nicht ernst genommen. Die Feinheiten habe ich dann durch Adrien gelernt.« Ranas Augen bekamen einen sanften Glanz. »Und ich versuche, ihm Malagasy beizubringen. Leider ist er ein lausiger Schüler, er kann einfach nicht still sitzen und lässt es an Ernsthaftigkeit fehlen.«

Das sah ihrem Bruder ähnlich. Wärme durchflutete sie, während Bilder aus der Vergangenheit vor ihr auftauchten. Louise kicherte. »Ich weiß genau, was du meinst. Adrien würde allerdings mit mir schimpfen, wenn ich ausplaudern würde, wie er seinen Lehrer früher reingelegt hat.«

Rana schnalzte mit der Zunge. »Das kann ich mir gut vorstellen. Komm, ich habe uns Frühstück gemacht.« Sie nahm Louise an die Hand und führte sie in den Wohnraum.

Nachdem sie sich mit Reis, Früchten und Kaffee gestärkt hatten, steuerten die ungleichen Frauen auf das weiße Gebäude zu, vorbei an einem windschiefen Verschlag, an dem ein zotteliges Pferd festgebunden war.

»Das ist unser Stationspferd«, erklärte Rana. »Für schwere Lasten ist die Stute zu alt, aber wir führen sie manchmal spazieren. Das liebt sie.«

Daheim, dachte Louise, dürfen die Tiere mit ihren Artgenossen weiden.

»Kannst du reiten?«, fragte Rana.

»Nein, ich bin ein Stadtkind, und wir hatten nie Haustiere.«

»Dann wird es Zeit«, sagte Rana mit einem feinen Lächeln und zog sie weiter.

Bereits von Weitem war aufgeregtes Affengeschrei und lautes Rütteln an den Gitterstäben zu hören. Zunächst führte Adriens Frau sie zu einer Hütte gleich neben dem Affenhaus und zeigte ihr zwei Räume, die mit Betten, Lampen und einem kleinen Schrank ausgestattet waren.

»Hier übernachten unsere Arbeiter bei schlechtem

Wetter oder wenn sie abends länger bleiben«, erläuterte Rana.

»Gehören sie auch zum Stamm der Tanala?«, fragte Louise.

»Nein, sie leben in einem Dorf gut zwanzig Kilometer entfernt. Die meiste Zeit kehren sie abends nach Hause zurück.«

Louise hatte am eigenen Leib erfahren, was Entfernungen auf Madagaskar bedeuteten. Die Vorstellung, dass die Männer morgens und abends jeweils mehrere Stunden durch die Wildnis wanderten, beeindruckte sie.

Vor dem Haupteingang trafen sie auf Adrien, der zusammen mit einem jungen, schlaksigen Madagassen gerade die Wassertröge füllte.

»Oh, da bist du ja, Liebes«, begrüßte er seine Frau warm, küsste sie und strich seiner Schwester übers Haar. »Schön, du hast wieder etwas Farbe im Gesicht.«

Er wies auf den etwa Zwanzigjährigen neben sich, der mit auf dem Rücken verschränkten Armen stehen geblieben war und von einem Fuß auf den anderen trat. »Darf ich dir Talib vorstellen? Er ist die gute Seele der Station und der Sohn von unserem Vorsteher und Veterinär Dr. Nielsen Rasoloarison. Das ist meine Schwester aus Paris, Mademoiselle Bernard.«

Der junge Mann ignorierte Louises ausgestreckte Hand und grinste verlegen. »*Bonjour,* Mademoiselle.«

»Ich heiße Louise.« Sie fand, dass er mit seinen ausgeprägten Wangenknochen und dem Mund, dem man anmerkte, dass er gern lachte, ausgesprochen sympathisch aussah.

Talib deutete eine Verbeugung an; er hatte es eilig, die Futternäpfe ins Innere zu bringen.

»Die Männer hier haben wohl keine gute Kinderstube genossen, oder warum sind sie so unhöflich?«, entfuhr es Louise.

Adrien kratzte sich am Hinterkopf. »Inwiefern?«

»Die Träger unterwegs haben es nicht für nötig befunden, auf meine Bitten zu reagieren, und sie haben wie Talib kaum ein Wort mit mir gewechselt.«

»Mach dir keine Gedanken«, wiegelte Adrien ab. »Viele Einheimische sind nicht besonders gut auf uns zu sprechen. Vor ungefähr dreißig Jahren haben die Franzosen die Königin der Madagassen gestürzt und eine Militärherrschaft eingerichtet. Sie führten Zwangsarbeit ein, viele starben. Wer sich auflehnte, wurde exekutiert. Man hat sie wie Menschen zweiter Klasse behandelt. Für den Kampf im Weltkrieg waren sie jedoch gut genug. Das hat sich in die Köpfe der Leute eingebrannt.«

»Das wusste ich nicht«, flüsterte Louise.

»Ich auch nicht. Von den Zuständen in den Kolonien ist wohl nur wenig bis Paris durchgedrungen.« Er küsste sie auf die Stirn. »Außerdem wagen sich nur selten alleinstehende weiße Frauen in unsere Wildnis vor, sodass die Einheimischen kaum welche zu Gesicht bekommen. Fremden gegenüber sind sie zwar gastfreundlich, aber zurückhaltend. Hab ein wenig Nachsicht mit ihnen.«

Louise wollte das Thema damit bewenden lassen. »Rana hat mir von den verletzten Tieren erzählt, die ihr heute Morgen bekommen habt«, sagte sie daher. »Wie geht es ihnen?«

Ihr Bruder hob die Schultern. »Das Indri-Weibchen hat eine entzündete Wunde und macht einen entkräfteten Eindruck. Bei der Fossa ist eine Pfeilspitze in der Flanke stecken geblieben.«

»Fossa? Ist das eine Affenart?«, hakte Louise nach.

»Nein, es ist unser größtes Raubtier und wird auch Frettkatze genannt«, erläuterte Adrien. »Sie ernährt sich hauptsächlich von Lemuren, deshalb müssen wir sie von den anderen Tieren isolieren. Um das kleine Kattamädchen, das im Dschungel herumirrte und nach seiner Mutter schrie, mach ich mir die größten Sorgen.«

»Was ist eine Katta?«, fragte Louise.

»Die Katta ist eine Primatenart und gehört zu den Lemuren. Ihr Aussehen ist unverwechselbar. Du wirst das Kleine bald kennenlernen. Unser Findelkind ist unterernährt und völlig verschreckt. Wenn die Kleine überleben soll, müssen wir sie rund um die Uhr betreuen.«

Entsetzt sah Louise ihren Bruder an. »Hat die Mutter sie etwa im Stich gelassen?«

»Das glaube ich nicht«, mischte sich Rana ins Gespräch. »Kattas sind fürsorgliche Mütter. Sie suchen ihre Jungen. Allerdings sollte sie bald hier auftauchen, bevor es zu spät ist.«

Adriens Miene war sorgenvoll. »Nielsen ist wegen einiger Besorgungen ganz früh nach Fianara gefahren. Hoffentlich ist er bald zurück.«

»Das hoffe ich auch«, brüllte Louise gegen den anschwellenden Lärm in den Ställen an, damit er sie überhaupt verstehen konnte.

»Komm, die Tiere werden schon ungeduldig.« Rana

nahm ihre Schwägerin lächelnd am Arm. »Die kennen ihre Fütterungszeiten sehr genau.« Sie küsste ihren Mann zärtlich. »Wir sehen uns später.«

Im Vorratsraum der Station wies die Madagassin auf eine Anzahl Körbe und Futterschalen, die auf einem langen Tisch standen. »Unsere Lemuren lieben Früchte, Blätter und Bambus. Wir müssen für zweiundzwanzig Tiere einzelne Portionen herrichten.«

Louise griff nach einer Handvoll Bananen, schälte und verteilte sie auf die Näpfe. »Als wir unterwegs ein Nachtlager aufschlugen, fragte uns ein Träger, ob er uns einen Lemuren zum Abendessen erlegen solle. Ihr pflegt und behandelt verletzte Lemuren, andererseits stehen sie auf eurem Speiseplan. Ist das nicht widersprüchlich?«

Rana hob den Kopf und nickte. »Für dich, die du unsere Lebensweise nicht kennst, muss das in der Tat unverständlich sein.« Sie reichte Louise ein großes Messer, damit sie Papayas klein schneiden konnte. »Wir halten die einfachen Lemuren sogar als Haustiere, trotzdem werden sie hier seit Menschengedenken gejagt. Da sie in großer Zahl vorkommen und die meisten von uns sich von dem ernähren müssen, was die Natur bietet, ist das überlebensnotwendig. Wir können uns keine Sentimentalität leisten.«

»Tut mir leid«, erwiderte Louise. »Ich wollte dir nicht zu nahe treten.«

»Das bist du nicht, keine Sorge. Früher habe ich sie gegessen, wenn wir nichts anderes hatten oder es die Höflichkeit gegenüber einem Gastgeber verlangte. Seit ich auf der Station arbeite, kann ich es gar nicht mehr. Auf unserer Insel gibt es viele verschiedene

Halbaffen, von denen einige immer seltener gesichtet werden.« Rana legte eine Bambusstange beiseite. »Weißt du, ein Großteil unserer Regenwälder ist bis heute überhaupt nicht erforscht. Niemand kann mit Sicherheit sagen, welche Arten inzwischen vom Aussterben bedroht sind. Weil wir für unsere Heimat verantwortlich sind, müssen wir verhindern, dass diese Tiere Fallen oder Giftpfeilen zum Opfer fallen.«

Die Schreie der Halbaffen aus den Käfigen wurden lauter, drängender.

Die Bewunderung, die Louise für Adriens Frau empfand, wuchs, während sie ihren Ausführungen lauschte. »Du bist sehr klug. Hast du diese Dinge alle in der Schule gelernt?«

Ranas fein gezeichnete Züge wirkten traurig. »Ich wäre gern weiter zur Schule und dann auf die Universität gegangen. Als Mädchen habe ich davon geträumt, Biologin zu werden …«

»Aber du kannst doch lesen und schreiben«, fiel Louise ihr ins Wort.

»Alles, was ich weiß, habe ich in den paar Schuljahren, von meinem Stamm und vor allem von meinem Vater gelernt. Nielsen hat ihm damals beigebracht, was er benötigte, um eine Station führen zu können. Aber jetzt genug geschwatzt, du ahnst nicht, wie ungehalten unsere Schützlinge werden können.«

Gedankenversunken fuhren die beiden Frauen mit der Arbeit fort, zum Schluss gab Rana noch Mehlwürmer in einige Schalen. »Für diejenigen, die an Gewicht zulegen müssen.«

Louise wandte den Blick ab, als sie sah, wie sich die weißlichen Maden über die Fruchtstücke wanden. Danach zog Rana eine milchige Flüssigkeit auf eine Pipette. »Die Ziegenmilch ist für unser Kattamädchen. Wir können nur hoffen, dass sie die Nahrung annimmt«, erklärte sie ernst.

Rana öffnete die Schiebetür, und Louise fand sich in einem langen Gang wieder, auf dessen rechter Seite unterschiedlich große Käfige angebracht waren.

Einen Moment blieb Louise wie angewurzelt stehen und rümpfte die Nase. »Puh, an den Gestank muss ich mich erst gewöhnen.«

Rana lachte nur.

Die Halbaffen umklammerten mit ihren menschenähnlichen Händen die Gitterstäbe und verfolgten jede ihrer Bewegungen. Ohne zu zögern, trat Louise mit Rana an den ersten Käfig.

Ein etwa vierzig Zentimeter großes, rabenschwarzes Äffchen mit auffälligen Haarbüscheln an den Ohren saß auf einem dicken Ast, der quer durch den Käfig führte, drückte sich in eine Ecke, legte seinen Kopf schief und musterte Louise aus braunen Augen.

»Das ist Jamal, ein Mohrenmaki-Männchen«, erklärte Rana. »Wir fanden es völlig apathisch vor einer Baumhöhle. Es ist kerngesund, frisst aber kaum und macht nach wie vor einen traurigen Eindruck. Junge Männchen verlassen normalerweise ihre Geburtsgruppe, schließen sich zu dritt oder viert zusammen und versuchen, Anschluss an eine andere Gruppe zu finden. Wir nehmen an, dass Jamal gescheitert ist und sich allein durchschlagen musste.«

»Er ist einsam«, flüsterte Louise. Jamals trauriger und zugleich misstrauischer Blick berührte sie eigentümlich. »Könnt ihr ihn nicht in einem Käfig mit anderen Lemuren unterbringen?«

»Das ist bei uns leider nicht möglich«, erwiderte Rana bedauernd. »Um mehrere Arten in einem Käfig zu halten, braucht man sehr viel Platz, denn auch in Freiheit hat jede Art ihr eigenes Territorium, und er ist unser einziger Mohrenmaki.« Ihre Stimme wurde einschmeichelnd. »Jamal, mein Süßer. Schau mal, was wir dir mitgebracht haben.« Mit diesen Worten stellte Rana den Futternapf in seinen Käfig.

Schweigend gingen die beiden weiter, und Louise sah zu, wie ihre Schwägerin eine Gittertür nach der anderen öffnete und wieder schloss. Doch das Kattamädchen, von dem Adrien gesprochen hatte, war nicht unter den Käfigbewohnern. Rana erklärte ihr, dass es vorläufig in einem anderen Raum untergebracht war. »Es ist noch klein und braucht viel Ruhe. Außerdem müssen wir die Ergebnisse der Untersuchung abwarten. Erst wenn Nielsen sie für gesund erklärt, lassen wir sie in die Nähe der anderen. Magst du mich begleiten?«

»Ja, sicher.« Louise folgte ihr mit dem seltsamen Gefühl, von den Tieren beobachtet zu werden. Das Lemurenkind lag zusammengerollt zwischen dünnen Decken in einer Kiste und gab klägliche Laute von sich. Stirn und Ohren waren weiß, die Nase schwarz. Das Schönste an dem hundeartigen Wesen mit dem langen geringelten Schwanz waren jedoch seine großen bernsteinfarbenen Augen. »Wie hübsch es ist«, entfuhr es Louise.

Rana lächelte. »Ja, das finde ich auch. Die Kleine muss ungefähr sieben Monate alt sein.« Sie hielt dem

Kattamädchen eine Pipette vor den Mund, doch es reagierte nicht auf die sanften Worte, mit denen Louises Schwägerin versuchte, es zum Trinken zu bewegen.

Just in dem Moment betrat ein Mann in einem grünen Hemd den Raum. Er war hellhäutiger als Rana und hatte wie Talib eindeutig asiatische Züge. Er reichte Louise nur knapp bis zur Stirn und hatte sich ein Tuch um den Kopf geschlungen.

Ranas Gesicht hellte sich auf. »Oh, gut, dass du kommst, Nielsen«, begrüßte sie den Einheimischen mit einer Stimme, der die Erleichterung deutlich anzuhören war.

Sie sprachen auf Malagasy miteinander, dann drehte er sich zu Louise um.

»Herzlich willkommen im *Coeur de la Jungle,* Mademoiselle Bernard. Ich bin Nielsen, der Tierarzt der Station und Talibs Vater. Adrien hat mir schon viel von Ihnen erzählt.«

Da erklang auf einmal ein ohrenbetäubendes Gekreische. Rana runzelte die Stirn. »Das hört sich nicht gut an. Nielsen, falls du Unterstützung brauchst, meine Schwägerin hilft dir sicher gern. Bitte entschuldigt mich einen Moment.« Rana eilte hinaus.

»Aber das geht doch nicht«, warf der Tierarzt sichtlich konsterniert ein. »Die Arbeit ist nichts für eine junge Dame.«

»Wo ist das Problem?«, fragte Louise. Während sie aus den Augenwinkeln wahrnahm, wie Nielsen mit Instrumenten hantierte, konnte sie den Blick nicht von dem kleinen Wesen wenden, das merklich nach Luft japste. »Ich kann das Tier halten, wenn Sie seine Herztöne abhören.«

»Sie könnten sich schmutzig machen«, war Nielsens knappe Antwort.

»Und wenn, was ist schon dabei?«, entgegnete Louise. »So schwer kann es doch nicht sein, den Winzling festzuhalten.«

Der Tierarzt legte Louise das Lemurenkind in den Arm, wobei sich seine Stirnfalten vertieften.

Sie hielt das kleine Wesen, das genau in ihre Hände passte, unbeholfen umklammert.

»Gut so. Fassen Sie sie ruhig richtig an«, riet Nielsen. »Bei den Halbaffen ist es ähnlich wie bei uns Menschen. Sie sind ruhiger, wenn sie unsere Nähe spüren.«

Louise starrte auf das aufgeregt hechelnde Affenkind. Was, wenn sie zu ungeschickt war und es fallen ließ? Solche Fragen schossen ihr durch den Kopf, während sie das Kattamädchen fest an sich drückte. Das Gefühl eines kleinen warmen Körpers an ihrem war neu. Da zog sich das Lemurenkind plötzlich an dem Stoff ihres Kleides hoch, schmiegte sich an ihre Brust und verharrte dort regungslos. Louise spürte seinen ängstlichen Herzschlag und beobachtete mit wachsender Verblüffung, wie es seine Nase in eine Stofffalte grub und wohlig ausatmete.

»Geben Sie mir bitte die Pipette«, sagte sie mit fester Stimme.

Nielsen reichte ihr nach kurzem Zögern die Pipette. »Wenn das Kleine nicht trinkt, wird es die Nacht vermutlich nicht überstehen.«

Louise starrte auf das kleine hechelnde Wesen. Das sollte doch eine Kleinigkeit sein, diesem eigenartigen Tier Milch einzuflößen. Entschieden hielt sie dem Lemurenkind die Pipette an den Mund, aber es machte keinerlei Anstalten zu trinken. Sie probierte es erneut, auch die nächsten Versuche scheiterten. Schließlich gelang es Louise bei einem hastigen Atemzug der Kleinen, die Pipette in ihren Mund zu schieben. Ein Tropfen Milch war auf der Zunge zu erkennen, das Kattamädchen schluckte instinktiv, nahm einen zweiten und dritten Schluck. Schon wollten dem Äffchen die Augen zufallen, doch Nielsen hob es vorsichtig aus Louises Armen, um es zu wiegen und zu vermessen. Nielsen prüfte seine Reflexe und tastete die Gelenke ab. Wenig später legte er Louise mit ernster Miene das Lemurenkind wieder in den Arm. »Außer Liebe und guter Nahrung fehlt ihr nichts. Ihre Schwäche ist allerdings besorgniserregend. Wenn Sie so freundlich wären und weiterhin versuchen würden, ihr die Milch einzuflößen? Es hat den Anschein, als fühle sie sich bei Ihnen wohl.«

Was Louise angesichts des Umstands, dass sie früher nie viel mit Tieren anfangen konnte, besonders berührte. »Ich probiere es«, flüsterte sie und setzte ihre Bemühungen fort. Gerade war es ihr gelungen, dem Kattamädchen ein paar weitere Tropfen einzuflößen, da stürmte Rana ins Zimmer. »Kannst du bitte nach dem Indri sehen, Nielsen? Irgendetwas stimmt mit ihm nicht.« Ihr Blick fiel auf Louise, und sie blieb wie vom Donner gerührt stehen. »Was …«

»Ich bin schon unterwegs.« Er wies vielsagend auf das Lemurenkind. »Da staunst du, was? Das muss Liebe auf den ersten Blick bei der Kleinen sein«, sagte Nielsen, dann huschte er hinaus.

»Was ist mit dem Indri?«, fragte Louise.

»Durch das Rütteln an den Gitterstäben hat er sich die Hand verletzt.« Adriens Frau wies auf das Kattamädchen in Louises Arm. »Du verstehst dich offenbar doch auf Tiere.«

»Nicht im Geringsten. Ich begreife das selbst nicht.« Ein weiterer Tropfen Milch landete in der Kehle des Lemurenkinds.

Ihr Gegenüber beobachtete die beiden aufmerksam. »Soll ich sie dir abnehmen?«

»Danke, es geht schon.« Zufrieden begutachtete Louise die halb geleerte Pipette und merkte, wie sich ein Lächeln auf ihren Mund stahl. »Sie wird müde. Wir sollten sie schlafen lassen.« Damit legte sie den Lemuren in seine Kiste zurück und deckte ihn zu.

KAPITEL 11

Louise erwachte in der Dämmerung. Sie war mit einem Schlag hellwach, und weil sie Adrien und Rana nicht stören wollte, holte sie ihr Tagebuch hervor. Ihr Stift huschte über das Papier, während sie die Szenen der vergangenen Tage festhielt.

Später saßen die Geschwister einträchtig vor der Hütte und betrachteten den Sonnenaufgang. Auf Adriens Frage berichtete Louise von der langen Reise, ihren Begleitern und der unliebsamen Begegnung mit der Schlange.

»So etwas Ähnliches habe ich auch erlebt. Wenn du durch die Wildnis streifst, reicht es nicht, auf den nächsten Schritt zu achten«, mahnte ihr Bruder. »Du musst immerzu die Umgebung im Blick haben. Ich bin froh, dass dir nichts zugestoßen ist.«

Vor Louises innerem Auge formte sich das Bild des weißbärtigen Eingeborenen. »Tianasoa hat großartig reagiert. Trotz der heiklen Situation blieb er ruhig und wusste, was zu tun ist.«

»Ah, Tianasoa? Dann warst du in den allerbesten Händen. Er ist der *Ombiasy,* der Schamane unseres Tanala-Stamms.«

»Ach«, entfuhr es Louise. Sie ließ ihren Kaffeebecher sinken. Das erklärte, warum er hinterher eine

Art Gebet für die Ahnen angestimmt hatte. Ihn umgab tatsächlich etwas Geheimnisvolles. »Zu welchem Stamm gehören Nielsen und Talib eigentlich?«

»Sie sind Hova, so wie Rado und Mamy«, erklärte Adrien. »Aber sag mal, wie haben dir eigentlich unsere Tragestühle gefallen?«

»Das kannst du dir bestimmt denken. Wenn ich an die Rückreise und das Schaukeln denke, wird mir jetzt schon übel.« Obgleich Louise bereits den dritten Becher Kaffee trank, fühlte sie die Erschöpfung wie Blei in den Gliedern. Bis in die Nacht hatte sie bei dem Kattamädchen gesessen und war danach von Rana und Talib abgelöst worden. Ihre Bemühungen, das Kleine zum Trinken zu animieren, waren bisher von wenig Erfolg gekrönt. Es war unruhig, was Rana und Louise dem Umstand zuschrieben, dass es das Rumoren und Schreien der verschiedenen Lemurenarten hörte, die anders als die Katta nachtaktiv waren.

Das konnte jedoch nicht der einzige Grund sein, denn als Louise nach einem zweistündigen, beinahe besinnungslosen Schlaf die nächste Wache übernahm, wurde die Kleine zusehends ruhiger. Talib hatte Louise vor Kurzem abgelöst, und nachdem der kleine Lemur auch die zweite Pipette Milch getrunken hatte, keimte Hoffnung in allen auf.

Louise nahm einen großen Schluck Kaffee und lehnte den Kopf an Adriens Schulter. Ein Glücksgefühl durchströmte sie, als sie sein Profil betrachtete, das sich scharf gegen die ersten Sonnenstrahlen abzeichnete. Dann sah sie den harten Zug, der sich um seinen Mund gegraben hatte, und das Düstere in seinem Blick, ein Ausdruck, der ihr neu war und ihn veränderte. »Das Kattamädchen wird es schaffen, ganz bestimmt«, murmelte sie wie zu sich selbst. »Die Kleine ist eine zähe Kämpferin.«

Er drehte sich zu ihr. »Hoffen wir es.«

Louise sah zu dem Gebäude, in dem die Tiere untergebracht waren. »Es ist mir ein Rätsel, warum sie ausgerechnet zu mir Vertrauen gefasst hat. Ich weiß ja nicht mal, wie ich mit ihr umgehen soll.«

Adrien winkte ab. »Du grübelst zu viel. Warum legst du dich nicht noch etwas schlafen? Die Reise war anstrengend.«

»Nein«, sie schüttelte den Kopf. »Nielsen hat versprochen, sich das Kleine heute Vormittag noch mal anzusehen. Da möchte ich auf jeden Fall dabei sein. Bis dahin mache ich mich hier ein wenig nützlich.«

»Wie du willst. Talib und ich machen nachher die Käfige sauber. Übrigens kommt Jipa heute wieder nach Hause, und ich kann ihn dir endlich vorstellen.«

»Wo ist dein Schwiegervater eigentlich?«

»Die Tanala haben ein rituelles Fest gefeiert, das erst gestern zu Ende gegangen ist. Erfahrungsgemäß kehrt Jipa nicht vorm Nachmittag zurück. Seine beiden Ehefrauen lassen ihn ungern ziehen.«

Louise traute ihren Ohren nicht. »Er hat zwei Frauen?«

»Ihm sind sogar vier Frauen erlaubt. Insofern gehört mein Schwiegervater mit seinen zwei Frauen eher zu den bescheidenen Männern. Ranas Mutter wollte, dass sich Jipa eine zweite Ehefrau nimmt, die einen Teil der Hausarbeit übernimmt und sich um die sieben Kinder kümmert.« Adrien grinste breit.

Bestürzt starrte Louise ihren Bruder an. »Das findest du witzig? Also ich möchte nicht das Hausmütterchen für fremde Kinder spielen und mir Vorschriften machen lassen. Was sagt denn Rana zu dieser Sitte?« Ihre Stimme nahm einen besorgten Klang an.

»Sie würde mir die Augen auskratzen und mich daran erinnern, dass wir Christen sind.«

Louise kicherte. Obwohl sie ihre Schwägerin kaum kannte, hatte sie sie bereits ins Herz geschlossen. Sinnierend sah sie sich um. Rana scheuerte die Terrasse vor den Tierkäfigen und rief ein paar Frauen, die sich zur Wasserstelle aufmachten, Anweisungen zu. Trotz ihrer Feingliedrigkeit arbeitete sie ebenso hart wie die anderen. Offenbar hatten Louise und sie einiges gemeinsam. Die Männer auf Madagaskar hielten das Zepter in der Hand. Den Frauen oblag die Versorgung von Haus und Hof, was auf Louise wie eine nie endende Abfolge von Pflichten wirkte. Und das warf für sie unweigerlich die Frage auf, ob sie auch entsprechende Rechte besaßen.

Sie schlug die Beine übereinander. »Für Jipa war es bestimmt schwer, als Rana konvertierte, damit ihr heiraten konntet, oder?«

Seine Miene nahm einen erstaunten Ausdruck an. »Ziemlich tiefschürfende Gedanken am frühen Morgen. Der Kaffee scheint geholfen zu haben.«

Statt einer Antwort zog sie ihn am Ohrläppchen, so wie in Kindertagen, wenn er sich über sie lustig gemacht hatte.

Adrien rieb sich theatralisch über die schmerzende Stelle, wurde aber gleich wieder ernst. »Sagen wir, Jipa hat es akzeptiert. Sie war ja auch nicht die Erste, im Dorf gibt es mittlerweile eine ganze Menge Christen. Die meisten Eltern lassen ihre Kinder sowieso taufen, dadurch haben sie später die Möglichkeit, die Missionsschule zu besuchen und eine gute Bildung zu bekommen.«

Louise nickte. »Das kann ich gut verstehen.«

»Natürlich hat das für den Stamm weitreichende Konsequenzen. Jipa ist ein kluger Mann, er sagte zu Rana: ›Vergiss nie die Erde, die dich ernährt hat, und ehre unsere Ahnen, denen du das Land und ihren Schutz verdankst.‹ Außerdem hat er uns gebeten, auch noch eine traditionelle Hochzeitszeremonie bei den Tanala abzuhalten.«

»Habt ihr sie schon gefeiert?«, fragte sie.

»Sie war geplant, doch dann setzte die Regenzeit früher ein als gewöhnlich.« Er küsste sie auf die Stirn. »Was durchaus Vorteile mit sich bringt. Jetzt können wir gemeinsam feiern.«

Louise sprang auf die Füße. »Oh, das ist ja wundervoll!«

»Das ist es. Als du mir von deinem Besuch berichtet hast, haben wir gleich mit Tianasoa gesprochen, und er hat die Sterne nach dem günstigsten Tag befragt. Die Zeremonie findet nächste Woche statt.«

Die Tanala beschäftigten sich mit Astrologie? Die Stammeskultur schien komplexer zu sein, als sie gedacht hatte. »Ich kann es kaum erwarten«, antwortete sie. »Adrien, das wird aufregend, und ich freue mich, dass ich dabei sein kann.«

Er stellte seinen Becher ab. »Wir freuen uns auch. Nur schade, dass Maman und Papa nicht dabei sein werden. Haben sie den Schock inzwischen überwunden?«

»Ich denke schon. Sie waren nie böse, eher gekränkt, weil du ihnen erst nach der Trauung von Rana erzählt hast«, erwiderte Louise. »Sie hatten vermutlich eine andere Vorstellung davon, wie, wo und mit wem du leben wirst. Sie leiden unter der Trennung von dir. Du weißt doch, wie die beiden sind.«

Adrien nickte. »Zumal die Post Wochen braucht, bis meine Briefe sie erreichen. Ich wünsche mir so sehr, dass sie Rana eines Tages kennenlernen, dann würden sie mich sofort verstehen. Meinst du, sie werden uns irgendwann besuchen?«

Seine hoffnungsvolle Miene versetzte Louise einen Stich. »Ich glaube nicht. Papa sagt, für eine derartige Reise fühle er sich zu alt, und Maman würde ihn nie allein lassen.«

»Wahrscheinlich würden sie auch nicht mit der hohen Luftfeuchtigkeit zurechtkommen«, ergänzte Adrien traurig. Er stand auf und streckte den Rücken. »Aber jetzt ruft die Arbeit. Weißt du, wo Talib steckt?«

»Er ist bei unserem Sorgenkind«, antwortete Louise und erhob sich. »Ich löse ihn ab und gebe ihm Bescheid.«

»Gut, bis später.«

Als Louise den Raum betrat, in dem das Kattamädchen untergebracht war, sprang Talib auf und eilte ihr entgegen. »Gut, Sie kommen, Mademoiselle. Ich glaube, Affe krank. Sehen Sie!« Er wies auf das zitternde Tierkind in seinem Arm, das herzzerreißend jammerte.

»Nenn mich bitte Louise. Was ist mit ihm?«

Eine Antwort war überflüssig, denn im nächsten Augenblick bemerkte sie die Bescherung. Talibs Lamba war mit dunklen Kotflecken besudelt. »Bleib mit ihr hier. Ich hole Hilfe«, rief sie ihm zu und lief rasch ins Freie.

Rana blickte von ihrer Arbeit auf. »Was ist passiert?«

Louise umfasste ihren Arm. »Dem Kleinen geht es schlechter. Kannst du Talib ablösen? Wo ist der Tierarzt?«

»Ja, sicher löse ich ihn ab. Nielsen habe ich heute noch nicht gesehen.«

Ohne ein weiteres Wort zu verlieren, raffte Louise ihren langen Rock und lief auf den Vorplatz. Wenn sie jetzt nur ihre Arbeitshose tragen würde, um wie viel schneller sie wäre! Die anderen beiden Mitarbeiter der Station warfen ihr verblüffte Blicke zu, während sie an ihnen vorbeihastete.

Da entdeckte sie keine fünfzig Meter entfernt den Tierarzt im Gespräch mit einem kleinen Mann mit bloßem Oberkörper.

»Entschuldigung«, rief sie. »Nielsen, bitte kommen Sie schnell!«

»Was ist los?«

»Das Kattamädchen«, erwiderte sie nur, atemlos von der schwülwarmen Luft, und zog ihn mit sich.

Nielsen überblickte die Situation sofort. Das Affenmädchen lag ganz still in Ranas Armbeuge. Nur das krampfartige Zucken verriet, dass es noch am Leben war. Während der Tierarzt seine Patientin untersuchte, war es still im Raum. Louise fuhr sich mit der

Zunge über die trockenen Lippen und ließ Nielsen keine Sekunde aus den Augen.

»Sie hat Schwierigkeiten mit der Ziegenmilch«, erläuterte er nach einer gefühlten Ewigkeit, ohne aufzublicken. »Da wir jedoch nicht wissen, wie lange es her ist, seit sie gefressen hat, bleibt uns nichts übrig, als mit Milch anzufangen. Ich verabreiche ihr jetzt ein Stärkungsmittel. Momentan wird sie wahrscheinlich zu schwach zum Trinken sein und schlafen. Außerdem möchte ich, dass ihr die Milch verdünnt, bis sich ihr Verdauungsapparat auf die veränderte Nahrung eingestellt hat.«

»Natürlich«, erwiderten die Frauen wie aus einem Mund.

Der Tierarzt säuberte das Lemurenkind, träufelte ihm einige Tropfen einer bräunlichen Flüssigkeit in den Mund und wog es zum Schluss. Als er sich zu den beiden Frauen umdrehte, war seine Miene ernst. »Ihr Gewichtsverlust ist kein gutes Zeichen. Wer übernimmt die nächste Wache?«

Louise nahm ihm das Kattamädchen ab. »Ich bleibe bei ihr.« Kurzerhand griff sie nach dem Tuch, das sie gegen die brennende Sonne um die Schultern trug, wickelte das Lemurenkind darin ein und band es sich um den Leib, wie sie es bei den Madagassinnen beobachtet hatte, die so ihre Kinder trugen. Durch den Stoff spürte sie die Finger, die ihn umklammerten, den Schwanz, der unruhig hin- und herruderte.

»Warte«, hörte sie Ranas Stimme neben sich.

Gleich darauf trugen Talib und Rana einen Schaukelstuhl, ein Kissen und eine Decke hinein.

Der Tierarzt nickte anerkennend. »Das ist gut, Rana.« Dann wandte er sich Louise zu und zog den Stoff ihres Schultertuchs beiseite. »Ganz erstaunlich, wie wohl sie sich bei Ihnen fühlt.«

Der Kleinen ist es eben gleichgültig, ob ich eine Frau bin, für die sich derlei Aufgaben schicken oder nicht. Ihr ist es gleich, woher ich komme, solange ich mich um sie kümmere, dachte Louise, behielt ihren Gedanken aber für sich. Sie ahnte, dass Nielsen sie nur gewähren ließ, weil Rana und Adrien ihr vertrauten.

»Ich sehe später noch mal nach ihr«, fuhr Nielsen fort. »Sie finden mich bei den anderen Tieren.«

Als alle gegangen waren, nahm Louise auf dem Schaukelstuhl Platz. Der kleine Halbaffe steckte seinen Kopf aus dem Stoff, seine hellbraunen Augen fixierten sie, und Louise strich vorsichtig über den hellen Flaum an seiner Nase. Wie hübsch sein Kopf gezeichnet ist, dachte sie. Sein Fell war seidig und sein Blick vertrauensvoll auf sie gerichtet. Louise strich ihm über das Fell, seine hastigen Atemzüge wurden langsamer und tiefer. Bald darauf fielen auch Louise die Augen zu, und sie sank in einen Dämmerschlaf.

Sie schreckte auf, als jemand sie am Arm rüttelte.

»Aufwachen, Liebes«, sagte Rana warm. »Ich übernehme die nächste Schicht.«

Louise rieb sich über die Augen. »Ich möchte sie nicht wecken.«

»Sie muss aber etwas zu sich nehmen«, widersprach ihre Schwägerin und reichte ihr eine Pipette.

Das Kattamädchen gähnte herzhaft, nachdem Louise ihm einige Male zärtlich über die Ohren gestrichen hatte. Ein paar Tropfen Flüssigkeit landeten in seinem Mund, gleich darauf nickte es wieder ein.

Rana nahm es ihr ab. »Ich habe dir den Rest Suppe warm gemacht, und neben dem Topf liegt frisches Brot. Nun geh schon.«

Kaum hatte sich Louise gestärkt, kam Adrien mit dem kleinen Mann, mit dem sich Nielsen unterhalten hatte, in die Hütte. Jetzt erkannte Louise ihn von der Hochzeitsfotografie.

Er verbeugte sich vor ihr, lächelte. »Willkommen, Louise«, sagte er in einem afrikanisch gefärbten Französisch. »Ich bin Jipa, Ranas Vater.«

Louise tat es ihm gleich. »Ich freue mich, Sie kennenzulernen. Bitte tragen Sie es mir nicht nach, dass ich es vorhin so eilig hatte.«

Der ältere Mann machte eine abwehrende Handbewegung. »Oh, bitte nicht so förmlich. Sag bitte du zu mir. In Not geratene Tiere haben bei uns immer Vorrang.«

Adrien berichtete seinem Schwiegervater von dem kleinen Lemuren.

»Wir haben eine Menge Tierkinder wieder aufgepäppelt, auf die wir keinen Franc mehr gewettet hätten«, erwiderte Ranas Vater, »und andere, die viel stabiler waren, haben wir trotz aller Anstrengungen verloren. Weder Leben noch Tod liegen in unseren Händen.« Der etwa Sechzigjährige trat näher. Seine geschmeidigen Bewegungen und die klaren Augen hätten zu einem jungen Mann gehören können. Sie spürte, wie er ihr Gesicht mit Blicken abtastete.

»Hat dich Nielsen schon in unsere Regeln eingewiesen, Louise?«

»Nein, bisher nicht.«

»Unsere wichtigste lautet: Geh keine Risiken ein. Wenn du in eine Situation gerätst, die du nicht überschauen kannst, ruf um Hilfe. Die Sicherheit auf der Station hat oberste Priorität. Punkt zwei: Vergewissere dich, dass die Käfige wie auch das Affenhaus immer verschlossen sind. Punkt drei: Neue Patienten werden isoliert, damit sich keine Krankheiten ausbreiten.« Er zwinkerte. »Dass wir nur an den Herdstellen Feuer machen, versteht sich von selbst. Alles verstanden?«

»Natürlich.«

»Noch etwas«, fuhr Jipa fort. »Ich habe gehört, der Lemur mag dich. Ich rate dir, häng dein Herz nicht an ihn, sonst wirst du trauern, wenn er nicht überlebt.«

»Warum sagst du das?«, fragte sie mit heiserer Stimme.

»Ihr«, er wies mit dem Kopf zu Adrien, »fürchtet den Tod, weil ihr ihn mit einer ewigen Trennung verbindet.«

»Das ist er doch auch«, widersprach Louise lahm.

»Nein, für uns ist der Tod nur eine andere Form von Leben. Unsere Verstorbenen betreten zwar eine andere Welt, leben aber weiterhin in unserer Mitte. Deshalb fühlen wir uns auch weiterhin mit ihnen verbunden.« Er nickte ihr zu.

Louise verfolgte, wie die beiden auf eine Hütte neben den Tierunterkünften zusteuerten. Von den Lauten der Tiere angelockt, machte sie sich auf den Weg zum Affenhaus.

Die Kleine krümmte sich vor Schmerz. Rana wies

mit einem vielsagenden Blick auf ein paar mit Exkrementen besprenkelte Tücher. »Ich wollte dein Schultertuch schonen.«

Für Rana, Louise und Jipa wurde es ein Tag, an dem sie abwechselnd hofften und bangten.

In den Abendstunden behielt die Kleine die Nahrung endlich wieder bei sich. An Louises Brust schlief sie ein paar Stunden, und als Nielsen sie gegen Morgen abermals untersuchte, gab er Entwarnung.

»Ich glaube, sie hat das Gröbste überstanden. Behaltet sie aufmerksam im Auge. In den nächsten Tagen muss sie dringend an Gewicht zulegen, sonst wird sie wohl für immer ein Kümmerling bleiben.« Nielsen blickte in die Runde. »Ich muss los, die Wunde von dem Indri eitert wieder. Bis später.«

Der Tierarzt verließ den Raum. Rana und Louise strahlten sich an. Wenig später gesellte sich auch Adrien zu ihnen. Nachdem ihm Rana von der guten Neuigkeit berichtet hatte, strich er dem Lemurenkind über den Kopf.

»Du darfst ihr jetzt einen Namen geben, Schwesterchen.«

Als er Louises Verwirrung bemerkte, lachte er. »Unsere Patienten bekommen einen Namen, wenn sie das Gröbste überstanden haben.«

»Wieso erst dann?«

»Weil sie mit der Namensgebung sozusagen zu unseren Pflegekindern werden. Da dich das Kattamädchen offenbar als Ersatzmutter akzeptiert hat, dachte ich, du gibst ihm den Namen.«

»Danke, das mache ich sehr gern.« Mit feuchten Augen drückte sie die Kleine an die Brust. Plötzlich fiel ihr das madagassische Märchenbuch wieder ein, das sie auf dem Schiff gelesen hatte. Besonders ein Name war ihr im Gedächtnis geblieben. »Dann nenne ich sie Nirina, die Erwünschte. Passt dieser Name nicht wunderbar zu ihr?«

KAPITEL 12

Louise verschlief den ganzen Vormittag. Ihr erster Weg führte sie zu Nirina, die in ihrer Kiste lag. Leider werden Tierkinder viel zu schnell groß, dachte sie. Dem Bedürfnis folgend, Nirinas Anblick festzuhalten, fertigte sie in ihrem Tagebuch eine Skizze von dem Kattamädchen an. In der Anlage war es still, vermutlich ruhte die Arbeit in den heißen Mittagsstunden. Das kam ihr ganz gelegen, denn so konnte sie sich ungestört auf der Station umsehen. Was beim ersten Augenschein nicht erkennbar war, wurde bei näherer Betrachtung deutlich. Die Anlage befand sich in einem desolaten Zustand. Hinter der Hütte, in der Jipa und ihr Bruder die Buchführung machten, entdeckte sie einen Strommast, der in der Regenzeit unterspült worden war und jetzt schief in den wolkigen Himmel ragte. Manche Leitungen waren gerissen, vermutlich hatten heftige Stürme dem Fortschritt ein jähes Ende gesetzt. Das erklärte, warum Louise in den Häusern bisher nur Öllampen gesehen hatte. Neben dem Tierhaus entdeckte sie einen Schuppen, in dem eine in die Jahre gekommene Handkarre stand. Fahrtüchtig war sie jedenfalls nicht mehr, die Deichsel war gebrochen und die Eisenringe an den Rädern dünn und rostig. Es war eine Schande, sie verrotten zu lassen. Louise zog die Nase kraus. Nachdenklich besah sie sich die Werkzeuge und Ersatzteile in den Regalen. Ein Ersatzrad für die Karre war vorhanden, neue Eisenringe suchte sie jedoch vergebens; alles schien aufs Nötigste beschränkt. Da die nächste Stadt mehrere Stunden Fußmarsch entfernt lag, kam ihr das ein wenig fahrlässig vor. Louise konnte nur hoffen, dass Monsieur Citroëns Spendenaufruf erfolgreich war. Bisher hatte Adrien mit keinem Wort die angeforderten Materiallisten erwähnt. Vermutlich glaubte er nicht daran, dass sie das Gewünschte jemals bekamen.

In einer Ecke fand sie ein paar Körbe mit Sisalfasern, unterschiedlich lange Holzbretter, eine rostige Säge und einen Karton mit Schrauben und Nägeln. Kurz entschlossen holte sie ihren Werkzeugkoffer und machte sich ans Werk. Nicht lange danach wollte sie hochzufrieden das Werkzeug zurück in den Koffer legen, als sie von hinten an der Schulter gepackt wurde.

»Was machst du da?« Adrien wies auf die Säge.

»Wonach sieht es denn aus?«

»Du hast die Deichsel der Karre erneuert.« Er nahm sie in den Arm. »Danke.«

Louise löste sich von ihm. »Gern geschehen. Leider habe ich keine Eisenringe …«

»Du musst das nicht tun«, unterbrach er sie.

»Offensichtlich doch.« Louise stemmte die Hände in die Hüften und bedachte ihn mit einem strengen Blick. »So wie die Karre aussieht, ist sie schon seit Ewigkeiten unbrauchbar.«

Auf Adriens Stirn zeigte sich eine waagerechte Falte.

»Das stimmt, du hast ja recht. Mir fehlt einfach die Zeit. Wir bräuchten mindestens einen zusätzlichen Mitarbeiter, aber den können wir uns derzeit nicht leisten.«

»Ihr könntet aber wenigstens dafür sorgen«, erklärte Louise freimütig, »dass alles vorhanden ist, um die Schäden zu beheben, oder?« Sie strich ihm über sein unrasiertes Kinn. »Das geht auf Dauer nicht gut.«

Zwischen ihnen wurde es unangenehm still.

Er lachte, doch es klang aufgesetzt. »Ich bringe alles wieder in Ordnung, das verspreche ich dir.«

Louise musterte ihn, während er versuchte, das Thema zu wechseln. »Gleich beginnt ein Training mit unseren Lemuren. Talib bringt ihnen bei, unsere Nähe zuzulassen. Wie ich dich kenne, brennst du darauf, mehr über seine Arbeit zu erfahren.«

Adrien wartete ihre Antwort nicht ab und zog sie mit sich. »Talib hat ein gutes Gespür für unsere Patienten. Er freut sich bestimmt, wenn du mitmachst.«

Sie wollte ihn unterbrechen, da nahm sie aus den Augenwinkeln eine Bewegung wahr. Ein hochgewachsener Mann in weißem Anzug und Hut näherte sich der Station mit zwei stämmigen Pferden. In der Einfahrt vor dem Vorplatz brachte er die Tiere im Schatten einer Akazie zum Stehen.

Louise kniff die Augen zusammen, doch der Fremde war zu weit entfernt, um ihn genau erkennen zu können.

Adrien redete immer weiter, doch seine Worte rauschten an ihr vorbei, während sie die Szenerie verfolgte. Mamy und Rado hatten den Fremden offenbar ebenfalls gesehen. Sie steckten ihre Köpfe aus der

Tür zum Affenhaus. Ihr kam es vor, als verfinsterten sich jäh ihre Mienen. Sie tuschelten, gestikulierten wild und blickten sich um. Mit einer abfälligen Geste wies Rado auf den Reiter. In diesem Moment entdeckten sie Louise und zogen sich eilig ins Innere zurück.

Louise unterbrach Adriens Redefluss. »Wer ist der Mann dort drüben? Er sieht aus, als ob er auf jemanden wartet.«

»Er wartet auf mich«, erwiderte er hastig und wich ihrem Blick aus. »Das ist ein Hova. Wir haben etwas Geschäftliches zu erledigen. Er besucht einmal im Monat seine Familie in den Bergen, da können wir unsere Termine gut miteinander verbinden. Auf der Insel ist es angeraten, nicht allein unterwegs zu sein, daher werden wir gemeinsam reiten.«

Darauf schwieg Louise. Sie beäugte Adrien aufmerksam von der Seite. Seine Lippen verwandelten sich in eine schmale Linie. Irgendetwas schien ihn zu belasten. Warum sprach er nicht offen mit ihr? Ihre Verwirrung wuchs. Seit wann konnte Adrien reiten? So vertraut er ihr auch war, so fremd erschienen ihr die Veränderungen, die sich in ihm vollzogen hatten. Die Vorstellung, wie er kreuz und quer durch bergiges Gelände ritt, wollte nicht zu ihrem Bild von dem Mann passen, der die Wochenenden im Tanzsaal oder mit seinen zahllosen Freunden verbracht hatte. Langsam wurde ihr bewusst, was er alles in Kauf nahm, um mit seiner Liebsten die Station betreiben zu können.

»Spätestens morgen Abend bin ich zurück«, sagte Adrien. »Wie ich dich kenne, kommst du auch gut allein zurecht.«

Unterdessen saß der weiß gekleidete Mann ruhig abwartend auf seinem Pferd und schnupfte Tabak.

Louise konnte den Blick nicht von ihm wenden. »Worauf du dich verlassen kannst. Aber was hast du vor? Darf ich dich begleiten?«

»Ein anderes Mal vielleicht«, wiegelte ihr Bruder ab.

»Wohin wollt ihr denn?«, hakte Louise nach, ohne ihn aus den Augen zu lassen.

»Nach Fianara und Umgebung. Dort leben eine Menge betuchter Herrschaften, bei denen ich für unsere Station werbe.«

»Du sammelst Spendengelder?«, fragte sie. »Das wundert mich.«

»Warum sollte ich nicht?« Er umschloss ihr Gesicht. Auf seiner Miene spiegelte sich Entschlossenheit. »Glaub mir, für Rana und unsere Tiere würde ich alles tun. Alles, verstehst du? Ohne Spenden ist das *Coeur de la Jungle* verloren. Also tue ich, was getan werden muss.« Die Kälte in seinen letzten Worten stand in verwirrendem Kontrast zu seiner liebevollen Berührung, die er mit einem leisen Lächeln krönte. »Schau nicht so besorgt, Schwesterherz. Komm, ich bringe dich jetzt zu Talib.«

»Ich weiß nicht«, wandte Louise zögernd ein. »Die Tiere kennen mich überhaupt nicht.«

»Dann wollen wir dich ihnen mal vorstellen.«

Sie gab sich geschlagen und nickte. Ihr wäre es weitaus lieber gewesen, sie könnte die Karre weiter reparieren, statt mit wilden Tieren umzugehen.

Talib saß vor dem Käfig des Mohrenmakis. Als er ihre Schritte vernahm, drehte er sich um und begrüßte sie.

Der junge Madagasse legte ein Stück Papaya in eine Greifzange, die an einem Stock angebracht war, und schob sie langsam in den Käfig.

»Wie läuft es?«, fragte Adrien seinen Mitarbeiter.

Der Tierpfleger antwortete auf Malagasy, wurde sich aber offenbar sogleich seines unhöflichen Verhaltens bewusst und suchte Louises Blick. »Erster Versuch. Jamal kein Futter heute Morgen. Wenn hungrig, besser.«

»Verstehe«, sagte sie.

Adrien entfernte sich und kehrte wenig später mit einem Klappstuhl zurück, den er neben Talib stellte. »Ich hoffe, du hast nichts dagegen, wenn meine Schwester dir zusieht?«

»Nein, Monsieur«, erwiderte er nach kurzem Zögern.

Louise nahm ihren Bruder beiseite und senkte ihre Stimme zu einem Flüstern. »Was soll das alles? Wenn es dir unangenehm ist, dass ich mich auf der Station nützlich mache, sag es mir am besten gleich.«

»Wie kommst du denn darauf? Es ist mir unangenehm, dass du mir unsere Missstände aufzeigst«, räumte Adrien ernst ein. »Sei mir nicht böse. Ich würde mich freuen, wenn du dich mit unserer Arbeit vertraut machst. Das ist alles.«

»Ach, wahrscheinlich sollte ich mich entschuldigen. Ich hätte mich nicht ungefragt einmischen sollen.«

»Dann sind wir also quitt.« Er legte den Arm um sie. »Ich muss jetzt gehen.«

Sie küsste ihn auf die Wange. »Viel Erfolg.«

Mit gemischten Gefühlen blickte sie aus einem Fenster im Affenhaus und sah, wie er mit dem Fremden redete und auf seine Hütte zusteuerte. Kurz darauf kehrte er mit einer Tasche zurück, bestieg das zweite Pferd und ritt mit dem Mann davon. Wieso hatte Adrien sie seinem Bekannten nicht vorgestellt? Und warum schienen die beiden Arbeiter den Mann nicht sonderlich zu mögen?

Nachdenklich wandte sich Louise dem Tierpfleger zu. »Kennst du den Mann, mit dem mein Bruder eben weggeritten ist?«

Er drehte sich zu ihr um. »Ich? Nein.« Noch während er sprach, verfärbten sich seine Ohren rot.

Louise blieb hartnäckig. »Aber Adrien reitet doch öfter mit dem Mann in die Stadt. Du hast ihn bestimmt schon gesehen.«

»Ja, aber nichts wissen«, entgegnete er brüsk und wandte sich wieder dem Mohrenmaki zu.

Talib war nichts zu entlocken. Resigniert setzte sie sich und konnte gerade noch erkennen, wie sich Jamal blitzschnell ein Stück Papaya vom Boden klaubte und mit seiner Beute auf dem höchsten Ast verschwand. »Was versuchst du ihm beizubringen, Talib?«

»Aufpassen. Ich zeigen.«

Indes hatte Jamal das Obst gefressen und beobachtete den Tierpfleger aufmerksam, damit ihm auch ja kein Leckerbissen entging. Geschickt manövrierte Talib den Stock mit dem Greifarm ins Innere, an dem sich jetzt eine Litschi befand, verringerte jedoch den Abstand, an dem er die Frucht ablegte. Jamal blieb regungslos auf seinem Ast hocken und machte einen verunsicherten Eindruck.

»Wenn hungrig, er kommen. Jamal muss lernen«, erläuterte Talib ungerührt und schälte eine Banane, die er unter dem Blick des Mohrenmakis genüsslich aß.

Der Tierpfleger sollte recht behalten. Kurz darauf schnappte sich der Mohrenmaki die Frucht und huschte mit seiner Beute in den ausgehöhlten Baumstamm, der auf dem Käfigboden lag.

»Für heute genug«, meinte Talib. »Weiter zu anderen Patienten.«

Anders als die anderen Einheimischen schien er kein Problem damit zu haben, wenn Louise Fragen stellte. Im Gegenteil, er wirkte erfreut über ihr Interesse. Als er bemerkte, dass sie ihn verstohlen musterte, lächelte er. »Sie mitkommen?«

Die Unterschiede zwischen den Tieren, die schon länger auf der Station lebten, und den Neuankömmlingen waren unverkennbar. Erstere horchten auf, wenn sie Talibs Stimme hörten, während die Neuen ängstlich in ein Versteck huschten, sobald sie ihren Pfleger bemerkten.

Später sah Louise nach Nirina. Nielsen war bei ihr.

»Sie hat etwas zugenommen«, sagte er zufrieden. »Wenn sich ihr Zustand weiter stabilisiert, kann sie morgen einen eigenen Käfig beziehen. Neben der Pipette liegt eine Schale mit ein paar Mehlwürmern. Versuchen Sie, sie zum Fressen zu bewegen. Rana übernimmt die nächsten beiden Stunden.«

»Fein. Ich löse sie später ab«, antwortete Louise mit einem Blick auf Nirina. Tatsächlich leerte das Kattamädchen ihre Pipette Milch und schnappte gierig nach den Würmern.

»Haben Sie heute noch andere Patienten zu versorgen?«, fragte Louise, nachdem sie die Kleine wieder in ihre Kiste gelegt hatte.

»Ja, bei der Fossa entferne ich heute den Verband.

Danach kann sie freigelassen werden. Dann ist da noch das Riesenchamäleon, das ein Auge verloren hat, vermutlich bei einem Kampf, und das alte Fingertier mit dem verletzten Schwanz.«

»Darf ich Ihnen zusehen, Nielsen?«

Als Louise einige Zeit später das Tierhaus verließ, hatte Nielsen ihr alle Patienten vorgestellt. Das skurril anmutende Riesenchamäleon würde wahrscheinlich in ihrer Obhut bleiben. Das Fingertier, das er auch Aye-Aye nannte, faszinierte sie am meisten. Es hatte zusammengerollt in einem Nest aus Blättern auf der höchsten Ebene des Käfigs gelegen, und Louise war von seiner Größe von fast einem Meter beeindruckt. Doch als Nielsen es von seinem Schlafplatz hob, erschrak sie, denn mit seinen dürren, überlangen Fingern und den gebogenen Schneidezähnen war es wohl das unheimlichste und hässlichste Geschöpf, dem Louise je begegnet war.

Auf dem Weg zu Adriens und Ranas Hütte fiel ihr Blick auf die Stute, die von Rado gestriegelt wurde. Sie trat näher. Das Tier schien an der Flanke kitzelig zu sein, denn es machte sich ganz krumm. Der Einheimische lachte und sprach leise mit der Stute.

Sie brühte sich Kaffee auf, setzte sich auf eine ausgebreitete Sisalmatte auf der Terrasse und ließ die Atmosphäre des dunstigen Nachmittags auf sich wirken. Nur wenige Meter hinter der Hütte breitete sich der Regenwald wie ein dunkelgrünes Band aus. Louise blendete energisch jeden Gedanken an seine fremdartige, unheimliche Tierwelt aus. Die Luft war schwer und verströmte einen intensiven Geruch von Holz und Moos, und über allem lag ein Hauch Feuchtigkeit.

Aus dem grünen Dickicht vernahm sie Stimmen, und wenig später entdeckte sie Jipa mit den beiden Arbeitern, die lange, schwere Hölzer auf den Schultern balancierten. Ranas Vater stand den jüngeren Männern in Kraft und Ausdauer in nichts nach, sah Louise bewundernd.

Jipa schwitzte, sein Brustkorb hob und senkte sich heftig.

»Möchtest du auch eine Tasse Kaffee?«, fragte sie ihn.

Er wandte sich ihr zu. »Gern. Wir laden nur das Holz ab.«

Louise sah zu, wie die drei Männer mit vor Anstrengung geröteten Gesichtern über den Platz schritten und das Holz neben dem Tierhaus stapelten.

Bald darauf gesellte sich Jipa zu ihr. Er hatte sich trocken gerieben und trug seinen Lamba. Mit einem feinen Lächeln nahm er dankend eine Tasse von ihr entgegen. Dann hingen beide ihren Gedanken nach. Wie ungewöhnlich, fand Louise. Normalerweise fühlte sie sich rasch unwohl, wenn sich zwischen Fremden Schweigen ausbreitete. Bei Jipa empfand sie die Stille als geradezu wohltuend.

Erst als Jipa ausgetrunken hatte, beendete er sein Schweigen. »Hast du dich inzwischen bei uns eingelebt, Louise?«

»Ja, danke.«

»Bestimmt vermisst du es, schöne Kleider zu tragen oder in einer Wanne zu baden. Adrien hat mir erzählt, ihr seid oft tanzen gegangen. Meine Frauen liegen mir immer in den Ohren, dass sie auch schöne Kleider wollen.«

Für einen Tanala mussten Adriens Berichte aus der Pariser Zeit sehr vornehm und luxuriös klingen. Dabei traf nichts weniger auf das Leben zu, das sie geführt hatten. Louise schmunzelte. »Unsere Kleider sind unpraktisch und engen ein. Immerzu müssen wir aufpassen, sittsam zu sitzen. Ich finde eure Lambas viel schöner.«

Er strahlte. »Wirklich? Das wird meine Frauen freuen. Übrigens bringe ich morgen Rana zu meinem Stamm.«

Louise blickte auf. »Wieso?«

Sie erfuhr, dass die Tradition einen Brautpreis verlangte, den er zu Beginn der Hochzeitszeremonie an die Familie des Bräutigams zu zahlen hatte. Da Adriens und Louises Eltern die Feierlichkeiten nicht begleiten konnten und die standesamtliche Trauung bereits vollzogen war, hatte man die Hochzeitszeremonie der Tanala ein wenig abgewandelt.

»Normalerweise verbringt die Braut die letzten zwei Wochen vor der Zeremonie in der Hütte ihrer Eltern.« Jipa hob die Schultern. »Aber ich kann sie keine vierzehn Tage auf der Station entbehren.«

Louise nickte. »Oh ja, das kann ich mir gut vorstellen.«

»Deshalb habe ich mit dem *Ombiasy* gesprochen, und er hat die Frist auf drei Nächte verkürzt.«

»Tianasoa ist ein außergewöhnlicher Mann«, warf Louise nachdenklich ein. »Schon auf unserer Reise ist er mir durch seine Besonnenheit aufgefallen. Ihm gelang es mit einer einzigen Handbewegung, Ruhe in die Gruppe zu bringen.«

Jipa nickte. »Er wird von allen geachtet und geliebt. Genau wie dein Bruder.«

Von seinen Worten überrascht, sah sie auf.

»Ich gebe zu, anfangs habe ich Adrien nicht getraut«, fuhr der Ältere fort. »Immerhin ist er Franzose. Wir haben mit Rana gestritten, aber sie wollte keinen anderen Mann. Sie hat gesagt, er habe das Herz eines Tanala. Sie hat recht, Louise. Wir sind glücklich, dass sie ihn zum Mann gewählt hat.«

»Obwohl er den christlichen Glauben in die Familie brachte?«

Jipas Blick verlor sich in der Ferne, dann richtete er wieder seine Aufmerksamkeit auf sie. »Kein Glaube der Welt wird je etwas ändern. Unser Wissen, unsere Wurzeln, die Achtung vor unseren Ahnen, die uns das Leben an diesem wundervollen Fleck ermöglichen. Alles, was wir sind, kommt von hier.« Mit dem Zeigefinger klopfte er auf seine Herzgegend. »Es fließt mit dem Blut durch unsere Adern und schenkt uns eine eigene Sicht auf die Welt. Das ist unveränderlich. Rana hat sich mit eurem Weihwasser taufen lassen und wird doch immer eine Tanala bleiben.« Jipa grinste und entblößte dabei eine Zahnlücke im Unterkiefer. »Hast du noch einen Schluck Kaffee für einen müden alten Knochen?«

KAPITEL 13

Bevor Rana am nächsten Morgen von ihrem Vater zu den Tanala begleitet wurde, frühstückten die beiden Frauen gemeinsam auf der Terrasse. Währenddessen lenkte Louise geschickt das Gespräch auf den Fremden, über den sich ihr Bruder in Schweigen hüllte.

»Adrien sagte mal, Latif wäre ein schweigsamer, aber verlässlicher Mann, der die Umgebung wie seine Westentasche kennt«, erwiderte Rana. »Ich bin froh, dass er ihn begleitet.«

Louise stimmte ihr zu. »Hilft er ihm auch beim Sammeln der Spenden?«

»Danach habe ich nie gefragt.« Rana trank ihre Tasse aus und erhob sich. »Aber wir werden schon noch mehr über ihn erfahren. Wie gefällt dir eigentlich meine Frisur?«

Lächelnd begutachtete Louise die vielen bunten Bänder in Ranas Zöpfen und ihre geröteten Wangen. »Du siehst hübsch aus.« Die offensichtliche Nervosität ihrer Schwägerin wegen der bevorstehenden Hochzeitszeremonie übertrug sich auf sie.

»Danke, Louise. Sieh nur, da kommt mein Vater.«

Nach einer letzten Umarmung verließen Rana und Jipa die Station, und Louise winkte ihnen nach.

Sinnierend streckte sie ihre schlanken Beine aus und ließ den Blick schweifen. Talib und sein Vater traten ihren Dienst an, nickten ihr zu und schlüpften ins Innere des Affenhauses. Louise sog die Atmosphäre der frühen Morgenstunde tief in sich auf, in der Mensch und Tier noch nicht den friedlichen Atem des Urwaldes störten. Ihre Gedanken wanderten zu ihren Eltern. Könnten sie nur die Hochzeitszeremonie gemeinsam begehen. Sie wünschte sich so sehr, ihnen die Insel zeigen zu können.

In der Mittagszeit setzte sich Louise unter den Flammenbaum, vertraute ihre Gedanken dem Tagebuch an und ließ auch ihre letzten Beobachtungen nicht aus. Der seichte Wind kühlte ihre erhitzte Haut, während sie Seite um Seite füllte.

Als die Halbaffen in den Nachmittagsstunden munterer wurden, bat Nielsen sie, Nirinas neue Behausung mit Laub und Astwerk zu versehen. Mit Feuereifer machte sie sich ans Werk, zum Schluss befestigte sie eine mit Blättern gefüllte Holzkiste an dem höchsten Ast, in der sich das Affenkind zurückziehen konnte. Nirinas Ohren zuckten vor Erregung, als Louise sie auf einen niedrigen Zweig setzte, und nicht lange darauf begann sie, ihr Zuhause neugierig zu erkunden.

»Achten Sie darauf, ihr nur so viel Fürsorge zu schenken wie nötig«, mahnte der Tierarzt. »Die Kleine soll bald ausgewildert werden.«

Louise ahnte bereits, dass dies schwierig für sie werden würde. Gedankenversunken schaffte sie Ordnung in der Hütte und kehrte zum Schluss die Terrasse. Plötzlich hielt sie in der Bewegung inne und lauschte. Von irgendwoher drang eine scharfe Stimme zu ihr. Doch im nächsten Augenblick war es wieder still, und Louise fuhr mit der Arbeit fort. Wenig später horchte sie erneut auf. Die Stimme schwoll an. Offenbar hielt da jemand einem anderen eine Standpauke. Louise kräuselte die Stirn. Das konnten nur Talib und Nielsen sein, alle anderen waren bereits gegangen. Wie von selbst setzte sie sich in Bewegung und ging den Geräuschen nach. Sie entdeckte Vater und Sohn vor dem Schuppen. Rasch verbarg sie sich hinter einem Baum und spähte hinüber. Aus Nielsens dunklen Augen blitzte der Zorn, während er einen Schwall Malagasy auf seinen Sohn niederprasseln ließ. Talib kreuzte die Arme vor der Brust und nahm die offensichtliche Rüge schweigend entgegen. Doch mit dem trotzigen Zug um seinen Mund erinnerte er sie an ihre Kindertage, wenn sie mit aufgeschürften Knien oder Ellenbogen heimgekommen und von ihren Eltern wegen ihrer Wildheit gescholten worden war.

Irgendwann war es auch mit Talibs Geduld vorbei, und zwischen den beiden entbrannte ein heftiger Wortwechsel.

Louise konnte den Zorn zwischen ihnen beinahe körperlich fühlen. Beide Männer hatte sie als besonnene und zurückhaltende Charaktere kennengelernt. Was war zwischen ihnen vorgefallen? Es war ihr unangenehm, die beiden zu belauschen, und dennoch wünschte sie sich, sie könnte ihre Sprache verstehen, damit sie wusste, worum es ging. In ihrer Rage schienen die Männer sie überhaupt nicht zu bemerken. Wenig später ließ Nielsen seinen Sohn einfach stehen, der in dieser Nacht die Wache übernommen hatte, und machte sich mit verkniffener Miene auf den Heimweg. Sie blickte dem Vater kopfschüttelnd nach und schlich sich davon.

Am nächsten Tag fiel Louise auf, dass sich die beiden aus dem Weg gingen. Schließlich lenkte sie ihre Gedanken in eine andere Richtung, die Familienstreitigkeiten der beiden gingen sie nichts an. Wie versprochen kehrte Adrien am folgenden Abend heim. Auf Louises Fragen, ob er erfolgreich gewesen sei, reagierte er einsilbig. Die reichen Leute wollten sich lieber einen Lemuren als Haustier halten als das *Coeur de la Jungle* unterstützen. Es sei eine Geduldsprobe, ihr Interesse und Vertrauen zu gewinnen. Nach dem Essen saßen Jipa und er mit ernsten Mienen auf der Terrasse und unterhielten sich leise. Wahrscheinlich beratschlagten sie das weitere Vorgehen, vermutete Louise, die sich in die Hütte zurückgezogen hatte.

Die nächsten beiden Abende verbrachten Adrien und Louise gemeinsam vor der Hütte, und sie konnte ihm ansehen, wie seine Nervosität stieg, wenn sie über die Zeremonie im Dorf der Tanala sprachen.

Dann war es so weit. In der Nacht vor Ranas und Adriens traditioneller Hochzeit hatte es geregnet, und am Morgen glänzte der Regenwald im hellen Sonnenlicht wie frisch gewaschen. Staunend blickte Louise hinaus. Paris war eine aufregende und elegante Stadt, dennoch wirkte sie fade im Vergleich mit der gefährlichen und zugleich lieblichen Insel. Nirgends, so kam es Louise vor, war das Farbenspiel der Natur dramatischer, die Düfte intensiver.

Sie wandte sich ab und begutachtete im Handspiegel die vielen kleinen Zöpfe, die ihr eine der Frauen, die für ein paar Franc die mühsame Arbeit des Wassertragens für die Station verrichtete, auf ihren Wunsch hin geflochten hatte. Zum Hochstecken waren Louises Haare zu ihrem Bedauern zu kurz. Mit einer fragenden Geste wollte die Einheimische wissen, ob ihr die Frisur gefiel. Louise dankte ihr warm und konnte kaum glauben, dass sie es war, die ihr aus dem Spiegel entgegenlächelte. Die afrikanische Frisur, das zweiteilige Kleid, ihre zarte Bräune und die Ketten um ihren Hals, die die Tanala aus Perlen, Holz und Eierschalen herstellten, machten aus ihr eine völlig andere Person. Aufgeregt spähte sie immer wieder zum Vorplatz, und als sie Talib, Jipa und Nielsen entdeckte, eilte sie ihnen entgegen.

Ranas Vater riss die Augen auf. »Louise! Du siehst fast wie eine Tanala aus.«

Talib verbeugte sich. »*Bonjour,* Louise.«

Nielsen nickte zur Begrüßung. *»Bonjour.* Bevor Sie fragen, einer unserer Arbeiter kümmert sich heute um die Tiere.«

»Sie nehmen mir das Wort aus dem Mund«, erwiderte sie.

Der Weg zu den Tanala führte an ausgedehnten Feldern und an einem Wasserfall vorbei, unter dem ein paar Kinder ausgelassen spielten. Bald darauf erreichten sie die Siedlung mit den Holzhütten.

Die etwa dreißigköpfige Dorfgemeinschaft hatte sich versammelt, um die Hochzeit von Rana und Adrien zu feiern. Auch Monsieur Olsen, Fabrice, Sander und Mathieu waren gekommen, die Begrüßung fiel ausgesprochen herzlich aus. Die Männer trugen feine Gehröcke, ihre Schuhe waren bereits mit einer dünnen Sandschicht überzogen.

»Wenn du nicht blond wärst, hätte ich dich nicht erkannt«, gab Sander zu.

Sie lächelte. »Hat dich Pastor Olsen inzwischen in die Gemeindearbeit eingeführt?«

»Zunächst hat er mir den kaufmännischen Teil erklärt. Seit gestern fährt er mit mir die Dörfer ab, um mich seinen Schäfchen vorzustellen. Ich freue mich sehr auf meine Aufgabe.«

Mathieu trug sein Stativ bei sich.

Louise hob eine Braue. »Darfst du fotografieren?«

Er hob die Schultern. »Muss ich das fragen? Was sollten die Tanala denn dagegen haben?«

»Typisch Mathieu«, sagte Louise trocken und sah zu, wie er in der Menge verschwand.

»Denk dir nichts«, sagte Sander. »Ich freue mich jedenfalls, dich zu sehen. Du scheinst dich hier wohlzufühlen. Wie läuft es auf der Station?«

»Dort liegt einiges im Argen. Bei einem Sturm ist die Stromversorgung zusammengebrochen. Doch es fehlt das Geld, um alles instand zu setzen«, antwortete sie leise.

Er nickte. »Verstehe. Hoffen wir mal, dass wir etwas bewirken können.«

Die Frauen des Stamms hatten ihre Festtagskleider angelegt, ihre Männer trugen einen Umhang über den weißen Lambas. Zu Füßen einiger junger Tanala entdeckte sie Trommeln. Wie sie dastanden, barfuß auf der roten Erde, mit erwartungsvollen oder unverhohlen neugierigen Mienen, boten sie Louise ein eindrückliches Bild, das sich für immer tief in ihr Gedächtnis prägen sollte. Die Tanala waren weit mehr als ein einfältiger und primitiver Stamm, für den man sie in Frankreich hielt. Sie besaßen Würde, etwas, was so manchem zivilisierten Europäer im letzten Krieg verloren gegangen war, durchzuckte es sie bitter.

Just als Louise und ihre Begleiter den Versammlungsplatz erreichten, stimmten die Tanala einen Gesang an, der von Trommelschlägen begleitet wurde. Eine Handvoll kleine Kinder hüpfte fröhlich im Takt der Musik. Pastor Olsen und seine Gäste blieben am Rand des Platzes im Hintergrund und beobachteten interessiert das Treiben.

Vor einer üppig mit Blumen geschmückten Hütte konnte Louise zwei Männer ausmachen. Der eine, hünenhaft und dunkelhaarig, war ihr unbekannt. In dem dunkelgrün gefärbten Lamba und der hellen Hose machte er eine auffallend gute Figur. Der zweite war Louises Bruder. Die Hände im Rücken verschränkt, trat Adrien ungeduldig von einem Fuß auf den anderen. Auch er trug einen farbenprächtigen Lamba, den er nach römischer Art um die Schultern drapiert hatte. Wie muskulös und dunkelhäutig er geworden war. Adrien begrüßte die Neuankömmlinge und umarmte seine Schwester.

»Du ahnst nicht, was es mir bedeutet, dass du heute hier bist«, raunte er an ihrem Ohr und wies auf den Fremden neben ihm. »Darf ich dir meinen Freund Oliver Moll vorstellen? Er leitet Reisegruppen im Osten der Insel. Oliver, das ist meine Schwester Louise.«

Adriens Freund überragte ihn um mehr als Haupteslänge. Die mühsam gebändigten dunklen Haare fielen ihm bis auf die breiten Schultern. In seinem Blick lag etwas Spöttisches. »Die anderen Messieurs kenne ich bereits. Sehr erfreut, Louise. Ich darf dich doch beim Vornamen nennen?«

»Natürlich.« Er muss ein Landsmann sein, sein Französisch ist lupenrein, dachte sie. Trotz seiner angenehm tiefen Stimme fühlte sie sich unbehaglich unter seiner Musterung.

»Ihr seht euch ähnlich«, fuhr Oliver fort, während seine grünen Augen einen Moment zu lang auf ihrer Gestalt ruhten, »nur trägt mein Freund kein so bezauberndes Kleid.«

Adrien warf ihm einen warnenden Blick zu.

»Das ist meine Art, dem Stamm Respekt zu zollen«, antwortete sie steif.

»Rana wird es freuen«, rettete Adrien sie aus der unangenehmen Situation. »Ärgere dich nicht. Oliver ist manchmal etwas direkt. Offenbar hat er in der Wildnis verlernt, wie man sich jungen Damen gegenüber benimmt.«

»Adrien hat recht. Ich habe meist mit älteren Männern zu tun, die nur selten von ihren Gattinnen begleitet werden. Es tut mir leid, Louise. Frieden?«, bat der Hüne mit Hundeblick.

»Frieden«, murmelte sie und spürte Erleichterung, als sich die Tür der Hütte öffnete und zwei hagere Frauen die Braut unter fröhlichem Gesang ins Freie geleiteten. Rana sah entzückend aus in ihrem roten zweiteiligen Kleid, den langen Ketten, die ihr bis auf die Brust reichten, und der kunstvollen Hochsteckfrisur, in die Blüten eingearbeitet waren. Das Brautpaar blieb voreinander stehen, wie von selbst verschränkten sich ihre Hände, und ihre Blicke versanken ineinander.

Der Gesang endete, die Trommeln setzten erneut ein, und Adrien führte seine Braut – in Begleitung von Jipa – zu Tianasoas Hütte, deren Eingang mit verschiedenen Symbolen bemalt war. Über der Tür hingen grob geschnitzte Holzbohlen mit eingearbeiteten Köpfen, manche waren mit schmückenden Ketten umwickelt. Eine war am oberen Ende wie eine Wiege geschnitzt, in der sich ein hölzernes Kleinkind befand. Louise war fasziniert. Was die Symbole wohl bedeuteten? Nielsen gab Talib, Oliver und ihr ein Zeichen, in gebührendem Abstand zu bleiben.

Vor dem Haus des Schamanen hatte man Sisalmatten ausgebreitet, auf denen Rana und Adrien wortlos nebeneinander Platz nahmen und ihre Gesichter gen Osten richteten.

»Warum sitzen sie auf Matten?«, fragte Louise leise. Oliver beugte sich zu ihr, um ihr zu antworten, doch sie tat, als bemerkte sie es nicht, und suchte Talibs Blick.

»Braut muss Matten selbst machen«, erklärte Nielsens Sohn schließlich. »Die schönsten sind Geschenk für Schamanen.«

Die Trommeln verstummten, dann trat Tianasoa ins Freie. Erwartungsvolle Stille setzte ein, als er kerzengerade und mit einem feinen Lächeln seinen Blick über die Menschenmenge schweifen ließ und endlich an den beiden auf den Matten verweilte.

Jipa trat vor, verbeugte sich vor dem Schamanen und wies zu dem Brautpaar. »*Ombiasy,* diese beiden Kinder lieben einander. Seit die Tiere unsere Wälder bewohnen, seit es Menschen und Dörfer gibt, kommen wir zu dir, um deinen Segen zu erbitten. Bitte segne auch meine geliebte Tochter Ranavalona und unseren Freund Adrien Bernard.«

Tianasoa neigte den Kopf. »Wenn es ihr Wunsch ist, soll es geschehen.«

Kaum hatte der Schamane seine Zustimmung gegeben, bildeten Ranas Verwandte einen Kreis um das junge Paar, das noch immer regungslos auf den Matten verharrte.

Mit einer beinahe unmerklichen Geste brachte Tianasoa die leise murmelnde Versammlung wieder zum Schweigen. »Jean-Pierre Tolojanahary«, sprach er Jipa mit vollem Namen an. »Seit jeher ist es Brauch, einen Brautpreis zu zahlen. Welchen Preis bist du bereit, für deine Tochter Ranavalona zu zahlen?«

Jipa hob einen Korb, der zu seinen Füßen stand, und Louise erhaschte einen Blick auf Reissamen, rötliche Bohnen und Datteln, die er ihr überreichte. Sie dankte ihm, und Tianasoa forderte ihn mit einem Wink auf, mit der Zeremonie fortzufahren.

Jipa nahm von einer seiner Frauen einen Wasserkrug entgegen, hielt ihn nach Osten gewandt in die Höhe. Seine Stimme hallte über den Platz und erfüllte die Luft. »Wir rufen euch nicht an, um zu essen oder Rum zu trinken, sondern bitten um eure Unterstützung bei der Hochzeit dieser Liebenden. Segnet sie, schenkt ihnen ein langes Leben und gute Gesundheit. Auf dass ihr Haus mit vielen Kindern gesegnet und ihre Jahre mit Erfolg gekrönt sind.« Jipa hielt inne, besprengte die Brautleute mit Wasser und zählte dabei laut bis sechs. »Möge euch ein gutes Leben und eine glückliche Zukunft beschert sein.«

»Wen hat er eben gerufen, Talib?«, fragte Louise.

»Götter, und dann auch Ahnen«, flüsterte der Tierpfleger.

Gespannt verfolgte sie, wie der Brautvater die Prozedur für die Vorfahren wiederholte. Als sie beendet war, drehte er sich zu seinem frischgebackenen Schwiegersohn um.

»Adrien, wir geben dir unsere Tochter zur Frau. Doch bedenke: Weder ihre Augen, ihr Haar noch ihre Glieder sind dein Eigentum. Sie sind ein Teil von ihr. Solltest du jemals deinen Blick von ihren Augen wenden, ihr nicht mehr übers Haar streichen oder ihr die Knochen brechen, wird sie zu uns zurückkehren!«

Louise unterdrückte einen Ausruf des Entsetzens, als sie Nielsens Übersetzung lauschte. »Warum sagt Jipa so etwas?«, flüsterte sie. »Adrien würde doch nie …«

»Keine Sorge, Mademoiselle Bernard«, erwiderte der Tierarzt ruhig. »Das ist Teil der Hochzeitszeremonie und dient jedem Ehemann als Mahnung, seine Frau zu ehren und zu schützen. Sollte er sie dennoch schlecht behandeln, nimmt die Familie sie mit offenen Armen wieder in ihrer Mitte auf.«

Nachdenklich beobachtete sie Adriens ungerührte Miene. Offenbar war er in das Prozedere der Zeremonie eingeweiht. Wenn Oliver überrascht war, verbarg er es gut. Als der Reiseleiter ihren Blick bemerkte, zwinkerte er ihr zu. Louise wandte sich rasch ab. In diesem Moment reichte Adrien Rana die Hand und half ihr auf. Ernst blickte er in jedes Gesicht. »Ich verspreche, meine Frau zu lieben und zu schützen, selbst bis in den Tod. Sollte sie mich je verlassen, bin ich es, der die Schuld trägt.«

Jubel wurde laut und übertönte sogar die Rhythmen der Trommeln, während das Brautpaar die Glückwünsche seiner Gäste entgegennahm.

Schließlich zog Jipa Louise beiseite und stellte sie seinen Ehefrauen sowie den sechs jüngeren Söhnen vor. Asaora hatte mit Jipa neben Rana noch vier Söhne. Die Frau in den Vierzigern machte einen ernsthaften und etwas herben Eindruck, doch wenn sie mit ihren Kindern sprach, wurde ihre Stimme liebevoll. Mit Imasy, die ungefähr in Louises Alter war, hatte Jipa die beiden jüngsten vier und fünf Jahre alten Söhne. Die feingliedrige Frau nahm Louise mit ihrer Herzlichkeit und ihrem lebhaften Wesen sofort für sich ein. Louise bezweifelte jedoch, dass sie sich die vielen Namen jemals einprägen konnte. Auf ihren freundlichen Wink gab ihr Talib ein eng verschnürtes Päckchen für die Brautmutter Asaora.

Die Ältere starrte sie verblüfft an, dann packte sie das Geschenk mit flinken Fingern aus. Als sie das blaue Kleid mit den Spitzenärmeln auswickelte, spiegelte sich Freude auf ihren Zügen wider. Mit ihrer heiseren Stimme sagte sie etwas auf Malagasy.

»Sie dankt dir und lässt fragen, wer das Kleid genäht hat«, übersetzte Jipa neben ihr.

»Es ist aus Paris. Ich habe es mir für die Reise gekauft und möchte es ihr gern schenken.«

»Louise, sie wird die nächsten Tage von nichts anderem sprechen«, zischte Ranas Vater. »Was hast du dir nur dabei gedacht?« Aber als sich ihre Blicke trafen, entdeckte sie ein verstecktes Schmunzeln in seinen Mundwinkeln.

Asaora wies Imasy an, ihr beim Ankleiden zu helfen, und huschte mit ihr ins Innere der Hütte. Wenig später trat Jipas Frau wieder hinaus. Das Kleid war ihr ein wenig zu groß und wirkte mit seinem hochgeschlossenen Kragen und den Spitzenärmeln unpassend an der hageren Eingeborenen. Aber Asaora drehte sich strahlend im Kreis, ließ den weiten Rock schwingen und bedankte sich wortreich bei ihrer Gönnerin.

Das Meckern einer Ziege lenkte Louises Aufmerksamkeit auf einen jungen Mann, der aus dem Kreis der Anwesenden trat. Er zog das protestierende Tier an einem Band hinter sich her und blieb schließlich vor Tianasoa stehen.

Der Schamane nahm die Ziege und führte sie in die Mitte des Kreises. Er fiel in einen rituellen Gesang, packte das sich heftig zur Wehr setzende Tier bei den Hörnern und drückte es zu Boden. Zwei Männer eilten herbei. Plötzlich blitzte ein langes Messer in Tianasoas Hand auf, und der Boden unter dem leblosen Tier färbte sich blutrot. Fasziniert von der Schnelligkeit und Präzision seiner Bewegungen, konnte Louise ihre Augen nicht von der Szene lösen.

Oliver, der sich zu ihr gesellt hatte, beugte sich zu ihr. »Das ist üblicherweise der Moment, in dem junge Europäerinnen blass werden oder in Ohnmacht fallen.« Er grinste. »Du scheinst aus härterem Holz geschnitzt zu sein.«

Wenn er nicht diesen spöttischen Zug um den Mund gehabt hätte, hätte sie ihn mit seinen strahlenden Augen beinahe attraktiv und sympathisch finden können. »Ja, das kann durchaus sein. Wenn du mich jetzt bitte entschuldigen würdest.« Sie bemühte sich um ein höfliches Lächeln und ließ den verdutzt dreinblickenden Reiseleiter stehen, während sie auf Nielsen, Rana und Adrien zusteuerte.

Ein paar Frauen zogen dem Opfertier das Fell ab und hängten es kopfüber an ein Seil, das zwischen zwei lange Stangen gespannt war. Danach entnahmen sie die Innereien, reichten die Leber einer Schwangeren und hängten die Ziege übers Feuer. Krüge mit einer trüben Flüssigkeit wurden gereicht, die Louise misstrauisch beäugte.

»Was ist das?«, fragte sie Nielsen, der ihr einen Becher reichte.

»Es heißt Besa-Besa und ist eine Mischung aus Zuckerrohrsaft, Wasser und einer bitteren Rinde, die mehrmals vergoren wird«, erläuterte der Tierarzt. »Sie sollten es versuchen, Mademoiselle Bernard. Es schmeckt viel besser, als es aussieht.«

Gleich darauf hob das Brautpaar die Becher, und wie auf einen stummen Befehl hin taten es ihnen alle nach. Nielsen hatte recht, der Hochprozentige schmeckte besser als mancher Schnaps, den sie in Paris getrunken hatte, und Louise ließ sich großzügig nachschenken. Während die Ziege über dem Feuer briet, betraten zwei schwarze Schönheiten den Kreis und unterhielten die Gäste mit langsamen und anmutigen Tänzen. Wenig später leisteten ihnen einige Männer Gesellschaft, wobei ihre Bewegungen weitaus lebhafter ausfielen. Sooft sie sich den Mädchen näherten, erlaubten sie sich eindeutig anzügliche Gebärden, die mit schallendem Gelächter aufgenommen wurden. Louise erinnerte sich an die Abende im Pariser Tanzsaal, wo man eng aneinandergeschmiegt tanzte und sich weitaus freizügiger benahm, als es bis dato möglich gewesen war. Doch mit den deutlichen Gesten der Tanala war selbst das nicht vergleichbar. Louise wandte sich ab, und ihr Blick fiel auf den lächelnden Oliver.

»Er scheint dich zu mögen«, warf Adrien leise ein.

Louise schnaubte.

»Ach, komm schon.« Ihr Bruder legte den Arm um ihre Schultern. »Oliver ist ein guter Kerl, der sich mit ganzer Kraft für den Erhalt unserer Regenwälder einsetzt.«

Louise zog es vor, Adriens Worte unkommentiert zu lassen und war erleichtert, als sie Fabrice im allgemeinen Trubel entdeckte.

Nachdem sie ihn mit Adrien und Rana bekannt gemacht und er dem Brautpaar seine besten Wünsche ausgesprochen hatte, luden sie ihn zu einem Besuch ein.

Später beobachteten sie, wie Adrien und Rana den allgemeinen Tanz zu einer schwungvoll getrommelten Melodie eröffneten. Sie lachten, während sie einander mit hocherhobenen Armen umkreisten. Reines Glück strahlte aus ihren Gesichtern. Adrien musste den Tanz einstudiert haben, denn nichts deutete darauf hin, dass er nicht von hier stammte.

Als Nächstes bewegten sich Jipa und seine beiden Frauen und danach der Rest der Gäste zu den

Rhythmen. Oliver stand auf der gegenüberliegenden Seite, ins Gespräch mit einer der Tänzerinnen vertieft, die das Fest eröffnet hatten. Neben den schmalen Eingeborenen wirkte der Reiseleiter wie ein Baum. Er schenkte Louise zu ihrer Erleichterung keine Beachtung mehr. Anders als Sander, der in Olivers Nähe stand und nun zielsicher auf sie zusteuerte.

Der Missionar machte einen gelösten Eindruck, was sicher auch dem Genuss des Besa-Besa zuzuschreiben war. »Ich hoffe, du hast nichts dagegen, wenn ich mich ein wenig zu dir geselle? Von deinem Platz aus kann ich die Tänzer besser sehen«, sagte er zu Louise.

»Nein, nur zu«, antwortete sie.

»Ach, wie gern würde ich jetzt selbst das Tanzbein schwingen«, gestand er ihr verträumt. »Als ganz junger Mann habe ich liebend gern getanzt.«

Louise räusperte sich etwas verlegen. »Tatsächlich?«

Sander erwiderte ihren Blick. »Zu Hause in Trondheim bin ich öfter unangenehm aufgefallen, weil ich nie verstehen konnte, warum wir Pastoren so steif und freudlos leben sollen. Das ist einer der Gründe, warum ich Norwegen verlassen habe. Die erste Lektion von Pastor Olsen lautete, wir müssen uns den hiesigen Gewohnheiten anpassen. Singen und tanzen gehört auf Madagaskar zum Alltag, und ein Pastor, der auf Festen nicht wenigstens zugegen ist und die Tänzer anfeuert, wird von den Einheimischen nicht akzeptiert.« Er schmunzelte. »Das ist natürlich nicht dasselbe. Am liebsten würde ich mich selbst unter sie mischen. Aber wenigstens ernte ich bei den Tanala keine strafenden Blicke, wenn mir Musik Freude macht.«

»Das verstehe ich, wenn ich auch überhaupt nicht tanzen kann«, gab Louise zu. Ihre Gedanken wanderten zurück. Wenn sie an den Wochenenden mit Adrien im Tanzsaal gewesen war, hatte sie sich damit begnügt, anderen zuzusehen, wie sie den neuen Charleston oder einen Shimmy einstudierten.

Die Feierlichkeiten nahmen ihren Lauf. Das Fleisch wurde in kleine Portionen geschnitten und auf Bananenblättern verteilt, und später würden die Frauen aus den Knochen eine Brühe kochen. Frauen trugen Körbe und Schalen mit Früchten, gekochtem Maniok, geriebenem Ingwer und Reis herbei. Nach dem üppigen Essen wurde erneut Besa-Besa gereicht, diesmal lehnte Louise jedoch ab. Die Tanala rauchten Tabak und sangen. Nie zuvor hatte sie Menschen so ausgelassen feiern gesehen. Die Hochzeitsnacht sollten Rana und Adrien in einer eigens aufgestellten Hütte verbringen. Unter Johlen und Beifall geleitete sie der Stamm schließlich zum blumengeschmückten Eingang. Die beiden winkten ein letztes Mal, dann schloss sich die Tür hinter ihnen.

Die Sonne stand bereits tief, da drängte Nielsen zum Aufbruch. Louise verabschiedete sich von ihren Reisebegleitern und dem Pastor, und wenig später machte sie sich mit Talib und Nielsen auf den Rückweg.

Bevor sie sich schlafen legte und die ersten Eindrücke der Hochzeit verblassen konnten, schrieb sie alles bis ins Detail nieder, schilderte das Aussehen der Tanala ebenso wie die Empfindungen, die sie während der Feierlichkeiten begleitet hatten.

Gefolgt von singenden Tanala-Frauen und ihren Kindern kehrte am folgenden Nachmittag das junge Paar eng umschlungen zurück. Louise hatte den Tag damit zugebracht, alles für ihren Empfang vorzubereiten. Aus Bananenblättern und Blüten hatte sie eine Girlande angefertigt, die jetzt über dem Eingang hing, und aus Früchten, Hühnerfleisch und Reis das Abendessen zubereitet.

»Willkommen zu Hause«, begrüßte sie die beiden.

Rana dankte den Tanala, diese winkten fröhlich und kehrten zurück in ihr Dorf. Als sie sich Louise zuwandte und sie auf die Wange küsste, lag in ihren Augen ein warmer Glanz. »Wie hübsch du alles geschmückt hast, liebe Schwester. Ich danke dir.«

Adrien umarmte Louise und zog sie in die Hütte.

»Es war eine schöne Feier«, sagte Louise.

»Das finden wir auch.« Er schnitt eine Grimasse. »Aber jetzt sind wir froh, wieder zu Hause zu sein. Im Dorf hat man nämlich keinen ruhigen Moment. Dort musste ich gegen die kleinen Jungs um die Aufmerksamkeit meiner schönen Frau buhlen.«

»Meine Brüder können hartnäckig sein«, bestätigte Rana mit einem Seufzen, doch in ihren Augen spiegelte sich Liebe wider.

Als es Abend wurde und die Feuchtigkeit durch alle Ritzen der Hütte kroch, wärmten sie ihre klammen Füße an der Feuerstelle.

Rana und ihr Mann wechselten einen bedeutungsvollen Blick. »Meine liebe Louise«, eröffnete sie und schmiegte sich dabei an Adrien. »Jetzt, da die Feier vorüber ist, möchten wir dir etwas anvertrauen. Du sollst die Erste sein, die es erfährt.«

»Ein Geheimnis?« Louise klatschte in die Hände. »Was ist es? Ich werde schweigen wie ein Grab. Versprochen!«

Die beiden lachten.

Rana beugte sich zu ihr, nahm Louises Hand und legte sie auf ihren flachen Bauch. »Er wird bald dick und rund sein wie ein Ball. Wir bekommen nämlich ein Kind.«

Louise starrte erst in Ranas, dann in Adriens Gesicht. Freude wallte in ihr auf. »Oh, wie wundervoll. Wie lange wisst ihr es schon?«

»Seit ein paar Wochen«, sagte Adrien, »aber wir wollten es erst verraten, wenn wir ganz sicher sind.«

Louises Herz wurde weit. »Ich finde, darauf sollten wir mit einem Glas Saft anstoßen.«

Die drei verbrachten noch ein paar fröhliche Stunden miteinander und stellten sich vor, wie sich die Hütte im Laufe der Jahre mit Kinderlachen füllte. »Bei nächster Gelegenheit sollten wir zum Postamt fahren und Maman und Papa anrufen«, meinte Adrien. »Ich kann es kaum erwarten, ihnen von ihrem ersten Enkelkind zu berichten.«

»Unbedingt«, stimmte ihm Louise zu. »Soweit ich weiß, ist Fabrice derzeit öfter mit Monsieur Olsen unterwegs. Bestimmt fahren sie auch mal in Richtung Fianara und können uns mitnehmen. Fabrice besucht uns doch in den nächsten Tagen. Wenn wir Glück haben, kommt er mit dem Citroën.«

Die drei lächelten einander an. Später erzählten Adrien und Rana von ihrem Plan, die Hütte zu vergrößern, damit neben einem Kinderzimmer auch weiterhin ein Gästezimmer zur Verfügung stand.

Ihre Überlegungen rührten Louise, doch je weiter der Abend voranschritt, umso mehr Wehmut mischte sich in ihre Freude, weshalb sie sich bald auf ihr Zimmer zurückzog.

Als Louise im Bett lag und dem prasselnden Regen lauschte, huschten Gedanken wie Irrlichter durch ihren Kopf. Obwohl sie Kinder mochte, war in ihren Zukunftsplänen keine Familie vorgesehen. Sie wollte ein anderes Leben führen als die Frauen, die sie kannte. Zu Hause bestimmten die Ehemänner, ob ihre Frauen arbeiten durften. Louise wollte sich aber von niemandem vorschreiben lassen, wie sie leben wollte. Sie wollte frei und unabhängig sein. Aber sie hatte sich immer gewünscht, eines Tages mit Adriens Kindern zu spielen oder ihnen abends eine Gutenachtgeschichte vorzulesen. Als sie ihm einmal ihre Träume gestand, hatte er nur gelacht und erwidert, es gäbe zu viele hübsche Frauen und dass er sich nicht vorstellen könnte, die eine zu treffen, mit der er sein Leben teilen wollte. Nun, das Schicksal hatte glücklicherweise anders entschieden.

Nebenan wisperte Adrien, und Rana kicherte.

Die ersten Tage auf der Station waren wie im Flug vergangen. Louise blieben nur noch drei Wochen. Sie würde nie sehen können, wie sich Ranas Bauch allmählich wölbte. Sie würde nicht dabei sein, wenn das Kind seinen ersten Atemzug tat, das erste Mal lächelte. Ob sie es jemals im Arm halten konnte, war fraglich. Alles, was Louise blieb, war hin und wieder eine Fotografie oder ein Anruf. Rana und Adrien hatten ihr versichert, dass sie nach Paris kämen, sobald das Kleine alt genug war. Doch wann sollte das sein?

Louise drehte sich auf die andere Seite und starrte aus dem Fenster. Eigentlich müsste sie sich für ihre egoistischen Gedanken schämen, dennoch gelang es ihr nicht, sie beiseitezuschieben. Sie zog sich die Decke über den Kopf und wartete auf den Schlaf, der ihre Traurigkeit für einige Stunden verscheuchte.

KAPITEL 14

Durchdringende Schreie rissen Louise jäh aus ihrem Traum. Am Himmel waren noch vereinzelt Sterne zu erkennen. Sie blinzelte zu ihrer Armbanduhr. Es war gerade vier. Leise schlüpfte sie aus dem Bett und warf sich ein wollenes Tuch über die Schultern. Auf Zehenspitzen schlich sie zum Aborthäuschen. Nachdenklich blickte sie wenig später zum Affenhaus. An die Laute der Lemuren hatte sie sich gewöhnt, aber in dieser Nacht schienen sie außer Rand und Band zu sein. Finster lag die Station vor ihr, nirgends brannte Licht. Louise entzündete die Öllampe, die immer auf der kleinen Terrasse stand. Jipa war noch bei seiner Familie, aber Nielsen müsste hier sein, denn Louise hatte ihn am späten Abend noch bei Nirina gesehen. Sie zog das Tuch enger um sich, während sie über den Vorplatz lief. Das Geräusch vom Rütteln der Lemuren an den Gitterstäben und ihre erregten Rufe erfüllten die Nachtluft. Wie Nielsen bei diesem Lärm schlafen konnte, war ihr unerklärlich.

Louises Puls beschleunigte sich. Entschlossen riss sie die Tür zum Gästehaus auf, das durch einen Flur mit dem Affenhaus verbunden war, und stürmte ins erste Zimmer. Der Tierarzt lag rücklings auf dem Bett und schnarchte.

»Nielsen, wachen Sie auf!« Louise schüttelte ihn. Erst nach dem zweiten Versuch öffnete er die Lider. »Was ist denn das für ein Krach?«, nuschelte er schlaftrunken.

»Ich weiß nicht. Hier stimmt etwas nicht. Bitte kommen Sie.«

Der Tierarzt warf sich eine Jacke über den Pyjama, schlüpfte in seine Sandalen und griff nach der Öllampe, die Louise auf den Boden gestellt hatte. »Wissen Adrien und Rana Bescheid?«

»Nein, ich wollte sie nicht wecken.«

»Gut, gehen wir.«

Louise und Nielsen eilten über den Flur, von wo aus es einen direkten Zugang zum Affenhaus gab. »Halt!«, rief sie heiser und hielt ihren Begleiter am Ärmel fest. Auch er blieb ruckartig stehen.

»Was … was ist das?« Louise starrte auf ein dunkles Rinnsal, das sich unter der Tür einen Weg auf sie zu bahnte und sich rasch vergrößerte. Ein metallischer Geruch stieg ihr in die Nase.

»Warten Sie!«, mahnte der Tierarzt und wollte ihr den Weg versperren.

Doch Louise drängte sich an ihm vorbei und riss die Tür auf. Sie machte einen Schritt, stieß gegen etwas Weiches und wäre gestolpert, hätte Nielsen sie nicht gehalten. Im schwachen Schein der Öllampe entdeckte sie zwei reglose Körper niedergestreckt am Boden. Adriens Mund war wie zu einem stummen Schrei aufgerissen. Blut quoll aus einer breiten Wunde an seiner Kehle. Unter seinem Leib hatte sich eine Lache gebildet, in der seine geöffnete Geldbörse lag. Louise schrie auf und ließ sich auf die Knie sinken, fuhr bebend die geliebten Linien seines Gesichts nach. Dann hielt sie inne. Durchscheinend, fast wie Pergament wirkte sein Teint. Adriens Augen, aus denen stets die Lebenslust gestrahlt hatte, waren starr und entrückt, als hätte er etwas erblickt, was nur er zu sehen imstande war. Louise schloss seine Lider. Ihre Tränen benetzten seine Wangen. Alles in ihr krümmte sich zu einem brennenden Knäuel zusammen. Der schneidende Schmerz ließ sie aufstöhnen. Ja, es waren noch immer seine vertrauten Züge, dennoch lag bereits etwas Fremdes in ihnen. Der Tod hatte sein zerstörerisches Werk begonnen.

Rana lag bäuchlings neben ihm, umklammerte seine Arme, als wollte sie ihn daran hindern, sie zu verlassen. Louise drehte sie um. Als sie sah, dass ihre Hände voller Blut waren, schrie sie gellend auf. Starrte auf das Blut, das von ihren Fingern rann. Auch ihr war die Kehle durchgeschnitten worden. Warum? Wer hatte ihnen das angetan?

Louise schrie und schrie, brach über Adrien zusammen, spürte nicht, wie sich ihr Nachthemd mit Blut vollsog. Bis sie eine warme Hand fühlte. Da war eine Stimme von ferne, die beruhigend auf sie einredete. Hände, die ihr aufhalfen und sie auf einen Stuhl drückten. Tot, gellte es in ihr, während eisige Kälte durch ihre Glieder kroch. Tot. Rana. Adrien. Das Ungeborene. Verzweifelt sehnte sie den Augenblick herbei, an dem sie feststellte, dass sie lediglich in einem schrecklichen Albtraum gefangen war. Doch sie wartete vergebens.

»Meine Güte«, murmelte Nielsen. In seinen Zügen

stand das Grauen geschrieben. Sein Gesicht war kalkweiß.

Ein Zittern überlief sie. Sie wusste nicht, wie lang sie nur vor sich hinstarrten und zu begreifen versuchten, was geschehen war. »Jemand muss die Gendarmerie verständigen«, stammelte sie, als sie glaubte, wieder sprechen zu können. In ihren Ohren war ein Rauschen, das jeden anderen Laut übertönte. Schwankend stand sie auf.

Nielsen umfasste ihre Arme. »Das werden wir.«

Fassungslos starrte Louise auf die furchtbar zugerichteten Leichname zu ihren Füßen. »Sie haben nie jemandem etwas zuleide getan.« Rasch schluckte sie die Tränen hinunter, die ihr in die Kehle stiegen.

»Bitte versuchen Sie sich zu beruhigen«, bat der Tierarzt, selbst um Fassung ringend. »Ich werde mich persönlich um die Angelegenheit kümmern.«

Wie nüchtern das klang. Als würde es sich um einen bürokratischen Akt handeln, durchfuhr es Louise. Ihre Sicht schien wie in wabernde Nebel gehüllt. Die Geräusche klangen verzerrt. »Sie müssen die Mörder finden!«, brach es aus ihr heraus. Ein Schluchzen stieg in ihr hoch. »Bitte, Nielsen. Ich kann … Ich will sie nicht hier liegen lassen. Ich muss sie waschen. Sehen Sie nur, wie schmutzig sie sind.«

Unbeholfen strich er ihr über den Kopf. »In ungefähr einer Stunde wird mein Sohn hier sein. Dann laufe ich zur Mission und hole Hilfe. Bis dahin müssen Sie mir aber etwas versprechen.«

»Was?«, flüsterte sie mit versagender Stimme.

»Sie warten draußen und rühren sich nicht vom Fleck.«

»Aber …«

»Kein Aber«, unterbrach er sie entschieden. »Es muss sein. Ich werde Monsieur Mathieu bitten, mich zu begleiten, damit er den Tatort fotografiert. Wir müssen doch herausfinden, wer die beiden umgebracht hat.«

Louise versuchte sich zu klaren Gedanken zu zwingen, aber sie entglitten ihr jedes Mal.

Widerstandslos ließ sie geschehen, dass Nielsen sie aus dem Raum führte und ihn sorgsam verschloss. Er legte ihr eine Wolldecke um die Schultern, danach setzten sie sich schweigend vor das Affenhaus und warteten auf Talib und die anderen Arbeiter. Wie, schoss es Louise durch den Kopf, sollte sie Jipa und ihren eigenen Eltern die Nachricht überbringen, wie ihnen den Tod von Rana und Adrien erklären? Hilflos gegen den Schmerz, der ihre Gedanken begleitete, vergrub sie das Gesicht in ihre Hände. Aber es half nichts, vor ihrem inneren Auge sah sie Adrien und Rana vor sich liegen, jedes Detail hatte sich wie ein Brandzeichen in ihre Seele gebrannt.

Die Zeit zog sich endlos hin, während sich Louise in Gedanken in dem Raum bei Adrien und Rana befand. Besonders gläubig war sie nie gewesen, doch in diesem Moment murmelte sie ein Gebet. Ewigkeiten schienen vergangen zu sein, bis die Sonne endlich über dem Dschungel aufging und ihre Strahlen die Wassertröpfchen verscheuchten, die in der Luft tanzten. Wenig später hörte Louise, wie Nielsen mit den beiden Arbeitern sprach. Ohne weitere Worte zu verlieren, machten sich die Einheimischen an die Arbeit.

Nielsen kehrte mit zwei Bechern zurück und reichte ihr einen. »Trinken Sie. Es ist Besa-Besa.«

Louise kippte ihn, der scharfe Alkohol rann ihr wohltuend die Kehle hinunter und wärmte sie einen gnädigen Moment lang.

»Talib müsste bald hier sein«, fuhr er fort. »Kann ich Sie allein lassen? Je eher ich aufbreche, umso schneller bin ich wieder zurück.« Er wies zu den beiden Männern, die gerade das Affenhaus betraten. »Mamy und Rado übernehmen die Fütterung.«

»Gehen Sie nur«, antwortete sie und hörte den fremden Klang ihrer Stimme.

Der Tierarzt drehte sich auf dem Absatz um und eilte mit weit ausholenden Schritten auf die Straße zu.

Ihr kam es vor, als wäre alle Kraft aus ihrem Körper gewichen. Mit den Augen suchte sie die Umgebung nach Talibs Gestalt ab. Die Halbaffen waren noch immer unruhig. Wahrscheinlich riechen sie das Blut, dachte sie schaudernd. Ihre Rufe wurden schriller, vermutlich hatten sie die Männer bemerkt, die im Vorratsraum das Futter für sie zubereiteten. Louise eilte zu Nirina. Das Kattamädchen jammerte, als sie den Käfig öffnete. Bevor sie sich's versah, sprang ihr das Lemurenkind auf die Schulter und rieb das Köpfchen an ihrer Wange. Nirinas vertrauensvolle Geste tat ihr gut. Entschlossen kletterte die Kleine tiefer, bis sie Louises Achselhöhle erreichte und ihr Gesicht darin vergrub. Wie weich ihr Fell war. Völlig unkontrollierbar brach sich Louises Trauer Bahn. Adriens letzte Umarmung. Das Glück in seinen Augen. Ranas helles Lachen. Ihr Flüstern, als sie sich in ihr Zimmer zurückgezogen hatten. Was hatten die beiden im zweiten Gästeraum gesucht? Vor allem aber: Warum hatte man sie getötet?

Nirina seufzte zufrieden, und in der Art, wie sie sich an sie schmiegte, lag etwas so Tröstliches, dass Louise sie einen Moment in den Armen wiegte wie ein Kind. Als sie die Kleine widerstrebend in den Käfig zurücksetzen wollte, klammerte sich Nirina mit einer Vehemenz an sie, die sie in Erstaunen versetzte. Wie eigenartig, bei ihr hatte Louise nie jene Scheu gegenüber Tieren empfunden, die sie seit Kindertagen begleitet hatte. Etwas zwischen ihnen war anders als bei den restlichen Schützlingen der Station. Vielleicht, weil das Kattamädchen ihr sofort ihr Vertrauen geschenkt hatte. Vielleicht aber auch, weil sie beide traurig und allein waren.

Kaum hatte Louise einige Zeit später dem Affenhaus den Rücken gekehrt, nahm sie ein rasch näher kommendes Motorengeräusch wahr. Sekunden später bog der Citroën um die Kurve und hielt auf dem Vorplatz.

Fabrice eilte mit ausgebreiteten Armen auf sie zu.

»Louise. Mein aufrichtiges Beileid. Es tut mir so leid. Nielsen hat mir unterwegs alles berichtet.« Er wiegte sie in seinen Armen. »Ich bin schockiert. Wie konnte das nur passieren?«

»Ihr Kollege wollte gerade aufbrechen«, warf Nielsen erklärend ein.

»Ursprünglich wollte ich dich zu einem Interview in die Mission abholen«, meinte Fabrice. »Eine Zeitung will einen Artikel über Monsieur Citroën, den Wagen und unsere Aufgaben hier im Land bringen. Glücklicherweise übernimmt Sander das für uns.«

»Ich danke euch«, stammelte Louise und löste sich von ihm.

Mathieu trat neben sie und ergriff ihre Hand. »Wie furchtbar, dass wir uns unter diesen Umständen wiedersehen, meine Liebe. Wir sind alle sehr bestürzt.«

»Danke, Mathieu«, brachte sie hervor.

»Wenn Sie mir bitte folgen?«, bat Nielsen mit einem bedeutungsvollen Wink zu Mathieus Kameratasche.

Als die beiden Männer außer Reichweite waren, wandte sich Fabrice ihr zu. »Kann ich etwas für dich tun, Louise? Weißt du, mir fehlen die passenden Worte. Aber vielleicht ...«

»Schon gut. Ich bin einfach nur froh, dich zu sehen«, entschlüpfte es ihr. »Ich ... ich muss zur Gendarmerie nach Fianara. Kannst du mich begleiten?«

Er legte den Arm um sie. »Aber gern. Wissen die Mitarbeiter Bescheid?«

»Ich weiß es nicht.« Da sah sie Talib, der auf die Station zusteuerte. Nielsen, der eben im Begriff war, mit dem Fotografen das Gästehaus zu betreten, winkte seinen Sohn zu sich. Louise atmete auf. Sie hätte den Hergang nicht noch einmal erzählen können.

»Ich schlage vor, wir fahren, sobald Mathieu mit den Aufnahmen fertig ist«, sagte Fabrice.

»Einverstanden.« Mit feuchten Augen sah sie zu ihm auf. »Ich muss unsere Eltern anrufen. Mein Gott.« Statt einer Antwort strich er ihr über das zuckende Gesicht.

Louise zog sich mit fahrigen Fingern um. Kurze Zeit später schoss der Citroën aus der Einfahrt.

»Die Mission hat einen eigenen Telefonapparat.

Sander hat bestimmt nichts dagegen, wenn du von dort aus anrufst«, warf Fabrice ein.

»Wahrscheinlich nicht, aber meine Privatgespräche möchte ich doch lieber vom Postamt führen, wo Mathieu nicht mithören kann.«

»Wie du meinst, Louise.«

Mit zusammengebissenen Zähnen ließ sie die Landschaft an sich vorbeiziehen. Hinter ihren Augen pochte ein stechender Schmerz, während sie über holprige Pisten fuhren. Der stetige Wind der vergangenen Tage hatte den Schlamm fast getrocknet, und die Route bereitete ihnen keine Probleme.

Mechanisch schritt sie an Fabrice' Seite zum Postgebäude. Sie sah auf die Uhr über der Eingangstür. In Paris war es fast Mittag. Papa müsste in seinem Büro sein, dachte sie. Wie grausam, ihm dort die Hiobsbotschaft zu überbringen. Sie konnte nur hoffen, dass Monsieur Citroën ihn für heute von der Arbeit befreite. Wie festgewachsen stand sie vor dem Telefon, zögerte. Maman ist allein zu Hause, durchfuhr es sie, das kann ich ihr unmöglich antun, ich muss Papa anrufen. Louise holte tief Luft und wählte seine Nummer. Verzweifelt lehnte sie den Kopf an eine Wand, während sie mit wild pochendem Herzen auf das Freizeichen wartete. Dann vernahm sie die Stimme ihres Vaters am anderen Ende.

»*Bonjour,* mein Mädchen. Das ist aber eine nette Überraschung. Wie geht es dir?«

»Papa, es ist … es ist etwas Furchtbares geschehen. Bitte setz dich«, begann Louise und hörte sich selbst wie aus weiter Ferne sprechen. Jedes einzelne Wort tat ihr weh. Die traurigen und blutigen Details sparte sie aus. Es genügte, dass Adriens und Ranas Anblick sie ein Leben lang verfolgen würde.

Papas gequältes Aufstöhnen ging ihr durch Mark und Bein.

»Mein Gott. Das kann nicht sein«, presste er schließlich tonlos heraus.

Louise wollte ihm antworten, aber ihre Stimme versagte. Ihn weinen zu hören brach ihr fast das Herz. Die beiden schwiegen eine schier endlose Zeit, sie fanden keine Worte.

»Wie soll ich das … wie soll ich das nur deiner Mutter beibringen?«, flüsterte er irgendwann.

Louise schluchzte auf. »Ich weiß es nicht, Papa. Wenn wir nur zusammen wären. Wenigstens habt ihr beide euch. Papa, ich muss jetzt zur Gendarmerie. Ich habe keine Ahnung, wie ich das durchstehen soll.«

»Es muss sein, mein Mädchen. Versuch stark zu sein. Du solltest jetzt aber auch nicht allein sein.«

»Bin ich nicht, Fabrice ist bei mir. Ich melde mich wieder. Ich hab euch lieb.«

»Wir haben dich auch lieb.« Ihr Vater schnäuzte sich. »Sorge dafür, dass sie das Ungeheuer fassen, das ihnen das angetan hat.«

»Das verspreche ich dir, Papa.«

Schließlich legte ihr Vater auf, er wollte gleich Monsieur Citroën benachrichtigen. Der schlimmste Augenblick für Louise war, als sie ihren Vater mit seinen Gefühlen allein lassen musste. Der Umstand, dass sie Adrien nicht auf seinem letzten Weg begleiten konnten, würde ihren Eltern noch mehr zusetzen.

Leicht schwankend verließ sie das Postamt.

In einem Straßencafé flößte ihr Fabrice einen Kakao ein und bestand darauf, dass sie etwas zu sich nahm. Doch sie glaubte, keinen Bissen herunterzubekommen, nur seiner Hartnäckigkeit war es zu verdanken, dass sie das Reisküchlein mit der scharfen Chilisoße letztlich doch aß.

Er nickte zufrieden. »Komm, bringen wir es hinter uns.«

Zu ihrer Erleichterung übernahm Fabrice das Gespräch mit dem jungen Gendarmen, nur hin und wieder stellte er ihr eine Frage, die sie mechanisch beantwortete. Er redete unentwegt auf den Gendarmen ein, bis dieser sich bereit erklärte, sie zur Station zu begleiten.

Dort angekommen, begutachtete der Gendarm kurz den Tatort. »Vermutlich ein Raubmord. Wissen Sie, wie viel Geld Ihr Bruder in der Börse hatte? Fehlt sonst noch etwas?«

Louise schüttelte den Kopf. »Mir ist nichts aufgefallen.«

»Die Tatwaffe war eine Machete«, erläuterte er sachlich. »Sie sind nicht viel länger als einen halben Tag tot.«

Danach setzte er sich in die winzige Schreibstube und wies Nielsen an, die Mitarbeiter herbeizurufen, damit er ihre Aussagen aufnehmen konnte.

Louise wurde heiß vor Zorn, als sie seine unbeteiligte Miene bemerkte. »Bei allem Respekt. Wollen Sie nicht zuerst nach weiteren Spuren suchen? Bestimmt gibt es … Hinweise, Fußspuren. Irgendetwas.«

Er trommelte mit den Fingern auf dem Schreibtisch. »Wenn es welche gegeben hat, sind sie inzwischen vom Wind und den Fußtritten der anderen verwischt, Mademoiselle. Wenn Sie bitte jetzt den ersten Zeugen rufen? Ich habe nicht endlos Zeit.«

»Ist das alles?«, herrschte ihn Louise an. »Mein Bruder und meine Schwägerin wurden umgebracht. Ich erwarte, dass Sie alles tun, um die Morde aufzuklären.«

»Wenn ich mir die Bemerkung erlauben darf, Mademoiselle … wie war noch gleich Ihr Name?«

»Bernard. Louise Bernard.«

»Mademoiselle Bernard, ich verstehe ja Ihre Verzweiflung.« Der Gendarm seufzte, als hätte er es mit einem Schulkind zu tun, das seine Lektion nicht begriff. Er deutete mit dem Kopf hinter sich. »Im Regenwald und in den weiten Ebenen verschwinden Menschen zuweilen auf mysteriöse Weise. Manchmal tauchen sie wieder auf. Es kommt aber auch vor, dass ihre Leichen erst Jahre später gefunden werden. Raubmorde wie bei Ihrem Bruder und seiner eingeborenen Frau sind bei uns leider keine Seltenheit.«

Im selben Moment trat Rado ein und wurde aufgefordert, Platz zu nehmen. Louise stürzte ins Freie und versuchte, ihrer ohnmächtigen Wut Herr zu werden. Wie gelähmt verfolgte sie, wie einer nach dem anderen die Hütte betrat.

Als der Gendarm mit den Zeugenaussagen fertig war, schrieb er einen Bericht über den Fundort und den Zustand der Toten. Zum Schluss bat er Mathieu, ihm die Fotografien zukommen zu lassen.

KAPITEL 15

Jipa, der kurz nach Talib eingetroffen war, hatte darum gebeten, die Toten mit ins Dorf nehmen zu dürfen, um sie nach altem Ritus bestatten zu lassen. Als alles besprochen war, drängte es Fabrice und Mathieu aufzubrechen. Fabrice versprach, in den nächsten Tagen wiederzukommen.

Die beiden Männer verabschiedeten sich, und Louise blickte dem Citroën nach, bis er um die Kurve bog.

Jipa ging mit steifen Schritten auf sie zu. Louise erschrak. War das noch derselbe Mann, den sie kannte? Seine Haltung war aufrecht wie immer, aber etwas in seinen Zügen und an seiner Ausstrahlung verursachte ihr eine Gänsehaut. Louise ahnte, dass er eine Mauer um sich errichtet hatte, um den Tod seiner Tochter mit Würde ertragen zu können.

Wortlos umarmte sie ihn, registrierte seine Kurzatmigkeit, fühlte sein Zittern. Einen winzigen Moment lang hatte sie den Eindruck, seine Mauer würde bröckeln, denn er wurde weich in ihrer Umarmung. Doch bereits im nächsten Moment machte er sich von ihr los und trat näher. »Böse Geister sind unter uns«, flüsterte er kaum vernehmbar. »Sie halten sich nach der schlimmen Tat im Gästehaus auf.«

»Von so etwas habe ich gehört, Jipa«, sagte sie und

schluchzte auf. »Ich möchte mitkommen, bitte lass mich Adrien und Rana auf ihrem letzten Weg begleiten.«

Er zögerte.

»Adrien stand meinem Herzen genauso nahe wie Rana deinem. Wir haben dasselbe Blut, dieselben Eltern«, sagte sie flehend.

Einen kurzen Moment lang waren nur die Schreie der schwarzen Papageien über ihren Köpfen zu hören.

»Ja, Louise. Aber du bist keine Tanala.«

»Adrien war ebenfalls kein Tanala«, wagte sie zu widersprechen.

Er hielt ihren Blick fest. »Du bist eine Frau und nicht stark genug, eine Bahre zu tragen.«

Sie reckte das Kinn. »Ich bin Automechanikerin. Dazu ist jede Menge Kraft nötig!«

»Der Weg ist zu anstrengend für dich«, hielt er dagegen.

»Das schaffe ich, Jipa. Bitte.« Ich kann Adrien und Rana doch nicht allein lassen, fügte Louise in Gedanken hinzu und spürte wieder den brennenden Schmerz in ihrer Brust, der sie seit jenem Augenblick, als sie die beiden gefunden hatte, nicht verlassen hatte.

»Na gut«, lenkte er ein. »Die Zeit drängt. Es ist schon Mittag. Sie müssen raus aus dem Gästehaus. Dort finden sie keinen Frieden.« Er schloss gequält die Augen. »Ich gehe jetzt ins Dorf und bringe zwei Männer mit, die uns beim Tragen der Toten helfen.«

Louise gab ihn frei und ging zur Station zurück. Alles schien wie immer zu sein. Der sandige Weg, der sich am Dschungel entlangschlängelte, die Tierstimmen und die Schatten der hohen Bäume, die das meiste Licht schluckten. Zwischen dichtem Gestrüpp entdeckte sie wilde Orchideen, die ihre Stängel gierig der Sonne entgegenstreckten. Verständnislos sah sie sich um. Wie war es möglich, dass das Leben seinen Gang nahm, die Umgebung unverändert blieb, obwohl Adrien und Rana fehlten? Gerade die beiden, deren Seelen mit diesem Ort auf ewig verbunden waren, müssten doch einen Riss in diesem Landschaftsgemälde hinterlassen. Aber die Lücke, die durch ihren Tod entstanden ist, existiert wohl nur in den Herzen der Menschen, die sie geliebt haben, dachte sie bitter. Auf dieser Insel der Widersprüche wurde der Wert eines Menschenlebens offenbar nach einem anderen Maß gewogen. Wen interessierte der Tod eines unbedeutenden Europäers, der noch dazu mit einer Eingeborenen verheiratet war?

Louise kauerte vor der Hütte und betrachtete die Umgebung, als sähe sie sie zum ersten Mal. Ihr Leben schien plötzlich aus unzähligen Puzzleteilen zu bestehen, die von fremder Hand durcheinandergeworfen worden waren. Nichts ist mehr an seinem Platz, erkannte sie bitter, es wird nie wieder sein wie zuvor. Die Leute liefen wie Gespenster durch die Station, während sie ihre Arbeit verrichteten. Die Stille zerrte an ihren Nerven. Nur hin und wieder drangen flüchtige Eindrücke in ihr Bewusstsein. Sie verfolgte, wie einer nach dem anderen den Heimweg antrat. Nielsen hatte abermals die Wache übernommen. Die Wolken verdichteten sich, der Wind frischte auf. Die Sonne ging bereits unter und hüllte den Urwald in ein dunkelgrünes Kleid. Die Luft roch nach Regen und ließ Louise frösteln, doch alles in ihr wehrte sich dagegen, die Hütte zu betreten. Adriens und Ranas Hütte, in der sie glücklich gewesen waren. Sie warf sich ihren Umhang um und bettete den Kopf auf die Knie. Ihre Welt lag in Trümmern, und ein Teil von ihr war mit Adrien gegangen, unwiederbringlich.

Als sie Schritte hörte, hob sie müde den Kopf.

»Alles erledigt«, sagte der Tierarzt. »Kann ich noch etwas für Sie tun, Mademoiselle Bernard? Ansonsten würde ich mir einen Schlafplatz im Vorratsraum herrichten. Der erste Rundgang ist erst um zehn.«

»Gehen Sie ruhig, Nielsen.«

Er sah sie an. »Sie sollten auch versuchen zu schlafen.«

Louise nickte. »Ich weiß. Gute Nacht.«

»Das wünsche ich Ihnen auch.« Nielsen drehte sich um, und gleich darauf verschwamm seine Silhouette im diffusen Licht.

Zu erschöpft, um sich zu bewegen, starrte sie in den Himmel, wo der Mond gerade aufging und träge seine Bahn zog. Irgendwann meinte sie, den Lichtschein von Nielsens Lampe wahrzunehmen. Louise wusste nicht, wie lange sie reglos auf der Terrasse gehockt hatte. Sie spürte kaum, wie die Feuchtigkeit durch ihre Kleider drang, und hörte nicht, wie ihr der Tierarzt ein paar Worte zuwarf, bevor kurz darauf das Licht im Vorratsraum erlosch.

Es wurde Nacht, und Louise verlor jedes Zeitgefühl. Plötzlich drangen schrille Schreie an ihre Ohren. Sie fuhr hoch. Die Tiere waren nervös. Wenig später schienen sie sich zu beruhigen. Louise lauschte angestrengt. Dann setzten die Tiere erneut an. Bestimmt antworten sie ihren Artgenossen im Dschungel, dachte sie und legte den Kopf schief. Oder nicht? Womöglich spielten ihre Sinne verrückt, aber die Laute klangen schriller als üblich, beunruhigt. Wahrscheinlich war Nielsen die an- und abschwellenden Laute gewohnt und schlief tief und fest. Louise griff nach der Öllampe und leuchtete sich den Weg zum Affenhaus.

Einige Tiere liefen erregt im Käfig auf und ab, sprangen gegen die Gittertür und stießen Warnrufe aus. Auf den ersten Blick konnte sie nichts erkennen. Doch als sie sich Nirinas Käfig näherte, hielt sie erschrocken in der Bewegung inne. Da war ein Fauchen, direkt hinter ihr. Entsetzt wurde ihr deutlich, dass sie versäumt hatte, die Tür nach dem Eintreten zu schließen. Sie unterdrückte einen Fluch und blickte sich langsam um. Es war eine Fossa, sie schätzte das pumaähnliche Tier auf knapp einen Meter. Die Raubkatze hatte drohend die Lefzen hochgezogen und fauchte erneut. Blitzartig kamen ihr Nielsens Erklärungen bei ihrem ersten Rundgang wieder in den Sinn: *Sie ernährt sich hauptsächlich von Lemuren.* Nicht Nirina. Ich kann sie nicht auch noch verlieren, konnte sie nur denken. Dann stürzte sie mit erhobenen Armen auf die Fossa zu, die sich tatsächlich umdrehte und verschwand.

Weich in den Knien atmete Louise auf und schloss rasch die Tür vom Affenhaus. Die Tiere hatten die Gefahr gewittert, lange bevor sie da war. Sie trat auf das Kattamädchen zu, das kläglich jammerte und wie Espenlaub zitterte, den langen Schwanz eng an den Leib gepresst. »Meine arme Kleine, es wird alles gut«, redete Louise besänftigend auf Nirina ein. Da japste ihr Schützling plötzlich nach Luft. Zweimal, dreimal, und sie glaubte, ihr Herz müsste stehen bleiben.

Fieberhaft sah sie sich um, lauschte. Als alles still blieb, öffnete sie wie von selbst den Käfig und band sich das Affenkind mit ihrem Schultertuch um den Oberkörper.

»Aber nur einen kleinen Moment«, flüsterte Louise, zog sich einen Hocker heran und strich dem bebenden Wesen über den Kopf. Sofort kletterte es höher, bis es schließlich an ihrer Halsbeuge verharrte. Louise legte ihre Wange gegen das Affengesicht und fühlte, wie sich der kleine Körper entspannte. Nirinas tiefer Seufzer fand in ihr ein Echo. Ein Schluchzen stieg ihr in die Kehle, zu mächtig, um es unterdrücken zu können. Ihre Tränen versickerten in Nirinas seidenweichem Fell, deren rudernder Schwanz sie am Hals kitzelte. Dem gleichmäßigen Atem des Affenkinds zuzuhören übte auch auf sie eine beruhigende Wirkung aus. Und ohne dass Louise es wahrnahm, gewann ihre Erschöpfung die Oberhand, und sie nickte ein.

Eine Berührung an der Schulter riss sie aus dem Schlaf. Benommen öffnete Louise die Augen und sah direkt in Jipas erstarrtes Gesicht. Schlagartig war sie wach und fuhr vom Hocker hoch. Da wurde sie sich bewusst, dass das Affenkind noch immer in ihrer Halsbeuge lag und sich genüsslich rekelte. Beschämt biss sich Louise auf die Unterlippe.

»Nielsen hat dich gerade bei seinem letzten Rundgang hier vorgefunden. Was soll das?«, zischte Jipa.

»Die Tiere … sie hatten Angst. Da war eine Fossa.« Mehr brachte sie nicht heraus. Um Jipas entsetzten Blicken einen Moment auszuweichen, legte sie Nirina eilig in den Käfig zurück und ignorierte ihre Protestrufe. Grundgütiger, wie hatte sie nur einschlafen können? »Es tut mir schrecklich leid«, stammelte sie. »Bitte sei mir nicht böse. Ich wollte doch nur …«

Sein Griff verstärkte sich. »Mir ist es völlig gleich, was du wolltest!« Auf sein von Trauer gezeichnetes Gesicht trat auf einmal Zorn. »Wie lauten die Regeln auf der Station? Erinnerst du dich noch daran, oder soll ich dir auf die Sprünge helfen?«

Die Kälte in Jipas Stimme zu ertragen fiel ihr schwer, doch die Enttäuschung in seiner Miene schmerzte noch viel mehr.

Louise starrte zu Boden. »Geh keine Risiken ein und ruf um Hilfe.«

»So ist es.« Jipa kniff die Augen zusammen. »Was genau ist passiert?«

Louise gab leise wieder, was sich ereignet hatte.

»Gut, fassen wir zusammen. Du hast weder Hilfe geholt noch die Tür geschlossen. Damit hast du riskiert, dass unsere Tiere verletzt oder sogar getötet werden.«

Louise atmete tief ein. »Das war unüberlegt von mir und kommt nie wieder vor. Ich verspreche es dir.«

Jipa ließ sie los und lief auf und ab. Als er schließlich vor ihr stehen blieb, schlug ihr Herz dumpf und schwer.

»Mit deinem Verhalten hast du Nirinas Auswilderung gefährdet. Ist dir das klar?!« Ohne sie eines weiteren Blickes zu würdigen, ließ er sie stehen.

Louise sank auf den Hocker zurück, vergrub das Gesicht in beide Hände und weinte haltlos. Wie hatte sie nur so gedankenlos sein können? Ihr Schuldgefühl hinterließ einen schwelenden Schmerz in ihrer Brust. Ich kann Jipa und den anderen jetzt nicht unter die Augen treten, dachte sie. Nicht, bevor ich weiß, wie ich meine Fehler wiedergutmachen kann. Auf einmal fühlte sie sich wie eine Fremde. Sie trocknete sich das Gesicht an ihrem Ärmel, wartete, bis niemand zu sehen war, dann schlich sie in ihre Hütte.

KAPITEL 16

Louise vermied nach Möglichkeit, den anderen zu begegnen. Seit dem Morgen, an dem Ranas Vater sie im Affenhaus ertappt hatte, waren einige Tage vergangen, und die Männer beschränkten die Gespräche mit ihr aufs Nötigste. Nachts verfolgte sie das Bild von Adriens und Ranas übel zugerichteten Leichen. Manchmal schlich sie sich nach getaner Arbeit zum Affenhaus und beobachtete Nirina aus einiger Entfernung, dann wieder vergrub sie sich in ihrem Zimmer.

An einem Nachmittag, Louise vertraute ihren Kummer gerade dem Reisetagebuch an, klopfte es leise, aber nachdrücklich an der Tür.

Tianasoa setzte sich zu ihr. »Wir müssen über die Beisetzung sprechen.«

»Ich weiß«, raunte Louise. »Aber ich fürchte mich vor dem Moment, sie zu begraben.«

Der Schamane nickte. »Ich habe mit Jipa gesprochen, und wir wollen die beiden morgen nach unserem Ritus bestatten. Wenn ihr danach eine christliche Zeremonie abhalten wollt, könnt ihr das gerne tun.«

»Ich brauche also nicht dabei zu sein?«

»Nein, Louise. Es werden nur Tanala anwesend sein. Unsere Riten unterscheiden sich von euren und würden dich verwirren. Haltet eine Zeremonie ab, wenn du dich stark genug fühlst. Dein Herz ist bei ihnen, das ist alles, was zählt.«

Da Louises Hals wie zugeschnürt war, nickte sie nur.

Indes sah er sie abwartend an. Minuten vergingen, ohne dass er Anstalten machte, das Gespräch fortzuführen. Dabei ließ er sie nicht aus den Augen.

»Was wollen Sie noch von mir, Tianasoa?« Louise hatte sich in Adriens Jacke gehüllt und wäre am liebsten vor seinem forschenden Blick davongerannt.

Der *Ombiasy* hob sanft ihr Kinn und zwang sie, seinem Blick zu begegnen. »Du darfst nicht zulassen, dass böse Geister nach dir greifen. Jipa wirkt besorgt und in sich gekehrt. Gibt es Probleme auf der Station?«

Louise wartete, doch Tianasoa blieb geduldig sitzen. »Nein, das ist es nicht. Ich habe einen Fehler gemacht und ihn enttäuscht«, gestand sie schließlich. »Die Männer sind wütend auf mich.«

»Zieh deine Lehre daraus und mach es in Zukunft besser«, erwiderte er ruhig, ohne weiter in sie zu dringen, was ihre Sympathie für Tianasoa noch vergrößerte. Sie versuchte zu lächeln, was jedoch kläglich misslang. »Das werde ich tun. Ich weiß zwar noch nicht wie, aber ich mache es wieder gut«, erklärte sie fest.

Der Schamane strich ihr übers Haar. »So gefällst du mir. Aufgeben liegt dir nicht im Blut. Das ist deine große Stärke, lass sie dir niemals nehmen. Dein Bruder hätte genauso gehandelt.« Er streckte seinen Rücken, wünschte ihr den Segen der Götter und ging hinaus.

Nachts lag sie wach und grübelte, denn wohin sie auch blickte, wurden Erinnerungen lebendig. Das zerwühlte Bett, Ranas Lambas auf der Wäscheleine, die gerahmte Hochzeitsfotografie auf dem Nachtschränkchen, die Jipa von den beiden bei der christlichen Trauung hatte anfertigen lassen, und die Girlande über der Tür, deren Blüten bereits vertrockneten. Ihr kam es vor, als wäre mit den beiden auch etwas von dem Geist der Station gestorben. Jipa arbeitete unermüdlich bis spät in den Abend, und Nielsen unterstützte Talib bei der Arbeit mit den Lemuren. Der Tierarzt hatte die Station seit Längerem nicht mehr verlassen.

Von Tag zu Tag wurden die Fragen, die sich Louise stellte, drängender und raubten ihr den Schlaf: Wer hatte die beiden auf dem Gewissen? Warum wurden sie ermordet? Hatten Adrien und Rana einen Dieb überrascht, der sie dann aus dem Weg räumen wollte? Den Gedanken schob sie beiseite. Bargeld hatte Adrien im Schreibtisch in einer Zigarrenschachtel aufbewahrt, doch von der kläglichen Summe fehlte nichts. Abgesehen von den verletzten Wildtieren besaß die Station ohnehin nichts Kostbares, das einen Diebstahl lohnte.

Der Mörder musste das *Coeur de la Jungle* und die Gewohnheiten seiner Bewohner kennen. Wenn sie an diesem Punkt ihrer Überlegungen angekommen war, hielt sie nichts mehr im Bett, und sie lief im Zimmer auf und ab.

Wieder und wieder ging sie die Liste der Leute durch, mit denen sie bisher zu tun gehabt hatte. Doch auch Mamy und Rado, die ihr höflich begegneten, sie aber mieden, traute sie die Tat nicht zu. Ihre Arbeit verrichteten sie zuverlässig und waren Adrien und Rana immer treu ergeben gewesen. Louise hatte mehrfach beobachtet, mit wie viel Achtung sie mit den beiden gesprochen hatten. Demzufolge musste der Täter außerhalb von Station und Mission zu finden sein.

Zu guter Letzt stellte sich die Frage, was aus der Tierauffangstation werden sollte. Jipa hielt sie bisher am Laufen, aber man durfte sich keiner Illusion hingeben – die Aufgabe konnte ein alter Mann auf Dauer nicht allein bewältigen.

Mit Sonnenaufgang stand Louise auf, säuberte mit Mamy oder Rado die Käfige und bereitete das Futter zu. Anfangs hatte sie versucht, Jipa in ein Gespräch zu verwickeln, aber er blieb nachdenklich und wortkarg.

Um das Gästehaus machten alle einen großen Bogen. Wenn die gröbsten Arbeiten erledigt waren, kochte sie das Mittagessen für die Mitarbeiter, wie es Rana vor ihr getan hatte. Was eine Herausforderung für sie darstellte, kannte sie sich doch kaum mit den heimischen Wurzeln und Kräutern aus, die die Madagassen zum Kochen verwendeten.

Als sie an einem Vormittag wenige Tage später einer der Wasserträgerinnen begegnete, bat sie die sechzehnjährige Maeva um Hilfe und bot ihr einige zusätzliche Francs an. Über das junge Gesicht huschte ein Strahlen, und sie erklärte sich bereit, Louise zu zeigen, wo sie Gemüse und Kräuter finden konnte. Als sie nach einigen Stunden mit einem gefüllten Korb zur Station zurückkehrten, schwirrte Louises

Kopf von den vielen Hinweisen und Ratschlägen. Die Tanala schienen über ein schier unerschöpfliches Wissen über die heimische Natur zu verfügen.

Die Sonne hatte ihren höchsten Stand erreicht, als sie Maniokblätter zerstampfte, wie Maeva es ihr gezeigt hatte, um sie mit Erbsen, Kräutern und Reis zu einer Art Eintopf zu kochen, da durchbrachen aufgeregte Stimmen die friedliche Mittagsruhe. Louise ließ den Stampfer sinken und lief auf den Dschungel zu, aus dem sie die Rufe vernommen hatte.

Mehrere Einheimische kamen ihr aus dem Dickicht entgegen, die wild auf Malagasy durcheinanderredeten. Sie trugen Körbe auf dem Arm, aus denen ängstliches Geschrei zu hören war. Einer von ihnen hielt eine dickbäuchige Schlange hinter dem Kopf fest. Louise stieß einen spitzen Schrei aus und wich einen Schritt zurück. Der Mann grinste beruhigend.

»Kommt!«, rief Louise aus sicherer Entfernung und bekräftigte ihre Aufforderung mit einem Winken.

Mamy empfing die Männer und erteilte ihnen offenbar Anweisungen, da sie zielstrebig an ihr vorbei auf das Affenhaus zusteuerten. Louise beschleunigte ihren Schritt, bis sie Mamy eingeholt hatte. »Sag ihnen, ich möchte ebenfalls helfen.«

Doch er tat, als hätte er sie nicht gehört.

Nielsen sprach mit den Neuankömmlingen und bat die Männer hinein. Einer von ihnen trug sogar zwei Körbe, sein wettergegerbtes Gesicht war von der Anstrengung gerötet. Louise zählte zehn Behälter.

»Wie viele kleinere Holzkisten für die Erstunterbringung haben wir noch?«, fragte sie den Tierarzt.

»Fünf intakte und einige, die instand gesetzt werden müssen.«

Louise atmete tief durch. »Wo sind sie?«

»Unter dem langen Tisch, an dem wir das Futter zusammenstellen.«

Sie drehte sich rasch um und eilte zum Vorratsraum. An einigen Holzkisten war der Deckel kaputt, manche wiesen Schäden auf, die scharfe Krallen an den Seitenwänden hinterlassen hatten. Louise stieß einen wenig damenhaften Fluch aus, trug die Behälter zum Schuppen und machte sich mit fliegenden Händen an die Arbeit. Ihr Nacken war schweißnass, denn im Schuppen war es stickig und schwül. Louise konnte die Käfige zwar nur provisorisch reparieren, sie erfüllten jedoch ihren Zweck. Mit den Kisten kehrte sie zu Nielsen zurück.

»Wie haben Sie das so schnell bewerkstelligt?«, entfuhr es ihm.

»Mit einer Säge, ein paar Nägeln und Brettern. Ich bin zwar eine Frau, aber deswegen habe ich trotzdem keine zwei linken Hände.«

»So habe ich das auch nicht gemeint.«

Louise fand, er wirkte ein wenig verlegen, was sie insgeheim befriedigte.

Indes wurden die Tiere in den Behandlungsraum getragen. Talib dirigierte die Einheimischen, und Nielsen untersuchte die Tiere oberflächlich, während ihm Louise über die Schulter sah. Die Hälfte der verletzten Tiere waren unterschiedliche Lemuren und drei Vögel. Dann war da noch die Würgeschlange mit dem dicken Bauch sowie eine große Landschildkröte mit hellem Panzer, die von zwei

Männern hereingetragen wurde. Einer der Einheimischen hatte sie auf einem Feld mit der Bauchseite nach oben entdeckt.

Louise wandte sich ab. Die Mittagssonne brannte vom Himmel. Wenn die Station besser ausgestattet wäre, könnten sie eine größere Behausung für das Reptil bauen. Adriens Versprechen, alles in Ordnung zu bringen, hatte er nicht mehr einlösen können. In Momenten wie diesen glaubte sie, die Wochen bis zu ihrer Rückreise nicht mehr abwarten zu können. Aber die Männer, die sie ohnehin mit Skepsis betrachteten, würden sich durch einen verfrühten Aufbruch von der Station in ihrer Meinung bestärkt fühlen. Diesen Triumph gönnte sie ihnen nicht.

Da fiel ein Schatten auf sie. Grobe Schuhe und ein dunkles Beinkleid versperrten ihr die Sicht.

Die wie gemeißelt wirkenden Züge von Oliver Moll ließen vermuten, dass er die Hiobsbotschaft gerade erst empfangen hatte. Sein Gesicht war unter der Sonnenbräune blass.

»*Bonjour,* Louise. Nielsen hat mir alles erzählt.« Er brach ab und fuhr sich übers Gesicht. »Ich habe eine Reisegruppe zu ihrer Unterkunft begleitet und dachte, ich statte euch einen kurzen Besuch ab. Ich hatte keine Ahnung, was passiert ist. Mein Gott. Es tut mir so leid. Ich helfe Nielsen und Talib. Wir sehen uns nachher.«

Louise betrachtete seine hängenden Schultern, die Fassungslosigkeit, die sich auf seinem Gesicht abzeichnete.

Sie wollte ihm danken, aber aus ihrer Kehle drang kein Laut, deshalb nickte sie und blickte ihm nach.

Eine Weile später hatten die Tiere ihre vorläufigen Käfige bezogen, und Nielsen verschaffte sich einen genauen Überblick über den Gesundheitszustand der neuen Patienten.

Am frühen Nachmittag, als es auf der Station still wurde, ging Louise zu Nirina. Offenbar hatte das Kattamädchen ihren Schritt bereits erkannt, denn es sprang aufgeregt von Ast zu Ast. Nirina legte den Kopf schief und gab helle Laute von sich. Louise entsann sich Nielsens mahnender Worte, sich dem Äffchen nur zu nähern, wenn es nötig war. Aber wie sollte sie das anstellen, wenn die schmale Türöffnung genügte, die Kleine ihren Arm als Sprungbrett nutzte und im nächsten Moment auf ihren Schultern landete? Zart strich sie ihr übers Fell und war zufrieden, als sie eine dünne Fettschicht unter der Haut ertastete. Das Kattamädchen stupste sie am Ohr und umschlang ihren Hals. Es kostete Louise eine Menge Überredungskünste mithilfe einiger saftiger Mehlwürmer, es wieder in den Käfig zu locken. Seine klagenden Laute waren schwer zu ertragen, es sprang an die Gittertür und folgte ihr mit Blicken, bis sie das Affenhaus verlassen hatte.

Ist es nicht vielmehr grausam, die Kleine sich selbst zu überlassen?, fragte sich Louise, während sie zur Hütte zurückkehrte. Der Dschungel war gefährlich. Louise kickte einen Stein von der Terrasse. Als Haustier wäre ihr auf jeden Fall ein längeres und sicheres Leben beschieden.

Gedankenverloren ging sie zu der alten Stute, gab ihr ein Stück trockenes Brot und strich ihr über die Mähne. Zuweilen wunderte sie sich selbst, wie selbstverständlich der Umgang mit den Tieren für sie geworden war.

Sie entfachte das Feuer in ihrer Hütte neu. Louise kochte aus einem Stück Schweinespeck eine Brühe und fügte die zerstampften Maniokblätter, Reis, Kräuter und Erbsen hinzu, damit die Suppe nahrhafter wurde. Danach machte sie sich einen starken Kaffee, um sich wach zu halten.

Bald darauf saß sie mit Oliver und den Mitarbeitern vom *Coeur de la Jungle,* die er um zwei Haupteslängen überragte, im Kreis vor der Hütte. Wie immer aßen die Einheimischen schweigend, was Louise befremdete. Zu Hause in Paris war es üblich, sich beim Mittagessen zu unterhalten, zu lachen und zuweilen auch zu streiten. Sie unternahm einen vorsichtigen Versuch, mit den Männern ins Gespräch zu kommen, erntete allerdings nur eine missbilligend hochgezogene Braue von Nielsen. Louise resignierte und stocherte mit dem Löffel in ihrer Schale herum. Ihr Magen rebellierte gegen die fremden scharfen Kräuter. Da sie aber keine unnötige Aufmerksamkeit erregen wollte, tauchte sie den Löffel in die Brühe.

Als die Männer mit dem Essen fertig waren, klopfte Nielsen dem Reiseleiter auf die Schulter und wechselte ein paar Worte mit ihm. Danach kehrten die Männer an die Arbeit zurück.

Nur Oliver blieb an seinem Platz. »Ich hoffe, es stört nicht, wenn ich noch ein wenig bleibe.«

»Nein«, sagte Louise, obwohl sie lieber allein gewesen wäre, und reichte ihm einen Becher Kaffee.

Er murmelte einen Dank und trank einen Schluck, was ihr die Gelegenheit gab, ihn unauffällig von der

Seite zu betrachten. Seine schwarzen Haare wellten sich in der feuchten Luft. Seine hohen Wangenknochen und das energische Kinn wirkten wie ein stummer Widerspruch zu den warmen grünen Augen, aus denen bei ihrer ersten Begegnung Heiterkeit gestrahlt hatte. Jetzt wirkten sie glanzlos und dunkel.

Offenbar spürte er ihren Blick, denn er wandte sich ihr zu. »Wie hast du Adrien und Rana gefunden?«, fragte er unvermittelt.

Alles in ihr sträubte sich dagegen, die Bilder der furchtbaren Nacht wieder heraufzubeschwören. Aber Oliver war Adriens Freund gewesen und sein Wunsch verständlich, alles über die Unglücksstunden erfahren zu wollen. Den Blick starr aufs Affenhaus gerichtet, gab sie stockend die Ereignisse dieses fürchterlichen Morgens wieder.

»Der Täter darf nicht davonkommen«, sagte Oliver heiser, als sie fertig war. »Adrien war ein feiner Kerl. In Rana hatte er eine Seelenverwandte gefunden. Die Morde ergeben keinen Sinn.«

Sie schwiegen.

»Rana war in anderen Umständen«, verriet ihm Louise nach einer Weile.

»Himmel. Das wusste ich nicht.«

»Sie haben es mir am Tag nach der Hochzeitszeremonie anvertraut. Sie freuten sich so sehr auf ihr erstes Kind.« Louise lugte zum Gästehaus hinüber, das sich scharf gegen die Nachmittagssonne abzeichnete. »Adrien und Rana hatten Feinde, hier auf der Station oder im Umfeld. Niemand bringt zwei Menschen wegen ein paar Francs um.«

Er erstarrte, hörte jedoch aufmerksam zu, während sie ihm ihre Gedankengänge schilderte.

»Wir müssen den Gendarmen überreden, sich darum zu kümmern. Sein Desinteresse ist unerträglich«, schloss sie und schleuderte einen Stein von sich.

»Ganz deiner Meinung.« Er stellte seinen leeren Becher hart auf den Boden. »Wenn du willst, reiten wir morgen zur Mission. Von dort aus kannst du die Gendarmerie anrufen. Vermutlich hast du noch nie auf einem Pferd gesessen, oder?«

»Ja, aber davon lasse ich mich ganz sicher nicht abhalten.«

Olivers Blick schien in ihr Innerstes zu dringen. »Abgemacht. Dann sehen wir uns morgen. Danke für deinen Bericht und das gute Essen.« Damit erhob er sich und wollte auf dem Absatz kehrtmachen.

Louise hielt ihn am Ärmel fest. »Einen Moment noch.«

Abwartend blieb er stehen.

»Wartet gleich eine neue Reisegruppe auf dich?«, fragte sie.

Er sah sie fragend an. »Nein, wieso?«

Louise wich ihm aus. »Kannst du dann noch ein paar Tage bleiben?«

Oliver setzte sich ihr gegenüber auf den Boden. »Darum bittest ausgerechnet *du* mich?« Als sie zu einer Erklärung ansetzen wollte, unterbrach er sie mit einer Handbewegung. »Machen wir uns nichts vor. Ich weiß, dass du mich nicht leiden kannst. Nein, lass mich bitte ausreden.«

Peinlich berührt drehte sie den Becher in ihrer Hand.

»Das ist nicht weiter schlimm, wir müssen keine Freunde werden«, setzte er erneut an. »Ich möchte nur wissen, warum du ausgerechnet mich in der Nähe haben willst.«

Verzweifelt suchte Louise nach einer vernünftigen Erklärung. »Du warst Adriens Freund und hast ihn wahrscheinlich am besten gekannt. Ehrlich gesagt tut es gut, jemanden bei mir zu haben, der ihm nahegestanden hat.« Sie hob den Kopf. »Außerdem mögen dich die Männer.«

»Dich etwa nicht?«

»Ich glaube nicht.«

»Verstehe«, sagte er. »Kein Problem, dann bleibe ich noch ein paar Tage auf der Station.«

»Danke, Oliver.« Sie atmete auf. »Nielsen wollte heute nach Hause gehen. Du kannst also im Gästehaus übernachten.«

»Im Gästehaus? Um Himmels willen.« Er schüttelte entschieden den Kopf. »Dort hinein wird so schnell niemand mehr einen Fuß setzen. Die Einheimischen glauben, der Ort eines Verbrechens wird von den gepeinigten Seelen der Verstorbenen bewohnt. Ihrer Überzeugung nach ist das Gästehaus jetzt verflucht.«

Louise blickte an ihm vorbei. »Mir ist schon aufgefallen, dass die Männer einen großen Bogen um das Haus machen. Aber ich hatte das den … den schrecklichen Ereignissen zugeschrieben.«

Oliver winkte ab. »Das ist es nicht allein. Das Gästehaus ist zu einem *Fady* geworden, was so etwas wie ein Tabu ist, um den Groll der Ahnen nicht zu wecken. Davon gibt es hier auf der Insel unzählige.

Betritt jemand das verfluchte Haus, zieht er das Unglück an und wird von seinen Mitmenschen gemieden. Die Stammesführer entscheiden, was zu einem *Fady* wird. Sollten sie von den Morden erfahren, erklären sie die Station samt Bewohnern und Arbeitern womöglich zu einem Tabu. Wenn das geschieht, werden die Spenden ausbleiben und niemand setzt mehr einen Fuß auf die Station. Das müssen wir unbedingt vermeiden!«

Ohne den Hauch einer Ahnung war Louise hier an einem Ort voller Aberglauben, Mystik und Geheimnissen gelandet, erkannte sie bestürzt. »Um Himmels willen. Wie können wir das verhindern?«

»Nur durch Stillschweigen. Ich rede mit Mamy, Rado, Nielsen und Talib. Ob die Wasserträgerinnen etwas mitbekommen haben, finde ich heraus.«

»Danke, Oliver.« Sie sah zu ihm auf. »Eines Tages werden die Räume im Gästehaus wieder benötigt. Wo sollen die Männer im Zweifelsfall schlafen?«

»Keine Sorge, Louise, die Männer werden sich zu helfen wissen. Wenn der *Ombiasy* die Zeit für gekommen hält, wird er im Gästehaus ein Reinigungsritual abhalten, das die bösen Geister verjagt. Danach kann das Haus wieder betreten und bewohnt werden.«

Dieser wunderschöne Fleck Erde war Louise ein Rätsel. »Ich verstehe. Wenn das so ist, überlasse ich dir Adriens und Ranas Zimmer.«

»Mach dir keine Umstände«, wiegelte er ab. »Ich schlafe sowieso am liebsten im Freien. Wenn du nichts dagegen hast, übernachte ich auf der Terrasse.«

Der Gedanke, die Nächte freiwillig draußen zu verbringen, jagte ihr Schauer über den Rücken und brachte die Erinnerung an jene Nacht im Dschungel zurück, in der sie kaum ein Auge zugetan hatte. Wer war dieser Mann, der in kein Schema passte? Sie erinnerte sich noch genau an sein ungehobeltes Benehmen bei ihrer ersten Begegnung. Er war genau die Sorte Mann, vor denen sie sich in Acht nahm. Attraktiv und bestimmt schnell zu einer Romanze bereit, die schon am nächsten Morgen endete. In diesem Moment jedoch zeigte er sich von einer feinfühligen Seite.

Es wurde Abend, und nachdem alle Mitarbeiter ihr Schweigen zugesichert hatten und die Nacht sich über die Station senkte, wünschte Louise Oliver eine gute Nacht. Vom kleinen Schränkchen neben ihrem Bett nahm sie ihr Reisetagebuch und schrieb sich alles von der Seele, bis es still in ihr wurde. Die Arme hinter dem Kopf verschränkt, lag sie auf dem Bett und starrte an die Decke. Von draußen hörte sie Olivers Schritte, nahm wahr, wie er die Öllampe löschte und es schlagartig finster wurde. Zum ersten Mal seit Adriens und Ranas Tod klopfte ihr Herz nicht zum Zerspringen, während sie in der Dunkelheit wach lag. Louise meinte sogar, Olivers tiefe Atemzüge hören zu können, und ehe sie sich's versah, war auch sie eingeschlafen.

KAPITEL 17

Auf der Suche nach frischer Wäsche öffnete Louise am folgenden Tag den Wandschrank. Neben ihrer Kleidung und ein paar Handtüchern entdeckte sie auch ein sorgfältig gefaltetes helles Wäschestück, das sich als eine Hose entpuppte, ähnlich jenen, die auch Mamy und Rado trugen. Obendrauf lag ein Zettel. »Für Louise, von Rana« stand in ungelenker Handschrift darauf. Ihre Augen wurden feucht. Beim näheren Betrachten stellte sie fest, dass es eine gebrauchte Hose war, die Rana für sie geändert hatte. Nachdenklich beäugte sie den langen Rock auf dem Bett, daneben ihre hochgeschlossene Bluse, deren Spitze am Kragen unangenehm kratzte. Kurz entschlossen streifte sie das Oberteil über, das Rana ihr geschenkt hatte, und schlüpfte in die Hose. Sie passte wie angegossen. Als sie ihr Tagewerk begann, fing sie Talibs und Rados entsetzte Blicke auf. Offenbar hatten sie noch nie eine Frau in Beinkleidern gesehen. Nun, dann ist es höchste Zeit, dachte sie.

Von Oliver war nichts zu entdecken. Zwischen zwei der vier Stützpfeiler, auf denen das Haus erbaut war, hatte er eine Hängematte gespannt, in der eine dünne Decke lag.

Normalerweise war Jipa der Erste auf der Station,

doch auch er fehlte. Sie setzte sich mit einer Schale Reis hinaus, in die sie eine Mango schnitt, und zwang sich zu essen. Aber nach dem zweiten Löffel legte sie die Schale beiseite.

Oliver betrat, ein Handtuch um den Hals, die Terrasse. »*Bonjour,* Louise. Gut geschlafen?«

Einen kurzen Moment schien er zu stutzen, als er ihre Hose bemerkte, doch er schwieg.

»Erstaunlicherweise ja«, antwortete sie. »Wo hast du gesteckt? Ich konnte dich nirgends finden.«

»Ich habe Jipas Familie unser Beileid ausgedrückt, dein Einverständnis vorausgesetzt.«

»Natürlich, danke. Setz dich«, erwiderte sie gepresst. »Möchtest du auch etwas?« Sie deutete auf ihr Frühstück.

Oliver schüttelte den Kopf. »Nein, danke. Jipas Frauen haben keine Ruhe gelassen, bis ich etwas gegessen habe.« Er lächelte dünn. »Wann wollen wir aufbrechen?«

»Am besten nach dem Mittagessen«, antwortete sie. »Bis dahin habe ich einiges zu erledigen.«

»Das passt mir gut. Dann kann ich mich vorher auch noch ein wenig nützlich machen.«

Eine Weile lauschten sie den munteren Schreien der Papageien aus dem Dschungel. Er schien mit seinen Gedanken weit weg zu sein, eine Sorgenfalte auf seiner Stirn zeugte von langem Grübeln. Auf einmal verspürte sie den Wunsch, dass für einen Moment die Trauer aus seinen Zügen weichen würde, die sie schmerzhaft an ihre eigene erinnerte. »Bist du eigentlich Franzose?«, fragte sie ihn, um ihn von seinem Brüten abzulenken. »Du sprichst völlig akzentfrei.«

»Mein Vater stammt von der Côte d'Azur, meine Mutter aus Süddeutschland. Wir haben in Stuttgart gelebt, bis ich zehn Jahre alt war.« Oliver hob die Schultern. »Obwohl es uns gut ging, hat mein Vater sehr unter Heimweh gelitten und sich nach dem Meer gesehnt. Als er Jahre später einen guten Posten in Toulon angeboten bekam, siedelten wir an die Côte d'Azur um. Dann kam der Krieg. Mein Vater wurde in der Schlacht von Verdun schwer verwundet, unser Haus dem Erdboden gleichgemacht. Aber wir haben überlebt. Inzwischen sind die beiden pensioniert und genießen die Sonne am Meer.«

»Das klingt wunderbar. Wo wohnst du eigentlich?«, fragte Louise.

»Letztes Jahr habe ich mir ein kleines Haus in dem hübschen Ort Ambalavao gebaut, ungefähr vierzig Kilometer von hier«, entgegnete er. »Weißt du, manchmal bin ich wochenlang in der Einsamkeit unterwegs. Wenn ich nach Hause komme, freue ich mich auf ein wenig Zivilisation. Dort habe ich einen Nachbarn, mit dem ich gern plaudere, und eine vernünftig ausgebaute Straße in der Nähe, die auch in der Regenzeit meist befahrbar ist.«

»Warum lebst du nicht wie deine Eltern an der Côte d'Azur? Dort gibt es für Reiseleiter bestimmt jede Menge Arbeit.«

Er machte eine abwehrende Handbewegung. »Bloß nicht, das ist kein Leben für mich. Ich brauche Herausforderungen.«

Einige Momente lang hingen beide ihren Gedanken nach.

Oliver kreuzte die Beine und warf ihr einen aufmerksamen Blick zu. »Wie soll es hier jetzt weitergehen, Louise?«

Seine Worte hinterließen einen bitteren Geschmack in ihrem Mund. »Ich weiß es nicht. Ich kann kaum einen klaren Gedanken fassen.«

»Die Station braucht einen starken zweiten Leiter, der Adriens und Ranas Arbeit mit derselben Energie fortsetzt«, sagte Oliver. »Jemanden, dem die Einheimischen gehorchen und der sich in allen Belangen gut auskennt. Eine Respektsperson.«

»Das denke ich auch. Der Einzige, dem ich den Posten zutraue, ist Nielsen.«

»Und wer behandelt dann die Tiere?«, gab er zu bedenken. »Er kann auf Dauer nicht beides bewältigen.«

»Wenn Jipa die Buchführung übernimmt, vielleicht doch«, wandte sie leise ein.

Völlig unerwartet spürte sie Olivers Arm um ihre Schultern. Im ersten Impuls wollte sie sich von ihm freimachen, aber die Berührung war so tröstlich, so warm, dass sie länger in der Umarmung verharrte.

»Dein Bruder hat die Buchführung übernommen, weil Jipa überfordert war«, antwortete Oliver ernst und gab sie wieder frei. »Adrien musste im letzten Jahr regelmäßig die Bücher kontrollieren. Vergiss nicht, Jipa ist nie zur Schule gegangen.«

Zwischen ihnen entstand eine Pause. Louise grübelte, doch welche Möglichkeiten ihr auch durch den Kopf gingen, die Situation war verfahren. Wenn Adrien schon nicht genügend Werkzeug und Materialien anschaffen konnte, war sicher auch kein Geld vorhanden, um einen fähigen Leiter einzustellen.

»Woran denkst du?«, unterbrach Oliver ihre Überlegungen.

»Ich muss mit Nielsen sprechen, ob er die zweite Stationsleitung übernimmt, bis wir eine andere Lösung gefunden haben. Außerdem möchte ich mir die Bücher ansehen.«

»Sehr gut. Du findest mich bei den Tieren.«

»Danke, Oliver.« Als er gegangen war, inspizierte sie die Lebensmittelvorräte und bereitete das Essen zu.

Wenig später verließ Nielsen das Affenhaus. »Haben Sie einen Augenblick Zeit für mich?«, rief sie ihm zu.

Er wischte sich die Hände an einem Tuch ab, das er um die schmalen Hüften trug, und blieb vor der Terrasse stehen.

Die Erschöpfung hatte tiefe Falten in sein Gesicht gegraben. »Nehmen Sie Platz.«

Er folgte ihrer Bitte.

»Wie geht es den neuen Patienten?«, eröffnete Louise das Gespräch.

Er schüttelte betrübt den Kopf. »Die Lemuren sind an dem Pfeilgift verendet. Mamy wird die Kadaver verbrennen.«

Louise schloss kurz die Augen. »Wie traurig.« Sie wunderte sich, wie betroffen die Nachricht sie machte. »Wie geht es den anderen Neuankömmlingen?«

»Die Vögel entlassen wir morgen. Ihre Wunden sind glücklicherweise nur oberflächlich. Talib bereitet die Boa gerade auf die Operation vor. Mit der heimischen Riesenratte hat sie sich eindeutig übernommen. Wenn alles glückt, kann auch sie morgen freigelassen werden.«

»Viel Erfolg.« Louise suchte seinen Blick. »Bitte warten Sie. Ich brauche Ihre Hilfe, Nielsen.«

»Ach ja?«, sagte er gedehnt.

»Mir ist durchaus bewusst, dass Sie mir nach dem Vorfall neulich misstrauen«, setzte sie an. »Aber können wir das bitte einen Moment lang vergessen und uns auf die Frage nach der Zukunft der Station konzentrieren?«

»Wenn Sie meinen«, erwiderte er.

Sie schilderte ihm ihr Anliegen ohne Umschweife. »Eigentlich ist es nicht meine Aufgabe, mich um die Belange der Station zu kümmern. Da ich aber weiß, dass Jipa nie um Hilfe bitten würde, mache ich es. Können Sie übergangsweise die zweite Stationsleitung übernehmen? Ich verlange Ihnen einiges ab, das ist mir durchaus klar«, endete sie.

Nielsen wiegte den Kopf. »Ich bin Veterinär und kein Kaufmann.«

»Die Männer respektieren Sie«, sagte sie. »Niemand kennt die Arbeit besser als Sie. Ich wäre Ihnen sehr dankbar, wenn Sie Jipa ein wenig entlasten.«

Der Tierarzt schwieg, und Louise überfiel eine lähmende Hilflosigkeit. »Wenn Sie Jipa wenigstens die Waldarbeiten abnehmen. Sie wissen ja, wie er ist. Er lässt es sich nicht nehmen, Rado und Mamy beim Holzfällen zu helfen. Nach Adriens und Ranas Tod ist er so gebrechlich geworden. Ich habe Angst, dass er die Last nicht schultern kann.« Louise glaubte, kaum noch Luft zu bekommen von dem Schmerz, der ihre Worte begleitete.

»Gut, das Holzfällen übernehmen ich oder Talib«, antwortete er. »Mehr ist mir nicht möglich. Ich bekomme ohnehin meine Frau, meine Töchter und mein Enkelkind kaum zu Gesicht.«

Louise hob eine Hand. »Ich danke Ihnen.«

Er richtete sich auf und wischte Sandkörner von seiner Hose. »Das Verbandszeug und die Narkosemittel gehen zur Neige. Außerdem ...«

»Schon gut«, sagte sie. »Schreiben Sie mir bitte eine Liste.«

»Mach ich.«

Nielsen wippte mit den Füßen. »Talib wundert sich bestimmt, wo ich bleibe.«

»Natürlich. Gehen Sie nur.«

Er ignorierte ihre ausgestreckte Rechte und eilte zum Affenhaus.

Wie komme ich eigentlich darauf, Nielsen die fehlenden Utensilien zu versprechen?, fragte sie sich unwillkürlich. Louise ließ das Gesicht gegen ihre angezogenen Knie sinken. Sie war so unendlich müde. Was sie auch unternahm, die Männer trugen ihr das Fehlverhalten noch immer nach. Wenn sie nur wüsste, was sie tun könnte, damit sie endlich begriffen, wie leid ihr das tat.

Wie von unerreichbarer Ferne meinte sie Adriens Stimme zu hören, der sie rief und lachte. Tief atmete sie die flirrende Mittagsluft ein, verdrängte sein Bild, stürzte einen Becher Saft hinunter und eilte zu den Wasserträgerinnen. Sie hatten angeboten, bei der Herstellung von Holzkohle behilflich zu sein, mit der sich die Station ein wenig Geld auf den umliegenden Märkten verdiente. Während Louise schweigend Scheit um Scheit in eine offene Feuerstelle hinter dem Schuppen warf und den Stimmen der beiden

Frauen lauschte, wurde ihr die jämmerliche Lage bewusst. Das bisschen Geld, das sich mit der Holzkohle machen ließ, reichte hinten und vorne nicht. Außerdem konnten sie die Arbeitskraft, die dafür aufgewendet werden musste, auf der Station viel besser gebrauchen. Leider waren die Stationsarbeiter nicht die Einzigen, die den Regenwald abholzten. Damit jedoch zerstörten sie den Lebensraum der Tiere, die zu schützen sie sich verpflichtet hatten. Was für ein Teufelskreis, durchfuhr es sie. Louise beäugte die riesenhaften Bäume keine fünfzig Schritte vor ihr, und auf einmal fühlte sie so klar wie nie zuvor, wie viel Energie Adrien und Rana eingesetzt haben mussten.

KAPITEL 18

Geduldig verharrte das Pferd auf der Stelle, als es Louise beim dritten Versuch endlich glückte, hinter Oliver aufzusteigen.

»Halt dich gut fest«, mahnte er. »Das Pferd kennt den Weg, und da es von unserem Pastor immer reichhaltiges Futter bekommt, kann es ziemlich schnell und ausdauernd laufen.«

»Ich schaff das schon«, warf sie leichthin ein. Doch kaum hatten sie die Station hinter sich gelassen und befanden sich auf der gepflasterten Straße, fiel das Tier in einen Trab, und sie musste Olivers Taille umklammern. Wie ein Sack Mehl kam sie sich vor, plump und steif, während sie versuchte, sich den Bewegungen des Braunen anzupassen. Ganz davon abgesehen war es ihr unangenehm, sich derart eng an den Mann schmiegen zu müssen. Louise konzentrierte sich auf die Umgebung und erwartete sehnsüchtig ihre Ankunft.

Eine knappe Stunde später hatten sie ihr Ziel erreicht. Beim Absteigen unterdrückte sie ein Stöhnen.

»Alles in Ordnung?«, wollte Oliver mit diesem typisch spöttischen Blick wissen, den sie allzu gern kommentiert hätte. Wortlos ging sie an ihm vorbei. Da kam ihr Sander mit ausgestreckten Armen entgegen. Von nebenan drang fröhlicher Gesang aus den Klassenzimmern.

»Louise!« Er griff nach ihren Händen und musterte sie aufmerksam. Auf seinen Zügen entdeckte sie das Entsetzen, das auch sie immer noch empfand. »Mein herzliches Beileid. Möge Gott mit dir sein. Ich kann es gar nicht fassen. Adriens und Ranas Tod ist ein Verlust für uns alle. Ich hatte sie sehr gern, obwohl ich sie kaum kannte. Kann ich etwas für dich tun?«

»Ja, das kannst du«, erwiderte Louise.

Sander begrüßte Oliver, dann geleitete er sie mit der ihm eigenen Liebenswürdigkeit ins Haus.

Im Arbeitszimmer drückte er sie auf einen bequemen Sessel. »Wie kann ich euch helfen?«, fragte er Louise. Oliver nahm auf einem Holzstuhl Platz.

»Darf ich euer Telefon benutzen?«, wollte sie wissen.

»Aber sicher.« Sander blickte von einem zum anderen. »In Kürze wird Fabrice mit einem Reporter von der örtlichen Presse auftauchen. Es tut mir furchtbar leid, dass der Termin ausgerechnet in diese traurige Zeit fällt. Aber die Katastrophe ließ sich ja nicht vorausahnen. Der Mann will einen Bericht über die Auffangstation schreiben. Da die Station offenbar jede Unterstützung benötigt, habe ich ihm zugesagt. Ich hoffe, es ist dir recht, Louise?«

»Wie lange bleibt er?«, fragte sie so sachlich wie möglich. Sie hatte auch ohne neugierige Reporter genug zu tun. Weil sie Sander jedoch nicht kränken wollte, bemühte sie sich um ein Lächeln.

»Oh, nur ein paar Stunden«, erwiderte Sander. »Ich habe ihn eingeladen, bei uns zu übernachten, um ihn von dir fernzuhalten.«

Louise stand auf. »Weiß der Reporter, was passiert ist?«

»Nein, natürlich nicht«, versicherte ihr Sander. »Die Presse soll besser keinen Wind davon bekommen. Von uns erfährt jedenfalls niemand etwas, darüber sind wir uns einig.«

Das konnte sie nur hoffen. Louise unterdrückte ein Seufzen. »Wo ist das Telefon?«

Sio ging ins Nebenzimmer und rief auf der Gendarmerie an. Doch alle Versuche, den Gendarmen dazu zu bewegen, sich weiterhin um die Aufklärung der Morde zu kümmern, waren umsonst. Die jüngste Tochter des Gouverneurs sei seit gestern unauffindbar, erzählte er Louise. Alle Kräfte seien rund um die Uhr im Einsatz. Sie war empört. »Wenn Adrien und Rana höhergestellte Beamte gewesen wären oder zur Familie des Gouverneurs gehört hätten, hätte man selbstverständlich alle Hebel in Bewegung gesetzt, um die Verbrechen aufzuklären.« Sie verstummte und rang nach Luft. »So ist das! Ein Naturschützer aus der Wildnis interessiert Sie wohl nicht!«

Doch ihre Wut schien an dem Gendarmen abzuprallen.

Sander und Oliver waren ebenfalls entrüstet und sprachen Louise ihre Unterstützung zu. Nachdem sich Louise ein wenig beruhigt hatte, betrachtete der Reiseleiter sie forschend. »Kann ich dich allein lassen, Louise? Ich möchte mich um Jipa kümmern und die Männer noch einmal an unsere Abmachung erinnern, nur ja nichts von den Toten verlauten zu lassen. Von den *Fadys* abgesehen, würde sich sofort die gesamte Inselpresse auf Jipa stürzen.«

Kurz darauf hörte sie den Braunen wiehern, dann verstummten die Geräusche. Louise blickte gedankenverloren hinaus.

Mathieu machte ein betretenes Gesicht, als er sie im Eingangsbereich entdeckte. »Meinst du, du bist dem Reporter gewachsen, Louise?«

»Danke, ich schaffe das schon.«

Wenig später kam ihr Fabrice mit dem Reporter aus Fianara entgegen. Kaum hatte sie sich aus Fabrice' schüchterner Umarmung befreit, trat ein schmächtiger Mann mit Glatze auf sie zu und stellte sich als Pierre Levevre vor. Der Franzose hatte vor Jahren einen familieneigenen Besitz an der Ostküste geerbt und war deshalb nach Madagaskar umgesiedelt, wie er ihnen leutselig erzählte. Er machte einen blitzgescheiten Eindruck, seine Mausaugen huschten flink umher. Diesem Mann entgeht nichts, dachte Louise. Bei ihm war Vorsicht geboten.

»Wollen wir?«, fragte Fabrice sanft.

Louise nickte, verabschiedete sich von dem Missionar, der ihr versicherte, sie könne den Citroën ein oder zwei Tage auf der Station behalten. »Ihr habt sicher Einkäufe zu erledigen.«

»Oh ja. Danke, Sander.« Damit folgte sie den Männern zum Wagen. Fabrice lenkte den Citroën, und sie nahm auf dem Beifahrersitz Platz. Er musterte sie verstohlen, während Mathieu auf dem Rücksitz – vielleicht war er doch nicht so unsympathisch? –

den Reporter in ein Fachgespräch über die neuesten Möglichkeiten in der Fotografie verwickelte. Einige Male unternahm Levevre den Versuch, Louise ins Gespräch einzubinden, aber Mathieu erstickte seine Bemühungen stets im Keim, was ihr die Gelegenheit gab, sich auf das Bevorstehende vorzubereiten. Ein unbedachtes Wort von Mamy, Rado oder Nielsen würde genügen. Wenn sie unnötige Aufmerksamkeit vermeiden wollte, tat sie gut daran, eine freundliche, aber undurchdringliche Miene aufzusetzen und das Gespräch mit den anderen zu lenken.

Bei ihrer Ankunft lag die Station still und friedlich da. Louise bat den Reporter, einen Moment zu warten, und hielt nach Jipa Ausschau. Sie fand ihn in der Schreibstube. Ranas Vater saß am Fenster und verstaute eben eine Aktenmappe in der Schreibtischschublade. In einer Ecke stand eine Holzpritsche, auf der eine Decke lag. Als sie ihm von der Ankunft des Reporters berichtete, wurde er kalkweiß.

»Ich komm gleich«, antwortete er gepresst. »Bitte gib mir noch ein paar Minuten.«

Auf einmal machte es den Eindruck, als genügte ein Luftzug, den sonst so zähen Mann in sich zusammensacken zu lassen.

Am liebsten hätte sie ihn umarmt. »Lass nur, Jipa. Ich führe den Mann herum.«

»Danke.«

Noch im Gehen betrachtete sie nachdenklich die Schreibtischschublade, in die er die Mappe gelegt hatte.

Talib sah auf, als Louise, Fabrice und Levevre das Affenhaus betraten. Flugs verwickelte der junge

Madagasse sie in ein Gespräch über die Haltung von Lemuren.

Levevre gesellte sich zu Nielsen und verfolgte seine Untersuchungen. Der Tierarzt machte ein unglückliches Gesicht, denn der Reporter löcherte ihn mit Fragen. Louise konnte ihm anmerken, dass nur ein Fünkchen fehlte, bis er explodierte.

Nielsen gab ihr ein Zeichen, er käme schon zurecht.

Befreit kehrte sie dem Affenhaus den Rücken. Sie fand Fabrice an der Feuerstelle, an der noch immer Holzkohle hergestellt wurde. Die Wasserträgerinnen waren längst gegangen, nur Rado und er hockten vor dem Feuer und wendeten die Holzstücke. Wortlos schaufelten sie die abgekühlten Stücke auf einen Karren.

Als Louise den schmerzenden Rücken streckte, sagte Fabrice: »Levevre wird mit uns sprechen wollen.«

Louise verzog das Gesicht. »Ich weiß.«

Sie fanden Jipa in dem Raum, in dem Nirina die ersten Tage untergebracht war. Mit äußerer Ruhe beantwortete er freundlich, aber einsilbig Levevres Frage nach der Gründung der Station und der Verbindung zur Mission. Danach wollte der Reporter von Louise wissen, wie sie zu dem Auftrag gekommen waren, den Citroën zur Mission zu überführen, und auch Louise beantwortete seine Fragen. Es kam ihr endlos vor, bis der Reporter fertig war und sich bedankte.

»Kann ich bei der Fütterung helfen?«, fragte sie Jipa.

»Nicht nötig. Trotzdem danke.« Er hielt sie fest. »Auch dafür, dass du den Rundgang mit ihm übernommen hast. Es tut mir leid. Ich … ich habe neulich überreagiert und hätte dich nicht so hart angehen dürfen.« Seine Augen füllten sich mit Tränen. »Es ist für uns alle eine schwere Zeit. Ich weiß jetzt, du wolltest den Tieren nur helfen, aber beim nächsten Mal rufst du um Hilfe. Versprichst du mir das, Louise?«

Erleichtert fiel sie ihm in die Arme. »Versprochen, Jipa.«

»Gut, Mädchen. Kümmere du dich um Nirina.« Er tätschelte sie flüchtig und kehrte ins Affenhaus zurück. Bald darauf machten sich Rado, Mamy und Talib auf den Weg nach Hause. Auch Fabrice, Mathieu und Levevre gingen zu Fuß zur Mission zurück, damit Louise den Wagen behalten konnte.

Nielsen trat an ihre Seite. »Brauchen Sie mich heute noch, Mademoiselle Bernard?«

Sie legte mit einer Pinzette Mehlwürmer in Nirinas Futterschale. »Nein, vielen Dank. Darf ich Sie noch kurz etwas fragen?«

»Sicher.«

»Ich habe viel nachgedacht«, sagte Louise leise. »Einige Zusammenhänge sind mir noch unklar. Wie es aussieht, hat mein Bruder öfter Spendengelder gesammelt. Wie regelmäßig hat er eigentlich die Station verlassen?«

Der Madagasse versteifte sich. »Zwei- oder dreimal im Monat.« Er öffnete einen Schrank und entnahm ihm Spritzen und weitere Utensilien für seinen Medizinkoffer.

Louise beschlich das Gefühl, dass ihm das Gespräch unangenehm war. Ihre Fingerspitzen kribbelten. Adrien hatte von einer Reise im Monat gesprochen. Sie hatte seine Worte noch im Ohr. »Sind Sie sicher, Nielsen?«

»Wenn ich es Ihnen sage«, antwortete der Tierarzt knapp. Wieso reagierte er so pikiert? Sie fand ihre Frage im Hinblick auf die Ereignisse alles andere als ungewöhnlich.

»Einen angenehmen Abend noch«, brummte der Tierarzt und drängte sich an ihr vorbei. Mit einem Seufzen auf den Lippen blickte sie ihm nach.

Die ausladenden Äste des Flammenbaums wurden von der Öllampe vor der Hütte beleuchtet und ließen die schmale Gestalt vor ihr kaum erkennen. Jipa hatte geweint. Wortlos setzte sie sich neben ihn auf den Boden.

Lange Zeit blieb es still zwischen ihnen. »Levevre wird wiederkommen«, flüsterte er schließlich.

»Das befürchte ich auch.«

Er starrte in die Dunkelheit. »Hast du Levevre auch Adriens und Ranas Hütte gezeigt?«

»Nein, wo denkst du hin? Ich habe lediglich erwähnt, dass ich hier für die Dauer meines Besuchs übernachte.«

Der alte Mann schnalzte mit der Zunge. »Er weiß, dass es ihre Hütte ist. Ich habe ihm gesagt, sie wären eine Weile auf Reisen. Aber er hat bestimmt etwas gemerkt.« Er verzog das Gesicht, als hätte er eine Kakerlake im Essen entdeckt. »Der Kerl hat die Instinkte einer Schlange.«

Louise sprang auf. »Levevre ist gekommen, weil er einen Artikel über den Citroën und die Station schreiben will, und wir haben ihm bereitwillig Rede und Antwort gestanden. Aber von Adrien und Rana wird er nichts erfahren!« Ihre Stimme zitterte erregt. »Nicht ein einziges Wort!« Hitze stieg ihr in die Wangen. »Sollte er hier rumschnüffeln, werde ich ihn eigenhändig hinausexpedieren!«

Jipa schnaubte. »Dann ist ihm endgültig klar, dass wir ihm etwas verschweigen.«

»Das ist mir egal«, kam es erstickt von Louise. »Du bist noch immer Leiter vom *Coeur de la Jungle.* Adrien oder Rana wären sowieso nicht seine Ansprechpartner. Außerdem hat er kein Recht dazu, in unserem Privatleben herumzustochern.«

Sie schwiegen. Dennoch war Louise froh, dass er bei ihr sitzen blieb. »Bald muss ich zurück nach Frankreich«, wisperte sie. Der Gedanke spülte dumpfe Verzweiflung an die Oberfläche. Hier war Adriens wahres Zuhause gewesen. Seine Aufgabe. Seine Bestimmung. Sein Glück. Das *Coeur de la Jungle* zu verlassen fühlte sich an, wie Adrien und Rana ein zweites Mal zu verlieren. Wie sollte sie je wieder im Betrieb von Monsieur Citroën arbeiten, als wäre das alles nie geschehen? Wie ihren Eltern gegenübertreten oder am Wochenende den Tanzsaal besuchen, wenn jeder Ort von den Erinnerungen an Adrien erfüllt war? Vor ihrem Verlust gab es kein Entrinnen.

»Die Zeit vergeht wie im Flug«, kam es leise von Ranas Vater. »Aber ein Teil von dir wird hierbleiben.«

Jipa hatte ausgesprochen, was sie fühlte. Wie sie ihn kannte, würde er das *Coeur de la Jungle* nie aufgeben. Die Frage war nur, ob er nach dem schweren

Schicksalsschlag zu seiner alten Kraft zurückfinden würde. Sie räusperte sich. »Hast du etwas dagegen, wenn ich mir die Buchführung mal ansehe? Vielleicht fällt mir etwas ein, wie wir die Schulden bezahlen können.«

Sein Brustkorb hob und senkte sich schwer. »Du weißt davon?«

»Adrien hat es mir erzählt.«

Der alte Mann senkte beschämt den Kopf. »Die Mappe für die Buchführung ist im Schreibtisch. Hoffentlich habe ich alles richtig gemacht.«

»Danke.«

Die Öllampe in dem winzigen Raum warf nur spärliches Licht auf den Schreibtisch. Der Rest lag in tiefer Dunkelheit, während Louise über die Unterlagen gebeugt dasaß und Spalte um Spalte die Einnahme- und Ausgabelisten des vergangenen Jahres durchging. Im Februar waren die ersten Spendengelder verzeichnet, und in der nächsten Spalte fand sie die Namen der Gönner, die Summen sowie die betreffenden Adressen. Es wäre doch gelacht, wenn ich nicht Näheres über sie in Erfahrung bringen kann, überlegte sie und notierte sich kurz entschlossen diejenigen, die regelmäßig in den Büchern auftauchten. Stunde um Stunde verging, und bald massierte sich Louise die schmerzenden Schläfen. Offenbar hatten sie die Spenden benötigt, um überfällige Rechnungen zu begleichen. Rücklagen gab es keine, weder Adrien noch Jipa hatten Geld zur eigenen Verfügung beansprucht. Jeder Franc war in die Bezahlung der Mitarbeiter und die Versorgung der Tiere geflossen. Wo also könnte sie etwas abzwacken?

Es war weit nach zwei Uhr, als sie durch den Nieselregen auf die Hütte zuwankte. Oliver schlief in seiner Hängematte, die Laute der Lemuren schienen ihm nicht das Geringste auszumachen. Erschöpft schlüpfte sie unter das Moskitonetz und fiel in einen unruhigen Schlaf.

KAPITEL 19

Der folgende Tag begann mit einem freudigen Ereignis. Die Boa und die Vögel wurden in die Freiheit entlassen, und auch der Indri war so weit. Louise und Oliver ließen es sich nicht nehmen, Rado und Nielsen ein Stück in den Dschungel zu begleiten, um das Schauspiel zu verfolgen. Als sich die hohen Bäume um sie schlossen, die zum Teil mit einem undurchdringlichen Gestrüpp überwuchert waren, schnappte Louise überrascht nach Luft. Der Urwald schluckte die geschäftigen Laute der Station und erfüllte sie mit völlig anderen. Es kam ihr vor wie eine Tür, die sich schloss, und eine andere, die sich wie von Zauberhand öffnete. Sonnenstrahlen warfen Muster auf den mit kniehohen Farnen bedeckten Boden. Im Urwald war es um einige Grad kühler, die Luft flirrte vor Feuchtigkeit und schwerem, die Sinne betörendem Blütenduft. Oliver wies auf einen hohen, schlanken Baum. »Kennst du den?«

Louise blickte hoch. »Der Baum der Reisenden. Ein ungewöhnlicher Name, findest du nicht auch?«

»Er heißt so, weil Reisende auch in Trockenzeiten von ihm trinken können.« Er nahm ein Messer aus der Tasche und ritzte einen Ast ein. Louise staunte, als gleich darauf klares Wasser aus ihm tropfte.

Über ihnen erklang schrilles Vogelgeschrei. Sie erschrak.

Oliver packte sie am Arm und wies zu Boden. »Vorsicht. Zwischen den Farnen vor uns liegen manchmal Steine, unter denen sich gern Schlangen verstecken.«

Rado ging voran und hackte den Pfad frei. Louise blieb wie angewurzelt stehen. Über ihnen – irgendwo in den Baumkronen – erklangen die Rufe fremder Tiere. Eine neue Welt tat sich ihr auf, die ihren eigenen Gesetzen folgte. Eine faszinierende und gefährliche Welt, in der sie der Eindringling war, wurde ihr auf einmal bewusst.

Den Moment, an dem Rado den Käfig des Indri öffnete, würde sie niemals vergessen. Das heilige Tier der Madagassen verharrte regungslos in der Holzkiste, nur seine klugen Augen nahmen jede Bewegung wahr. Bis Nielsen ein Stück Papaya aus seiner Hemdtasche zauberte und es auf den Ast eines schlanken Urwaldriesen in unmittelbarer Nähe legte. Zögernd steckte der Indri seinen dunklen Kopf aus dem Käfig, danach folgten seine langen hellen Arme, und im nächsten Augenblick kletterte er mit seiner typischen Behäbigkeit den Baumstamm hoch und tat sich an der Frucht gütlich. Dann kletterte der Indri höher und schwand allmählich aus ihrem Sichtfeld.

Bewegt machte sich Louise mit den drei Männern auf den Rückweg. Nielsen trug eine Ladung Holzlatten in den Schuppen, die Pastor Olsen gestiftet hatte, und Talib beschäftigte sich mit dem Mohrenmaki. Oliver und Louise nutzten den günstigen Moment und fuhren nach Fianara.

»Freitag ist der beste Tag für einen Marktbummel«, erläuterte ihr Oliver und lenkte den Wagen auf die große Straße Richtung Stadt. »Der Zoma ist der schönste Markt, den ich kenne. Du wirst staunen.«

Sie warf ihm einen raschen Blick zu und bemerkte, dass er sie schon eine Weile beobachtet haben musste. Aber in seinen Augen lag diesmal weder Spott noch Hochmut, eher zeugte sein Blick von dem ehrlich gemeinten Versuch, sie für eine Weile von ihrem Kummer abzulenken. »Danke, Oliver.«

Einige träge Minuten lang genoss sie den Sonnenschein. Es war angenehm warm, weiße Wolken trieben über den Himmel und schenkten ein wenig Abkühlung von der Hitze. Louise war sich ganz sicher, dass sie die Insel inzwischen allein an ihren Geräuschen erkennen würde, selbst mit verbundenen Augen. Nirgends sonst hatte sie Männer und Frauen gesehen, die ihre Handkarren im Schlendertempo in die Stadt zogen und dabei sangen. Wenn sie in einer Gruppe unterwegs waren, plauderten sie trotz des stetig auf- und abwärtsführenden Wegs miteinander. Ihr wäre längst die Luft knapp geworden. Es schien, als ob die Zeit auf Madagaskar langsamer verging. Gespräche waren stets willkommen, und selbst die Ärmsten trugen meist ein Lächeln im Gesicht. Allem Anschein nach schenkt das einfache Leben mehr Zufriedenheit, dachte Louise und erinnerte sich dumpf an die Kriegstage zurück, als sie noch ein Kind war. Wenn man wusste, Nachbarn und Verwandte lebten auf dieselbe Weise, war der Neid überflüssig und die Dankbarkeit wuchs. Möglicherweise war es auch der Glaube an die gerechten Götter oder Ahnen, die sie glücklicher machten. Könnte sie nur ähnlich empfinden, wünschte sich Louise.

»Wir sind gleich da«, erklärte der Reiseleiter. Was nicht zu übersehen war, denn die Straße füllte sich merklich. Nach längerem Suchen fanden sie ein freies Plätzchen für den B10 und wurden unversehens von Schaulustigen und ihren rotznasigen Kindern umkreist, die den Wagen mit weit aufgerissenen Augen von allen Seiten begutachteten. Oliver sprach einen jungen Mann an, der mit auf dem Rücken verschränkten Armen etwas abseits stand und den Wagen mit dem Blick zu streicheln schien. Ein paar Münzen wechselten den Besitzer, dann zog Oliver sie weiter. »Er wird auf unseren Wagen aufpassen«, sagte er, als er ihren fragenden Blick bemerkte.

»Ich möchte zuerst zur Poststation, wenn es dir nichts ausmacht«, bat Louise.

»Natürlich nicht.«

»Es dauert nicht lange.« Damit steuerte sie rasch auf das flache Gebäude am Ende der Straße zu.

Mit gestrafften Schultern betrat sie den schmucklosen, weiß getünchten Raum. Der junge Angestellte blickte von der neuartigen Schreibmaschine auf, auf die er geradezu verzweifelt einhämmerte. Seinem finsteren Gesicht nach zu urteilen, bereitete ihm die Neuanschaffung einiges Kopfzerbrechen.

Louise ließ sich von ihm mit ihren Eltern verbinden. Sie hatte diesen Augenblick gefürchtet, aber als sie die Freude in der Stimme ihrer Mutter hörte, entspannte sie sich ein wenig. Zu ihrer Erleichterung beschränkte sich das Gespräch auf das Nötigste, vermutlich fühlte sich ihre Mutter ebenso wenig imstande, über Adrien zu sprechen wie sie. Louise gab vor, wenig Zeit zu haben, da Oliver im Wagen wartete. Indes hatten ein paar Kunden das Postamt betreten.

Sie wartete, bis sie gegangen waren, holte aus einer kleinen Tasche am Gürtel ihres Rocks einen Zettel hervor und bat den Mann am Schalter um die Wegbeschreibung zu den Adressen, die sie vergangene Nacht notiert hatte.

Louise beobachtete den Postangestellten unauffällig, während er ihre Notizen studierte.

»Avenue de Thermes«, sprach er halblaut vor sich hin. »Also eins kann ich mit Gewissheit sagen: Zwei der aufgeführten Straßen gibt es in unserer Stadt gar nicht.« Er tippte auf die betreffenden Adressen. »Haben Sie sich möglicherweise vertan? Ich weiß mit Sicherheit, dass es in Antsirabe Straßen dieses Namens gibt.«

»Mag sein«, schwindelte Louise, hatte sie sich doch mehrfach von der richtigen Schreibweise überzeugt.

»Die anderen Adressen trage ich Ihnen auf einer Karte ein. Die Straßen sind recht neu, wahrscheinlich sind sie deshalb noch nicht darauf verzeichnet.«

Kurz darauf starrte Louise auf die in Rot gestrichelten Routen. Wieso hatte Adrien Adressen aufgeschrieben, die überhaupt nicht existierten? Es gelang ihr irgendwie, ihre zur Schau getragene Ruhe zu wahren und sich bei dem Postangestellten zu bedanken.

Oliver lehnte draußen gegen eine Mauer und reichte ihr einen Becher mit Ananassaft. »Alles in Ordnung?«

»Ja, danke«, antwortete sie hastig und trank den Fruchtsaft in einem Zug aus. »Können wir vor dem Marktbesuch noch zwei Adressen anfahren?«

»Natürlich, ich muss nur eben den Becher zurückbringen«, entgegnete er. »Was hast du vor?«

»Ein paar Geldgebern der Station einen Besuch abstatten.«

Louise war froh, dass er keine weiteren Fragen stellte. Die erste Adresse war leicht zu finden, sie befand sich nur wenige Straßen von der Gendarmerie entfernt. Wobei Straßen nicht der richtige Ausdruck war, es handelte sich eher um Sandpisten. Oliver blieb im Wagen sitzen. Die Hausnummer führte zu einem hübschen Steinhaus, das von ein paar Büschen eingerahmt wurde. Nach einer Klingel oder dem Namen des Eigentümers suchte sie vergebens. Unschlüssig blieb Louise vor dem Eingang stehen. Von drinnen war das Klappern von Geschirr zu hören, eine getigerte Katze strich schmeichelnd um ihre Beine. *»Bonjour.* Ist jemand da?«

Kurz darauf öffnete sich die Tür, und ein beleibter Mann in den besten Jahren erschien. Auf seiner Schulter saß ein Lemur mit einem Halsband, der sie neugierig beäugte. *»Bonjour.* Kennen wir uns?«

»Nein, nicht direkt«, eröffnete Louise vorsichtig und stellte sich vor. »Ich möchte mich herzlich für Ihre großzügige Spende für das *Coeur de la Jungle* bedanken, Monsieur Mouton.«

»Wie reizend. Möchten Sie auf einen Kaffee hereinkommen?«

»Es tut mir leid, aber ich habe wenig Zeit. Doch ich hätte eine große Bitte.« Wenn ich nur die richtigen

Worte finde, dachte sie und spürte, wie sie immer nervöser wurde. »Leider ist unser Spendenbeleg bei einem Regenguss aufgeweicht worden. Haben Sie vielleicht noch die Durchschrift, die Sie mir überlassen können? Dafür wäre ich Ihnen sehr dankbar.«

Er streichelte den Lemuren, während er sie nachdenklich betrachtete. »Bitte treten Sie näher.«

Diesmal traute sich Louise nicht abzulehnen. Er bat sie in den Vorraum, ging zu seinem Sekretär und blätterte in einem Büchlein. Louise blickte sich um. Alles in allem bot sich ihr das Bild eines bürgerlichen Hauses, vergleichbar mit dem Lebensstandard, den sie von ihren Eltern gewohnt war. Hatte Adrien nicht von betuchten Spendern gesprochen? Neugierig lugte Louise zu dem Mann hinüber und setzte sich auf einen Stuhl. Im nächsten Augenblick stand er schon wieder im Vorraum und reichte ihr das Gewünschte.

»Ich danke Ihnen, Monsieur Mouton.« Sie schielte auf die angegebene Summe und stutzte. Sie stimmte nicht mit der Eintragung im Buch überein. War Adrien ein Fehler unterlaufen oder war das absichtlich geschehen?

»Gern geschehen. Immer diese Feuchtigkeit«, hörte sie den Mann sagen. »Sie kriecht einem in die Knochen, nicht wahr?«

»Ja. Vielen Dank.«

Sie hatte es eilig, sein Haus zu verlassen. Wie betäubt sank Louise gleich darauf auf den Beifahrersitz des B10 und starrte ins Leere.

»Louise, was ist los mit dir? Sag schon!«

Sie wandte sich Oliver langsam zu. »Nichts. Gar nichts. Fahr einfach los.«

Die zweite Adresse war ein etwas heruntergekommener Hof außerhalb der Stadt. Auf einer kargen Weide neben dem Haupthaus graste eine Herde langhörniger Rinder. Da niemand zu sehen war, klopfte sie.

Eine kleine, runzlige Frau, die ihre Urgroßmutter hätte sein können, stand vor ihr, die Hände in die Hüften gestemmt, und beäugte sie argwöhnisch.

Louise brachte ihr Anliegen vor.

»Das *Coeur de la Jungle* kenne ich nicht, junge Frau«, nuschelte die zahnlose Frau. »Zu wem wollen Sie genau?«

Louise gab den Namen auf ihrem Zettel wieder.

»Hier wohnt keine Madame Villon«, erklärte die alte Frau entschieden. »Mein Name ist Eshe Abena, das hier ist mein Elternhaus.«

»Dann entschuldigen Sie die Störung. Sie wissen nicht zufällig, wo ich Madame Villon finde?«

»Nein. Aber viel Glück bei der Suche.«

Schon wurde die Tür nach einem gemurmelten Gruß geschlossen. Verwirrt starrte Louise auf die Tür. Wieso hatte Adrien eine Spenderin angegeben, die es nicht gab? Die Sache wurde immer mysteriöser. Als sie zu Oliver zurückkehrte, bat sie ihn weiterzufahren.

Womöglich hatte ihre Bitte zu hastig geklungen, oder ihr Lächeln war zu bemüht. Jedenfalls rührte er sich nicht. »Du bist weiß wie eine Wand. Willst du mir nicht endlich sagen, was los ist?«

»Ich kann nicht«, war alles, was sie hervorpressen konnte.

Oliver holte tief Luft und wandte sich ihr vollends zu. Seine Brauen waren zu einer waagerechten Linie zusammengezogen, und sie erschrak vor der Veränderung, die sich auf seinen Zügen vollzog.

»Weißt du was, Louise Bernard?« Er sprach gefährlich leise. »Du bist ein stures und misstrauisches Frauenzimmer ohne jegliches Feingefühl. Mit deiner ewigen Geheimniskrämerei gehst du mir auf die Nerven!«

Sie saß da wie vom Donner gerührt. Als sie empört die Beifahrertür aufreißen wollte, umklammerte er ihren Arm. »Auch wenn es dir nicht passt, du hörst mir jetzt zu.«

»Ich denke gar nicht daran, mich von dir beschimpfen zu lassen«, zischte sie. Was bildete sich der Kerl eigentlich ein, auf diese Weise mit ihr zu sprechen? »Lass meinen Arm los, sonst schreie ich!«

»Nur zu. Aber du wirst es nicht tun.« Er hob ihr Kinn und zwang ihr seinen Blick auf. »Auch meine Geduld hat Grenzen. Du bist nur höflich zu mir, weil ich Adriens Freund war. Ansonsten zeigst du mir bei jeder Gelegenheit die kalte Schulter. Wenn es jedoch darum geht, dir und den anderen bei der Arbeit zu helfen, bin ich gut genug. Aber damit ist nun Schluss!«

Louise schnappte nach Luft. Sie war es gewohnt, von den Männern nicht ernst genommen zu werden und sich stets von Neuem beweisen zu müssen. Aber dass er ihr so unverblümt seine Meinung über sie an den Kopf warf, brauchte sie sich gewiss nicht gefallen zu lassen. Sie fühlte sich von ihm in die Enge getrieben, und das nahm sie ihm sehr übel. »Wenn wir jetzt bitte zum Markt fahren könnten«, sagte sie mühsam beherrscht.

»Aber sicher.« Olivers Stimme erinnerte an klirrende Eiszapfen. Er startete den Motor und schwieg während der halbstündigen Fahrt beharrlich.

Die Sonne stand bereits hoch am Himmel, als sie Fianara erreichten. Sie bogen um eine scharfe Häuserecke und befanden sich auf einmal in einem Meer aus Leibern und Farben. Grob zusammengezimmerte Tische quollen über von Früchten aller Art, von denen ihr viele unbekannt waren. Ananas, Bananen, Datteln und Pfirsiche verströmten verführerische Düfte. Eine Marktfrau mit einem Kind an der Brust saß im Schneidersitz vor ihrem Stand und knackte mit ihrem lückenhaften Gebiss Nüsse.

Louise schob sich durch die engen Gänge, eingehüllt in munteres Stimmengewirr und Kinderlachen. Es dauerte nicht lange, und ihr Korb war randvoll. Nur schade, dass sie ihren Begleiter nicht einfach stehen lassen konnte, der die schweren Säcke mit Süßkartoffeln und Reis trug. Ganz in der Nähe erstanden sie bei einem Apotheker Verbandsmaterial, Narkosemittel und Medizinfläschchen für Nielsen. Zu guter Letzt wurde Louises Blick von einem Stand mit wunderschönen Stoffen angezogen, und sie kaufte ein paar Ellen.

Die Rückfahrt erschien ihr endlos. Kaum hatten sie die Station erreicht und ihre Einkäufe entladen, machte sich Louise, ohne Oliver eines Blickes zu würdigen, wieder an die Arbeit. Sie kochte vor Wut. Beim Mittagessen fehlte er. Gut so, sie hätte ihre Zunge bestimmt nicht zügeln können. Aber zum Glück tat er alles, um ihr nicht über den Weg zu laufen. Wenig später brach Nielsen mit Oliver und Rado zum Holzfällen in den Dschungel auf. Sie warf dem Reiseleiter einen finsteren Blick zu und eilte mit langen Schritten auf den Schuppen zu.

Im Laufe der nächsten Stunden blickte sie nicht ein Mal auf. Erst als vier Käfige fertiggestellt waren und sie den Schuppen kehrte, um die letzten Sägespäne zu beseitigen, nahm sie ihre Umgebung deutlicher wahr. Verschwitzt und schmutzig wankte sie zur Außendusche. Vor Müdigkeit meinte sie keinen einzigen Schritt mehr laufen zu können, und zu allem Überfluss wanderten ihre Gedanken immer wieder zu Oliver und ihrem Streit zurück.

KAPITEL 20

Leise Geräusche weckten Louise. Sie wickelte sich in eine Wolldecke gegen die feuchte Morgenluft und lugte hinaus. Oliver saß auf der Terrasse und verstaute etwas in einer Tasche. Sofort war sie hellwach. Als er sich anschickte, seine Hängematte abzunehmen, trat sie ins Freie. »Guten Morgen. Was hast du vor?«

»Wonach sieht es denn aus?«, erwiderte er, ohne seine Arbeit zu unterbrechen. »Ich habe übermorgen eine Reisegruppe und will eure Gastfreundschaft nicht länger strapazieren.«

Louise starrte auf seinen breiten Rücken. »Verstehe.« Jäh wurde sie sich ihres Aufzugs bewusst und sah verlegen an sich hinab. Sie sprach sich selbst Mut zu – wenn sie etwas zu sagen hatte, musste sie es jetzt tun. Sie trat näher, wollte ihn an der Schulter berühren, ließ die Hand aber wieder sinken. Sonst herrschte immer ein Wirrwarr von Geräuschen, aber in diesem Moment war es so still, dass sie ihren eigenen Herzschlag hören konnte. »Ich möchte mich bei dir entschuldigen, Oliver.«

Langsam drehte er sich zu ihr um. »Ach ja?«, fragte er kühl. »Warum?«

»Ich hätte nicht so schroff zu dir sein dürfen.«

Er verschränkte die Arme vor der Brust. »Allerdings. Ist das alles? Entschuldigung angenommen. Dann möchte ich mich jetzt verabschieden.« Er stand auf und stopfte die Hängematte in eine zweite Tasche.

Louise trat näher. »Ich verstehe dich, aber du solltest auch ein wenig Verständnis für mich aufbringen.«

Er blickte auf. »So? Findest du?«

Am liebsten hätte Louise auf dem Absatz kehrtgemacht und wäre gegangen. Oliver besaß ein Talent dafür, ihr das Gefühl zu geben, ein Kind zu sein, das Rechenschaft abzulegen hatte. »Ja, das finde ich.« Ihre alte Wut kroch wieder hoch. »Wir kennen uns erst seit wenigen Tagen.« Louise zog die Wolldecke enger um ihren Körper. »Ich weiß nicht, wem ich hier trauen kann, und darunter fällst du nun einmal auch. Begreifst du das denn nicht?« Ihre letzten Worte sagte sie mit tränenerstickter Stimme. Sie wandte sich um, wollte in die Hütte laufen, allein sein.

Da wirbelte er sie herum. »Was willst du damit sagen?«

Er schien keine Ahnung zu haben. Konnte er tatsächlich derart naiv sein? »Überleg doch mal, Oliver. Jeder von euch könnte Adriens und Ranas Mörder sein! Und da erwartest du von mir, dass ich dir vertraue?«

Auf seiner Miene spiegelte sich Betroffenheit wider, doch er hielt sie weiterhin umklammert. »Das kann nicht dein Ernst sein.«

Louise versteifte sich. »Das ist mein bitterer Ernst.«

Plötzlich war sein Gesicht ganz nah an ihrem. »Ich habe dir, euch, nie etwas Böses getan oder gewollt. Verrate mir wenigstens, weshalb ich dich zu den beiden Spendern fahren sollte.«

Louise wandte sich ab, aber der Wärme seiner Haut und seines Atems, der ihren Nacken streifte, konnte sie nicht ausweichen. »Ich ziehe Erkundigungen ein.«

»Du machst was?« Abrupt gab Oliver sie frei. »Louise, das ist gefährlich!«

»Wieso denn?« Sie versuchte sich seinem Griff zu entwinden, doch er tat, als bemerkte er es nicht. »Ich muss doch über die geschäftlichen Belange Bescheid wissen.«

Oliver starrte sie an. »Bitte halt dich da raus.«

Louise schüttelte heftig den Kopf. »Das kann ich nicht.«

Er verstärkte seinen Griff. »Sei vernünftig«, beharrte er mit einer Eindringlichkeit, die ihr durch Mark und Bein ging. »Versprich es!«

»Das werde ich nicht tun.«

Für einen winzigen Moment war sein zorniges Gesicht ihrem ganz nahe, dann ließ er sie unvermittelt los, band seine Taschen am Sattel fest, schwang sich auf den Pferderücken und ritt davon.

Eine seltsame Leere erfasste Louise, als sie zur Terrasse blickte, auf der vor wenigen Minuten noch die Hängematte im Wind geschaukelt hatte. Nachdem sie sich wieder gefasst hatte, schnitt sie sich ein wenig Obst zurecht und aß eins der kleinen, flachen Brote dazu, die sie auf dem Markt erstanden hatte. Währenddessen stand ihr Olivers Miene vor Augen, als sie ihm von ihren Erkundigungen erzählt hatte. Sein Entsetzen und seine Sorge waren echt, so weit konnte sie ihn einschätzen. Louise überlegte, was er wohl zu dem, was sie herausgefunden hatte, sagen würde. Die Höhe von Monsieur Montons Spende war anders als erwartet gewesen, genau genommen betrug sie nur ein Drittel dessen, was Adrien in den Büchern vermerkt hatte. Aber woher kamen die restlichen zwei Drittel und warum hatte Adrien sie nicht aufgeführt? Das ergab keinen Sinn. Ebenso wenig die Tatsache, dass die Adresse von Madame Villon nicht mit der in den Papieren vermerkten übereinstimmte.

Nachdenklich beobachtete sie, wie Nielsen, Mamy und Rado eintrafen und sich an die Arbeit machten. Wenig später entdeckte sie auch Jipa und trat auf ihn zu.

»Wie geht es deinen Frauen?«

»Imasy lässt mir keine Ruhe«, erklärte er grimmig. »Jetzt will sie sich ein Kleid nähen. Als ob ich Geld für solchen Weiberkram hätte.«

»Warte kurz.« Sie eilte in die Hütte und legte dem überraschten Tanala wenig später ein Bündel Stoff in den Arm. »Das ist für Imasy. Ich finde, sie sollte ebenfalls ein schönes Kleid bekommen. Die fröhlichen Farben passen gut zu ihr. Richte ihr bitte Grüße von mir aus.«

»Danke, das wird sie freuen.«

Sie warf ihm einen forschenden Blick zu. »Hast du kurz Zeit?«

»Ja, einen Moment habe ich«, sagte er und folgte ihr zur Terrasse.

Sie brachte ihm einen Teller Obst und setzte sich zu ihm.

Der Tanala zierte sich nicht lange und griff zu. Louise fragte sich bange, wie sie ihn auf das heikle

Thema ansprechen konnte. Leider zählte Diplomatie nicht zu ihren Stärken, schon immer bevorzugte sie ein offenes Wort.

Sie beobachtete, wie sich zwei kleine Madagaskarweber um ein Insekt zankten und dabei zum Gotterbarmen zeterten. Kurz darauf flog der Sieger mit seiner Beute auf einen dicken Ast des Flammenbaums neben der Hütte und verschlang sie genüsslich.

Louise atmete tief durch. »Darf ich dir etwas zeigen, Jipa?«

»Natürlich.«

Louise eilte in die Hütte und kehrte kurz darauf mit der Mappe zurück. Sie schlug die betreffende Seite auf, wies auf eine Spalte und reichte ihm die Durchschrift des Spendenbelegs, die sie hineingelegt hatte. »Kannst du dir erklären, wie die unterschiedlichen Summen zustande gekommen sind?«

Jipa kniff die Augen zusammen und starrte angestrengt auf die Papiere. »Adrien wird sich verschrieben haben.«

»Und wieso hat er bei Madame Villon eine falsche Adresse notiert?«

Er trocknete sich den verschwitzten Nacken. »Kann ich nicht sagen. Wie kommst du darauf, dass sie falsch ist?«

Sie erzählte ihm von ihrem Besuch bei der alten Dame.

Der Tanala lehnte gegen einen Pfosten und hielt den Blick in die Ferne gerichtet. Als sie geendet hatte, wandte er sich ihr wieder zu. »Misstraust du Adrien?« Seine Worte durchschnitten die Luft.

»Nein, natürlich nicht«, widersprach Louise, erschreckt von der Schärfe seiner Stimme. »Ich habe mich nur über die hohen Spendensummen gewundert.«

»Deshalb fährst du die Spender ab und schnüffelst herum?« Jipa stand abrupt auf.

Louise legte eine Hand auf seinen Arm. »Glaub mir, wenn ich ihn fragen könnte, dann würde ich das tun. Ohne Zweifel gibt es einen triftigen Grund für diese Einträge«, versuchte sie ihn zu beschwichtigen. »Ich möchte nur die Buchhaltung verstehen.«

Mit hängenden Schultern stand er vor ihr, seine Züge entspannten sich. »Du hast recht, Louise.« Plötzlich hellte sich sein Gesicht ein wenig auf. »Vielleicht war es *piabananna.*«

Den Ausdruck hatte sie noch nie gehört. »Was heißt das?«

»Das bedeutet bei uns ›lieb zueinander sein‹. Wenn man sich gut kennt und dem anderen Zeit lässt, seine Rechnung zu bezahlen, oder ihm etwas schenkt, was er dringend braucht. Vielleicht hat ihm jemand Geld geschenkt, und er hat einen Teil davon für Einkäufe ausgegeben? Es ist aber auch möglich, dass Adrien unsere Tauschgeschäfte mit den Spenden verbucht hat.«

Tauschgeschäfte. Ja, natürlich! Ihre Mutter hatte in den Kriegsjahren handgestickte Decken und Kissenbezüge gegen Mehl, Rüben oder Kartoffeln getauscht, damit sie genug zu essen hatten. Im Grunde ist es erschreckend, wie schnell wir solche traurigen Erlebnisse verdrängen, dachte Louise. Bis in einem Gespräch wie dem mit Jipa vergessen geglaubte Erinnerungen wieder lebendig wurden.

»Tierfutter gegen Holzkohle«, fuhr Ranas Vater fort. »Holz gegen Geld oder Spenden. So halten sich viele von uns über Wasser.«

»Das wird es sein«, sagte sie. Doch schon der nächste Gedanke brachte die Frage nach Madame Villon zurück. Warum hatte ihr Bruder eine Adresse erfunden, statt die Gelder einfach unter einer gesonderten Rubrik zu verbuchen? Zumal die Beträge in regelmäßigen Abständen auftauchten. Doch diese Frage behielt sie vorerst lieber für sich.

»Wo ist eigentlich Oliver?«, lenkte Jipa sie von ihren Grübeleien ab.

»Er führt eine Reisegruppe.«

Der Tanala streckte seinen Rücken. »Gut, danke für das Essen. Heute helfe ich Mamy, wir müssen die Gitter reparieren, bevor es einem unserer Tiere gelingt, die rostigen Stäbe herauszureißen.«

»Gutes Gelingen«, antwortete sie.

Daraufhin wendeten sich die beiden wieder ihrer Arbeit zu. Doch die Frage der falschen Adressen schwirrte Louise unablässig durch den Kopf. War es vielleicht sogar möglich, dass Adriens Mitarbeiter mehr über die Hintergründe wussten, als sie vorgaben? Das würde ihr seltsames Verhalten erklären.

Sie fand Talib vor dem Affenhaus, wo er mit einem der Lemuren spielte, der nicht mehr ausgewildert werden konnte. Angenommen, er und seine Kollegen halten wirklich etwas vor mir geheim, kehrte sie mit ihren Überlegungen an den Ausgangspunkt zurück. Dann muss ich sie irgendwie aus der Reserve locken. Da kam Louise eine Idee. Sie lugte zu Talib hinüber. Sollte sie mit ihrer Vermutung richtigliegen, dürfte es ihnen nicht gefallen, wenn sie die Rolle verließ, die man ihr auf der Station zugewiesen hatte.

Als der Lemur unter lautstarkem Protest wieder in seinen Käfig gesetzt wurde, ging sie auf den Tierpfleger zu. »Kannst du eigentlich reiten?«

Er betrachtete sie verständnislos. »Natürlich. Wer nicht kann, hat Problem, große Problem«, antwortete er. »Wieso willst du wissen?«

»Ich will, dass du mir das Reiten beibringst.«

Verlegen fuhr er sich durchs dichte Haar. »Nicht nötig, was du brauchen, ich holen.«

»Du verstehst mich falsch. Ich möchte mich nützlich machen und nicht immer den Missionar um den Wagen bitten. Ich will Spenden sammeln.«

»Allein reiten?« Entsetzt fuchtelte er mit den Armen. »Zu gefährlich. Nicht gut.« Danach murmelte er noch ein paar Worte auf Malagasy.

Louise hob das Kinn. »Hilfst du mir nun oder nicht?«

Er spielte mit dem großen Zeh im Sand. »Nur altes Pferd auf Station.« Seine Haltung drückte Abwehr aus. »Fragen Nielsen oder Jipa. Ich nicht entscheiden.«

Wortlos machte sie auf dem Absatz kehrt. Er tat so, als hätte sie ihn um etwas Verbotenes gebeten. Louise beschlich das Gefühl, auf der richtigen Spur zu sein. Sie musste überzeugend wirken. Niemand durfte merken, dass sie die Männer auf die Probe stellte.

Da Jipa nicht zu entdecken war, suchte sie den Tierarzt auf. Er drehte den Kopf und wies auf die Landschildkröte, die rücklings auf seinem Behandlungstisch lag. »Können Sie das Tier bitte kurz festhalten?«

Unschlüssig trat Louise näher.

»Hier am Bein«, sagte Nielsen und entnahm dem Tier etwas Blut.

Wenig später trugen sie das Reptil zurück in sein Gehege. Nielsen wischte sich die Hände an einem Tuch ab, das er um die Hüften gebunden hatte, und musterte sie kühl. »Was wollten Sie eigentlich?«

Louise trug abermals ihre Bitte vor, Reiten beigebracht zu bekommen, damit sie Spenden für die Station sammeln konnte.

Zwischen ihnen wurde es still. Wie er so vor ihr stand, kerzengerade und steif, war sein Unbehagen deutlich zu spüren.

Nielsen räusperte sich. »Ich möchte Ihnen dringend von Ihrem Vorhaben abraten.«

Mischen Sie sich gefälligst nicht in fremde Angelegenheiten. War das nicht seine eigentliche Antwort? Louise dachte allerdings nicht daran, sich so schnell geschlagen zu geben. »Wir sind auf Spendengelder angewiesen«, setzte sie erneut an. »Wie wollen wir die beschaffen, wenn niemand bei den betreffenden Leuten vorspricht? Dafür muss ich reiten können, sonst kann ich nicht herumkommen. Seien wir doch mal ehrlich. Ehe Jipa jemanden um Geld bittet, fließt das Wasser den Fluss aufwärts.«

»Aber *Sie* würden das tun?«

»Was mein Bruder konnte, kann ich auch. Zweifeln Sie etwa daran?«

»Nein«, versicherte er ihr hastig. »Aber für eine Frau ist ein Ritt in die Stadt zu beschwerlich. Überlassen Sie das bitte uns.«

Er bedachte sie mit einem Blick, als würde er an

ihrem Verstand zweifeln. Sei's drum, hier hielt man sie ohnehin für ein nichtsnutziges Frauenzimmer, das man ab und zu in seine Schranken weisen musste, damit es keinen Unsinn anstellte.

»Ihre Bemühungen werden uns ohnehin wenig nützen, da Sie uns in zwei Wochen wieder verlassen.«

Mit diesem Argument hatte Louise gerechnet, weshalb ihr die Antwort leicht über die Lippen kam. »Wir dürfen nicht warten. Im Gegenteil, für die Station sind die Spenden gerade im Moment überlebenswichtig.«

»Wir kümmern uns darum. Ich will später sowieso mit den Arbeitern sprechen. Wir müssen dringend das Affenhaus ausbessern.«

Er versuchte recht geschickt, sie abzulenken. Es erschien ihr klüger, vorerst darauf einzugehen. Aufmerksam registrierte sie jede seiner Regungen. »Tun Sie das. Bleiben Sie heute auf der Station?«

»Nein, Talib hat Nachtwache.«

»Ihr Dorf liegt auf dem Weg zur Mission, nicht wahr?«, fuhr Louise fort.

»Ja. Wieso?«

»Ich möchte nach dem Abendessen meine Freunde dort besuchen. Wenn Talib die Fütterung übernimmt, können Sie mir dann den Weg zeigen? Morgen im Laufe des Tages wäre ich zurück.«

»Ihre Freunde werden erfreut sein, Sie zu sehen. Ich gebe meinem Sohn gleich Bescheid.«

»Gut, dann ist es abgemacht.« Sie drehte sich um und kehrte zur Hütte zurück, um das Mittagessen vorzubereiten.

KAPITEL 21

Sander öffnete die Tür, er trug seinen Talar. »Louise! Komm doch herein.« Er musterte sie. »Ist etwas passiert?«

»Alles in Ordnung. Ich habe mich spontan Nielsen angeschlossen und ihn ein Stück begleitet. Störe ich?«, fragte sie mit einem Wink auf seine Robe.

»Überhaupt nicht. Wir hatten gerade eine Taufe, meine Feuertaufe als Pastor sozusagen.« Er ging mit ihr in die Küche, wo eine rotwangige Frau in einem dampfenden Topf rührte, der er auf Malagasy Anweisungen gab.

Louise staunte. »Du lernst schnell.«

»Pastor Olsen hat mir das Nötigste beigebracht und die Sätze und Vokabeln so lange abgefragt, bis ich sie im Schlaf aufsagen konnte. Bleibst du über Nacht?«

»Wenn ich darf, gern.«

»Komm, ich zeige dir, wo du schlafen kannst. Danach schauen wir, wo Mathieu und Fabrice stecken.«

Im Speiseraum hatten Louises Reisegefährten die Köpfe zusammengesteckt und schienen sich angeregt zu unterhalten. Vor ihnen lag ein Schreibblock. Als die beiden sie entdeckten, sprangen sie erfreut auf die Füße.

»Was macht ihr da?«, fragte Louise nach der Begrüßung.

Mathieu zog eine seiner buschigen Brauen hoch. »Levevre hat angerufen. Der Kerl meinte, er hätte noch ein paar Fragen, und wollte sich für morgen auf der Station ankündigen.«

Louise schloss gequält die Augen. »Was habt ihr ihm geantwortet?«

»Dass ihr derzeit alle Hände voll zu tun habt«, erklärte Fabrice. »Aber er könne uns seine Fragen gern diktieren, wir würden sie euch bei Gelegenheit weiterleiten.«

Sander, der hinter ihr stehen geblieben war, klopfte Fabrice auf die Schulter. »Gut gemacht.«

»Ja, das war klug.« Louise war erleichtert.

»Finde ich auch«, meinte Fabrice. »Louise, hilfst du uns bei der Beantwortung der Fragen? Möglichst so, dass der Mann endlich Ruhe gibt.«

Die nächste Stunde verbrachten sie mit Levevres Interview. Inzwischen hatte sich Dunkelheit übers Land gesenkt, und die dickbauchigen Kerzen tauchten den Raum in weiches Licht. Zum ersten Mal hatte Louise das Gefühl, wieder frei atmen zu können.

»Ich bin so froh, hier zu sein«, gestand sie beim Abendessen und nippte an dem Rotwein, den Sander ihnen zur Feier des Tages kredenzt hatte. »Die Atmosphäre auf der Station ist bedrückend. Selbst Talib redet nur mit mir, wenn ich ihn anspreche.«

In Fabrice' Blick lag Wärme, als er sein Glas hob. »Umso schöner, dass du heute hier zu Gast bist. *Santé!*«

Sander war der Erste, der sich zu später Stunde erhob. »Meine Lieben, seid mir nicht böse, wenn ich mich zurückziehe. Wir erwarten morgen früh eine Gruppe einflussreicher französischer Einwanderer, die sich den Citroën ansehen wollen. Du musst nicht dabei sein, wenn du nicht möchtest, Louise.«

»Ich wäre dir dankbar, wenn du mich vorher zurückbringen könntest.«

»Natürlich«, erwiderte er.

Mathieu folgte Sanders Beispiel, stand schwankend auf und hielt sich an der Tischkante fest. *»Bonne nuit.«*

Sander nahm den Fotografen am Arm und warf Fabrice und Louise im Gehen einen bedeutungsvollen Blick zu.

Die beiden Zurückgebliebenen sahen einander an. »Weißt du, was Sander uns mit diesem Blick zu verstehen geben wollte?«, fragte Louise verwirrt.

»Also wenn unser Missionar denkt, ich freue mich, einen Moment allein mit dir zu sein«, erwiderte ihr Kollege strahlend, »dann liegt er mit seiner Vermutung goldrichtig.«

»Fabrice!«, entfuhr es ihr.

»Das ist die Wahrheit, Louise. Aber lassen wir das. Ich beobachte dich schon den ganzen Abend. Du siehst aus, als ob dich etwas beschäftigt.«

Sie starrte ins Kerzenlicht.

Er tastete über den Tisch hinweg nach ihrer Hand, doch Louise entzog sie ihm. Wahrscheinlich hatte der Wein nicht nur seine Zunge gelöst, sondern ihn auch von der Schüchternheit befreit, die ihn üblicherweise in ihrer Gegenwart befiel. Einen flüchtigen

Augenblick verspürte sie den sehnlichen Wunsch, ihm ihre Gedanken und Sorgen anzuvertrauen. Von ihrem Verdacht zu erzählen, dass Adrien die Spendengelder absichtlich falsch verbucht hatte, und den Versuchen, über Talib und Nielsen Näheres herauszubekommen. Aber sie zog es vor zu schweigen. Seit sie sich erinnern konnte, hatte sie – obgleich sie es nicht verstand – bei Männern stets einen Beschützerinstinkt geweckt. Nun, in der Vergangenheit hatte sie keinen Beschützer gebraucht, und auch jetzt legte sie keinen Wert darauf. »Ich bin nur erschöpft«, antwortete sie ausweichend, hielt ihm ihr Glas hin, und er schenkte ihr nach. Die leichte Benommenheit gefiel ihr, sie machte ihren Kopf watteleicht und frei.

»Du musst besser auf dich aufpassen«, sagte Fabrice und musterte sie aufmerksam.

»Mach dir keine Sorgen«, wiegelte sie ab und erhob sich entschlossen. »Es ist schon spät, ich gehe jetzt schlafen. Bis morgen.« Doch sie hatte noch nicht den Flur erreicht, da fand sie sich unversehens in seiner Umarmung wieder. In Fabrice' Blick lag eine stumme Frage, als er ihr mit einer Zärtlichkeit über die Wange strich, die sie verlegen machte. »Vergiss nicht, ich bin immer an deiner Seite.«

In seinen dunklen Augen entdeckte sie goldene Pünktchen. Dass dieser sanftmütige und wirklich ansehnliche Mann in seiner Freizeit Autorennen fuhr, konnte sich Louise kaum vorstellen. »Danke. Gute Nacht«, flüsterte sie und machte sich von ihm los.

Louise stand vor dem hohen Spiegel in der Gästekammer und gähnte herzhaft, während sie ihre Hose zuknöpfte. Als sie sich zum Frühstück im Speiseraum einfand, war sie die Letzte, wofür sie den gutmütigen Spott ihrer Reisegefährten erntete.

Sie setzte sich neben Mathieu. »Wann treffen die Einwanderer ein?«, wollte sie von Sander wissen, der ihr eine Schale mit Reis und saftigen Geflügelfleischstückchen reichte.

»Am späten Vormittag. Die Männer kommen eigens aus Ambositra.«

Nach dem Frühstück wischte sich Sander mit einer Serviette über den Mund und erhob sich. »Wollen wir aufbrechen, Louise?«

Als sie hinter dem Missionar den Raum verlassen wollte, hielt Mathieu sie am Ärmel ihrer Bluse fest. »Wieso ziehst du keinen Rock an, meine Liebe?«

»Warum sollte ich das?«

»Eine schöne junge Frau wie du sollte ihre Vorzüge betonen«, säuselte der Fotograf, und schlagartig wurde ihre aufkeimende Sympathie für ihn erstickt. »Meinst du nicht auch?«

»Was fällt dir ein!«, sagte sie mit schneidender Stimme und riss sich los.

Im Flur traf sie Fabrice. Er musterte sie. »Ist alles in Ordnung?«

»Ja, gewiss«, zischte sie. »Ich wurde nur gerade gebeten, mir einen Rock anzuziehen, wie es sich für eine Frau geziemt.«

Er trat näher. »Wer redet denn so etwas?«

Sie hob eine Braue. »Dreimal darfst du raten.«

»Ich finde, du machst auch in Hosen eine bezaubernde Figur.«

»Und du entwickelst dich zum Schmeichler.«

Dennoch zauberten seine Worte ein Lächeln in ihre Mundwinkel.

Während der Missionar wenig später den Wagen Richtung Station lenkte, sagte er: »Am Sonntag wollen wir Pastor Olsens Abschied feiern. Überdies würde ich nach der Predigt gern eine Trauerfeier für Adrien und Rana abhalten. Nach dem Gottesdienst möchten wir ihre Gräber besuchen. Wäre das in deinem Sinne, Louise?«

Sie sah zu ihm auf. »Ja, gern.«

»Pastor Olsen und ich haben verstanden, dass es Jipa wichtig war, die beiden nach altem Ritus zu bestatten. Aber sie waren Christen, und als solche verdienen sie die besondere Aufmerksamkeit unserer Gemeinde. Ich könnte die Tanala aufsuchen und sie persönlich einladen. Was meinst du?«

Als sie den Vorplatz der Station erreichten, herrschte hektisches Treiben. Ein gutes Dutzend schwer beladener Träger näherte sich dem Affenhaus. Zwei von ihnen schulterten Holzbohlen. Jipa dirigierte die Männer, und Rado und Mamy brachten das Holz und die Säcke hinein.

»Sander, sieh nur. Baumaterial!« Ihre Stimme überschlug sich vor Begeisterung.

»Wie schön, liebe Louise. Ich freue mich für euch. Bis Sonntag dann.« Sander hupte und fuhr davon.

Vor dem Affenhaus traf sie auf Jipa. Er strahlte übers ganze Gesicht. »Mit freundlichen Grüßen von Monsieur Citroën! Es kommt sogar noch mehr, schreibt er. Wir können endlich vergrößern. Hilfst du mir, das ganze Zeug zu stapeln?«

»Sehr gern. Wo sind Talib und Nielsen?«

»Sie sind im Wald Holz fällen«, sagte er und streckte leise stöhnend seinen Rücken.

»Geh heute früher nach Hause und ruh dich aus«, bat Louise.

»Nein, ich habe heute die Wache übernommen. Ich mache jetzt ein Nickerchen in der Schreibstube.« Als er ihre zweifelnde Miene sah, sagte er leichthin: »Ist gar nicht so unbequem. Hab da schon viele Nächte verbracht.«

Nachdem die beiden das Baumaterial gestapelt hatten, steuerte Jipa auf das winzige Häuschen mit der Schreibstube zu. Louise warf einen sehnsüchtigen Blick zum Affenhaus und lief zu Adriens und Ranas Hütte. Es war das Beste, sich Nirina nicht mehr zu nähern, selbst wenn es ihr fast das Herz brach. Eine Pause würde auch ihr guttun. Sie ging in ihr Zimmer, schlüpfte unter die Decke und streckte mit einem wohligen Seufzer die Beine aus.

KAPITEL 22

Irgendwann in der Nacht schlich sich ein leises Rascheln in Louises Traum. Doch schon im nächsten Moment hüllte sie der Schlaf wieder in sein weiches Kleid, bis unvermittelt ein grausamer Schmerz durch ihren Körper schoss. Sie fuhr hoch, warf die Bettdecke von sich und erstarrte. Im Schein der Öllampe erkannte sie einen Skorpion, der über ihren Oberschenkel krabbelte, ein zweiter fiel mit einem kaum hörbaren Geräusch zu Boden. Louise stöhnte auf. Dann raubte ihr eine zweite, alles beherrschende Schmerzwelle die Stimme. Hilfe, schrie es in ihrem Inneren. Helft mir! Aber der Schrei drang nicht aus ihrer Kehle. Wie ein Sturm raste ein Brennen durch ihr Bein, züngelte und leckte an ihrem Fleisch und breitete sich in ihrem Inneren aus. Vom Rand ihres Bewusstseins fühlte Louise, wie der Schmerz sie hin- und herwarf, wie sie sich krümmte und wand, bis das gnädige Nichts sie einhüllte und ihr schließlich die Besinnung nahm.

Als Louise wieder zu sich kam, zitterten ihre Muskeln unkontrolliert. Ihre Lider waren bleischwer. Sie fühlte etwas Kaltes an ihrem Bein und schnappte nach Luft. Jemand tupfte den Schweiß von ihrer Stirn, sprach leise auf sie ein, aber sie erkannte die

Stimme nicht, die unablässig und monoton murmelte. Danach reizte ein undefinierbarer scharfer Geruch ihre Nase. Endlich öffnete sie die Augen, aber ihre Umgebung schien aus nichts als aus wabernden Schatten zu bestehen. Eine neue Schmerzwelle schoss durch ihr Bein, und sie sehnte sich nach der Ohnmacht zurück.

»Du musst etwas trinken«, forderte eine zweite Männerstimme sie auf. Gleich darauf hob jemand ihren Kopf.

Sie verzog das Gesicht. Was auch immer man ihr gerade einflößte, es schmeckte bitter wie Galle. Arme hielten sie, während sie sich nur Augenblicke später von Krämpfen geschüttelt in eine Schüssel erbrach. Ein feuchtes Tuch kühlte ihr erhitztes Gesicht.

»Kannst du mich verstehen, Mädchen?«

Als Louise blinzelte, nahm sie das verschwommene Gesicht des Tanala wahr. »Jipa«, flüsterte sie kaum verständlich. »Es tut so weh.«

»Ich weiß. Halt dein Bein still. Sieh nur, unser *Ombiasy* ist auch gekommen und wird dir helfen.«

Tianasoas Stimme klang weich, war mal ganz nah, mal weit entfernt. »Fällt dir das Atmen schwer?«

Louise verneinte. Das Bett schien sich auf einmal zu heben und zu senken. Zunächst langsam, dann zunehmend schneller, wie ein Spielzeugboot, das von den Wellen hin- und hergeworfen wurde. »Mir ist so … so schwindelig.«

»Das geht vorbei. Ich lege dir einen Verband an«, sagte der Schamane. »Jipa wird sich um dich kümmern. Ich sehe morgen wieder nach dir.« Der Stoff seines Lamba raschelte, als er etwas in einen Tonbecher goss und ihn ihr an die Lippen hielt. »Trink das. Das wird deine Beschwerden lindern.«

Schon füllte eine kühle Flüssigkeit ihren Mund, sie schluckte und spürte, wie der Besa-Besa wohltuend durch ihre Kehle rann. Anders als sonst machte er sie schläfrig, und Sekunden später fielen ihr die Augen zu.

Als sie das nächste Mal wieder zu Bewusstsein kam, war Nirinas eindringlicher Ruf das Erste, was sie deutlich wahrnahm. Ihr Zimmer war in diffuses Mondlicht getaucht, nur der schwache Schein der Öllampe auf ihrem Nachttisch warf ein wenig Licht auf die Gestalt neben ihrem Bett. Jipa saß zusammengesunken auf dem Schaukelstuhl. Sein Kinn war ihm auf die magere Brust gesunken, und er schnarchte mit offenem Mund, was Louise ein kleines Lächeln entlockte. Vorsichtig bewegte sie ihre Zehen. Der Schmerz hatte merklich nachgelassen, der Schwindel war verschwunden, und ihre Gedanken und Eindrücke klärten sich. Sie hob die Decke, ihr Oberschenkel war mit einer bräunlichen Paste und Blättern umwickelt und mit einem Tuch bedeckt.

Sie hatte jedes Zeitgefühl verloren und schielte zur Uhr. Es war früher Abend. Offenbar hatte sie den ganzen Tag geschlafen. Auf dem Nachttisch stand ein Krug mit Wasser, gierig stürzte sie einen Becher hinunter. Währenddessen versuchte sie fieberhaft, sich die Ereignisse vom Morgen ins Gedächtnis zu rufen, aber ihr Kopf war wie in Watte gehüllt. Der Anblick der Skorpione auf ihrer Haut allerdings hatte sich tief in ihre Erinnerung gebrannt. Als ein kühler Luftzug durchs Fenster strich, zog sie die Decke enger um sich.

Bei dem leisen Stöhnen, das ihr dabei entwich, fuhr Jipa hoch und trat an ihr Bett. »Louise, du bist ja wach. Wie geht es dir?«

»Viel besser. Ich habe Hunger.«

»Das ist ein gutes Zeichen. Ich hole dir etwas«, antwortete er mit einem strahlenden Lächeln und huschte flink wie ein Wiesel aus der Hütte.

Wenig später reichte er ihr ein kleines rundes Brot und eine Schale mit Datteln.

Louise dankte ihm.

Jipa beobachtete aufmerksam, wie sie aß. »Ich bin so froh, dass es dir besser geht. Ich hatte Angst. Du warst gar nicht richtig bei dir, als ich dich gefunden habe.« Seine Augen waren feucht. »Kannst du dich erinnern, was passiert ist?«

Louise schob sich ein Stück Brot in den Mund. »Ich habe geschlafen. Plötzlich bin ich aufgewacht, und da war ein heftiger Schmerz. Dann sah ich die beiden Skorpione.«

Seine Stirn umwölkte sich. »Waren es wirklich zwei?«

»Ganz sicher.«

»Ist es möglich, dass du noch im Halbschlaf warst? Manchmal lassen sich Traum und Wirklichkeit kaum unterscheiden.«

Statt einer Antwort lüftete sie die Decke, wies auf die Außenseite ihres Oberschenkels und auf eine Stelle eine Handbreit über dem linken Knie. »Zwei Stiche, Jipa. Ich kann sie deutlich fühlen.«

Der Tanala wollte zu einer Antwort ansetzen, da hörte sie sich hastig nähernde Schritte. Gleich darauf klopfte es. »Louise, bist du da?«

»Ja, bin ich.«

Oliver schüttelte seinen nassen Hut aus, bevor er eintrat. »Was für ein grausiges Wetter. Es schüttet seit Stunden wie aus Kübeln.« Seine Miene gefror, als er Louise bleich im Bett liegen sah und Jipa ihm kurz schilderte, was geschehen war.

Jipas Blick wanderte von einem zum anderen. »Ich bin im Affenhaus«, sagte er und huschte hinaus.

Oliver setzte sich mit ernstem Gesicht in den Schaukelstuhl. »Du bist tatsächlich von zwei Skorpionen gestochen worden?«

Louise rollte mit den Augen. »Ja, das hat Jipa auch schon nicht glauben wollen. Ich bin zwar angeschlagen, aber das bilde ich mir ganz sicher nicht ein.«

Er hob beschwichtigend die Hand. »Ich glaube dir ja. Das klingt nur so absurd.«

»Wieso denn?« Louise stopfte sich das Kissen in den Rücken.

»Skorpione sind in der Regel Einzelgänger, die eigentlich nur zur Paarungszeit aufeinandertreffen.«

»Wer weiß«, sie lehnte sich schwer gegen die Wand, weil sie plötzlich ein Schwächegefühl erfasste. »Vielleicht haben sie sich auf meinem Oberschenkel gepaart.« Sie zog eine Grimasse. »So weich und dunkel, wie es unter meiner Decke war.«

Sein tiefes Lachen hallte in ihr nach. »Jedenfalls scheinst du mir schon wieder fast die Alte zu sein.« Gleich darauf wurde er ernst. »Louise, ich sage es ungern, aber das geht nicht mit rechten Dingen zu.«

»Wie meinst du das?«

Er beugte sich vor. »Ziemlich auffällig, wenn gleich zwei Skorpione in deinem Bett sind, finde ich.«

Ein Schauer jagte ihr über den Rücken.

Er sah sie unverwandt an, während er weiterredete. »Dazu musst du wissen, dass die Stiche der Gattungen, die bei uns vorkommen, nur mäßig giftig sind.«

Auf einmal war es so still im Raum, dass Louise meinte, ihr Herz schlagen zu hören. »Einen Moment. Du meinst, jemand hat mir die Biester ins Bett gelegt, während ich geschlafen habe? Jemand, der sich mit ihnen auskennt, hat gleich zwei gefangen, damit ich auch wirklich krank werde?«

Oliver nickte finster. »Ein einzelner Skorpionstich hätte nur eine schmerzende Stelle hinterlassen.«

Er versank in Grübeleien, während Louise bis ins Innerste erschüttert aus dem Fenster starrte. Das musste ein Irrtum sein, ein unglückliches Zusammentreffen von Zufällen. Oder hatte sie sich das zweite Tier tatsächlich eingebildet, wie Jipa vermutet hatte?

»Denk nach, Louise«, riss Oliver sie aus ihren Gedanken. »Wer könnte dir schaden wollen?«

Louise hob die Schultern. »Weiß ich nicht«, stieß sie aus. »Ebenso wenig, wie ich mir vorstellen kann, wer Adrien und Rana getötet haben könnte. Es muss einen anderen Grund geben, warum …«

»Hast du eine Idee?«

Die Ereignisse der letzten Woche liefen noch einmal in rascher Folge vor ihrem geistigen Auge ab, doch sie schwieg.

»Was, wenn es eine Warnung war?« Oliver sah ihr in die Augen.

»Ja, vielleicht.« Louise stockte. Seine ungewöhnlich langen Wimpern gaben seinem scharf geschnittenen Gesicht mit der Narbe über der rechten Augenbraue etwas Weiches, ebenso die dunkle Haarsträhne, die ihm in die Stirn fiel. Er hatte schöne, sensible Lippen, die förmlich dazu einluden, geküsst zu werden.

Sie verstand sich selbst nicht mehr. Vor nicht allzu langer Zeit hatte sie ihn arrogant gefunden. Doch in diesem Moment entdeckte sie noch andere Züge an ihm. Jetzt stand Angst in seinen Augen. Angst um sie.

Sein Anblick brachte die Mauer, die sie um sich errichtet hatte, zum Einsturz. »Kann ich dir etwas anvertrauen? Du musst mir aber versprechen, niemandem etwas davon zu erzählen.«

»Ich schweige wie ein Grab«, erklärte er ernst. Louise getraute sich kaum, ihn anzusehen, während sie ihm von der unglückseligen Nacht mit der Fossa berichtete.

Sie starrte auf ihre Finger. »So, jetzt kannst du mir Vorwürfe machen.«

Er strich ihr sanft über die Hand, und die Berührung brachte etwas in ihr zum Klingen. »Warum sollte ich? Jeder macht mal Fehler.«

»Danke, Oliver. Ich will versuchen, Nirina auszuwildern.«

Er lächelte warm. »Gute Idee.«

»Da ist noch etwas«, setzte sie erneut an.

Von seinem Nicken ermutigt, berichtete sie ihm von den Gesprächen mit Nielsen und Talib hinsichtlich der Spenden.

»Wem hast du von den Gesprächen erzählt?«

»Niemandem außer dir.«

»Es freut mich, dass du mir vertraust. Fassen wir also zusammen: Du glaubst, Nielsen und Talib wissen etwas von Adrien, das mit den Morden in Zusammenhang stehen könnte. Und sie wollen verhindern, dass du mehr über diese Spendensache herausfindest, was wiederum darauf hindeutet, dass die Spendensache mit den Morden zu tun hat.«

»So ungefähr«, räumte sie ein.

»Sei ehrlich. Glaubst du, die beiden haben etwas mit der Angelegenheit zu tun?«, fragte Oliver leise.

»Natürlich nicht. Aber unter Umständen kennen sie einen Teil des Puzzles.«

»Nie im Leben! Sie würden dir doch nichts verheimlichen, sie wollen ebenso wissen, wer die beiden umgebracht hat.« Oliver wippte unentwegt mit den Füßen, was deutlich seine Nervosität verriet.

Plötzlich ging ein Ruck durch Louise. »Wäre es möglich, dass Adrien und Rana gegen einen *Fady* verstoßen haben?« Sie biss die Zähne zusammen und schob die Beine aus dem Bett. »Mussten sie deshalb sterben, und die Einheimischen wissen davon?«

Verdutzt starrte Oliver sie an. »Wer einen *Fady* missachtet, kann auf unterschiedliche Art bestraft werden. Du hast recht – so ein Tabubruch wäre eine Möglichkeit.« Er zog sie in die Höhe, und einen Moment lang war sie in seinen Armen.

Verlegen löste sie sich von ihm. Kurz wurde ihr schwarz vor Augen, sie atmete tief durch und humpelte zum Fenster. »Erzähl mir, was du über *Fadys* weißt.«

»Das ist nicht mit zwei Sätzen getan.«

Sie wies auf ihr verbundenes Bein. »Ich habe mehr Zeit, als mir lieb ist.«

»Na schön.« Er nahm Platz, reichte ihr einen Becher Wasser und etwas Obst. »Aber nur, wenn du dich wieder hinlegst.«

Widerwillig folgte sie seiner Aufforderung.

»In unserer Gegend ist es zum Beispiel verboten«, begann er, »ein bestimmtes Chamäleon zu berühren. Das bringt Unglück. Anderswo dürfen in einem Wald keine Blätter abgezupft oder es darf kein Schweinefleisch gegessen werden. In der Nähe von Antananarivo sind Salz und Zwiebeln *Fadys.* Das sind die harmlosen Beispiele, die man mit einer Opfergabe abbüßt.« Er wurde ernst. »Anders sieht es aus, wenn jemand bestimmte heilige Orte, Bäume oder Begräbnisstätten betritt. Mehr als einmal wurde eine Entweihung mit dem Leben bezahlt. Ich kannte mal einen jungen Mann, der irgendwann erhängt …«

»Bitte verschone mich mit Gruselgeschichten.« Louise fröstelte. »Das ist grausam. Woher soll man wissen, was man berühren darf und was nicht?«

»Das bringen die Eltern ihren Kindern bei. Die kleinen Kinder saugen die Kenntnis der *Fadys* praktisch mit der Muttermilch auf. Wenn sie erwachsen sind, geben sie ihr Wissen an die nächste Generation weiter.«

»Die Männer von der Station vertrauen dir«, warf Louise sinnierend ein. »Kannst du mal deine Fühler ausstrecken? Mit etwas Glück findest du ja einen neuen Hinweis, was mit Adrien und Rana geschehen sein könnte.«

»Ich probiere es. Versprechen kann ich leider nichts, die Madagassen sind verschwiegen, wenn es um ihre Riten geht, besonders uns Vertretern der Kolonialherren gegenüber.«

»Verständlich«, murmelte Louise.

Oliver betrachtete sie eingehend. »Du siehst müde aus. Ich lasse dich jetzt allein. Falls du etwas brauchst, ich bin vor der Tür.«

»Danke.«

Als Louise allein war, atmete sie auf. Endlich hatte sie Gelegenheit, die vielen verwirrenden Informationen zu überdenken. Alles in allem konnte sie froh sein, dass die Stiche keine schwerwiegenden Folgen nach sich gezogen hatten. Louise warf sich ihr Schultertuch um und wanderte durch den Raum, getrieben von einer Unruhe, die von Minute zu Minute wuchs. Sie hörte Jipa auf der Terrasse mit Oliver sprechen, danach waren nur noch die Tiere zu hören.

Der Stundenzeiger der Uhr schien sich kaum zu bewegen, während sie den Raum wieder und wieder durchmaß, in den dunklen Wohnraum trat, auf Adriens Kissen vor der erkalteten Kochstelle kauerte und Feuer machte. Als die Flammen emporzüngelten und ihre klammen Finger allmählich warm wurden, starrte sie gedankenverloren in die rote Glut und rief sich die letzten Begegnungen mit ihrem Bruder ins Gedächtnis. Adrien, was soll ich nur tun?, fragte sie in die nächtliche Stille.

KAPITEL 23

Bei Morgengrauen ging Louise leise nach draußen und stutzte, als sie Jipas zusammengerollte Gestalt neben Olivers Hängematte ausmachte. Auf Zehenspitzen schlich sie um die Hütte und ließ Wasser auf ihren Leib prasseln. Obwohl sie in der Nacht kein Auge zugetan hatte, fühlte sie sich wacher als je zuvor. Ihre Unruhe war vergangen und hatte einer neuen Gelassenheit Platz gemacht.

Als sie wenig später ihr feuchtes Haar bürstete, erwachte die Station allmählich zum Leben. Louise drapierte den zweiteiligen Stoff um ihren Körper, wie Rana es ihr gezeigt hatte, und fand Oliver und Jipa einträchtig auf der Terrasse sitzend vor. Ihre Unterhaltung verstummte.

»Guten Morgen. Möchte jemand Kaffee?«

»Ja, gern«, riefen die beiden wie aus einem Mund.

Kurz darauf kehrte Louise mit einem Tablett zu den Männern zurück.

»Was macht dein Bein?«, erkundigte sich Oliver.

»Wieso hast du den Verband abgenommen?«, fragte Jipa.

Sie schmunzelte. »Weil ich duschen wollte. Ich schwitze furchtbar unter dem Verband. Seht mich nicht so streng an. Es geht mir gut«, antwortete sie, reichte den Männern die Becher und setzte sich zu ihnen. »Ich habe einiges mit euch zu besprechen.«

Oliver sah sie fragend an. »Nur zu. Um was geht's?«

Louise nickte. »Unsere Arbeit, die Tiere und der Dschungel bedeuten mir selbst nach dieser geringen Zeit so viel mehr als alles, was ich bisher getan habe. Deshalb habe ich mich entschlossen, hierzubleiben und Adriens und Ranas Arbeit fortzusetzen. Natürlich nur, wenn du damit einverstanden bist, Jipa.«

Der Tanala verschluckte sich an seinem Kaffee, hustete, und Louise klopfte ihm auf den nackten Rücken. Unterdessen beugte sich Oliver zu ihr vor. »Das ist nicht dein Ernst. Nicht nach allem, was passiert ist.«

Da Louise fürchtete, Oliver könnte etwas entwischen, was dem alten Mann nur unnötig Sorgen bereiten könnte, warf sie ihm einen warnenden Blick zu. »Doch, trotz alledem.«

Jipa hatte sich wieder beruhigt und wischte sich ein paar Kaffeespritzer von der Brust. »Das musst du mir erklären. Was … was wird aus deiner Arbeit in Paris? Was ist mit deinen Eltern? Du sollst doch in zwei Wochen zurückreisen.« Er lehnte sich gegen einen der Pfeiler, ein Bild der Fassungslosigkeit.

Louise streckte die langen Beine aus und machte eine ausholende Geste. »Ich kann nicht abreisen und so tun, als hätte ich das alles hier nie erlebt. Abzureisen bedeutet für mich, im Stich zu lassen, was du und mein Bruder, Rana und all die anderen aufgebaut haben. Wofür ihr täglich kämpft und auf Annehmlichkeiten verzichtet, damit es den Tieren an nichts fehlt.« Sie verstummte, spürte ihr Herz heftig gegen die Rippen schlagen. Doch diesmal war es ein freudiges Pochen, das ihr beinahe den Atem nahm. »Adrien hätte es so gewollt.«

»Da bin ich mir sicher.« Jipas Hände zitterten, als er vorsichtig einen Schluck Kaffee trank. »Dein Entschluss rührt mich, ich weiß gar nicht, was ich sagen soll.« Oliver hingegen zeigte keine Regung. Wahrscheinlich hielt er sie für völlig übergeschnappt.

»Dein Engagement in allen Ehren«, erklärte er nach einer kurzen Pause ruhig. »Trotzdem möchte ich dich daran erinnern, dass du in der Materie fremd bist. Der Posten erfordert gute kaufmännische und zoologische Kenntnisse, auch damit die Arbeit hier und in deiner Heimat wahrgenommen und akzeptiert wird.«

»Vergiss bitte nicht«, warf Louise ein, »dass auch Adrien keine Vorkenntnisse besaß.«

»Das stimmt, allerdings verfügte Rana über das Geheimwissen der Tanala und genoss großes Ansehen«, erwiderte Oliver.

Als sich Louise erhob, stand auch er auf und umfasste ihre Arme. »Bitte nimm mir meine Einwände nicht übel. Ich möchte nur offen sein.«

Ihr gelang es nicht, dem intensiven Blick aus seinen grünen Augen auszuweichen.

»Weißt du, worauf du dich einlässt?«, raunte er.

Seine Hände an ihren Oberarmen jagten Hitze bis in ihre Fußspitzen. »Ja«, erklärte sie. Mit leisem Bedauern befreite sie sich von ihm und wandte sich Jipa zu. »Ich brauche deine – eure Hilfe. Darum möchte ich gleich ein Treffen mit allen Mitarbeitern einberufen.«

Der alte Tanala versuchte zu lächeln. »Gut.« Er stellte seinen Becher ab und ging auf die kleine Schreibstube zu.

Als sie sich Oliver wieder zuwandte, sah sie, dass er sie die ganze Zeit beobachtet hatte. Sein Blick machte sie nervös.

»Sieh mich nicht so an«, entfuhr es ihr.

Plötzlich riss er sie an sich und senkte seine Lippen auf ihren Mund. Louise wäre ein überraschter Ausruf entwichen, hätte er ihre Lippen nicht wie mit einem Siegel verschlossen. Stocksteif verharrte sie in seiner Umarmung, hin- und hergerissen zwischen der mahnenden Stimme in ihrem Kopf, die flüsterte, ihn besser auf Abstand zu halten, und dem Wunsch, sich wenigstens für einen Augenblick in der Wärme seiner Umarmung zu verlieren. Seine Lippen waren weicher und zarter, als sie es sich vorgestellt hatte. Es war keiner jener Küsse, die wie ein tosendes Meer über einen hereinbrachen und jeden klaren Gedanken auslöschten. Viel eher hatte sie das Gefühl, er wäre von seinem Gefühlsausbruch selbst erstaunt. Ohne dass sein Kuss drängender wurde, hielt er sie fest. Ehe sie erfasste, was sie tat, lehnte sie sich an ihn, atemlos, und ließ sich von seiner Zärtlichkeit einhüllen.

Als ihr mit dem nächsten Wimpernschlag ihre Umgebung wieder bewusst wurde, machte sie sich von ihm frei. »Was fällt dir ein, mich zu küssen? Vor allen Leuten?«

Oliver grinste und wies auf das üppige Astwerk des Flammenbaums, das sie vor neugierigen Blicken schützte. »Hier sieht uns doch keiner.«

Louise wusste nicht, was sie wütender machte – dass er sie einfach küsste oder dass ihr Körper bei seiner Liebkosung weich wie Butter geworden war. Sie stieß mit dem Zeigefinger gegen seine Brust. »Zum Mitschreiben, Oliver. Ich bin keine Frau, nach der du einfach schnippen oder greifen darfst.«

Er hielt ihre Hand fest umklammert. »Als ob ich das im Sinn hätte.«

Louise konnte nicht mehr zurück. »Ich habe mit eigenen Augen gesehen, wie du die Tänzerinnen bei der Hochzeit angesehen hast. Aber bitte, du bist ein freier Mann und kannst tun, was dir beliebt. Mich fasst du aber nie wieder an.«

»Schade. Dabei hatte ich das Gefühl, es gefällt dir.« Sein Grinsen vertiefte sich. »Bist du etwa eifersüchtig?«

Seine Unverfrorenheit machte sie sprachlos. Noch bevor sie reagieren konnte, warf er sich ein Handtuch über die Schultern und steuerte auf die Außendusche zu. Rasch verdrängte Louise den Gedanken an seinen nackten muskulösen Körper und stürzte den Rest Kaffee hinunter.

Talib, Nielsen, Mamy und Rado hörten reglos zu, während Louise ihnen wenig später ihre Pläne mitteilte. »Mich in die Buchführung einzuarbeiten dürfte zu bewerkstelligen sein.« Sie blickte dem Tierarzt offen ins Gesicht. »Ich brauche insbesondere Ihre Hilfe, ich möchte alles über die Pflege und Haltung von Lemuren erlernen. Sofern Sie Lehrbücher besitzen, wäre ich Ihnen dankbar, wenn Sie sie mir zur Verfügung stellen würden.«

Nielsen erwiderte ihren Blick ungerührt und deutete eine Verbeugung an. »Wie Sie wünschen.«

Oliver und Jipa gesellten sich zu ihnen.

»Talib«, fuhr sie fort, »von dir möchte ich alles über Behandlungsmöglichkeiten lernen und wie du unsere Tiere auf ihr Leben in Freiheit vorbereitest.«

Ihr Blick wanderte zu Mamy und Rado, die mit gesenktem Kopf, die Arme auf dem Rücken verschränkt, zugehört hatten.

»Ich hoffe, die Station kann weiter auf euch zählen. Ohne euch schaffen wir es nicht.«

Die Einheimischen nickten zögernd.

»Louise hat meine volle Unterstützung«, meldete sich Jipa zu Wort. »Ich freue mich über ihren Entschluss und werde ihr helfen, so gut ich kann. Das wäre vorerst alles. Zurück an die Arbeit.«

Sie sah den Männern nach, die sich wortlos ihrem Tagewerk zuwandten.

Oliver nickte anerkennend. »Gut gemacht. Auf dich kommt eine schwierige Zeit zu.«

»Nicht nur auf der Station«, bekannte Louise und spürte, wie ihre Kehle eng wurde. »Ich muss mit meinen Eltern und Monsieur Citroën sprechen.« Der Tag versprach heiß zu werden, und sie pustete sich eine Haarsträhne aus der Stirn. »Man sieht sich«, warf sie Oliver im Vorbeigehen zu und humpelte zu Nirina.

Einige Zeit später sah sie Tianasoa vor der Terrasse.

»Louise, wie geht es dir?«, begrüßte er sie mit einem Blick auf ihr Bein. »Ich möchte mir die Verletzung ansehen.«

»Bitte kommen Sie«, sagte sie und ging in die Hütte.

Der Schamane wirkte zufrieden. »Das Bein ist an den Einstichstellen zwar noch rot und geschwollen, aber das klingt in den nächsten Tagen ab.« Er bestrich die Wunden mit einer hellen Paste und legte einen neuen Verband an. Sein Blick wurde streng. »Du musst den Verband tragen und gut auf dich achtgeben. Böse Kräfte sind hier am Werk.« Er griff in seinen Beutel und reichte ihr einen Gegenstand an einer Baumwollschnur. »Das ist ein *Ody.* Ich habe ihn zu deinem Schutz geweiht.«

Bei genauerer Betrachtung entpuppte sich das Geschenk als ein grob geschnitztes und gebranntes Rinderhorn. Im Inneren waren zwischen einer Lehmpaste Münzen, Splitter von Bergkristallen und ein winziges Werkzeug zu erkennen. Louise fragte sich, was sich noch alles darin befand. »Danke, Tianasoa«, sagte sie gerührt.

Er legte ihr das Amulett um den Hals. »Trage es immer bei dir. Wann reist du ab?«

Tianasoas Miene nahm einen geistesabwesenden Zug an, als sie ihm von ihrem Vorhaben berichtete. »Unter diesen Umständen wirst du den Ody umso dringender benötigen.« Er tastete nach ihrer Hand und hielt sie ins Licht.

Louise wusste nicht, was er in den Linien zu erkennen glaubte, aber ein Lächeln trat auf seine Lippen. »Ich weiß, es klingt vermessen, weil ich keine Tanala bin«, eröffnete sie. »Aber mir wäre leichter ums Herz, wenn Sie mir Ihr Einverständnis geben, dass ich Adriens und Ranas Arbeit fortsetze.« Warum nur hatte sie stets das Gefühl, er könne ihr bis auf den Grund der Seele blicken?

»Du bist eine mutige junge Frau.« Seine Stimme klang verwaschen, als wenn er aus tiefem Schlaf erwachte. »Ich werde die Sterne nach einem günstigen Tag für die Segnung befragen.«

Freude wallte in ihr auf. »Danke. Das bedeutet mir viel.«

Der Schamane wies auf das Rinderhorn. »Du schläfst schlecht. Leg den Ody unters Kopfkissen. Mögen die Ahnen über dich wachen.« Er ließ sie gedankenversunken zurück.

Draußen hielt sie nach Oliver Ausschau, konnte ihn jedoch nirgends entdecken. Als die Arbeiter einer nach dem anderen die Station verließen – Rado hatte die Wache übernommen –, fand Louise vor der Hütte ein Bündel mit Büchern vor, allesamt Fachliteratur zur Tierhaltung und Tierpflege sowie eins, das sich mit der Insel und ihrem Artenreichtum beschäftigte. Zu ihrer Erleichterung waren sie auf Französisch verfasst. Bald darauf saß sie in der Schreibstube am Tisch, in ein Werk über die artgerechte Haltung von Halbaffen vertieft, und machte sich Notizen.

Es war Abend geworden, und die Lemuren wurden munterer. Louise entzündete eine zweite Öllampe und stellte sie dicht vor sich auf den Schreibtisch. Durch das Fenster sah sie Rado, der mit einer Laterne in der Hand seinen Kontrollgang aufnahm. Wenn sie sich konzentrierte, konnte sie trotz der Schreie der Tiere das Knirschen seiner Schritte auf dem Sandplatz hören.

Dann verklangen sie, wahrscheinlich schlug er sein Nachtlager vor dem Affenhaus auf.

Louises Augen brannten vor Müdigkeit, doch sie wollte das Kapitel über die Käfighaltung unbedingt noch zu Ende lesen. Rasch kippte sie einen Becher starken schwarzen Tee hinunter und blätterte die Seite um.

Ein Geräusch ließ sie innehalten. Da waren Schritte. Schritte, die sich eilig entfernten. Im nächsten Augenblick war es wieder still. Louises Herz klopfte zum Zerspringen. Rasch warf sie sich ihr Schultertuch um, griff nach der Öllampe und ging zur Tür hinaus. Die Station lag verlassen vor ihr.

Louise rief leise nach Rado, erhielt jedoch keine Antwort, weshalb sie sich in Richtung von Adriens Hütte wandte, aus der sie die Geräusche vernommen hatte.

Olivers Hängematte bewegte sich im böigen Wind. Die Holztür stand offen und knirschte in den Angeln. Louise blieb stehen. Sie war sich ganz sicher, die Tür geschlossen zu haben. Zögernd trat sie sie vollends auf und leuchtete ins Innere. Sie stieß einen spitzen Schrei aus und starrte auf die Bücher, Körbe, Wäsche und Kochutensilien, die wild verstreut auf dem Boden des Wohnraums lagen. Die Hütte sah aus, als wäre ein Zyklon durch sie hindurchgefegt. Jede Schublade, jeder Schrank war geplündert worden, selbst die Matratzen standen hochkant vor dem Bett. Einer plötzlichen Eingebung folgend, lief sie in ihr Zimmer, hob das Kopfkissen und erstarrte. Tianasoas Ody war verschwunden. Louise schrie erneut, und im nächsten Moment legten sich Arme auf ihre Schultern. Sie fuhr herum und blickte in Olivers Gesicht.

»Das Amulett, das mir der Schamane geschenkt hat. Es ist verschwunden«, wisperte sie.

Seine Züge waren wie versteinert. »Hat Tianasoa gesagt, um welchen Zauber es sich dabei handelt?«

»Er soll mich vor dem Bösen bewahren.«

»Komm mit nach draußen«, sagte er und führte sie ins Freie, wo sie Rado trafen.

Oliver redete mit ihm. »Dein Schrei hat ihn geweckt. Er fragt, was los ist. Ich habe ihm alles erzählt und ihn gebeten, dass er sich das Malheur ansieht«, erklärte er ihr. »Dann haben wir einen Zeugen, der unsere Aussage im Zweifelsfall bestätigen kann.«

Louise lachte bitter. »Die Gendarmerie hat sich bisher nicht für die Morde interessiert. Meinst du etwa, der Einbruch kümmert sie?«

»Schaden kann es nicht, sie zu informieren«, entgegnete er ruhig.

Rado kam bleich aus der Hütte wieder heraus und schlängelte sich mit finsterer Miene an ihnen vorbei zum Affenhaus.

Oliver legte ihr seine Jacke um die Schultern.

Sie dankte ihm. »Es sieht aus, als hätte jemand etwas gesucht.«

»Fehlt denn etwas?«

Louise schloss kurz die Augen. »Ich weiß nicht.«

»Ganz ruhig. Wo bewahrst du dein Geld auf?«

»In … in einer Seitentasche des Koffers.« Mit unsicheren Schritten ging sie zu ihrem Reisegepäck, das neben dem Schrank stand. Das Schloss schnappte mit einem leisen Klicken auf. »Es ist weg.«

»Sag bitte nicht, du hast dein gesamtes Geld in dem Koffer aufbewahrt!«, rief Oliver entsetzt.

Statt ihm zu antworten, wühlte Louise hektisch in einer Tasche, die sie unter das Bett geschoben hatte. Wenig später ließ sie sich erlöst in den Schaukelstuhl sinken. »Das meiste haben sie nicht gefunden.«

»Glück gehabt, Louise. Wahrscheinlich hat der Täter vor Wut die Hütte verwüstet, weil er nicht genügend Wertsachen gefunden hat.«

Mühsam hob sie den Kopf. »Ich fürchte, so einfach ist das nicht, Oliver. Das verschwundene Amulett ist ein Zeichen. Das muss jemand getan haben, der seine Bedeutung kennt. Ein abergläubischer Mensch, der den Schutzzauber aufheben will.«

»Du meinst, es war ein Tanala?«

»Möglich wäre es. Ich kenne mich einfach nicht mehr aus und habe es satt, ständig Angst zu haben.« Es fiel ihr unendlich schwer, die Gedanken auszusprechen, die ihr seit dem Moment, in dem sie die Hütte betreten hatte, durch den Kopf spukten. »Jemand droht mir, mich ebenfalls umzubringen. Das sagt mir mein Gefühl.«

Er beugte sich zu ihr hinunter. »Das wird ihm nicht gelingen, hörst du? Ich bleibe bei dir. Morgen früh spreche ich mit Nielsen und Jipa.«

Louise wehrte entsetzt ab. »Um Himmels willen, lass Jipa aus dem Spiel.«

Diesmal blieb ihr Protest ohne Wirkung. »Doch, das werde ich tun«, widersprach Oliver entschieden. »Er hat ein Recht darauf zu erfahren, was hier vor sich geht. Keine Widerrede!« Damit ließ er sie allein und kehrte gleich darauf mit seinem Schlafsack zurück.

Entgeistert sah sie zu, wie er ihn an der Fensterseite neben ihrem Bett ausbreitete. »Ich will nicht, dass du in meinem Zimmer übernachtest. Kommt gar nicht infrage.«

Mit zusammengekniffenen Lippen baute er sich vor ihr auf. »Das ist mir herzlich egal, Louise. Solange ich auf der Station bin, wirst du meine Gesellschaft ertragen müssen.«

Nicht zum ersten Mal fehlten ihr in seiner Gegenwart die Worte. Es gelang ihm immer wieder, sie zu verunsichern. Aber als sie die Zuneigung in seinem Blick erkannte, wurde sie ruhiger. »Warum tust du das eigentlich alles?«

Er ging vor ihr in die Hocke und rang sichtlich mit sich. »Weil ich mich in dich verliebt habe.«

Louise schnappte überrascht nach Luft.

Oliver küsste ihre Handfläche. »Mir passt das auch nicht. Aber ich kann nichts dagegen tun. Du bist ständig in meinen Gedanken, ich tue Dinge, die ich nie zuvor getan habe. Statt mich um mein eigenes Leben zu kümmern, kann ich es kaum erwarten, dich wiederzusehen. Und das, obwohl du nichts von mir wissen willst. Zu allem Überfluss mache ich mich jetzt auch noch lächerlich.«

Bewegt lauschte sie seinen Worten. In seinem Gesicht spiegelten sich Widerstreben und Hingabe.

»Du spielst mit dem Feuer«, raunte sie und konnte dennoch nicht verhindern, dass ihr das Blut schneller durch die Adern floss. Es gelang ihr kaum, einen klaren Gedanken zu fassen. Alles, wonach sie sich in diesem Moment sehnte, war, seine Lippen zu erkunden und sich den Empfindungen hinzugeben, die er in ihr weckte. Als sie sich unter Aufbietung ihres letzten Widerstands von ihm löste, fröstelte sie. »Nimm deinen Schlafsack und geh.«

»Nein«, murmelte er an ihrem Ohr. Bevor sie antworten konnte, küsste er ihren Hals, flüsterte etwas, das sie nicht verstand, und zog mit seinem Mund eine heiße Spur bis hinunter zu ihrem Schlüsselbein. Mit geschlossenen Lidern fühlte sich Louise dem Sturm, den seine Berührungen in ihr auslösten, hilflos ausgeliefert. Sie erschauerte, als sich seine Arme um sie schlossen und er seine Lippen auf ihren Mund senkte. Einen Augenblick lang wurde sie sich ihrer Lage bewusst, allein in der Hütte mit ihm, ihr hämmerndes Herz und ihr Körper, der sich an ihn presste, als führte er ein Eigenleben. Doch schon mit dem nächsten Atemzug schmolzen ihre Bedenken in der Hitze, die sein fordernder Mund ausstrahlte. Ihre Welt schien auf diese Hütte zu schrumpfen, wurde zu einem eigenen Universum, in dem niemand sonst existierte. Nur ihr heftiger Atem zerschnitt die flirrende Luft zwischen ihnen. Wie von selbst legten sich ihre Arme um seinen Hals, zogen ihn an sich heran. Sie atmete seinen Duft ein, spürte seine Haut, während Oliver den Knoten löste, der den Stoff ihres Oberteils in der Taille festhielt. Als es zu Boden fiel, stand sie auf und sog seinen Blick, der streichelnd über ihren Körper wanderte, erregt in sich auf. Unter halb gesenkten Lidern machte sie einen Schritt auf ihn zu und nestelte dabei an dem Knoten ihres Rocks. Oliver wollte nach ihr greifen, doch sie bedeutete ihm zu warten. Mit empfindsamen Fingern zeichnete sie die Linien seines Gesichts und seiner Schultern nach. Die ersten beiden

Hemdknöpfe lösten sich, und nur Wimpernschläge später streifte sie es von seinen Schultern. Ihre Lippen fanden sich zu einem atemlosen Kuss, dann zog sie ihn zu sich aufs Bett.

Hellwach und aufgewühlt bis ins Innerste, starrte Louise Stunden später erst in den Nachthimmel, dann auf Olivers entspannte Züge. Lange Zeit hatte sie nicht wahrhaben wollen, warum Oliver stets heftige Gefühle in ihr ausgelöst hatte. Obgleich sie sich immer wieder über ihn ärgerte, war er jedes Mal zur Stelle, wenn sie Hilfe brauchte.

Aber mehr als diese eine gemeinsame Nacht durfte nicht sein. Er schien gern zu flirten und war zu attraktiv, als dass sie ihn für sich allein hätte haben können. Zumal er als Reiseleiter bestimmt viel unterwegs war. Und für eine Affäre, die in der Regel unschön endete, war sie sich zu schade. Eines Tages würde es ihn woanders hinziehen, wo er den Sommerfrischlern die Schönheit des Landes zeigte. Wenn für sie beide der Tag des Abschieds gekommen war, sollte jeder in sein ihm vorbestimmtes Leben zurückkehren. Die Erinnerungen würden bleiben, die konnte ihr niemand je nehmen. Eines Tages, wenn sie alt und grau war, würde sie ihren Freundinnen von dem Reiseleiter erzählen, der ihr die Schönheit und den Zauber des Dschungels gezeigt hatte – und wie es war, sich begehrenswert und geliebt zu fühlen. Die Vorstellung löste Wehmut in ihr aus.

Louise schlich hinaus, um sich zu erleichtern. Als sie leise wieder unter die Decke schlüpfte, nahm er ihre Hand und zog sie an sich. »Warum schläfst du nicht?«

»Mir gehen zu viele Gedanken durch den Kopf«, gestand sie.

Er strich ihr eine blonde Strähne aus dem Gesicht. »Grübeln kannst du auch am Tag. Du bist hier sicher. Schlaf noch ein wenig.«

»Wenn das so einfach wäre«, murmelte Louise und küsste ihn. Wenn es schon ihre einzige Nacht bleiben würde, warum sie nicht bis zum Ende auskosten? Lächelnd fühlte sie, wie sich sein Herzschlag unter ihren Fingern beschleunigte. Sie beugte sich über ihn und vergrub die Finger in seinem vollen Haar.

KAPITEL 24

Das erste Morgenlicht warf einen rötlichen Schimmer auf Olivers Haar. Sein Anblick löste einen süßen Schmerz in Louise aus. Die Erinnerungen an die vergangenen Stunden mit all ihren verwirrenden Empfindungen zogen noch einmal an ihr vorüber. Plötzlich war es ihr, als würde man einen Vorhang von ihren Augen ziehen. Was hatte sie sich nur gedacht? Wie sollte sie ihm wieder gegenübertreten, ohne an die gemeinsame Nacht zu denken? Das hätte nie passieren dürfen, durchzuckte es sie. Schließlich war sie eine erwachsene Frau und kein naiver Backfisch, der nicht wusste, worauf er sich einließ.

Oliver bewegte sich im Schlaf und tastete nach ihr. Wie gern würde sie ihn jetzt berühren. Ihre Fingerspitzen prickelten, sie sehnte sich danach, sich an ihn zu schmiegen. Wenn sie den letzten Rest Selbstbeherrschung nicht verlieren wollte, musste sie sich von ihm fernhalten – jetzt und in Zukunft. Die vergangene Nacht konnte sie nicht ungeschehen machen und wollte es nicht einmal, dafür war sie zu berauschend gewesen. Aber sie musste um jeden Preis verhindern, dass Oliver sich in ihr Herz schlich und sie sich nach etwas sehnte, was er ihr nicht geben konnte.

Als Louise spürte, dass er allmählich erwachte, stellte sie sich schlafend. Leise stand Oliver auf, und kurz darauf hörte sie das Plätschern der Dusche. Sie blinzelte hinaus. Nicht mehr lange und Rado würde seine letzte Runde drehen. Rasch stand sie auf, wusch sich und schlüpfte in ihre Hose. Sie knöpfte gerade ihre Bluse zu, da betrat Oliver die Hütte, ein Handtuch um die Hüften geschlungen.

Er machte Anstalten, sie zu küssen, doch Louise wies mit dem Kopf zu Rado, der in diesem Moment mit seiner Laterne aus dem Affenhaus trat und über den Vorplatz lief.

Olivers Lachfältchen vertieften sich. »Ich würde gern heute noch bleiben, wenn du nichts dagegen hast.«

»Sicher. Warum nicht?«, erwiderte sie beiläufig. Louise betrachtete seine muskulösen Arme und wandte sich rasch ab. »Ich muss mich ums Frühstück kümmern.«

»Nicht so schnell.« Er drehte sie sanft herum und machte Anstalten, sie zu küssen, doch sie entzog sich ihm und ging hinaus. Vorsichtig stieg sie über einen Wäschehaufen und entfachte ein Feuer an der Herdstelle. Aus geriebenen Süßkartoffeln, Eiern und Milch bereitete sie kleine Pfannkuchen zu und schnitt Früchte in mundgerechte Stücke.

Während sie aßen, suchte Oliver immer wieder ihren Blick, aber sie wich ihm aus.

»Da kommt Jipa«, sagte Oliver und wies mit dem Kopf auf die schmale Gestalt, die sich von dem grünen Dickicht her näherte.

»Ich rede mit ihm.«

Er nickte.

»Guten Morgen«, begrüßte Jipa sie beide. Dann sah er Louise prüfend an. »Ist etwas?«

Sie stand auf. »Ich muss dir etwas zeigen.« Ohne seine Reaktion abzuwarten, drehte sie sich um und blieb in der Tür zur Hütte stehen.

Jipa entfuhr ein Ausruf des Entsetzens. Sein Kiefer mahlte, als er das Bild mit verengten Augen in sich aufnahm.

»Es muss passiert sein, während ich gestern in der Schreibstube über den Lehrbüchern gesessen habe.« Den Verlust ihres Amuletts und das fehlende Geld behielt sie für sich.

Der Tanala drehte sich zu ihr um. »Du schläfst bitte ab sofort bei uns im Dorf.« Seine Stimme bebte vor Erregung. »Nicht eine Nacht verbringst du mehr auf der Station.«

»Das kommt nicht infrage«, antwortete sie bestimmt. »Ich lasse mich nicht von hier vertreiben.«

Jipa stemmte die Hände in die mageren Hüften. »Das ist mein voller Ernst. Ich will nicht, dass dir weiter Angst eingejagt wird. Wer weiß, was der Täter noch im Schilde führt.«

Louise hob die Scherben einer Tonschale auf. »Ich danke dir für deine Besorgnis, aber ich schaffe jetzt Ordnung und mache weiter, als wäre nichts passiert.«

Der Tanala schürzte die Lippen. »Deine Eltern hatten es nicht leicht mit dir, wie? Hör auf meinen Rat und versuche einen Moment nicht so stur zu sein.«

»Nein. Wäre Adrien etwa ausgezogen, Jipa?«

Der alte Mann hob eine Braue. »Das weiß ich nicht, aber ich hätte ihm in jedem Fall dazu geraten.«

»Ich überlasse die Hütte doch nicht sich selbst und warte, bis sie hier alles zerstört haben.«

Draußen setzte sie sich wieder auf die Terrasse.

Jipa brachte ihr einen Becher Tee, der erst genießbar war, nachdem sie ihn mit Milch verdünnt hatte.

»Denk über meine Worte nach, bevor du dich entscheidest«, sagte er. »Oliver, hilfst du mir beim Anbau? Zwei starke Hände mehr können wir gut gebrauchen.«

»Gern.« Oliver trat zu Louise. »Gönn dir etwas Ruhe. Die Skorpionstiche sind noch nicht vollständig verheilt.« Damit gingen die beiden Männer zu der Baustelle.

Oliver zog sein Hemd über den Kopf und stellte mit Jipas Hilfe einen Stützpfeiler für den Anbau auf, während sich Louise den genüsslichen Moment gönnte, das Spiel seiner Muskeln zu verfolgen.

Nach einer Weile ging sie hinein und fing an aufzuräumen. Ihr Blick wanderte über den Boden, wo Ranas Nachthemd unter einem Kopfkissen hervorlugte und die anderen Kleidungsstücke verstreut herumlagen. Es muss sein, sprach sie sich selbst Mut zu und stopfte die Sachen in einen großen Sisalsack. Später würde sie alles verbrennen müssen, denn sie glaubte nicht, dass die Tanala die Kleider einer Toten als Geschenk annahmen. Was zerbrochen war, warf sie in einen Korb. Danach legte sie die Matratzen an ihren Platz zurück und sortierte die Kochutensilien wieder ins Regal. Bilder der ersten Begegnung mit Rana standen ihr auf einmal vor Augen. Entschlossen trocknete sie ihre Tränen und fuhr fort.

Louise wischte sich Schweißperlen von der Stirn. Die Sonne stand bereits hoch am Himmel, und sie hatte Hunger.

Mit einer Schale Süßkartoffeln, Knoblauch und Gemüse trat sie ins Freie. Weil sie zur Abwechslung das Essen über dem Feuer rösten wollte, schnitt sie das Gemüse und die Kartoffeln in gleichmäßig große Stücke und spießte sie mit dem Knoblauch auf kleine Holzstäbe. Obwohl es sie große Überwindung gekostet hatte, die Kleidung von Rana und Adrien fortzuräumen, fühlte sie Erleichterung, sie nicht mehr sehen und den Schmerz über ihren Anblick immer aufs Neue ertragen zu müssen.

Um sich abzulenken, sah sie Talib zu, der mit einem der Lemuren, den er angeleint hatte, vor dem Affenhaus trainierte. Offenkundig war das Tier besonders gelehrig, denn welche Konzentrationsübungen Talib ihm auch aufgab, der Lemur begriff schnell und ahmte seinen Pfleger nach. Zu guter Letzt bekam das Tier eine Belohnung.

Während Louise verfolgte, wie Talib den Lemuren zurück ins Affenhaus brachte, hörte sie ein Wiehern. Gleich darauf entdeckte sie auf dem Vorplatz den hochgewachsenen Mann in der Kleidung der Hova und mit den beiden Pferden, mit dem Adrien weggeritten war. Ihr Messer fiel mit einem dumpfen Ton auf den Boden der Terrasse.

Jedes Detail prägte sich ihr ein. Die stolze Haltung des Hova, die Lässigkeit, mit der er wartete.

Ihr wurde abwechselnd heiß und kalt. Sie musste etwas tun, irgendetwas. Der Mann hielt das zweite Pferd locker an einem Seil. Sie blickte sich fieberhaft um. Niemand schien von dem Fremden Notiz zu nehmen.

Entschlossen ging sie auf ihn zu. Dass ihre Hände feucht vor Nervosität wurden, bemerkte er glücklicherweise nicht. »*Bonjour,* Monsieur«, begrüßte sie ihn höflich. »Mein Name ist Louise Bernard. Sie suchen bestimmt meinen Bruder Adrien.«

Missbilligend wanderte sein Blick zu ihren Beinkleidern. »Ich bin Latif. Richtig. Mein Französisch nicht gut, Mademoiselle. Wann kommt Adrien?«

»Mein Bruder ist leider verhindert und lässt sich entschuldigen. Er bat mich, ihn in seinen Angelegenheiten zu vertreten.« Louise verstand selbst nicht, woher sie ihre Tollkühnheit nahm, doch die Worte gingen ihr ohne Stocken über die Lippen, so als hätte sie sie sich lange vorher zurechtgelegt. Sie durfte jetzt nicht den Hauch eines Zweifels über ihre Beweggründe aufkommen lassen, deshalb zwang sie sich, seine Musterung gelassen hinzunehmen.

»Ich nicht verstehen. Nichts für Frauen.«

»Adrien sagte, ich kann Ihnen vertrauen. Sie kennen sich in allem bestens aus.«

»Aber Ritt lang, schwer für Frau.«

Der Mann gab sich keinerlei Mühe, seine Skepsis zu verbergen. Louise setzte ihre treuherzige Miene auf, die ihr zwar verhasst war, aber selten ihr Ziel verfehlte. »Wenn ein erfahrener Mann wie Sie mich begleitet, brauche ich mich nicht zu sorgen. Adrien verlässt sich auf uns.«

»Gut. Dann aufsteigen bitte. Wenig Zeit.«

Louise biss sich auf die Lippen und warf einen raschen Blick zum Affenhaus. Sie stieg auf das zweite

Pferd und umklammerte die Zügel. Hoffentlich konnte sie sich irgendwie auf dem Pferderücken halten.

Die Tiere setzten sich in Bewegung und fielen in einen leichten Trab, kaum hatten sie den Vorplatz passiert. Louise blickte sich noch einmal um. Hätte sie nur Zeit gehabt, Jipa oder Oliver zu verständigen. In diesem Moment war sie heilfroh, dass auch Adrien kein routinierter Reiter gewesen war. Dankbar sah sie auf ihren Sattel. Latif ritt ohne Sattel oder Zaumzeug, was Louise niemals möglich gewesen wäre.

Er war ein interessanter Mann mit einer Denkerstirn und einem großen Mund. Adrien hatte ihr erzählt, der Mann besuche regelmäßig seine Familie in Fianara. Dort hatte sie selbst schon Weiße auf Expeditionsreisen gesehen, sie dürfte also nicht die erste Europäerin sein, der er begegnete. Das konnte nicht der Grund für seine abweisende Haltung sein.

Louise gab ihr Möglichstes, sich auf dem Pferderücken zu entspannen und den Eindruck zu erwecken, reiten zu können. Hätte sie wenigstens ihren Hut dabei, der die gleißende Sonne abhielt. Bis sie ihr Ziel erreichten, war sie sicher schweißnass. Nicht eben ein Anblick, der beim Spendensammeln förderlich ist, durchzuckte es sie.

»Wie lange kennen Sie meinen Bruder schon?«, versuchte sie die angespannte Stille zwischen ihnen zu durchbrechen.

»Letztes Jahr«, antwortete Latif und drückte der Stute die Hacken in die Flanke.

Louises Pferd machte einen Satz, und sie umklammerte seine Mähne, um nicht aus dem Sattel zu rutschen.

Kam es ihr nur so vor oder stellte er ihre Reitkünste absichtlich auf die Probe?

Da er keinerlei Interesse an einem Gespräch zeigte, beschloss Louise, ebenfalls zu schweigen. Insgeheim fragte sie sich jedoch, warum ihr Bruder diesem Mann vertraut hatte. Einer, der derart unhöflich war und sie wie eine lästige Mücke behandelte. Wie es aussah, hatte er nie die Erfahrung gemacht, wie hilfreich Charme und weibliches Feingefühl beim Spendeneinsammeln sein konnten. Na schön, dachte Louise grimmig, dann ist es an der Zeit, es ihm zu beweisen.

Kurz vor der Mission und ohne es vorher anzukündigen, lenkte der Hova sein Reittier von der Straße.

Sie warf einen Blick auf das weiße Gebäude in einiger Entfernung, vor dem – geradezu einladend – der Citroën stand. Wenn sie Latif wenigstens dazu bewegen könnte, an der Mission einen kurzen Halt einzulegen. Aber der Madagasse ließ mit seinem Verhalten keinen Zweifel daran aufkommen, dass sie ihm entweder folgen oder zurückbleiben musste.

Ihr Pferd trabte der Stute willig hinterher. Sie hielten auf einen Flusslauf zu, dessen Ufer dicht bewachsen waren. Gern hätte sie Latif gefragt, wohin sie ritten und wie lange sie noch unterwegs waren, nur hatte er den Abstand zu ihr weiter vergrößert. Am Fluss angekommen, hüllten sie Baumkronen und ausladende Äste in wohltuende Schatten. Dornige Sträucher gaben immer wieder den Blick auf den Wasserlauf frei. Louise schlug nach einer Mücke, die sich auf ihren Unterarm gesetzt hatte und zustechen wollte. Zwar nahm sie weiterhin Chinin ein, aber sie wusste nicht, wie wirksam die Substanz sie vor dem Fieber bewahrte.

»Vorsicht. Krokodil!«, rief Latif über seine Schulter hinweg ohne innezuhalten, und wies zum steinigen Ufer.

Louise unterdrückte einen Schrei, als sie das kräftige, mindestens vier Meter lange Tier entdeckte, das sich träge und mit geöffnetem Maul sonnte.

Ihr Pferd tänzelte und war erst zum Weiterlaufen zu bewegen, als der Einheimische zurückgeritten kam und es am Halfter nahm. Er führte es im weiten Bogen am Ufer vorbei. Louise atmete auf, als das urzeitliche Reptil mit trägen Bewegungen ins Wasser glitt.

Vorsichtig trieb sie ihr Pferd an, bis sie den Hova eingeholt hatte. Schon jetzt schmerzte ihr Hinterteil bei jeder Bewegung, und sie schwor sich, nie wieder freiwillig auf ein Pferd zu steigen. »Ich dachte, wir reiten nach Fianara«, sagte sie zu ihm. »Oder habe ich Adrien falsch verstanden?«

»Ist Abkürzung«, gab er wortkarg zurück.

Die Lippen fest aufeinandergepresst, folgte sie ihm. Wenn der Mann dachte, er könnte sie abschrecken, hatte er sich getäuscht. Niemals würde sie die Möglichkeit, mehr über Adriens Unternehmungen zu erfahren, ungenützt verstreichen lassen.

Latif führte sie an Reis- und Getreidefeldern vorbei. Als sie die Tiere auf einer Anhöhe aus einem Bach trinken ließen, breiteten sich unter ihnen inmitten eines grünen Bandes aus Reisterrassen die Häuser und Kirchen von Fianara aus. Es konnte nicht mehr weit sein.

KAPITEL 25

Der Weg schlängelte sich an Zuckerrohrplantagen und dem im Wind wogenden Getreide auf den Feldern vorbei. Wenig später erreichten sie ein ärmliches Dorf, das wie eine pockige Narbe vor den Toren der Stadt wirkte. Der Anblick der Lehmhütten, die aussahen, als genügte ein Windhauch, um sie zum Einsturz zu bringen, war nichts im Gegensatz zu dem ihrer hohlwangigen Bewohner. Eine sechsköpfige Familie kauerte vor einer der Hütten und aß schweigend. Aus den Augenwinkeln bemerkte Louise, wie die Mutter einen Teil ihrer Mahlzeit an ihr jüngstes Kind verfütterte. Die junge Frau lächelte scheu, als Louise und ihr Begleiter vorbeiritten.

Am Ende der Schotterpiste befand sich eine lang gezogene Scheune. Ein halbes Dutzend Einheimische schulterte Säcke, bis sie sich bloß noch gebückt fortbewegen konnten. Dahinter erstreckten sich ausgedehnte Felder, nur von vereinzelten Lehmhäusern und schmalen Pfaden unterbrochen.

Offenbar hatte man sie in der Scheune bemerkt, denn es strömten Männer heraus und blieben abwartend vor ihnen stehen. Latif stieg ab und verbeugte sich vor einem untersetzten Mann.

Louise folgte dem Beispiel ihres Begleiters und fühlte sich unvermittelt von den Einheimischen umkreist. Bei dem Anblick ihrer finsteren Gesichter stieg ein unbehagliches Gefühl in ihr auf. Als die Männer den Kreis enger zogen, befeuchtete sie ihre trockenen Lippen. »Was wollen die Leute von uns?«

Latif sprach mit den Männern, und sie vergrößerten augenblicklich den Kreis. »Ich kümmern, Mademoiselle. Muss verhandeln.«

Louise blickte sich verwundert um. Verhandeln? Die Männer mit ihren von der schweren Arbeit gezeichneten Körpern gehörten sicher nicht zu denjenigen, von denen sie Spendengelder erwarten konnten. Aber was wollte Latif dann hier?

»Wenn Ware schlecht, Preis besser«, zischte er ihr zu und redete auf seinen Gesprächspartner ein – offenbar der Sprecher der Arbeiter –, dessen Gesicht sich verhärtete.

Seine Worte verwirrten Louise, und sie versuchte Schlüsse aus der Gestik der Männer zu ziehen. Welche Waren? Louise schluckte ihre Fragen herunter. Der Mann, der offenbar der Sprecher oder Vorarbeiter war, hielt sich kerzengerade, wodurch er größer wirkte, als er war.

Die anderen Einheimischen traten näher. Einer von ihnen baute sich vor Louise auf und übergoss sie mit einem Schwall Malagasy. Seine Augen sprühten Funken. Louise traute sich kaum zu atmen. Die Luft schien auf einmal vor Spannung zu flirren. Sie stemmte die Hände in die Hüften. »Was geht hier vor?«, rief sie gegen das anschwellende Stimmengewirr an.

»Wir sehen Ware an«, erklärte ihr Begleiter beschwichtigend. »Dann besser verhandeln.«

Begleitet von den aufmerksamen Blicken der Frauen und Kinder vor den Hütten, setzte sich die Gruppe in Bewegung. Ein würziger, leicht süßlicher Geruch hing in der Scheune. Als sich Louises Augen an das Dämmerlicht gewöhnt hatten, entdeckte sie große Pflanzen, die kopfüber an Seilen hingen, die über die gesamte Breite der Scheune gespannt waren. Ihnen entströmte dieser undefinierbare Geruch.

Nüchtern begutachtete Latif die Pflanzen, roch an ihren Blüten und winkte den Sprecher zu sich. Er wies auf ein paar Stängel, schüttelte den Kopf und redete auf ihn ein, während Louise von einem Fuß auf den anderen trat. Schließlich tippte sie Latif auf die Schulter. »Jetzt reicht es mir langsam. Wären Sie so freundlich, mir mitzuteilen, was hier vor sich geht? Sie scheinen mich ja völlig vergessen zu haben.«

Der Hova beugte sich vertraulich zu ihr. »Adrien Scheune gebaut und Männer eingestellt. Er Händler, wissen Sie doch. Er immer allein verhandelt. Ich nur helfen. *Rongony.* Kraut hat Schimmel. Sehen hier.«

Adrien. Händler. Kraut. Wenn sie nur wüsste, wo sie diesen Ausdruck schon einmal gehört hatte. Louise nickte mechanisch. Erinnerungsfetzen schossen durch ihren Kopf. Ihre Gedanken überschlugen sich und verharrten endlich an einem Abend in einem Pariser Tanzsaal, wo dieser eigentümliche Geruch zu später Stunde in der Luft gelegen hatte. Puzzlestück für Puzzlestück setzte sich zusammen, doch Louise weigerte sich zu glauben, was der Verstand ihr unmissverständlich zuflüsterte. Hier trockneten Hanfpflanzen. Adrien ließ von Einheimischen Marihuana anbauen und handelte damit? Und Latif verhandelte über den Preis, wie es sonst offenbar Adrien getan hatte. Ein Zittern überlief sie. Das war doch nicht möglich. Louise rang um Fassung.

Zwischen ihrem Begleiter und dem anderen Mann entbrannte ein hitziges Gespräch.

Abrupt drehte sich Latif um und steuerte entschlossen auf den Ausgang zu. Der Mann setzte ihm nach, gestikulierte wild, während die Frauen draußen entsetzt die Hände vor den Mund pressten.

Die hagere Einheimische, die sie zuvor beim Essen beobachtet hatte, krallte die Finger in Louises Arm. »Nicht gehen. Kinder Hunger. Wir Geld. Bitte, Mademoiselle.«

Latif warf ihr eine Bemerkung zu. »Guter Preis. Billig«, erklärte er Louise mit einem breiten Grinsen.

Die Erkenntnis traf Louise wie ein Schlag. Nicht genug damit, dass hier dieses Teufelszeug angebaut wurde, man zahlte den Arbeitern offenbar nicht mehr als einen Hungerlohn, von dem sie kaum leben konnten. Louise sah in die mageren Gesichter der Dörfler. Latifs Selbstzufriedenheit steigerte ihren Zorn ins Unermessliche. Ihr Puls begann zu rasen. Hinter Latifs Fassade meinte sie etwas zu erkennen, das sie an das Lauern eines Raubtiers erinnerte, das nur darauf wartete, die Fänge in sein Opfer zu schlagen. Sie musste an sich halten, ihm ihre Meinung nicht an den Kopf zu schleudern, wenn sie die Sache hier unbeschadet überstehen wollte. Sie durften ihren Zorn und ihr Entsetzen nicht merken, sonst war ihr fehlendes Wissen entlarvt. Dann, das war Louise sofort klar, lebte sie gefährlich. Sie zwang sich zu äußerer Gelassenheit. »Was zahlen Sie den Arbeitern?«

Der Hova beantwortete ihre Frage, während sein Blick abschätzig an ihr herabglitt.

Louise bemühte sich um eine ungerührte Miene. Sie kannte sich mit dem Geldwert hier nicht aus. Ihr blieb nur, den Worten der Einheimischen Glauben zu schenken. »Das Entgelt erscheint mir zu niedrig. Wir sollten es erhöhen.« Sie wies auf die Arbeiter, die sich noch immer mit den Säcken abplagten. »Wohin wird das Kraut gebracht?«

»Ich erzähle Heimweg«, wiegelte er ab.

Adrien, wie konntest du nur?, fragte sich Louise bestürzt, während sie dem flehenden Blick der hageren Frau begegnete.

Da stellten sich ihnen die Arbeiter in den Weg, und einer jagte die Frau mit herrischer Geste davon.

Ein junger Mann mit vernarbtem Gesicht kam Louise so nah, dass kein Blatt Papier mehr zwischen sie passte. Louise roch seinen Schweiß, spürte die Verzweiflung hinter seinem Zorn. Hinter ihr erklang das jämmerliche Weinen eines Kleinkinds. Gehetzt blickte sie sich um. Latif stand an der Seite und beobachtete sie mit zusammengekniffenen Augen.

Der Narbenmann bleckte die Zähne. »Wir arbeiten hart. Immer, nie frei. Ihr bessere Menschen als wir? Wo ist Geld? Wir warten schon zwei Monate. Ich arm, muss sechs Mäuler stopfen!«, stieß er in überraschend klarem Französisch aus und schüttelte sie.

»Lassen Sie mich los!« Louise wehrte sich nach Leibeskräften, aber der Kreis der Leute schloss sich enger um sie.

»Mehr Geld!«, brüllte ein anderer. Jemand versetzte ihr einen Stoß, und sie landete unsanft im Sand.

Mit einem Satz sprang Louise wieder auf die Füße. »Ich gebe euch Geld. Einen Augenblick!« Fieberhaft nestelte sie nach dem Lederbeutel, den sie stets in einer eingenähten Tasche in ihrer Hose aufbewahrte. Er enthielt nur ein paar Münzen. »Hier habt ihr. Mehr habe ich nicht bei mir«, rief sie. Dann warf sie den Beutel in die Höhe, nutzte den Moment, in dem sich die Männer darauf stürzten, und rannte los. Schon vernahm sie wütende Schreie hinter sich. Rasch schlüpfte sie hinter einen hölzernen Verschlag und verbarg sich zwischen wildem Gestrüpp, dessen Dornen sich schmerzhaft in ihre Haut bohrten. Sie kamen näher. Louise presste die Lippen zusammen, damit sie sich nicht durch ihren heftigen Atem verriet. Sie sah, wie eine Handvoll Arbeiter an ihr vorbeistürmte.

Hinter ihr raschelte Laub. Louise drückte sich eng an die Holzwand.

Plötzlich hielt ihr jemand den Mund zu und umschloss ihre Taille. »Sei still. Ich bin es, Fabrice.« Er zog sie mit sich, lief mit ihr quer über ein Maisfeld, dessen mannshohe Pflanzen ein geeignetes Versteck boten.

Louise stieß heftig die Luft aus, eine jähe Schwäche ergriff sie. Nur Momente später entdeckte sie den B10 kurz hinter einer Kurve am Wegrand. Fabrice lief vor zum Wagen. »Steig ein.«

Kaum hatte sie Platz genommen, schoss der Citroën über die Sandpiste.

»Was hast du hier zu suchen?« Er warf ihr einen

düsteren Blick zu. »Hast du eine Vorstellung davon, dass wir uns Sorgen um dich machen könnten? Welcher Teufel ist in dich gefahren, mit diesem Kerl wegzureiten?«

»Und wie kommst du hierher? Das kann ich dich genauso fragen«, antwortete sie.

»Ich wollte dich besuchen, musste aber noch mal zurück, weil ich den Autoschlüssel vergessen hatte, und sah, wie du mit dem Einheimischen ins Hinterland geritten bist. Einige Male dachte ich auf dem Weg, ich hätte dich verloren.«

Louise schwieg, weil ihr die Kraft für eine Antwort fehlte. In ihrem Kopf schwirrte es wie in einem Bienenstock, und sie konnte das Marihuana noch immer riechen, dessen Geruch in ihrer Kleidung zu hängen schien und ihr Übelkeit bereitete. Adrien ein Drogenhändler? Mein Gott. Ein Zittern überlief sie.

»In dem Beutel auf dem Boden findest du etwas zu trinken«, hörte sie Fabrice' Stimme wie aus weiter Ferne. Er drückte das Gaspedal durch, und der Motor heulte auf. »Halt dich gut fest.«

Als sie einige Kilometer hinter sich gebracht hatten und Louise allmählich ruhiger wurde, griff sie nach dem Wassersack und trank durstig. »Danke für alles. Es … es tut mir leid«, stammelte sie. Da jagte ihr ein Gedanke durch den Kopf. »Um Himmels willen. Fabrice! Halt an! Wir müssen sofort zur Gendarmerie!«

»Wieso denn?«

»Sie müssen uns helfen. Fahr so schnell du kannst.«

Wortlos wendete er, gab Gas und folgte den Hinweisschildern nach Fianara.

Louise zitterte wie Espenlaub, dafür ließ ihre Übelkeit zum Glück allmählich nach. Sie ertappte ihn dabei, wie er sie immer wieder forschend ansah.

»Ich möchte dich wirklich nicht bedrängen«, sagte Fabrice etwas später, ohne die Aufmerksamkeit von der Straße zu wenden. »Aber du bist leichenblass, als hättest du einen bösen Geist gesehen.«

Sie lächelte bitter. »Ein passender Vergleich. Du wirst gleich alles erfahren. Bis dahin lass mir bitte etwas Zeit.«

»Natürlich.« Fabrice' Blick wurde weicher. »Ich bin so froh, dass ich dich gefunden habe.«

»Ich auch«, wisperte sie.

Kaum hatten sie ihr Ziel erreicht, stürmte Louise in die Gendarmerie. Diesmal hatte ein älterer Mann mit einer runden Brille Dienst.

Louise klopfte ungeduldig auf die Tischplatte.

Der Gendarm erhob sich bedächtig und trat ihnen entgegen.

»*Bonjour.* Was kann ich für Sie tun?«

Louise stellte sich vor und schilderte die Situation.

»Ah ja, die Toten vom *Coeur de la Jungle.* Nehmen Sie Platz.«

Louise schüttelte den Kopf. »Wir brauchen dringend Ihre Hilfe, Monsieur.« Hastig berichtete sie dem Gendarmen von Latif, der Scheune, den Arbeitern, die sie bedrängt hatten, und dem Marihuana, das dort angebaut wurde.

Fabrice sah sie entsetzt an.

»Aus den Worten Ihres Begleiters Latif schließen Sie also, dass Ihr Bruder in den illegalen Anbau von Rauschmitteln verwickelt war. Haben Sie weitere Anhaltspunkte, die Ihre Annahme stützen?«, hakte der Gendarm nach.

»Ich verstehe nicht ganz«, stieß Louise aus. »Was brauchen Sie denn noch?«

»Bitte beruhigen Sie sich, Mademoiselle. Leider reicht das Gesagte nicht aus, um einschreiten zu können.«

»Bei einer Befragung stünde Aussage gegen Aussage«, gab Fabrice zu bedenken.

Der Gendarm nickte. »So ist es, Monsieur. Es tut mir leid.«

Louise warf ihm einen beschwörenden Blick zu. »Was, wenn man meinen Bruder und seine Frau deswegen umgebracht hat? Bitte! Wenn wir uns beeilen, können Sie Latif noch abfangen oder die Arbeiter befragen.«

Hinter der zuvor gleichmütigen Miene des Gendarmen glomm auf einmal ein Funke. Er telefonierte und griff nach seiner Jacke. »Na schön. Mein Kollege wird mich vertreten. Kommen Sie.«

»Unser Wagen steht gleich gegenüber«, rief Fabrice ihm im Gehen zu. Nur Momente später lenkte er den B10 in Richtung des Marihuanadorfes.

Louise lehnte sich auf der Rückbank zurück. Weder Fabrice noch der Wachmann konnten ahnen, was es für sie bedeutete, Adriens kriminelle Machenschaften an die Gendarmerie zu verraten. Doch selbst wenn es sie innerlich beinahe zerriss, konnte sie nicht anders. Den Blick auf die Straße geheftet, suchte sie die Umgebung ab. Auf der Piste zwischen dem Zuckerrohr, das im Wind tanzte, begegnete ihnen lediglich ein halbwüchsiges Mädchen, das ein paar Ziegen schimpfend auf eine Lehmhütte zutrieb. Louise war frustriert. »Nur zur Erklärung«, sagte der Gendarm. »Latif hat mit den beiden Pferden nur zwei Möglichkeiten, in die Stadt rein- oder wieder rauszukommen, nämlich über diese Straße oder eine kleine Abzweigung, die wir gleich erreichen. Sie wissen nicht, wo er wohnt, Mademoiselle Bernard?«

»Nein, er hat ja kaum mit mir gesprochen. Aber im Dorf habe ich keine Unterstände für Tiere gesehen.« Wahrscheinlich hat sich Latif längst in Sicherheit gebracht, dachte Louise, und rieb sich die Hände, weil er einen guten Handel abgeschlossen hatte.

»Halt!«, rief der Mann mit der Brille. »Gleich rechts verläuft der Pfad, von dem ich gesprochen habe. Sehen Sie ihn? Das ist eine Abkürzung. Mit dem Wagen kommen wir da nicht durch. Aber Latif mit den Pferden schon. Versuchen wir's. Folgen Sie mir.«

Fabrice bremste hart.

Als Louise ebenfalls Anstalten machte auszusteigen, hielt der Gendarm sie mit einer energischen Handbewegung auf. »Sie bleiben hier und passen auf das Auto auf.«

Bevor sie Einwände erheben konnte, rannten die beiden Männer auf den Pfad zu. Schon verschluckte das Gegenlicht der Nachmittagssonne ihre Gestalten. Mit trotzig verzogenem Mund lief Louise ihnen hinterher. Entsetzt stellte sie fest, dass sich der Pfad teilte. Für einen winzigen Augenblick sah sie sich in ihrer Fantasie gefangen in einem dichten Labyrinth, über das sich langsam, aber unerbittlich dunkle Schatten senkten. Da hörte sie Stimmen. Erleichtert hastete sie auf die Richtung zu, aus der sie die Geräusche vernommen hatte, und entdeckte die beiden Männer, die auf sie zusteuerten.

»Keine Spur von Latif. Aber wieso sind Sie nicht im Auto geblieben, wie ich gesagt habe?«, fragte der Gendarm, als sie ihre Fahrt fortsetzten.

Louise zog es vor, seine Frage unbeantwortet zu lassen. Die Fahrt schien kein Ende nehmen zu wollen, es hielt sie kaum auf ihrem Platz. Selbst wenn die Säcke mit dem Marihuana längst verschwunden waren, die Arbeiter müssten noch in der Scheune anzutreffen sein, hoffte sie und spähte zwischen Sträucher und Felder.

Als sie kurz vor einer Kurve, keine hundert Meter von ihnen entfernt, einen Reiter mit zwei Pferden ausmachte, der in Richtung Stadt ritt, schrie sie auf. »Da! Da ist Latif!«

Der Gendarm drehte den Kopf zu Fabrice. »Gut. Setzen Sie mich hier ab und machen Sie kehrt. Der Mann muss Sie nicht sehen, gute Frau. Ich hole ihn schon ein. Wie kann ich Sie erreichen?«

Mit bebenden Händen kritzelte Louise die Telefonnummer der Mission auf einen Zettel.

»Danke. Wir hören voneinander.« Der Gendarm stieg aus und lief auf den Hova zu.

Fabrice wendete, während Louise den Hals reckte, um noch einen Blick auf Latif und den Gendarmen zu erhaschen. Doch die dichte Vegetation versperrte ihr die Sicht.

Ihr Herz klopfte viel zu schnell, Gedanken huschten wie Irrlichter durch ihren Kopf, und sie wusste nicht, womit sie ihre Finger beschäftigen sollte.

»Der Gendarm kümmert sich jetzt um den Kerl«,

unterbrach Fabrice die spannungsgeladene Stille. »Du hast getan, was in deiner Macht stand. Ich kann das alles noch immer nicht glauben.«

Louise schwieg und wandte sich ab, damit er nicht sah, wie ihre Augen feucht wurden. Sie fühlte sich auf einmal mutterseelenallein. Oliver. Seine Arme, die sie die ganze Nacht umfangen gehalten hatten. Sie hatte sich sicher bei ihm gefühlt. Hätte sie nur nie gespürt, wie es war, jemanden mit jeder Faser seines Herzens zu begehren. Hätte sie nur nie von der verbotenen Frucht gekostet, dann würde sie sich jetzt nicht wünschen, es wäre noch Nacht und sie wüsste nichts von Adriens Machenschaften.

Als der Flusslauf in ihr Blickfeld kam, an dem eine Einheimische am Straßenrand frische Früchte verkaufte, hielt Fabrice an und erstand eine Papaya. Die farbenfroh gekleidete Madagassin schälte und halbierte die Frucht und beträufelte sie zum Schluss mit Zitronensaft und etwas Zucker.

Louise warf ihm einen dankbaren Blick zu. Unter einer Akazie fanden sie ein kühles Plätzchen. Die Papaya brachte ihre Lebensgeister zurück. Als sie aufgegessen hatte, sprach sie aus, was ihr nicht aus dem Kopf ging. »Wie konnte Adrien, der sich dem Schutz der heimischen Tierwelt verschrieben hatte und ein guter Mensch war, ein Drogenhändler gewesen sein? Wie konnte ein liebevoller Ehemann und Bruder auch ein skrupelloser Mensch sein, der für den eigenen Profit das Leben anderer aufs Spiel setzte?« Sie rieb sich übers Gesicht. »Ich verstehe es einfach nicht.«

»Ich auch nicht«, gab Fabrice zu und musterte sie

von der Seite. »Wirst du deinen Eltern von den Drogen erzählen?«

»Es wird mir nichts anderes übrig bleiben. Ich kann es ihnen nicht auf Dauer verheimlichen. Aber sie werden es erst erfahren, wenn ich alle Hintergründe kenne.« Um das Gespräch in eine andere Richtung zu lenken, fügte sie hinzu: »Jipa und die anderen machen sich bestimmt Sorgen. Sollten wir nicht weiterfahren?«

Er hob lächelnd den Zeigefinger, wie ein Lehrer, der um Aufmerksamkeit bat. »Nicht, bevor du dich ein wenig beruhigt hast. Auf die paar Minuten kommt es nicht an.«

Louise verfiel ins Grübeln. »Findest du es nicht auch seltsam?«, fragte sie nach einer Weile, »dass der Gendarm sich sofort mit uns auf den Weg gemacht hat, während die Morde seinen Kollegen ziemlich kaltgelassen haben?«

Fabrice rückte unmerklich näher. Auf seiner Miene breitete sich Verblüffung aus. »Das stimmt, der Gedanke ist mir noch gar nicht gekommen.«

»Ich kann mir das jedenfalls nicht erklären«, sagte sie resigniert.

Er wandte sich ihr zu. »Vielleicht doch, denn heute ging es nicht allein um Adrien und Rana.«

Louise blinzelte. »Du sprichst vom Drogenanbau.«

Er zwinkerte. »Richtig. Zumindest könnte ich mir vorstellen, dass eine Gendarmerie für das Aufdecken eines Marihuanahandels von oberster Stelle belobigt wird.«

Zweifelsohne war es von Bedeutung, den Rauschgifthandel zu bekämpfen. Aber wie konnte das wichtiger sein, als den sinnlosen Tod von zwei Menschen aufzuklären?, fragte sich Louise bestürzt und atmete tief die frische Luft ein, die vom Fluss herüberwehte. »Mag sein«, antwortete sie. »Vielleicht tun wir der Gendarmerie aber auch unrecht.« Fasziniert betrachtete sie die goldenen Pünktchen in Fabrice' Augen, die in der tief stehenden Sonne hell leuchteten. Die jugendliche Unbedarftheit auf seinen Zügen war verschwunden und hatte einer neuen Reife Platz gemacht. Alles an ihm schien sanft zu sein, selbst seine Sonnenbräune oder der Schwung seiner Brauen. Sein Hang zu schnellen Autos sprach jedoch von anderen Charakterzügen, die er bisher nicht offenbart hatte. Sie zu entdecken und herauszufinden, was sich hinter seinem liebenswürdigen Wesen noch verbarg, musste interessant sein. Wenn Fabrice wie in diesem Moment sein zurückhaltendes Lächeln zeigte, nahm er jedermann für sich ein. Die Frau, die eines Tages sein Herz gewinnt, kann sich glücklich schätzen, dachte sie.

»In vierzehn Tagen sind wir bereits auf dem Schiff«, murmelte er gedankenversunken, den Blick auf den Fluss gerichtet, dessen Wasseroberfläche im letzten Sonnenlicht glitzerte. »Die Zeit auf Madagaskar werde ich nie vergessen. Der Abschied wird mir schwerfallen. Geht es dir genauso?«

Louise ließ den feinen Sand durch ihre Finger rieseln. »Ich reise nicht mit euch zurück.«

Als er ihr langsam sein Gesicht zuwandte, war seine Miene ernst. »Dann hat mich mein Gefühl nicht getrogen.«

»Du bist nicht überrascht?«

Das Strahlen in seinen Augen erlosch. »Nein. Ich verstehe dich sogar, du fühlst dich der Station verpflichtet. Hast du schon mit Monsieur Citroën gesprochen?«

»Nein, bisher weder mit ihm noch mit meinen Eltern.« Sie kickte einen Stein fort. »Mein Platz ist hier. Ich werde Adriens Arbeit fortsetzen.«

»Das ist es wohl nicht allein«, widersprach er, erhob sich steif und klopfte sich den Sand von der Hose. »Es wird Zeit. Wir können morgen nach Fianara zum Postamt fahren, wenn du möchtest.«

»Ja, gern.« Ihre Entscheidung schien ihm nicht zu passen. Dabei gäbe es noch einiges zu erzählen, aber das musste sie sich für eine passendere Gelegenheit aufsparen.

KAPITEL 26

Als sie die Station erreichten, eilte Oliver dem Wagen entgegen und nahm sie in seine Arme. »Gott sei Dank bist du wieder da. Was ist denn passiert, um Himmels willen? Geht es dir gut?«

»Ja, mir fehlt nichts«, antwortete sie ausweichend und löste sich von ihm.

»Danke, dass du Louise heimgebracht hast«, sagte Oliver zu Fabrice. »Wir sind fast verrückt geworden vor Sorge.«

Fabrice nickte. »Gern geschehen.«

Da entdeckte sie Jipa, der mit aufgelöster Miene auf sie zulief, und ihr wurde mulmig zumute. Die Neuigkeiten werden ihn hart treffen, durchfuhr es sie.

Louise und Fabrice tauschten einen vielsagenden Blick, und sie wappnete sich. Jipa nahm ihre Hände, wollte zum Sprechen ansetzen, doch sie unterbrach ihn mit einer Handbewegung. »Macht euch keine Gedanken. Mir geht es gut. Ich werde euch alles erzählen. Aber nur euch und irgendwo, wo wir ungestört sind.«

»Ich lasse euch allein«, meinte Fabrice.

»Nein, bitte bleib noch einen Moment«, erwiderte sie hastig. »Ich weiß nicht, ob ich das ohne dich durchstehe.«

»Wenn du möchtest. Eine halbe Stunde kann ich sicher noch erübrigen«, gab der Automechaniker nach.

»Danke«, sagte sie.

Sie steuerten auf die Terrasse zu. »Ich schicke die anderen nach Hause«, erklärte Jipa und entfernte sich.

Louise verfolgte, wie der Tanala Talib, Nielsen und die beiden Arbeiter zu sich rief. Unterdessen trug Fabrice den Schaukelstuhl ins Freie, und Oliver machte sich an einer seiner Taschen zu schaffen, die vor der Tür standen.

»Du musst gehen?«, fragte Louise ihn.

»Ja, bald. Aber in ein paar Tagen bin ich wieder zurück.« Oliver reichte ihr ein winziges Tongefäß. »Das soll ich dir von Tianasoa geben. Es ist ein natürliches Stärkungsmittel. Aber höchstens fünf Tropfen am Abend mit einem Glas Wasser.«

Louise nahm von Fabrice ein Kissen entgegen und setzte sich. »Tianasoa war hier?«

»Ja, heute Nachmittag. Er wollte sich nach dir erkundigen.«

»Woher weiß Tianasoa, dass ich ein Stärkungsmittel brauchen kann?«

»Von mir«, antwortete er ungerührt. »Sieh mich nicht so böse an, Louise. Wenn du nicht auf dich aufpasst, müssen wir es eben tun, stimmt's?«

»Stimmt«, pflichtete Fabrice ihm bei.

Sie richtete sich kerzengerade auf, wollte zu einer Antwort ansetzen, doch Oliver unterbrach sie lachend. »Lass es einfach mal zu.«

Schicksalsergeben hob sie die Schultern. Da kam Jipa zurück.

Als sie wenig später unter sich waren, eröffnete Louise das Gespräch. »Ich muss mich bei euch entschuldigen, weil ich euch im Unklaren gelassen habe.« Daraufhin berichtete sie, was an dem Tag geschehen war.

Als sie die Situation im Dorf schilderte und stockte, fiel Fabrice ein und erzählte den Rest.

Louise konnte erkennen, wie viel Selbstbeherrschung es Jipa kostete, ruhig zuzuhören. Auf seiner Miene zeichneten sich innere Kämpfe ab. »*Rongony.* Marihuana«, wiederholte er tonlos. »Adrien? Das ist unmöglich.«

»Leider nicht«, entgegnete Louise.

Oliver sprang auf. »Zum Glück ist dir Fabrice gefolgt. Nicht auszudenken, was dir die aufgebrachten Arbeiter hätten antun können.« Seine Züge glichen einer Maske. »Aber ich glaube Latif nicht. Warum sollte Adrien so etwas tun?«

»Es wird schon stimmen«, wandte Louise müde ein. »Anderenfalls hätte er sich nicht bereit erklärt, mich mitzunehmen.«

Die Männer schwiegen betreten.

»Wie sah der Kerl denn aus?«, fragte Oliver.

Louise beschrieb das Aussehen des Mannes und wie misstrauisch er war. »Er trug einen weißen Anzug mit einer hüftlangen Jacke. Ihr müsst ihn doch kennen.«

Der Tanala spielte mit einem Grashalm. Jetzt blickte er auf. »Gesehen haben wir ihn wohl alle, aber er hat meist an der Biegung dort gewartet.« Jipa warf den Halm fort. »Ich kenne die meisten Hova hier in der Gegend, aber keinen namens Latif.«

»Vielleicht hat er sich dir mit falschem Namen vorgestellt.« Fabrice trat auf Louise zu. »Ich schlage vor, wir warten den Anruf der Gendarmerie ab. Ruh dich aus. Wir können morgen weiterreden.«

Kurz darauf verließ Fabrice die Station.

Jipa musterte sie aufmerksam. »Du schläfst weiterhin in der Hütte?«

Sie nickte. »Ja.«

»Wie du meinst.« Der Tanala kreuzte die Arme vor der Brust. »Meine Sachen habe ich vorsorglich hineingebracht.«

Um Olivers Mundwinkel spielte ein Lächeln. »Ich hole dir etwas zu essen.« Bevor sie etwas einwenden konnte, eilte er zur Kochstelle und legte einen Laib Brot auf den Rost.

Louise äugte von einem zum anderen und folgte Jipa in die Hütte. Seine Schlafmatte lag neben dem Ehebett, daneben entdeckte sie ein Bündel mit Wäsche. Wie sie ihn kannte, würde er sich von seinem Vorhaben, sie zu bewachen, nicht abbringen lassen.

»Ich bin im Affenhaus«, warf er ihr noch zu und ging hinaus.

Müde zog sie in ihrem Zimmer die schmutzigen Kleider aus und schlüpfte, nur mit Leibwäsche bekleidet, unter die Decke.

Oliver brachte ihr eine Schale mit geröstetem Gemüse und Brot ans Bett. Durch das offene Fenster drangen Nirinas Rufe, die ihr schier das Herz zerrissen.

Die Versuchung war groß, Oliver über das energische Kinn mit den Bartstoppeln zu streichen. »Hast du wegen der *Fadys* etwas herausgefunden?«

Er schnitt eine Grimasse. »Ich habe es versucht. Nielsen meinte, ich soll mich an Tianasoa wenden.

Es sei die Sache des *Ombiasy,* darüber Auskunft zu geben.«

Louise starrte auf ihre Hände. Wenn sie ihn ansah, das wusste sie sicher, würden sie ihn berühren müssen.

»Tut mir leid, ich würde dich bei der Trauerfeier gern begleiten. Aber ich fürchte, das werde ich nicht schaffen«, gestand er.

Louise legte den Kopf schief. Die Vorstellung machte sie traurig. »Musst du jetzt schon los?«

In seinem Blick lag Bedauern. »Ja, leider. Ich möchte vor Einbruch der Nacht zu Hause sein.«

»Wie lange bist du unterwegs?«

»Zwei Tage, vielleicht drei.« Oliver küsste sie zärtlich. »Sei vorsichtig und vertraue niemandem, Louise.«

»Versprochen.«

Sie sah ihm nach, lauschte seinen Schritten. Dann war sie allein, doch sie spürte noch seine Lippen auf ihrem Mund. Sie nahm Tianasoas Medizin und schloss die Lider. Hinter ihren Schläfen pochte ein heftiger Schmerz, der ihr die Tränen in die Augen trieb. Louise schnäuzte sich. Die Ereignisse des Tages hatten sie erschüttert, bis in ihre Grundfesten. Adrien war immer ein geradliniger Mensch mit Prinzipien gewesen. Sich vorzustellen, wie er Rauschgift anbauen ließ und es weiterverkaufte, war völlig absurd. *Adrien immer allein verhandelt,* waren Latifs Worte gewesen. Louise setzte sich auf, schüttelte ihr Kissen und stutzte, als der Lichtkegel ihres Nachtlichts ein Rinderhorn am Band anstrahlte. Mit weit aufgerissenen Augen beäugte sie den Ody. Es handelte sich zweifellos um ein anderes Exemplar, denn es war kleiner und dicker als das erste. Tianasoa musste es ihr unters Kopfkissen gelegt haben. Ihre Sicht verschwamm, wobei sie nicht wusste, ob es Tränen der Freude oder der Verzweiflung waren, die ihr über die Wangen rollten. Sie lauschte dem heftigen Regen, der auf das Dach prasselte.

Als ihre Tränen versiegten, warf sie die Decke beiseite und zog sich an. Vor der Tür hörte sie Jipa hantieren. Auf leisen Sohlen trat sie hinaus. Der Regen hatte nachgelassen, von den Blättern des Flammenbaums lösten sich dicke Tropfen, und der Himmel war wieder mit unzähligen Sternen übersät. Im Vorratsraum vom Affenhaus brannte noch Licht. Mamy hatte in dieser Nacht die Wache übernommen.

Jipa saß auf der Terrasse und blickte ihr ernst entgegen.

Louise setzte sich zu ihm und lauschte einem Froschkonzert vom nahe gelegenen Flusslauf, das sich mit den Lauten aus dem Affenhaus verband. »Ob Rana von dem Marihuanahandel gewusst hat?«

Entschieden schüttelte er den Kopf. »Niemals. Sie wäre nie damit einverstanden gewesen.«

Louise blickte in die Sterne. »Adrien muss eine rücksichtslose Seite besessen haben, von der niemand etwas ahnte. Er hat uns alle belogen. Spenden sammeln, was für ein Ammenmärchen!«

Plötzlich kam ihr das Gespräch mit Adrien wieder in den Sinn, als sie Latif zum ersten Mal gesehen hatte. *Glaube mir, für Rana und unsere Tiere würde ich alles tun, gleichgültig, was es mich kostet. Also tue ich, was getan werden muss.* Auf einmal bekamen

Adriens Worte eine neue, beunruhigende Bedeutung, die sie augenblicklich frösteln ließ. Sie musste auf andere Gedanken kommen. »Übrigens werde ich alles daransetzen, Nirina doch noch auszuwildern. Ich hoffe, Nielsen unterstützt mich mit seinem Wissen.«

Jipa betrachtete sie nachdenklich und wiegte zweifelnd den Kopf. »Mach dir keine großen Hoffnungen. Womöglich ist es für eine Auswilderung bereits zu spät.«

Louise lauschte Nirinas Rufen, die sie inzwischen unter denen von Hunderten Lemuren heraushören konnte. »Wir werden sehen. Solange sie noch nicht ausgewachsen ist, hat sie vielleicht Glück und wird von einer Gruppe aufgenommen.«

Jipa versuchte ein Lächeln. »Ich wünsche dir viel Erfolg.«

Der Wind frischte auf und trieb die Regentropfen, die an den Blättern des Flammenbaums hingen, zu ihnen herüber.

Sie beobachteten Mamy, der seine Wäsche im Freien wusch. Wenig später erhob sich Louise und wünschte Jipa eine gute Nacht.

KAPITEL 27

Louise hatte einen Großteil der Nacht über den Lehrbüchern gesessen. Die konzentrierte Arbeit hatte ihr geholfen, auf andere Gedanken zu kommen. Fabrice war schon früh auf der Station eingetroffen, um die kühleren Morgenstunden für die Fahrt nach Fianara zu nutzen. An der Gendarmerie angekommen, ließ er Louise galant den Vortritt. Vor dem Schreibtisch saßen zwei ältere Männer und debattierten lautstark, während sich der jüngere Gendarm redlich mühte, die Streithähne zu beruhigen.

Als der Gendarm Louise und Fabrice bemerkte, bat er sie, sich zu gedulden. Es dauerte eine geschlagene halbe Stunde, bis die Schlichtungsversuche Wirkung zeigten und er die Aussagen der Männer aufnehmen konnte. Offenbar waren sie in eine Schlägerei verwickelt gewesen und beschuldigten sich gegenseitig des Diebstahls. Als die beiden den Raum verließen, trat der ältere Gendarm ein und begrüßte sie mit festem Händedruck.

»*Bonjour*. Sie kommen gerade recht.« Er führte sie in einen Raum, der sich hinter der Schreibstube befand und mit einem Tisch und vier einfachen Stühlen möbliert war. »Hier können wir ungestört reden.«

Sie setzten sich. »Haben Sie Latif vernommen?«, fragte Louise.

»Selbstverständlich. Allerdings war er ziemlich einsilbig, wie Sie sich vorstellen können. Sein richtiger Name lautet Rodin Andrianjanahary, und er wohnt in der Nähe von Antsirabe.« Der Gendarm beugte sich vor und verschränkte die Hände. »Er behauptet, in dem Dorf Bekannte besucht zu haben, die ihm die Hanfpflanzen gezeigt hätten. Das Marihuana diene dem Eigenbedarf, würde als Genussmittel und in der Medizin Verwendung finden, wie es hier durchaus verbreitet ist.«

Louise fuhr hoch. »Das ist eine Lüge!«, platzte es aus ihr heraus. »Ich habe doch gesehen, wie ein paar Männer die Säcke fortschleppten. Befragen Sie sie. Sie werden Ihnen alles bestätigen.«

»Das habe ich, Mademoiselle Bernard«, erklärte der Gendarm mit mitfühlendem Blick.

»Ja, und?«, raunte sie und tastete nach dem Ody, das sie unter ihrer weiten Bluse trug.

»Die Männer bestreiten, mit Monsieur Andrianjanahary verhandelt zu haben, und auch die Frauen wollen nichts von einem derartigen Gespräch wissen.«

Louise rang erschüttert nach Luft.

Fabrice ergriff das Wort. »Die Leute halten zusammen, was ihnen nicht zu verdenken ist. Aber ich versichere Ihnen, Mademoiselle Bernard sagt die Wahrheit.«

»Dieser … dieser Latif«, fügte sie heiser hinzu, »erwähnte zudem, dass mein Bruder Adrien üblicherweise die Verhandlungen übernahm. Er soll den

Männern seit zwei Monaten keinen Lohn gezahlt haben, sagte einer der Arbeiter zu mir.«

Der Gendarm blickte von einem zum anderen. »Haben Sie für die Aussagen Zeugen?« Als Louise betreten schwieg, fuhr er fort. »Ich glaube Ihnen, nur hilft uns das nicht weiter. Wie gesagt, ist der Anbau von Hanf bei uns weit verbreitet. Die Bauern pflanzen ihn zwischen Getreide- oder Kürbisfelder, wo er kaum auffällt und dazu dient, schädliche Insekten abzuhalten. Die ländliche Bevölkerung ist außerdem dankbar für jeden Franc extra in der Tasche. Da sind auch illegale Geschäfte willkommen, wenn sie mit dem zusätzlichen Einkommen ihre Familien ernähren können. Aber sehen Sie, wir haben ein Problem, solange uns die Beweise fehlen.«

Louise hatte mit wachsendem Entsetzen gelauscht. »Ich verstehe. Trotzdem, Sie müssen etwas unternehmen.«

»Das werden wir, Mademoiselle Bernard. Heute Morgen habe ich den Gouverneur informiert. Die Scheune wird untersucht. Mehr darf ich Ihnen zu diesem Zeitpunkt leider nicht verraten.«

»Dann werden die Leute hungern«, führte Louise an. »Sie haben seit Monaten keinen Lohn erhalten. Ich habe sie gesehen. Manche sind unterernährt.«

»Das darf Sie nicht beschäftigen. Gesetz ist Gesetz«, warf der Gendarm ein. »Seien Sie versichert, wir tun, was wir können. Sobald sich etwas Neues ergibt, hören Sie von uns.« Damit stand er auf und begleitete sie hinaus.

Draußen blieb Louise einen Moment wie betäubt stehen. Dann blickte sie zu Fabrice, der sie mit undurchdringlicher Miene musterte. »Ich muss noch ein paar Telefongespräche führen.«

Als sie zum Postamt gehen wollte, hielt er sie auf. »Nein, bitte warte. Ich muss vorher dringend mit dir reden.«

»Wieso? Was ist denn?«

Fabrice reagierte nicht und führte sie zum B10, den er im Schatten einer riesigen Akazie geparkt hatte, und bat sie, Platz zu nehmen.

Sie sah ihn abwartend an.

Er wandte sich ihr ruhig zu. »Louise, bitte komm mit mir zurück nach Paris.«

»Ich kann nicht.« Was wollte er nur?, fragte sie sich. »Ich habe es dir doch erklärt.«

»Versteh mich nicht falsch, Louise. Madagaskar ist traumhaft schön, und ich werde mich gern an unsere Zeit hier erinnern, ausgenommen natürlich die beiden schrecklichen Todesfälle. Aber du musst hier immer mit Entbehrungen, Überschwemmungen und unliebsamen Begegnungen aus dem Regenwald rechnen. Und wirst du nicht auch die vielen Freiheiten zu Hause vermissen?«

»Das tut nichts zur Sache. Du weißt, warum ich bleibe.«

Ein Schatten huschte über sein Gesicht. »Bitte komm mit mir, Louise. Du findest sicher einen guten Mann, der Adriens Posten übernimmt. Und bitte überlass es der Gendarmerie, die Verbrechen aufzuklären. Ich weiß, dass auch diese Sache deine Entscheidung beeinflusst.« Er strich ihr zart über die Wange. »Du bist schmal geworden. Wenn wir erst wieder zu Hause sind, führe ich dich in das beste Restaurant der Stadt.« Fabrice stockte. »Du bist meine liebste Freundin und stehst mir so nahe wie sonst niemand auf der Welt. Ich will dich nicht verlieren. Bitte überdenke deine Entscheidung noch mal.«

»Du verlierst mich nicht, Fabrice. Wir schreiben uns und telefonieren. Bestimmt können wir uns auch hin und wieder besuchen.«

»Das ist es nicht, was ich mir wünsche.« Er warf ihr einen ernsten Blick zu. Zwischen ihnen breitete sich Schweigen aus. »Oder heißt der wahre Grund für deine Entscheidung Oliver?«

Sie erstarrte. »Bitte stell meine Beweggründe nicht infrage. Und jetzt musst du mich entschuldigen. Ich bin bald zurück.« Auf einmal hatte sie es eilig, den Wagen zu verlassen.

Auf dem Postamt umklammerte Louise den Telefonhörer und wartete auf eine Verbindung mit Monsieur Citroën. Ihre Handflächen waren feucht. Sie wollte sie schon rasch abwischen, da meldete sich die Sekretärin mit gewohnter Sachlichkeit. Wenig später erklang die sonore Stimme des Firmenchefs am anderen Ende.

Als sie sich verabschiedeten und Louise sich mit ihren Eltern verbinden ließ, war ihr Herz ganz schwer. Was sie ihnen jetzt zu eröffnen hatte, würde ihr Leben abermals aus der Bahn werfen.

Louise hörte ihre Mutter leise weinen. »Himmel, Liebes, tu das nicht. Unseren Adrien bringt das nicht zurück.«

»Das stimmt leider, Maman. Aber er würde sich im Grabe umdrehen, wenn Jipa die Station aufgeben müsste, weil er die Arbeit nicht mehr bewältigen kann.«

»Aber du setzt deine Arbeitsstelle aufs Spiel«, sagte Marie Bernard. »Monsieur Citroën wird dir kündigen. Das kannst du nicht wollen.«

»Ich habe bereits gekündigt, Maman. Wenn ich es mir eines Tages anders überlegen sollte, kann ich jederzeit wieder in seinem Betrieb anfangen, hat er gesagt.«

»Komm nach Hause, Liebes.«

»Nein, das geht nicht. Aber ich besuche euch, sobald ich kann. Versprochen, Maman. Bitte nicht traurig sein.«

»Ich weiß ja, du tust es für Adrien, Louise«, sagte ihre Mutter leise.

Mit weichen Knien kehrte Louise schließlich zum Wagen zurück. Wortlos zog Fabrice sie in die Arme. »Es ist alles ein bisschen viel für dich«, flüsterte er an ihrem Ohr. »Komm, wir schlendern noch ein wenig durch die Stadt. Ich habe hier in der Nähe eine Garküche entdeckt, die ziemlich beliebt zu sein scheint.«

Sie warf ihm einen vorsichtigen Seitenblick zu. »Ein anderes Mal gern, Fabrice. Ich muss zu Nirina, heute beginne ich mit dem Auswilderungstraining.«

»Natürlich«, erwiderte er, doch in seiner Stimme schwang Enttäuschung mit.

Während der Rückfahrt erzählte er von Levevres Anruf. Der Reporter hatte sich überschwänglich für das Interview bedankt. »Er sagte, das wäre alles. Ich soll von ihm grüßen. Den Mann sind wir los.«

»Dem Himmel sei Dank.« Louise betrachtete ihn aufmerksam. Obgleich er sich nach Kräften bemühte, einen gelassenen Eindruck zu erwecken, spürte sie, dass sich etwas zwischen ihnen verändert hatte. Unausgesprochenes schien in der Luft zu knistern.

»Soll ich dich morgen zur Trauerfeier abholen?«, wollte Fabrice wissen, als er sie an der Station absetzte.

»Danke, das wäre sehr nett.«

»Gut. Bis dann.«

Louise winkte und eilte in ihre Hütte. Sie wollte nur einen Moment allein sein und nicht mehr die erwartungs- oder hoffnungsvollen Mienen anderer ertragen müssen. Olivers scharf gezeichnete Züge tauchten vor ihr auf und verschwammen schließlich mit Fabrice' sanftem Gesicht.

Sie sank auf Adriens Kissen und überließ sich ihren Gedanken.

Es klopfte, und gleich darauf trat Jipa ein. »Da bist du ja. Was ist denn mit Fabrice los? Er bleibt doch sonst noch gerne auf einen Plausch.«

Louise berichtete von ihrem Gespräch.

»Wenn du mich fragst, der arme Kerl ist in dich verliebt«, erklärte Jipa trocken, nachdem sie geendet hatte.

Sie blinzelte. »Was? Das ist doch Unsinn.«

»Tatsächlich?« Ein leises Lächeln erhellte sein Gesicht. »Du bist ein patentes Mädchen, aber in Liebesdingen völlig naiv. Du musst bemerkt haben, dass Fabrice nur Augen für dich hat. Er hängt förmlich an deinen Lippen.« Sein Lächeln vertiefte sich. »Jeder hier weiß das. Mamy und Rado haben schon eine Wette abgeschlossen, wer eines Tages das Rennen um dein Herz macht – Fabrice oder Oliver.«

Jipas Kichern brachte Louise vollends aus der Fassung. »Worum haben sie gewettet?«, fragte sie tonlos.

»Um einen fetten Hahn.«

»Na fabelhaft«, antwortete sie und schnaubte. »Sollen sie um ihre eigenen Angelegenheiten wetten.«

»Louise, das ist doch nur ein harmloser Scherz. Nimm es ihnen nicht übel. Also wenn du mich fragst, mein Favorit …«

»Ich frag dich aber nicht, Jipa.«

»Schon gut, Louise. Ich sage kein Wort mehr.« Der Tanala wies neben die Feuerstelle auf eine Schale mit gekochtem Reis, in der eine Scheibe getrocknetes Fleisch lag und eine aufgeschnittene Kokosnuss. »Dein Essen steht bereit.«

»Ja, danke.« Frustriert blickte sie ihm nach. Fabrice. Nein, undenkbar. Sicher, auf Madagaskar hatten sie einige Gemeinsamkeiten entdeckt, doch mehr war nicht zwischen ihnen. Louise schlug nach einer Fliege, die sich auf das Fleisch setzen wollte, und bedeckte die Schale mit einem Tuch.

Louises Gewissen regte sich. Fabrice wusste weder etwas von den Skorpionstichen noch davon, dass Adriens und Ranas Hütte verwüstet worden war. Er hingegen war immer ehrlich und offen mit ihr gewesen. Doch die Ereignisse hatten sich überschlagen, und bei der einzigen Gelegenheit, in der sie ihm alles hätte offenbaren können, hatte er sie gebeten, mit ihm nach Paris zurückzukehren.

Seine Blicke, die Fürsorge, mit der er sich um sie bemühte. Je länger sie über Jipas Worte nachdachte, umso wahrer erschienen sie ihr. Aufgewühlt bis ins Innerste starrte sie in die Ferne. In all den Jahren hatten die Männer, mit denen sie ausgegangen war, sie stets als Freundin betrachtet. Sie war die, der man seine Geheimnisse anvertraute und die einem im Notfall auch mal etwas reparierte. Louise verzog das Gesicht. Der einzige Mann, in den sie ernsthaft verliebt gewesen war, hatte sie nach wenigen Wochen wegen einer anderen verlassen. Das war gut zwei Jahre her. Seither hatte sie sich geschworen, Männern aus dem Weg zu gehen, insbesondere jenen der charmanten und attraktiven Sorte. Und plötzlich gab es gleich zwei Kandidaten, die ihrem Herzen nahestanden und denen sie sogar ihr Leben anvertraut hätte. Zwei Männer, die unterschiedlicher nicht sein konnten.

Entschlossen lenkte Louise ihre Gedanken in eine andere Richtung und verließ die Hütte. Hektisches Stimmengewirr empfing sie. Es mussten mehr als ein Dutzend Einheimische sein, die mit weiterem Baumaterial auf den Rücken auf das Affenhaus zusteuerten. Jipa und die anderen pfiffen und summten vor sich hin, während sie das Baumaterial entgegennahmen und stapelten. Als das Material verstaut war, verabschiedeten sie sich von den Einheimischen, die noch am selben Tag zurückwollten.

Nielsen und Louise trafen sich im Affenhaus zur täglichen Begutachtung ihrer Schützlinge. Zu ihrer Freude gesellte sich Jipa wenig später zu ihnen. Louise blickte sich um. »Wo ist eigentlich Talib? Ich habe ihn heute noch gar nicht gesehen.«

»Stimmt«, antwortete Nielsen. »Er ist nicht zum Dienst gekommen.«

»Gehen Sie den Weg zur Station morgens nicht gemeinsam?«, wollte Louise wissen.

»Doch, natürlich, sofern keiner von uns Nachtdienst hat.« Der Tierarzt wischte sich den Schweiß vom Nacken. »Talib wollte gestern einen Freund besuchen und meinte, ich solle heute früh nicht auf ihn warten. Ich sehe später nach ihm. Vielleicht ist ihm nicht gut.«

Die Sache schien ihm unangenehm zu sein, aber Jipa klopfte ihm auf die Schulter. »So wird es sein.«

»Gut. Kommen wir zu Nirina«, sagte Louise. »Aus Nielsens Büchern habe ich das übliche Vorgehen bei einer Auswilderung erfahren. Eine halbe Stunde dürfte fürs Erste genügen. Was meinen Sie, Nielsen?«

»Sie können es versuchen. Ihr Vorhaben gelingt allerdings nur, wenn sich alle still verhalten. Nirina darf Sie nicht hören. Ich weiß, das ist schwer, Mademoiselle Bernard, aber sobald die Kleine Sie sieht, ist sie abgelenkt und will zu Ihnen.«

Sie biss sich auf die Unterlippe. »Ich verstehe.«

Louise versteckte sich hinter der Tür und beobachtete das Geschehen. Als das Kattamädchen Nielsen und Jipa erkannte, sprang es freudig von Ast zu Ast in seinem Käfig. Vermutlich dachte es, es wäre bereits Fütterungszeit. Ohne das Tier zu beachten, stellten die Männer den Käfig auf den Boden, und Jipa warf eine dunkle Decke darüber. Nirinas Schreie fuhren Louise durch Mark und Bein.

Jipa und Louise trugen den Käfig und folgten Nielsen zu einer dichten Reihe von Baumriesen, deren Kronen dem Regenwald das Licht nahmen. Wilde Orchideen reckten ihre Blüten in die Höhe, wo spärliche Sonnenstrahlen hindurchdrangen. Das Surren von Insekten und die Rufe anderer Tiere verbanden sich mit dem Duft von feuchter Erde zu einem beeindruckenden Bild, das Louise nur zu gern in einem Gemälde gebannt hätte. Doch selbst dem begabtesten Maler wäre es nicht möglich, die Feuchtigkeit in der Luft, die sich auf ihre nackten Arme wie ein feiner Film legte, und den Geruch der Wildnis samt ihrer Geräusche einzufangen. Einzig in ihrer Erinnerung konnte Louise sie speichern. Doch eines Tages würde auch diese verblassen, nichts als ein verschwommener Eindruck bliebe zurück. Ein Bild, das sie bis zu ihrem letzten Atemzug mit sich tragen würde. Der Gedanke tat ihr weh. Vorsichtig, um den Frieden nicht zu stören, positionierte sie sich so, dass sie das Kattamädchen von der Seite beobachten konnte. Seine Rufe waren inzwischen verstummt. Louise sah zu, wie Jipa die Decke entfernte und die beiden Männer sich im Unterholz verbargen. Zunächst verharrte die Kleine am Boden, minutenlang, streckte die Nase in den Wind und lauschte. Kurz darauf drückte sie sich in eine Ecke des Käfigs und kam auch nicht wieder zum Vorschein. »Die Kleine ist verunsichert«, erklärte Nielsen, nachdem sie Nirina ins Affenhaus zurückgebracht hatten. »Sie braucht Zeit. Fürs Erste können wir ganz zufrieden sein. Immerhin hat sie nicht geschrien.«

Nach dem gemeinsamen Abendessen zog sich Louise zeitig zurück und vergrub sich in ein Lehrbuch. Sich mit der wissenschaftlichen Seite der Haltung von Halbaffen zu beschäftigen lenkte sie von ihren Gefühlen ab und schenkte ihr ein wenig Trost.

KAPITEL 28

Louise schlüpfte am nächsten Vormittag in ihr gutes dunkelgrünes Kleid, richtete vor dem Spiegel ihren Hut und zupfte sich ein paar blonde Strähnen in die Stirn. Dann trat sie ins Freie.

Jipa trug seinen Festtagslamba. Louise hatte sich gefreut, als er darauf bestanden hatte, sie zum Gottesdienst zu begleiten.

»Rana war Christin, und ich achte ihren Glauben«, hatte er schlicht erklärt.

Fabrice ließ nicht lange auf sich warten. In seinem schwarzen Gehrock und dem blütenweißen Hemd machte er einen geradezu vornehmen Eindruck. Er verbeugte sich vor Jipa. Auf seinen Zügen fehlte die Heiterkeit, als sein Blick an Louise haften blieb. *»Bonjour.* Du siehst bezaubernd aus. Wie geht es dir?«, fragte er und hielt ihre Hand einen Moment länger als nötig.

»Es geht«, erwiderte Louise. »Ich weiß, dass die Trauerfeier Adrien und Rana viel bedeutet hätte.«

»Das denke ich auch. Lasst uns aufbrechen.«

Die drei machten sich auf den Weg.

Sander und Pastor Olsen, beide im schwarzen Talar, empfingen sie herzlich.

Pastor Olsen trat auf sie zu. »Ich wollte Ihnen mein aufrichtiges Beileid persönlich aussprechen. Heute, an meinem letzten Tag im Dienst, bekomme ich endlich die Gelegenheit dazu. Adriens und Ranas Tod ist für uns alle ein großer Verlust. Hat man die Täter inzwischen dingfest machen können?«

»Leider nicht. Aber ich danke Ihnen für Ihre freundlichen Worte«, erwiderte Louise.

Sander nahm sie am Ellbogen. »Bist du so weit?«

Als sie die Kapelle der Missionsstation betraten, erhoben sich die Gemeindemitglieder. Der Raum war bis auf die ihnen vorbehaltenen Plätze in der ersten Reihe besetzt.

Sie konnte auch Mathieu entdecken. Ein Einheimischer spielte auf einer kleinen Orgel. Pastor Olsen sprach ein Gebet und las aus der Heiligen Schrift vor. Louise versuchte seinen Worten zu folgen, doch ihre Gedanken schweiften immer wieder ab und verweilten bei dem Klang von Olivers Stimme, als er sich von ihr verabschiedet hatte. Mit ihm wäre der Gottesdienst leichter zu ertragen, dachte Louise.

Der folgende Gesang verschwamm in ihr zu einem einzigen Ton. Ihr war heiß, und die mitfühlenden Blicke der Leute waren kaum zu ertragen.

Sander übernahm den weiteren Gottesdienst. Mechanisch bewegte Louise ihre Lippen oder senkte den Kopf, wie es erwartet wurde. Als sie Adriens und Ranas Namen hörte, fuhr sie zusammen. Wie durch einen Schleier drangen die tröstenden Worte des Missionars zu ihr durch. Pastor Olsen trat zu seinem Kollegen. Mit seiner tiefen Stimme erzählte er, wie er Adrien bei einem offiziellen Besuch der Expeditionsmitglieder kennengelernt hatte. Es war der Tag, an dem Adrien Rana zum ersten Mal begegnet war.

Zwischen ihnen sei sofort eine besondere Verbindung entstanden, erinnerte sich Pastor Olsen. Jeder Anwesende habe gespürt, dass sich in diesem Augenblick zwei Herzen gefunden hatten, die im selben Rhythmus schlugen. Ihre Trauung einige Monate später würde ihm für immer im Gedächtnis bleiben, endete der scheidende Missionar und würdigte die herausragende Arbeit der beiden. Unter Tränen flüsterte Louise das Vaterunser. Sie hielt sich mühsam aufrecht, als sie sich erhob und bei Jipa unterhakte. Sie spürte sein Zittern, als Sander wenig später die Gemeinde segnete und jedem an der Tür die Hand schüttelte.

Fabrice folgte ihnen wortlos und sichtlich ergriffen. Mathieu verabschiedete sich mit einer stummen Umarmung.

Danach machte sich die Gemeinde in einer stillen Prozession auf den Weg zu der Begräbnisstätte von Adrien und Rana. Tianasoa hatte die Götter nach einem geeigneten Platz für ihr Grab befragt und die Ahnen um ihren Segen gebeten, berichtete Jipa unterwegs. Als sie einen Pfad aufwärts zu einem Hügel stiegen, auf dem Tianasoa mit Jipas Frauen und den Kindern auf die Gemeinde wartete, wusste Louise, der Platz war gut gewählt. Von dort oben waren das Dorf der Tanala, die Tierauffangstation und der Regenwald zu sehen. Dann blieb ihr Blick an den beiden blumengeschmückten Gräbern haften, die mit zwei einfachen Holzkreuzen versehen waren.

Fabrice gesellte sich zu ihr, während Sander ein Gebet sprach. Adrien hätte sich genau diesen Ort ausgesucht, dachte sie. Wenig später kehrten sie zur Mission zurück.

Vor dem Portal nahm der neue Missionar Jipa, Fabrice und Louise beiseite. »Wir haben im Speiseraum einen kleinen Imbiss vorbereiten lassen. Wir würden uns freuen, wenn ihr noch ein wenig bleibt.«

Sie blickte zu ihm auf. »Bitte seid nicht böse. Ich möchte lieber allein sein.«

Jipa verbeugte sich vor Sander. »Wir danken Ihnen von Herzen. Ich bringe Louise nach Hause.«

Sander nickte. »Natürlich. Fabrice kann euch fahren.«

»Nicht nötig«, erklärte der Tanala höflich. »Wir werden gehen. Das wird uns guttun und uns auf andere Gedanken bringen.«

Der Missionar verbeugte sich. »Das verstehe ich. Dann wünsche ich euch einen friedlichen Heimweg.«

Louise reichte Sander die Hand. »Vielen Dank für die schöne Zeremonie. Wo ist eigentlich Pastor Olsen?«

»Er ist noch mit einigen Tanala im Gespräch.«

»Richte ihm bitte unseren aufrichtigen Dank aus und dass ich ihm alles Gute wünsche.«

»Das mache ich gern. Bitte entschuldigt mich«, bat er mit einem Blick auf ein altes Ehepaar, das vor dem Portal geduldig auf ihn wartete, und lächelte zum Abschied. »Bis bald.«

Ob Jipa wusste, dass er Louise aus dem Herzen gesprochen hatte, als er sagte, sie wollten zur Tierauffangstation zurücklaufen? So wichtig ihr Fabrice war, so sehr brauchte sie eine Verschnaufpause. Seit ihrem Gespräch wurde sie das Gefühl nicht los, er wartete und hoffte darauf, dass sie ihre Meinung vielleicht doch noch änderte.

Jipa schritt neben ihr forsch voran, und sie passte sich seinem Rhythmus an. Der Tanala war seit Kindesbeinen stundenlange Fußmärsche durch unwegsames Gelände gewohnt.

Sie näherten sich dem Flusslauf, vor ihnen erstreckte sich das grüne Band des Dschungels. Der Wind trieb graue Wolken über den Himmel. Unvermittelt tauchten vor ihnen drei Männer mit krausen Haaren aus dem Dickicht auf, die den Lamba um die Taille gebunden hatten, und strebten zielsicher auf den Fluss zu. Leise fragte Louise: »Wollen die Männer fischen gehen?«

»Nicht fischen«, erwiderte Jipa. »Siehst du das kräftige Seil, das der größte von ihnen um den Hals trägt?«

»Ja.«

»Damit jagen sie Alligatoren.«

»Alligatoren?«, wiederholte sie. »Neulich habe ich ein riesiges Exemplar gesehen. Es war bestimmt vier Meter lang. Was die Männer machen, ist doch lebensgefährlich.«

Der Tanala lächelte. »So schlimm ist es nicht. Die Väter nehmen ihre Söhne schon früh mit auf die Jagd, damit sie die Techniken erlernen. Sie kennen die Gefahren genau.«

Louise ließ die Landschaft auf sich wirken. Weit draußen auf dem Fluss nahm sie Vogelstimmen wahr und entdeckte einen sich ständig verändernden rosafarbenen Farbfleck. Bevor sie Jipa fragen konnte, erhoben sich einzelne rosa Punkte in die Luft. Lange Hälse, gebogene Schnäbel. Es waren Hunderte von Flamingos, die an den seichten Ufern nach Schalentieren suchten.

Jipa stieß sie sanft in die Seite und wies auf die Einheimischen, die sich hinter ein paar Büschen dicht am Ufer verbargen. Einer von ihnen machte sich an etwas zu schaffen, doch sie waren zu weit entfernt, um es genau erkennen zu können. Louise blieb stehen. »Was haben sie vor?«

»Der Mann befestigt einen vergifteten Köder an dem Seil«, erläuterte Jipa. »Wenn sie es ausgeworfen haben, beginnt das Hoffen und Warten. Dabei müssen die Männer hoch konzentriert bleiben, denn wenn ein Krokodil anbeißt, muss alles ganz schnell gehen.«

»Ist das Gift nicht auch für Menschen gefährlich, wenn sie das Fleisch zu sich nehmen?«

»Nein, keiner von uns hatte jemals Probleme. Vielleicht sind wir es aber auch gewohnt.«

»Du isst Krokodilfleisch?« Bei der Vorstellung schüttelte es Louise.

»Oh ja, das ist hierzulande eine Delikatesse. Wenn die Jäger erfolgreich sind, werden sie von ihren Familien begeistert empfangen.«

Was für eine fremde Welt, durchfuhr es Louise abermals. Jipa hatte recht gehabt, der Spaziergang hatte tatsächlich ihre finsteren Gedanken für eine Weile vertrieben. Als sie die Station erreichten, brannten ihre Füße vom langen Gehen. Sie machte sich frisch, schlüpfte rasch in ihre Beinkleider und wechselte die Schuhe.

Da wurde die Tür aufgerissen, und Oliver stand vor ihr. Sein Lächeln, das sie unwillkürlich erwiderte, stand ihm ebenso gut wie der dunkle Lamba, unter dem sich seine muskulöse Figur bei jeder Bewegung abzeichnete. Er roch leicht nach Rasierwasser, als er die Arme nach ihr ausstreckte. Louise wollte sich ihm entziehen, doch im nächsten Moment lehnte sie sich wie selbstverständlich an ihn. Verflixt. »Schön, dich zu sehen«, entfuhr es ihr.

»Ich habe mich beeilt, aber mein störrischer Gaul war nicht dazu zu bewegen, schneller zu laufen.« Er tastete ihr Gesicht mit seinem Blick ab. »War es schlimm?«

»Sander und Pastor Olsen haben sehr respektvoll von Rana und Adrien gesprochen. Aber ich bin froh, wieder hier zu sein.«

»Das verstehe ich«, sagte er. »Weißt du, was los ist? Ich konnte Nielsen und die Arbeiter nicht entdecken.«

Schließlich fanden sie den Tierarzt, Rado und Mamy in dem Raum für die Neuankömmlinge.

Sie sahen auf, als sie eintraten.

»Raus mit Ihnen. Ich operiere«, rief Nielsen ihnen ungewohnt barsch zu.

Louise stellte sich auf die Zehenspitzen, um einen Blick auf den Patienten zu erhaschen, doch der Tierarzt versperrte mit seinem Rücken die Sicht auf den Behandlungstisch.

Sie gingen und halfen Jipa beim Anbau. Während sie Bretter zusägten, lugte Louise immer wieder zum Affenhaus.

Als sich die Tür endlich öffnete und der Tierarzt ins Freie trat, war seine Stirn umwölkt. »Bitte entschuldigen Sie meine Unhöflichkeit eben«, sagte er an Louise gewandt.

»Schon gut. Was ist passiert?«, fragte sie ihn.

»Ein paar Männer haben uns vorhin einen Waldgeist gebracht, so nennen wir die Roten Varis wegen ihrer lauten Rufe. Das Variweibchen ist in eine Falle geraten und hat dort ihr Kind geboren.«

»Um Himmels willen«, rief sie entsetzt.

»Konnten Sie sie retten?«, warf Oliver ein.

»Das Kleine war bereits tot«, sagte Nielsen. »Obwohl seine Mutter vom Blutverlust stark geschwächt war, wollte sie ihr Neugeborenes nicht loslassen. Ich musste ihren gebrochenen Oberschenkelknochen richten und sie an mehreren Stellen nähen. Außerdem hat sie sich die Putzkralle abgerissen. Ich dachte während der Operation die ganze Zeit, das Weibchen stirbt mir unter den Händen.« Er räusperte sich. »Mamy und Rado passen auf sie auf. Ich muss wieder zu ihr.« Er drehte sich um und eilte in den Behandlungsraum zurück.

Nachdem die beiden Arbeiter zu Jipa und Oliver zurückgekehrt waren und sie Louises Hilfe nicht mehr benötigten, schlich sie sich ins Affenhaus. Da die Lemuren zu dieser Zeit noch schliefen, störte es nicht, wenn sie einen kurzen Blick auf sie warf. Vom Eingang aus hatte sie eine gute Sicht auf die Käfige. Rasch versteckte sie sich hinter der Tür, als sie Nirina entdeckte. Den Kopf gegen die Käfigwand gelehnt, umklammerte das Kattamädchen die Gitterstäbe und rührte sich nicht. Die Resignation, die aus seiner Haltung sprach, rührte Louises Herz. Sie sollte nicht hier sein, aber sie konnte sich nicht von Nirinas Anblick lösen.

Traurig verließ sie auf Zehenspitzen das Affenhaus und suchte Nielsen auf, der sich gerade sein Stethoskop aufsetzte. Das Variweibchen auf dem Behandlungstisch lag noch in tiefem Schlaf. »Wie geht es Ihrer Patientin?«, fragte Louise und betrachtete bewundernd das dichte rotbraune Fell.

»Schwach, aber ihr Herz schlägt kräftig. Wir müssen abwarten. Sie kommen gerade recht, Mademoiselle Bernard. Können Sie mir helfen, das Tier in den Käfig zu legen?«

Wenig später verdunkelte sie den Käfig mit einer Decke.

»Wenn Sie Zeit haben, würde ich mich jetzt gern um Nirina kümmern«, sagte Louise.

»Das Variweibchen braucht jetzt ohnehin Ruhe«, erklärte Nielsen. »Gehen wir.«

Schweigend trugen sie den Käfig des Kattamädchens in den Dschungel. Die Vorstellung, dass Nirina eines Tages die Station verlassen würde, jagte Louise Angst ein. Was, wenn sie sich in der Wildnis nicht zurechtfand und von den anderen Lemuren attackiert wurde? Gebannt verfolgte sie, wie ihr Schützling seinen geringelten Schwanz aus dem Käfig streckte und mit den Blättern eines riesigen Farnes spielte. Insgeheim stellte sie sich die Frage, ob noch Erinnerungen an diese Pflanze und die Geräusche im Regenwald in Nirina schlummerten. Nach einer Weile brachten sie sie zurück.

»Haben Sie einen Moment Zeit?«, fragte Nielsen, als sie das Affenhaus verließen, und blickte sich nach allen Seiten um. Die anderen waren am Anbau beschäftigt. »Ich muss unbedingt mit Ihnen sprechen.«

»Aber natürlich. Kommen Sie, ich koche uns einen Tee.«

Louise beobachtete den Tierarzt unauffällig. Seine Bewegungen wirkten fahrig, sein Gesicht war angespannt. Sie stellte einen Topf mit Wasser auf die Feuerstelle. »Wie geht es Talib?«, fragte sie wie nebenbei.

»Ähm, das ist einer der Punkte, über die ich mit Ihnen reden möchte. Bitte entschuldigen Sie, Mademoiselle Bernard«, entwich es ihm atemlos. »Ich habe ein furchtbar schlechtes Gewissen. Es ist nicht recht, dass ich so lange geschwiegen habe. Das war ein Fehler. Ich hätte mich Ihnen längst anvertrauen müssen. Stattdessen habe ich Ihnen Ihr Fehlverhalten neulich mit der Fossa nachgetragen. Bitte verzeihen Sie.« Er wich ihrem forschenden Blick aus. »Dadurch habe ich Schuld auf mich geladen. Die Ahnen werden ein Opfer von mir fordern.« Seine Stimme brach.

»Entschuldigung angenommen. Bitte beruhigen Sie sich«, bat sie den Tierarzt und reichte ihm kurz darauf den Tee. »Was wollen Sie mir denn erzählen?«

Er wurde bleich. »Etwas, das Sie schon längst wissen sollten. Ich habe gesehen, wie Sie mit Latif weggeritten sind.«

»Sie kennen ihn also ebenfalls?«, antwortete sie wie elektrisiert.

»Ja, wenn auch nur flüchtig.« Nielsen hielt den Blick gesenkt. »Vor etwa einem Jahr ist er wie ein Geist aufgetaucht und hat Adrien seitdem regelmäßig abgeholt.« Er verstummte, zögerte.

Aus den Augenwinkeln sah sie, wie sich Oliver der Hütte näherte und sein Blick fragend zwischen ihnen hin und her flog. Louise bat ihn mit einer Geste auf die Terrasse. Als sich Oliver zu ihnen setzte, forderte sie den Tierarzt auf fortzufahren. »Das ist doch sicher noch nicht alles.« Louise beugte sich vor. Ihre Stimme wurde eindringlich. »Wenn Sie irgendetwas wissen, müssen Sie uns das sagen.«

»Ich will ja, aber es fällt mir schwer.«

Ihr Herz schlug bis zum Hals, als sie seine Schultern umfasste. »Was wissen Sie?«

»Latif ist ein zwielichtiger Mann und hat keinen guten Ruf.« Nielsens Stimme war nur noch ein heiseres Flüstern. »Ich habe keine Ahnung, was der Kerl treibt, aber als ich ihn mit Adrien sah, habe ich angefangen, mir Sorgen zu machen.«

Louise forschte in seinen Zügen. Offenbar wusste er nichts von dem Marihuana. »Sprechen Sie weiter.«

Der Tierarzt holte tief Luft. »Einmal habe ich Adrien mit ihm reden hören. Das war frühmorgens, noch vor der Regenzeit. Ich war zufällig draußen, weil ich mich erleichtern musste. Der Kerl sagte, sie müssten mehr Profit aus den Geschäften ziehen. Ich war ziemlich erschrocken. Adrien soll sich besser von ihm fernhalten, habe ich damals gedacht. Natürlich haben wir uns alle gefragt, was vor sich geht. Aber dann haben wir entschieden, uns herauszuhalten und so zu tun, als wüssten wir nichts davon.«

Wut kroch in Louise hoch und machte es ihr schwer, sachlich zu bleiben. Sie blickte in die Ferne, um sich zu sammeln. »Bei allem Verständnis für Ihre Situation. Spätestens, als wir Rana und Adrien gefunden haben, hätten Sie mir von dieser Geschichte erzählen müssen.« Mit einem Ruck stand sie auf und hielt seinen Blick fest. »Stattdessen haben Sie seelenruhig zugesehen, wie ich im Trüben fischte. Noch schlimmer. Sie haben sogar billigend in Kauf genommen, dass mir etwas zustößt.« Louise baute sich vor ihm auf. »Sie haben doch sicher von den Skorpionen in meinem Bett und der verwüsteten Hütte gehört, oder nicht?« In ihre Wut mischte sich Enttäuschung, und sie wendete sich ab.

»Bitte, Mademoiselle. Es tut mir unendlich leid.«

Sie hielt in der Bewegung inne.

»Ich weiß, es war falsch zu schweigen«, fügte Nielsen hinzu. »Aber sollte ich Ihren Bruder einer kriminellen Handlung bezichtigen, die er vielleicht gar nicht begangen hatte? Sie müssen mir glauben, auch für uns war die Situation nicht leicht. Was, wenn sich unser Verdacht als haltlos herausgestellt hätte? Dann hätten wir möglicherweise unsere Arbeit verloren, auf jeden Fall hätten Sie uns verachtet.«

Sie begegnete Olivers bestürztem Blick. Obgleich es in Louise kochte, waren Nielsens Beweggründe nachvollziehbar. Trotzdem hätte ich anders entschieden, dachte sie, und in Olivers Augen las sie, dass er ebenso empfand.

Ihr Gegenüber spielte nervös mit den Fingern.

»Gibt es sonst noch etwas zu besprechen?«, fragte Louise. »Ansonsten wartet eine Menge Arbeit auf mich.«

Er hielt sie am Ärmel ihrer Bluse fest. »Bitte warten Sie.«

Sie setzte sich.

»Es geht um Talib«, wisperte er.

Sie sah ihn durchdringend an. »Was ist mit ihm?«, wollte sie wissen. »Haben Sie Jipa nicht heute Morgen erzählt, er wäre krank und würde vorerst nicht arbeiten können? Was fehlt ihm denn?«

Nielsens Ohren wurden puterrot. »Ich habe gelogen. In Wahrheit war er gestern gar nicht zu Hause.« Er wischte sich den Schweiß von der Stirn. »Ich habe jeden gefragt, aber niemand weiß, wo er steckt. Allmählich machen wir uns Sorgen.«

»Was ist mit dem Freund, den er besuchen wollte?«, hakte Louise vorsichtig nach.

»Talib war auch bei ihm nicht.«

Louise rührte etwas Zucker in ihren erkalteten Tee. Ihre Gedanken überschlugen sich. Erinnerungsfetzen zogen an ihr vorüber. Talib. Unter ihrer Haut begann es zu kribbeln wie von Tausenden Stecknadeln. »Nielsen, kennt Ihr Sohn Latif eigentlich auch?« Sie benutzte absichtlich den Namen, unter dem er sich ihr vorgestellt hatte. Den richtigen musste Nielsen zurzeit nicht erfahren.

Um den Mund des Veterinärs bildete sich eine harte Linie. »Ja, sein Name fiel öfter. Einmal habe ich mitbekommen, wie sich mein Sohn eine ganze Weile mit ihm unterhielt, während er auf Adrien gewartet hat. Ich weiß noch, dass ich mich damals gewundert habe und Talib darauf ansprechen wollte. Leider habe ich später nicht mehr daran gedacht.«

KAPITEL 29

Louise starrte zu dem blühenden Flammenbaum, ohne etwas von seiner Schönheit wahrzunehmen. Aus dem inneren Kribbeln wurde ein nervöses Stechen. Ihr Puls hämmerte an der Halsschlagader. »Nielsen, Oliver, kommt!« Entschieden zog sie den Tierarzt auf die Füße.

»Aber … aber was ist denn?«, stieß er verwirrt aus.

Louise hob die Stimme. »Ich erkläre es Ihnen unterwegs. Wir müssen Talib finden. Oliver, sage Mamy und Rado Bescheid, sie sollen uns begleiten. Ich spreche mit Jipa.«

»Bleiben Sie auf der Station, wir übernehmen das«, widersprach der Tierarzt.

»Kommt nicht infrage!« Louise lief zu Jipa, der für die Lemuren gerade Bambus in mundgerechte Stücke schnitt.

Er kniff die Augen zusammen, als er ihrer gewahr wurde.

»Hör zu«, erklärte sie hastig. »Wir müssen Talib suchen. Du bleibst bitte hier und kümmerst dich um die Tiere und siehst nach dem Variweibchen.«

Seine Augen wurden groß. »Ja, gut. Aber wieso …«

»Danke.« Louise machte eine abwehrende Handbewegung und stürmte hinaus. »Kommt mit!«

Die beiden Arbeiter warfen sich einen fragenden Blick zu und folgten ihr. Louise erklärte Oliver kurz ihren Plan. Er nickte grimmig, und sie liefen zur Straße nach Fianara. »Mamy, Rado, haltet nach Talib Ausschau! Ihr biegt am nächsten Pfad ab. Teilt euch auf. Wir treffen uns in einer Stunde bei der Mission. Wir müssen vor Einbruch der Dunkelheit zurück sein.« Sie wartete ihre Antwort nicht ab. Nielsen holte zu ihnen auf und fiel in einen leichten Trab.

»Hoffentlich ist Talib nichts zugestoßen.« In seinen Augen erkannte sie blanke Furcht. »Sie vermuten, er steckt in Schwierigkeiten, nicht wahr?«

»Das können wir nicht ausschließen«, erwiderte sie vorsichtig und beschleunigte ihren Schritt. Hoffentlich hielten sich Sander oder Fabrice in der Mission auf. Talib in der Wildnis zu suchen erschien ihr wie die Suche nach der Nadel im Heuhaufen, ganz abgesehen davon, dass jeder Schritt Gefahren barg.

Während die drei die Straße aufmerksam im Auge behielten und auf jedes ungewöhnliche Geräusch achteten, näherten sie sich Meter um Meter der Mission. Es war schier zum Verzweifeln. Bis auf eine Landschildkröte, die geruhsam über die Straße schlich und gleich darauf im dichten Gestrüpp verschwand, waren sie allein.

»Talib hat ganz sicher keine Geschäfte mit Latif gemacht«, stieß Nielsen irgendwann schwer atmend aus.

Ihre Befürchtungen bewahrheiteten sich. Der Citroën stand nicht in der Auffahrt. Sie zerbiss einen Fluch.

Oliver rief nach dem Vermissten, aber die Landschaft lag verwaist vor ihnen. Als Nielsen hinter ihnen zurückfiel, flüsterte Oliver, damit der Tierarzt ihn nicht hörte: »Glaubst du, Talib hat etwas mit der Sache zu tun?«

»Schwer zu sagen«, antwortete sie. »Aber überleg mal. Talib scheint Latif ganz gut zu kennen. Seit wir das Dorf mit dem Marihuanalager entdeckt haben, ist er nicht mehr aufgetaucht. Es ist also möglich, dass er über unseren Besuch dort informiert wurde und sich deshalb von uns fernhält.« Sie lugte in die dichten Sträucher und rief Talibs Namen. Als alles still blieb, fuhr sie fort: »Wenn er nicht krank ist, trotzdem nicht zur Arbeit erscheint und niemand ihn gesehen hat, liegt doch die Vermutung nahe, dass er in die Sache verwickelt ist, oder?«

»Möglich, aber wir sollten keine voreiligen Schlüsse ziehen«, gab Oliver zu bedenken. »Komm, wir nehmen den Weg zum Marihuanadorf.«

Als der Pfad vor ihnen auftauchte, zu dem sie der Gendarm gelotst hatte, liefen sie darauf zu. Louise drehte sich zu Nielsen um, der stehen geblieben war und sich mit verzerrter Miene den Rücken rieb. »Bleiben Sie hier.«

Er widersprach nicht.

Schon schlossen sich die hohen Pflanzen gleich einer Pforte um die beiden und schluckten das Licht der tief stehenden Sonne.

»Talib, bist du da?«, rief Oliver.

Nur das Rauschen des Windes antwortete ihm. Er griff nach ihrer Hand und zog sie tiefer in die labyrinthartigen Felder, aus denen sie ohne seine Führung niemals hinausfinden würde.

Plötzlich blieb sie wie angewurzelt stehen. »Hast du das gehört?«

»Ja.«

Da bog der Wind die Pflanzen, und die Sonne fiel auf den sandigen Boden. »O mein Gott!«, entwich es ihr. Unweit des Pfads war ein Wimmern zu hören.

Mit einem Satz sprangen sie auf das Feld zu, das an einer Stelle zertrampelt war.

»Nielsen, hierher!«, schrie Oliver.

Nur einen Herzschlag später entdeckten sie zwei zusammengesunkene Gestalten. Ein schwaches Stöhnen drang zu ihnen.

Oliver war als Erster bei einem der reglosen Männer, der bäuchlings zwischen Wildkräutern und Maispflanzen lag, und drehte ihn um.

»Talib, um Himmels willen«, flüsterte Louise und betrachtete das wächserne Gesicht des Tierpflegers. Ihr Blick wanderte abwärts. Unter seinen Rippen klaffte eine Wunde. Sein helles Hemd war dunkelrot verfärbt. Sie presste ihre Finger gegen Talibs Halsschlagader.

Im nächsten Moment stürzte der Tierarzt auf sie zu und erfasste die Situation.

»Er ist verletzt. Aber er lebt«, brachte Louise hervor.

»Ich kümmere mich um ihn.« Nielsen beugte sich über seinen bewusstlosen Sohn.

»Der andere ist tot, Louise«, hörte sie Oliver hinter sich.

Sie fuhr herum. Voller Entsetzen erkannte sie in dem Leichnam den Sprecher aus dem Marihuanalager, dessen gebrochene Augen gen Himmel starrten. Ein Buschmesser ragte aus seiner Brust.

Nielsen hatte indes sein Hemd in Stücke gerissen und legte seinem Sohn einen provisorischen Verband an. Als er aufsah, war jede Farbe aus seinem Gesicht gewichen.

»Helfen Sie mir bitte, ihn zu tragen.«

»Ich mach das«, antwortete Oliver bestimmt, nahm den Verletzten auf die Arme und eilte mit weit ausholenden Schritten voraus. Dann drehte er sich zu Nielsen um. »Sander ist inzwischen vielleicht zurück. Dann können wir den Wagen zur Station nehmen.«

Der Tierarzt schüttelte den Kopf. »Das schafft er nicht. Wir müssen in der Mission bleiben.«

Bewundernd sah Louise zu, wie Oliver den Verletzten ohne sichtliche Anstrengung trug. Während sie den Weg so schnell zurückliefen, wie sie konnten, ließ Louise Talibs stilles Gesicht nicht aus den Augen. Es kam ihr vor, als würde mit jedem Schritt etwas von dem Fünkchen Leben, das noch in ihm steckte, aus ihm weichen. Wenn sie es nur rechtzeitig schafften.

Sie hatten gerade die halbe Strecke bewältigt, Louise war schweißnass, als sie ein Motorengeräusch aus ihren dumpfen Befürchtungen riss.

Direkt vor ihnen bremste ein Wagen. Es waren Sander und Mathieu. Der Fotograf sprang auf die Straße. »Können wir helfen?«

»Euch schickt der Himmel«, rief Louise. »Bringt den Verletzten zur Mission. Rasch! Wir brauchen Nielsens Medizinkoffer und Verbandsstoff.«

»Nicht nötig«, erklärte Sander. »In der Schule haben wir alles Notwendige zur Erstversorgung. Steigen Sie ein, Nielsen. Mathieu, gehen Sie mit Louise und Oliver zurück. Ich brauche den Beifahrersitz.«

»Ja, natürlich«, antwortete der Fotograf.

Der Missionar stutzte, als er Talib erkannte, stellte jedoch keine Fragen. Kurzerhand legte Oliver mit Mathieus Hilfe den Verletzten auf die Rückbank.

Eine knappe halbe Stunde später erreichten Louise, Oliver und Mathieu die Mission.

Fabrice empfing sie entsetzt. »Wieso hast du mich nicht gerufen, Louise? Ich hätte euch begleitet.«

Sie entdeckte den Nachhall des Schocks auf seiner Miene. »Da der Wagen nicht vor dem Haus stand, hatte ich angenommen, ihr seid alle weggefahren. Es tut mir leid.«

Indes schickte Sander Mamy und Rado, die vor der Station gewartet hatten, zurück.

Louise und Fabrice betraten das Gästezimmer, in dem Sander den Patienten untergebracht hatte. Talib lag mit nacktem Oberkörper reglos da. Nielsen hatte seine Wunden mit Jod gesäubert und desinfizierte gerade eine Nadel.

»Er ist noch nicht zu sich gekommen«, murmelte der Tierarzt, ohne von seiner Arbeit aufzublicken. »Ich habe ihn zur Sicherheit leicht betäubt. Es wird eine Weile dauern, ihn zu nähen. Aber der Junge hat Glück im Unglück, seine Organe sind unverletzt. Er wird es schon schaffen.«

Vor Erleichterung wurden Louises Knie weich. Fabrice führte sie hinaus, besorgte bei der Köchin einen Becher starken Tee und drückte sie auf einen Stuhl im Eingangsbereich. Mathieu und Oliver leisteten ihnen Gesellschaft.

Sie hatte den Tee kaum ausgetrunken, da traten Jipa und Sander zur Tür herein. »Ich verständige die

Gendarmerie«, erklärte der Missionar und ging in seine Schreibstube.

Der Tanala sah ihm nach. »Wo ist Talib? Ich möchte zu ihm.«

»Geht nur«, sagte Mathieu zu Louise und Oliver. »Ich bleibe hier.«

Die beiden führten Jipa zu dem Verletzten. Nielsen hatte Talibs Wunde inzwischen genäht und verbunden. Mit versteinerter Miene betrachtete Jipa die wie leblos wirkende Gestalt seines Tierpflegers, während Nielsen ihn über dessen Zustand in Kenntnis setzte.

Daraufhin berichtete Oliver Jipa, wie sie Talib und den toten Arbeiter gefunden hatten.

Der Tanala blickte auf. »Was glaubst du, was passiert ist, Louise?«

»Zwischen den beiden muss es zu einem Kampf gekommen sein. Als der Kerl ihn verletzte, hat Talib ihn vermutlich aus Notwehr getötet.«

»Das halte ich auch für wahrscheinlich«, meinte Oliver nachdenklich.

»Das Spekulieren hilft uns allerdings im Moment nicht weiter«, warf Nielsen bekümmert ein. »Wir müssen abwarten, bis Talib aufwacht. Ich bleibe bei ihm. Und jetzt raus mit euch. Der Junge braucht Ruhe.«

Leise verließen Jipa, Louise und Oliver den Raum und wurden von Sander in die Schreibstube gebeten.

»Die Gendarmerie weiß Bescheid. Wenn sie sich um den Toten gekümmert haben, brauchen sie eure Aussagen. Ich hole einen der Gendarmen später ab«, berichtete er.

Louise atmete innerlich auf, als der ältere Gendarm

die Mission betrat und sich die Ereignisse schildern ließ.

»Danke. Bitte benachrichtigen Sie mich, sobald er vernehmungsfähig ist«, antwortete er.

»Selbstverständlich. Haben Sie Neuigkeiten für mich?«, hakte Louise nach.

»In gewisser Weise ja.« Der Uniformierte winkte ab, als Sander ihm Tee einschenken wollte. »Offenbar wird in dem Dorf tatsächlich Marihuana im großen Stil angebaut. Die Kollegen wollten die Waren sofort beschlagnahmen und die Scheune versiegeln. Wir konnten sie aber von einer anderen Strategie überzeugen. Uns ist es nämlich gelungen, einen Mittelsmann zu gewinnen, der im Dorf Informationen für uns sammelt. Morgen früh treffe ich mich mit ihm.«

Oliver stieß einen anerkennenden Pfiff aus. Auch Louise war verblüfft. »Einer der Arbeiter? Das ist großartig. Wie haben Sie das geschafft?«

Der Gendarm senkte die Stimme. »Wir haben ihm genügend Geld angeboten. Das erschien uns die einzige Möglichkeit, die Mauer des Schweigens zu durchbrechen. Mit der Summe will er mit seiner Familie im Norden neu anfangen. Wir haben einen Mann in der Nähe postiert, der für seine Sicherheit sorgen soll.«

»Wo treffen Sie sich denn mit ihm?«, fragte sie.

Der Gendarm wandte sich ihr zu. »In Fianara, wieso?«

»Lassen Sie mich mit ihm sprechen«, bat sie erregt. »Es geht um den Mord an meinem Bruder, er war in die Angelegenheit verwickelt.«

»Nichts für ungut, Mademoiselle Bernard«, sagte der Gendarm leicht gereizt. »Ermittlungen sind unsere Sache. Privatpersonen zu derlei Gesprächen hinzuzuziehen ist nicht üblich.«

Louise beugte sich vor. »Wenn Sie mir einen Einwand erlauben – ohne meine Initiative wüssten Sie nichts von den Drogen und hätten den Mord an meinem Bruder und dessen Frau längst zu den Akten gelegt!«

Sie hielt seinen Blick fest. Einen Moment war nur das Ticken der Uhr in der Schreibstube zu hören. Sie meinte, die Spannung in der Luft förmlich riechen zu können.

Der Gendarm hüstelte.

»Bitte«, fuhr sie fort. »Lassen Sie mich mit ihm reden. Und da in Fianara die Augen und Ohren überall sind, sollten wir uns vielleicht hier auf der Mission treffen, wo wir ungestört sind.«

»Meine Schreibstube steht euch zur Verfügung«, warf Sander ein.

Sie lächelte dankbar. »Das ist nett von dir.« Dann richtete sie ihre Aufmerksamkeit wieder auf den Gendarmen. »Übrigens gibt es da noch einen Vorteil. Wenn ich dabei bin, haben Sie gleich einen Zeugen. Was meinen Sie?«

»Sie sind wirklich hartnäckig. Ist sie immer so?«, fragte er Fabrice.

»Ja«, antwortete dieser schmunzelnd.

Der Gendarm betrachtete Louise eindringlich. »Na schön. Wir treffen uns morgen früh um acht genau an dieser Stelle. Wenn Sie mir noch sagen würden, wo ich den Tierarzt finde?«

»Er ist bei seinem Sohn«, erwiderte Sander. »Ich sage ihm Bescheid.«

»Ich mache das«, wehrte Louise ihn bestimmt ab. Auf dem Flur blieb sie vor dem Uniformierten stehen. »Ich muss Sie dringend sprechen.«

Nachdem sie durch den Hinterausgang ins Freie getreten waren, berichtete sie ihm hastig von den Skorpionen, der durchwühlten Hütte und dem fehlenden Geld. Während sie sprach, machte er sich im Stehen Notizen.

Als sie mit dem Bericht fertig war, klopfte er mit einem Bleistift auf sein Schreibheft. »Verstehe ich Sie richtig, Sie glauben, diese Vorfälle stehen im Zusammenhang mit dem Marihuana und Ihrer getöteten Familie?«

»Ja, unbedingt«, stieß sie aus. »Das alles ist geschehen, nachdem ich angefangen habe, unbequeme Fragen zu stellen.«

Der Gendarm raufte sich sein dünnes Haar. »Aber warum haben Sie uns das nicht längst mitgeteilt?«

»Mein Freund Fabrice Colet weiß nichts davon, und vor Jipa Tolojanahary wollte ich das Thema auch nicht zur Sprache bringen. Er schläft ohnehin bereits bei mir in der Hütte und folgt mir wie ein Schatten. Ich will ihn nicht weiter ängstigen.«

»Zu viel Rücksicht kann gefährlich sein, Mademoiselle Bernard.« Er warf ihr einen langen Blick zu. »Aber das ist natürlich Ihre Sache. Wenn ich jetzt bitte Monsieur Rasoloarison sprechen dürfte?«

Nielsen erhob sich, als sie eintraten.

Louise stellte sie einander vor. »Gehen Sie nur«, sagte sie zu ihm. »Ich bleibe so lange bei Talib.«

Als sich die Tür hinter den beiden schloss, war es plötzlich bedrückend still im Raum. Louise musterte den Tierpfleger, dessen Gesicht nicht mehr ganz so fahl wirkte.

»Bitte werde wach. Wir brauchen dich«, flüsterte sie.

Wenig später kehrte Nielsen zu seinem Sohn zurück, und Sander fuhr den Gendarmen nach Hause, der in einer Ortschaft wenige Kilometer von der Mission entfernt wohnte.

»Übernachte doch bei uns«, meinte Fabrice. »Dann bist du vor Ort, wenn der Gendarm mit dem Mann eintrifft.« In seinen Augen stand eine stumme Bitte.

»Dein Freund hat recht«, mischte sich Jipa ins Gespräch.

»Ja, das klingt vernünftig«, stimmte sie zu.

Oliver fing ihren Blick ein. »Dann bis morgen.«

Gleich darauf machte er sich mit den anderen auf den Rückweg. Der Mond stieg höher, und weil der Abend ungewöhnlich klar war, setzte sie sich nach draußen auf eine Bank.

Es dauerte nicht lange, und Fabrice trat hinaus. »Ach, hier bist du. Ist dir nicht kalt?«

»Nein.«

Er nahm so dicht neben ihr Platz, dass sich ihre Schenkel beinahe berührten. Sie rückte etwas von ihm ab, gerade so viel, dass es nicht unhöflich erschien.

»Was ist mit dir, Louise? Habe ich dich verärgert?«

Sie betrachtete sein Profil. »Nein, das hast du nicht.« Himmel, warum ist es nur so schwer?, dachte sie. »Ich weiß nicht, wo ich anfangen soll, Fabrice.«

Er lächelte. »Fang einfach am Anfang an.«

Louise betrachtete den Sternenhimmel. »Seit einiger Zeit habe ich das Gefühl, du siehst mehr in mir als eine Kollegin und Freundin.« Jetzt war es heraus.

»Das stimmt«, räumte er ein. »Du bedeutest mir alles, Louise. Du bist klug, hübsch und du bist warmherzig.«

»Und ich bin die, die im Notfall auch mal etwas repariert«, wisperte sie. Eine praktisch veranlagte, anschmiegsame Ehefrau. Na wunderbar, fügte sie in Gedanken hinzu.

»Was hast du gesagt?«

»Ach, nichts.« Sie starrte zu Boden.

Er nahm ihre Hände. »Heirate mich, Louise. Wir werden glücklich miteinander, das verspreche ich dir.«

»Vielleicht ein paar Kinder und ein Haus«, vervollständigte sie das Bild.

»Ich habe mir schon immer eine große Familie gewünscht.« Auf seinen Zügen spiegelte sich Hoffnung wider.

Louise senkte den Kopf. Wenn Fabrice sie gebeten hätte, mit ihm einen Alligator zu erlegen, hätte sie ohne Zögern eingewilligt. Sie wäre ihm auch blind durch den Dschungel gefolgt. Ihm jetzt aber bei ihrer Antwort in die Augen zu sehen fiel ihr unendlich schwer. »Du bist mein bester Freund, Fabrice. Aber ich bin nicht die richtige Frau für dich.«

Er legte den Kopf schief. »Wieso nicht? Wir ergänzen uns doch perfekt.«

»Nein, da täuschst du dich. Ein Häuschen im Grünen, Kinder, mit denen man am Wochenende in den

Zoo geht. Das ist nicht das Leben, das ich führen möchte, verstehst du?«

Er stieß heftig die Luft aus. »Du willst also lieber unter diesen Patriarchen leben, unter Männern, die es gewohnt sind, dass sich eine Frau unterordnet?«, erwiderte er, wobei seine Frage eher nach einer Feststellung klang.

»Ich werde mir schon Respekt verschaffen. Bitte mach es mir nicht schwerer, als es ohnehin schon ist. Die Station ist mein neues Zuhause. Dein Zuhause ist Paris.«

Fabrice lehnte seine Stirn gegen ihre. »Ohne dich ist Paris farblos.«

Seine Verzweiflung versetzte Louise einen Stich. Weil ihr die Worte fehlten, küsste sie ihn zart auf die Wange.

»Mit der Zeit wirst du mich lieben lernen, Louise«, widersprach er. »Ganz bestimmt.«

Sie schüttelte den Kopf. »Das glaubst du jetzt. Aber ich bin sicher, eines Tages wirst du die Richtige treffen, die dich so glücklich macht, wie du es verdienst. Dann wirst du den Unterschied erkennen.« Louise erhob sich. »Es tut mir leid, wenn ich dich verletzt habe. Bitte sei mir nicht böse, aber ich möchte noch ein wenig allein sein.«

Wie angewachsen verharrte er auf der Bank. »Sicher. Gute Nacht.«

KAPITEL 30

In dieser Nacht wälzte sich Louise in ihrem Bett und konnte nicht verhindern, Olivers Nähe zu spüren, seine Hand in ihrer, seinen Atem in ihrem Nacken. Seine Stimme zu hören, die sogar in ihren Träumen zu ihr sprach. Warum ausgerechnet er?, fragte sie sich zum x-ten Mal.

Als sich die Sonne allmählich über die Regenwaldriesen erhob, kleidete sie sich an.

Draußen entdeckte sie Sander in lässiger Hose und dunklem Hemd. Er lächelte abwesend, als er ihrer gewahr wurde, und fuhr fort, unhörbar vor sich hinzumurmeln. Gemeinsam beobachteten sie den Lauf der Sonne, die gleißende Lichtstreifen zwischen das dichte Geäst schickte, und lauschten dem vielstimmigen Gezwitscher, mit dem die Vögel den Morgen begrüßten. Er hakte sich bei ihr unter und zeigte ihr mehrere Hundert Jahre alte Bäume, die den ausgedehnten Grund begrenzten.

»Wieso betest du hier und nicht in der Hauskapelle?«, wollte sie von ihm wissen.

»Ich liebe es einfach, den Tag mit einem Gebet zu Sonnenaufgang zu beginnen. Das ist für mich ein magischer Moment und gibt mir Kraft für meine Arbeit.« Er musterte sie von der Seite. »Du siehst aus, als könntest du ebenfalls ein Gebet gebrauchen.«

»Ja, vielleicht«, räumte sie ein und zog es vor, das Thema zu wechseln. »Wie geht es Talib?«

»Unverändert, soweit ich weiß. Nielsen muss völlig übernächtigt sein. Aber er weicht seinem Sohn nicht von der Seite.«

Sie nickte. »Ich löse ihn gleich ab, dann kann er sich ein wenig hinlegen.«

»Du siehst mitgenommen aus«, warf der Missionar ein. »Wenn du einen Rat oder etwas Ablenkung brauchst, lass es mich wissen. Mir scheint, derzeit stürmt zu viel auf dich ein.«

»Allerdings.« Louise blieb stehen. Von der Straße her näherten sich glockenhelle Stimmen. Ungefähr ein Dutzend Mädchen in Uniform und mit Büchern unterm Arm strebte der Schule zu. Ihre Zöpfe wippten bei jeder Bewegung. Sie lachten ausgelassen und freuten sich augenscheinlich auf den Unterricht. Tief sog Louise den friedvollen Anblick in sich auf.

Eine erregte Stimme zerschnitt die Idylle. »Mademoiselle Bernard!«

Nielsen eilte mit geröteten Wangen auf sie zu. »Bitte kommen Sie. Talib ist wach und möchte Sie sprechen.«

»Lauf«, sagte der Missionar zu Louise. »Wir sehen uns später beim Frühstück.«

»Danke, Sander.« Louise folgte dem Tierarzt. »Seit wann ist Ihr Sohn wach?«

»Erst seit einigen Minuten«, antwortete er stockend.

Vor dem Gästezimmer ließ er ihr den Vortritt.

Der Verletzte hob langsam den Kopf, als sie eintraten.

Louise zog sich einen Schemel ans Bett. Obwohl Talib schwach und blass in den Kissen lag, wirkten seine Augen klar. *»Bonjour.* Wie geht es dir?«

»Schmerzen«, flüsterte er.

»Hier, trink. Das lindert den Schmerz.« Sein Vater hielt ihm einen Becher an die Lippen, den er schluckweise leerte.

»Danke«, sagte Talib zu ihr. »Ohne Sie, ich wäre tot.«

»Wir sind froh, dass wir dich noch rechtzeitig gefunden haben.« Louise konnte erkennen, wie es in ihm arbeitete, wie er um Kraft rang, um sprechen zu können.

»Ich Tsito Messer in Brust«, stammelte er nach einer gefühlten Ewigkeit und bekräftigte seine Worte mit einer eindeutigen Geste. »Er mich … töten.«

»Tsito ist der ältere Mann, der Sprecher, der im Marihuanaanbau arbeitet, nicht wahr?«, hakte sie behutsam nach.

»Sie wissen?«, fragte er stockend.

Talibs Haare klebten an seiner Stirn. Louise tupfte sein Gesicht trocken. »Ja, ich weiß davon. Was ist passiert?«

Er betrachtete sie unter halb gesenkten Lidern, die Schatten der Erschöpfung griffen erneut nach ihm. »Ich nicht machen, was er sagt«, antwortete er mit verwaschener Stimme.

»Was wollte Tsito denn von dir?«

Nielsen beugte sich vor.

In Talibs Augen stand namenloses Entsetzen geschrieben. »Ich Sie beseitigen. Sie sollen tot sein.«

Eisige Kälte jagte ihr durch die Adern und ließ sie frösteln. Sie schielte zu Nielsen hinüber, der die Hand seines Sohns packte. »Was sagst du da?«

»Ich sie … töten«, beharrte der Verletzte kaum verständlich, bis sich seine Züge entspannten und er in einen tiefen Schlaf glitt.

Sie töten. Sie töten, hallte seine Stimme höhnisch in Louises Kopf. Sie schlug die Hände vors Gesicht. »Er wollte mich beschützen.«

Nielsen nickte. »Das glaube ich auch. Als Tsito, dieses Schwein, Ihren Tod forderte und Talib sich wehrte, ging er auf ihn los. Vermutlich konnte mein Sohn ihm ausweichen. Deshalb hat er überlebt und brachte den Kerl zur Strecke.«

»So muss es gewesen sein«, pflichtete Louise ihm bei. »Mein Gott.« Sie legte dem Tierarzt eine Hand auf den Arm. »Ruhen Sie sich eine Weile aus. Ich bleibe bei Talib.«

»Danke.« Nielsen verließ das Krankenzimmer.

Als sie später im Speiseraum eintraf, warteten Sander, Mathieu und Fabrice bereits auf sie. Der Fotograf und Sander unterhielten sich angeregt, doch Louise trug nicht mehr als ein gelegentliches Ja oder Nein zum Gespräch bei. Fabrice war ähnlich schweigsam und beobachtete sie verstohlen.

Dann läutete es an der Tür, und Louise war erleichtert, der bedrückenden Atmosphäre zu entfliehen.

Neben dem Gendarmen stand ein hagerer, hochgewachsener Mann, den sie sofort wiedererkannte. Es war das Narbengesicht aus dem Dorf. Er verneigte sich leicht, wich ihrem Blick jedoch aus.

Louise bat die Männer in die Schreibstube. Nachdem der Gendarm dem Einheimischen mitgeteilt hatte, dass sie das Gespräch führen und er seine Aussage schriftlich festhalten würde, wurde es still im Raum.

»Wenn Sie uns verraten, was Sie in Erfahrung bringen konnten, sagen wir Ihnen Straffreiheit zu«, fügte der Uniformierte aufmunternd hinzu.

Auf der Stirn des Narbengesichtes bildeten sich Schweißperlen. »Erst Geld, sonst sage ich kein Wort«, brachte er düster hervor. »Ich glaube sonst nicht.«

»Wie Sie wollen.« Der Gendarm zog mit demonstrativer Geste ein weißes Kuvert aus seiner Jackentasche und legte es auf den Schreibtisch.

Die dunklen Augen des Mannes wanderten unstet durch den Raum und blieben an dem Umschlag haften.

»Mit dem Geld beginnt für Sie und Ihre Familie ein neues Leben, wenn Sie wollen.« Louise beugte sich vor. »Reden Sie, bevor es sich die Gendarmerie anders überlegt.«

Der Einheimische stürzte das Glas Wasser hinunter, das vor ihm stand. »Zehn Männer müssen Säcke mit Kraut an Ostküste bringen«, begann er zögernd.

»Wohin genau?«, fragte Louise scharf.

Der Arbeiter wollte nach dem Kuvert greifen, doch der Gendarm umschloss sein Handgelenk. »Bitte loslassen. Ich sage. Tamatavé. Kraut bestimmt weiter nach Mauritius.«

Louise überlief ein Schauer.

»Gut, das ist ein Anfang«, sagte der Gendarm. »Sie müssen mir allerdings unterschreiben, dass Sie uns weiterhin zur Verfügung stehen, und darüber hinaus meinem Sekretär alles diktieren, was Sie wissen, einschließlich sämtlicher Informationen zu Latif und Monsieur Bernard.«

Louise beobachtete aufmerksam, wie das Narbengesicht seine Unterschrift unter mehrere Schriftstücke setzte und den Umschlag rasch in seine Hosentasche steckte. »Danke. Ich muss jetzt gehen«, sagte sie zu dem Gendarmen.

»Alles Gute für Sie«, warf sie dem Arbeiter noch zu, dann eilte sie hinaus und kehrte in den Speiseraum zurück. Sie bemerkte, dass Fabrice fehlte.

»Bitte bring mich nach Hause, Sander. Ich erzähle euch alles später.«

Mit der ihm eigenen Diskretion drang Sander auf der Rückfahrt nicht auf sie ein.

Als die Gestalten von Jipa und Oliver vor ihr auftauchten, wurde es in ihr ruhiger.

»Danke fürs Heimbringen.« Louise reichte dem Missionar die Hand.

Nachdem der B10 hinter der Biegung verschwunden war, sah Jipa von einem zum anderen und zwinkerte ihr zu. »Ich habe noch zu tun. Wir sehen uns nachher.«

»Natürlich«, sagte Louise und ging mit Oliver zur Terrasse unter den Flammenbaum, wo er ihr seine Jacke um die Schultern legte.

Mit überkreuzten Beinen saß er neben ihr und wartete geduldig.

Der Geruch der Wildnis hüllte sie wie in einen schützenden Kokon. Da waren die geschäftigen Geräusche der Männer, während regenschwere Wolken über den Himmel zogen und sich verdichteten. Louise spürte die Feuchtigkeit, die sich in der Luft sammelte. Der Wind frischte auf.

Olivers Blick verlor sich in der Ferne, während sie ihm alles berichtete. »Adrien kam mir die letzte Zeit verändert vor«, erwiderte er, als sie geendet hatte. »Er war in sich gekehrt, manchmal aufbrausend, wenn ihm etwas nicht schnell genug ging. Er verbrachte viele Abende in der kleinen Schreibstube. Als ich ihn darauf angesprochen habe und er mir gestand, in welcher finanziellen Not sich die Station befand, habe ich seine Veränderung darauf geschoben. Aber sobald Rana auftauchte, war er wie ausgewechselt. Einmal ging mir sogar durch den Kopf, dass er für sie und die Station wahrscheinlich sogar getötet hätte. Trotzdem habe ich Schwierigkeiten, mir Adrien als Drogenhändler vorzustellen.«

»Das geht mir genauso.« Louise entwich ein leises Stöhnen. Die ersten Regentropfen klatschten auf den sandigen Boden, doch die langen, gebogenen Äste des Flammenbaums wirkten wie schützende Fächer.

»Die Madagassen haben nicht dieselben Vorbehalte gegen Marihuana wie wir«, gab Oliver zu bedenken. »Für sie ist es ein jahrhundertealtes Rausch- und Heilmittel, das viele regelmäßig konsumieren. Ich kenne einen Haufen Leute, die es in ihren Gärten anbauen.«

»Davon habe ich gehört«, sagte sie nachdenklich.

»Was glaubst du, haben die Tanala auf der Hochzeit wohl geraucht?« Er lächelte. »Vergiss bei all deinen Zweifeln an deinem Bruder nicht, dass er ihnen Arbeit gegeben hat.«

»Arbeit im Drogenhandel!«

Sein Gesicht war ihrem plötzlich gefährlich nahe. »Ja! Und eins sollst du wissen: Wenn wir uns in derselben ausweglosen Lage befänden, würde ich noch ganz andere Dinge tun, damit es dir an nichts fehlt.«

»Ach ja, was denn zum Beispiel?«, entschlüpfte es ihr.

»Mir wäre jedes Mittel recht.«

»Warum hast du mir nicht viel früher davon erzählt, wie sich Adrien verändert hat und dass du es auf seine Sorgen geschoben hast, Oliver? Mit deinen Beobachtungen wäre ich der Wahrheit vielleicht ein Stück näher gekommen.«

Gedankenversunken griff er in ihr dickes blondes Haar und ließ es durch seine Finger gleiten, als berührte er ein kostbares Geschmeide. Seine Geste wühlte sie auf.

»Du hast recht«, antwortete er heiser. »Nur musste ich Adrien mein Ehrenwort geben, mit niemandem darüber zu sprechen. Daran habe ich mich gehalten. Tut mir leid.«

Sie musterte ihn. Ihm war ein Ehrenwort heilig, so heilig, dass er nicht einmal ihr gegenüber wortbrüchig wurde. Wer war dieser Mann wirklich, was bliebe von ihm, wenn die Maske des freiheitsliebenden Abenteurers fallen und er sein wahres Gesicht offenbaren würde? Louise versuchte, sich an ihm vorbeizuschlängeln, aber er wollte sie nicht loslassen.

»Ich kann die Männer nicht allein arbeiten lassen«, sagte sie bestimmt, schritt mit ausholenden Schritten zum Affonhaus hinüber und spürte, wie Oliver ihr mit seinen Blicken folgte.

Das Variweibchen befand sich auf dem Weg der

Besserung. Es war jedoch fraglich, ob ihr Oberschenkel nach dem komplizierten Bruch ordentlich zusammenwachsen würde.

»Davon hängt es natürlich ab, ob wir sie wieder auswildern können. Momentan schläft sie«, erklärte Nielsen, betupfte den Schwanz eines jungen Leguans mit einer grünlichen Paste und setzte das Reptil in seinen Käfig zurück.

Obwohl sich der Tierarzt die größte Mühe gab, munter zu wirken, machte er einen geschwächten Eindruck. »Gehen Sie heute früher heim«, sagte Louise. »Sie haben sich ein paar Stunden Ruhe redlich verdient.«

»Aber wir müssen doch Nirina an den Dschungel gewöhnen.«

Sie lächelte warm. »Hören Sie sie? Die Kleine ist wach. Sobald Sie mit Ihren Untersuchungen fertig sind, ziehen wir mit Nirina los. Danach gehen Sie nach Hause. Ihre Familie ist bestimmt schon in großer Sorge wegen Talib.«

Er verbeugte sich leicht und dankte ihr. »Meinen Sie, mein Sohn steckt mit den Verbrechern unter einer Decke?«

Es war das erste Mal, dass Nielsen sie an seinen Gedanken teilhaben ließ, was sie mit Freunde erfüllte. »Das weiß ich nicht, aber ich vertraue ihm«, antwortete sie vorsichtig. »Ich bin in der Schreibstube und lerne. Kann ich später eigentlich beim Anbau zur Hand gehen?«

»Das ist nicht nötig, Mademoiselle. Jipa und Oliver haben alles im Griff. Mamy und Rado säubern die Käfige und bereiten das Futter zu.«

»Gut, dann nutze ich die Zeit, Ihre Lehrbücher zu studieren, Nielsen. Geben Sie mir bitte Bescheid, wenn Sie fertig sind.«

Louise ließ den Tierarzt allein und vertiefte sich in das Lehrbuch über die Käfighaltung von Halbaffen, griff nach einem weiteren über ihre Lebensweise und ihr Sozialverhalten und schrieb verschiedene Überlegungen und Fragen nieder.

Entschieden klappte Louise ein wenig später die Bücher zu und verstaute sie, eine unbestimmte Unruhe trieb sie ins Affenhaus. Sie musste zu Nirina. Leise drückte sie sich in eine Ecke und fand ihre Empfindung bestätigt, denn das Kattamädchen sprang wild von Ast zu Ast und rüttelte jammernd an den Gitterstäben. Wollte Nirina zu ihr oder vermisste sie ihre Artgenossen und den Urwald? Jedenfalls steckte ihr Schützling die Nase durchs Gitter und schnupperte, das Äffchen schien sie zu wittern.

»Hab keine Angst, meine Kleine«, flüsterte Louise. »Alles wird gut werden.«

Nirina hielt in der Bewegung inne, reckte den Hals, als würde sie lauschen, und wurde auf einmal ruhiger. Auf Zehenspitzen und mit Tränen in den Augen schlich Louise hinaus, wo sie beinahe mit dem Tierarzt und Jipa zusammenstieß.

»Wollen wir?«, fragte der Tanala.

An diesem Nachmittag im Dschungel öffnete Nielsen den Käfig, und Louise hielt den Atem an. Das Kattamädchen kletterte hinaus, und obwohl es sich dicht ans Gitter drückte, sah es sich neugierig um. Beruhigt kehrten sie eine Stunde später zur Station zurück, und Louises Hoffnung wuchs, dass Nirina eines Tages tatsächlich in die Freiheit entlassen werden konnte.

Gleich darauf verabschiedeten sich Jipa und der Tierarzt, Mamy übernahm den Nachtdienst.

Zurück vor der Hütte ließ Louise ihren Blick schweifen. Wo war Oliver? Seit sie aus dem Dschungel zurück waren, hatte sie ihn nicht gesehen. Sie wartete, bis das letzte Licht des Tages erlosch und sich die ersten Regenwolken am Himmel ballten. Gerade, als sie hineingehen wollte, vernahm sie Schritte. Kurz darauf löste sich eine Gestalt aus dem Dunkel, und als sie der Schein von Mamys Öllampe traf, erkannte sie Oliver

Seine Züge wirkten wie gemeißelt. »Wir müssen miteinander reden.«

Eine eiserne Hand schien nach ihrem Herzen zu greifen, als er ohne eine Antwort abzuwarten die Tür aufstieß und sie hinter ihnen ins Schloss fallen ließ. »Was … was ist passiert?«

Er trat näher. »Du weichst mir ständig aus. Wenn du Spielchen mit mir treiben willst, lass dir gesagt sein, dass du dir dafür den Falschen ausgesucht hast.«

Sie wollte etwas erwidern, doch er bedeutete ihr zu schweigen. »Keine Ausflüchte! Sag mir die Wahrheit: War unsere Nacht nur eine Laune für dich?«

Erschüttert wich sie zurück. »Nein, im Gegenteil. Nur …«

Sein Kiefer mahlte. »Nur was?«

»Wie kannst du so von mir denken?«, stieß sie aus. »Und wie stellst du dir eine Zukunft vor? Du, der allseits begehrte Reiseleiter, der mir, dem treu wartenden Weib, ab und zu die Ehre seiner Anwesenheit erweist? So stelle ich mir mein Leben ganz bestimmt nicht vor. Deshalb halte ich es für vernünftiger, wir bleiben Freunde, bevor wir uns gegenseitig wehtun.«

»Was denkst du eigentlich von mir? Glaubst du etwa, ich spiele im Dschungel den Gigolo?« Er trat so nahe an sie heran, dass sich ihre Nasenspitzen berührten und sein warmer Atem die zarte Haut an ihrem Hals streifte.

Louises Puls beschleunigte sich.

»Du irrst gewaltig«, fuhr er mit kratziger Stimme fort. »Im Gegenteil, ich war noch nie ernsthaft verliebt. Aber dann kommst du und bringst mein ganzes Leben durcheinander. Ich will dich nicht verlieren, hörst du?« Er strich ihr übers Haar. »Ich liebe dich.«

Louise war es, als ob sich Fesseln in ihrem Inneren lösten, die sie seit Langem gefangen hielten. Sie schlang die Arme um seinen Hals. »Wenn das so ist. Ich habe dich noch gar nicht richtig begrüßt. *Bonsoir,* Oliver«, flüsterte sie.

»Was für eine zauberhafte Begrüßung«, murmelte er.

Ihre Lippen suchten seine, zitternd und mit einem unterdrückten Stöhnen. Er hielt sie eng umschlungen, küsste sie lang und innig.

Als er sich von ihr löste, brannten ihre Lippen von seinen Liebkosungen.

»Wenn ich noch einmal reinkomme, kriege ich dann eine zweite Begrüßung wie diese?«, fragte er an ihrem Ohr.

Louise zeichnete den Schwung seiner Lippen zärtlich nach. »Untersteh dich, mich allein zu lassen.«

In seinen Augen lag ein Schimmer, während er sie

betrachtete. Die spöttische Linie um seinen Mund wirkte wie von unsichtbarer Hand glatt gestrichen. »Ich gehe jetzt besser.«

Louise strich über seinen Hals, fühlte seinen rasenden Puls unter ihren Fingern. »Und was, wenn ich das nicht will, Oliver? Wenn ich möchte, dass du heute bei mir bleibst?«

Wie festgewachsen verharrte er. »Warum?«, fragte er nach einer gefühlten Ewigkeit, ohne den Blick von ihr zu wenden.

Louise befeuchtete ihre Lippen, spürte, wie das Blut schneller durch ihre Adern floss. In ihrer Kehle formten sich jene Worte, von denen sie nicht geglaubt hatte, sie jemals auszusprechen. Ihre Haut schien zu glühen, wo sein Blick sie streichelte. »Weil ich dich liebe.«

Ihn derart fassungslos zu erleben zauberte ein Lächeln in ihre Mundwinkel. Sie küsste sein energisches Kinn und vergrub die Hände in seinem vollen Haar. »Ich bin auch nicht sicher, ob mir das gefällt. Aber ich kann es nicht ändern.«

»Wir müssen alle unser Schicksal annehmen«, kommentierte er grinsend.

Louise senkte den Kopf, damit er ihre Verlegenheit nicht bemerkte. »Ich muss mich bei dir entschuldigen. Ich war nicht besonders nett zu dir und habe an dir gezweifelt. Es tut mir leid.«

Auf einmal spürte sie seinen heißen Mund an ihrem Hals und sog scharf die Luft ein.

»Ich habe einen Vorschlag, wie du es wiedergutmachen kannst, mein Herz«, raunte er und zog sie mit sich in ihr Zimmer.

KAPITEL 31

Stunden später lag Louise eng an Olivers Brust geschmiegt im Bett und lauschte seinen tiefen und gleichmäßigen Atemzügen. Es war bereits tief in der Nacht. Sie wollte nicht schlafen, nicht einen Augenblick versäumen. Zärtlich hauchte sie ihm einen Kuss auf die Stelle, an der sein Herz pochte. Ihre Haut war noch feucht von den Liebkosungen, mit denen er ihren Körper erkundet hatte. In der warmen Luft ihres Zimmers schienen noch ihre Seufzer, ihr Stöhnen zu schweben. Louise beobachtete, wie Olivers Schlaf leichter wurde und er allmählich erwachte. Als er schließlich die Augen aufschlug, kicherte sie.

»Du lachst mich aus«, brummte er schlaftrunken und zog sie näher. »So habe ich es mir nicht vorgestellt, neben dir aufzuwachen.«

»Daran musst du dich gewöhnen«, sagte sie und lachte verstohlen an seiner Brust.

Als die ersten Sonnenstrahlen ein Muster auf den Holzboden zeichneten, lösten sie sich bedauernd voneinander. Louise küsste Oliver auf die Nase, dann huschte sie hinaus.

Die Haare noch nass vom Duschen traf sie vor dem Affenhaus auf den Tierarzt. »*Bonjour,* Nielsen. Wie geht es Ihnen und Ihrer Familie?«

»*Bonjour,* Mademoiselle. Danke, wir sind sehr erleichtert, dass Sie Talib gefunden haben.« Er spielte mit einem Stock im Sand. »Was Sie für die Station, für mich und meine Familie getan haben, werde ich Ihnen nie vergessen. Ohne Ihr rasches Eingreifen vor ein paar Tagen wäre mein Sohn nicht mehr am Leben. Ich schäme mich für die schlechte Meinung, die ich zeitweise von Ihnen hatte.«

Seine Worte rührten sie. »Vergessen wir es einfach.« Auf einmal kam ihr die Erde unter ihren Füßen roter, der Wind duftender und das dunkle Grün des Regenwaldes leuchtender vor.

»Gestern hat uns Mamy übrigens einen neuen Patienten gebracht. Ein Waldgeistkind, höchstens ein halbes Jahr alt. Ich hatte keine Gelegenheit, Ihnen davon zu berichten. Der Fleischwunde im Beckenbereich nach zu urteilen wurde es von einer Fossa angegriffen. Die Wunde habe ich versorgt, und es geht ihm den Umständen entsprechend gut. Aus meiner Sicht gibt es keine Bedenken, es zu den anderen ins Affenhaus zu bringen. Aber sie muss noch eine Menge von ihren Artgenossen lernen, wenn sie sich in der Wildnis behaupten will.«

»Nirina wird es doch auch schaffen«, sagte Louise.

»Sie war etwas älter, als sie zu uns kam«, gab er zu bedenken. »Ich vermute, der kleine Vari ist ein von der Mutter vernachlässigter unterentwickelter Zwilling.«

Gedankenversunken tastete Louise nach dem Ody, den sie stets bei sich trug. »Nielsen, kommen Sie.« Sie eilte in den Behandlungsraum, und dem Tierarzt blieb nichts übrig, als ihr zu folgen.

»Was haben Sie vor?«

Die Verwunderung, mit der er beobachtete, wie sie den Käfig des kleinen Vari kurzerhand hochhob und zielsicher auf das Affenhaus zusteuerte, ließ sie schmunzeln. »Wir geben dem Varikind, was es braucht. Helfen Sie mir nun oder nicht?« Louise wies auf den Käfig des Mohrenmakis. »Stellen Sie den Maki woandershin, der Platz wird jetzt benötigt.« Nielsen zog seine Stirn in Falten. »Ich kann Ihnen nicht ganz folgen.«

»Das Variweibchen vermisst ihr Kind, und unser Winzling braucht eine Mutter. Also stellen wir ihre Käfige nebeneinander, dann können sich die beiden aneinander gewöhnen. Warten wir doch einfach ab, ob sie sich verstehen.« Als er noch immer nicht reagierte, fügte sie hinzu: »Nun machen Sie schon!«

»Mit Zusammenführungen haben wir keinerlei Erfahrung«, hielt er mit geweiteten Augen dagegen.

»Versuchen wir es. Was haben wir denn zu verlieren? Im Zweifelsfall stellen wir die Käfige eben wieder auseinander.«

Er nickte anerkennend. »Eigentlich ist das eine ganz gute Idee.«

Louise lächelte glücklich. »Danke.« Sie zog sich den Schemel in einiger Entfernung der Käfige heran. Der kleine Vari hatte sich, sobald er die erwachsene Artgenossin gewittert hatte, in der hintersten Ecke zusammengerollt.

Als die beiden eine Weile später das Affenhaus verließen, fiel ihr Blick auf Oliver, der beschwingten Schritts auf sie zusteuerte. Demonstrativ legte er den

Arm um ihre Taille. Amüsiert bemerkte sie die Verwirrung auf Nielsens Miene.

»Ich glaube, du bekommst Besuch, mein Herz«, sagte Oliver und wies mit dem Kopf in Richtung Straße, ohne auf Nielsens entgeisterte Miene zu achten.

Weiße Flecken waren das Erste, was sie zwischen Blattwerk und Sträuchern ausmachen konnte. Nur Momente später entdeckte sie eine Gruppe Tanala, die von Jipa angeführt wurde. Die Reihe hinter ihm bestand aus Trommlern, deren in diesem Moment einsetzende tiefe, rhythmische Töne den Boden erbeben ließen und in Louises Körper ein Echo fanden. Die Tanala in ihren Festtagskleidern, unter ihnen Asaora und Imasy, kamen auf sie zu und lockten mit ihrem Gesang auch Mamy und Rado ins Freie.

»Was hat das zu bedeuten?«, stammelte sie.

»Wart's ab«, sagte Oliver weich.

Gleich darauf entdeckte sie den hochgewachsenen Schamanen inmitten der Einheimischen.

Die Trommeln erstarben. Der *Ombiasy* blieb vor ihr stehen und verbeugte sich. »Ich grüße dich, Louise. Die Sterne stehen günstig heute Morgen.«

Louise verfolgte, wie Tianasoa zunächst auf das Gästehaus zuging, auf dem der *Fady* lag. Er öffnete die Türen weit und betrat die Räumlichkeiten, begleitet von drei Frauen mit rauchenden Tongefäßen. Louise konnte nicht erkennen, was im Inneren geschah, doch als die vier das Haus wieder verließen, schüttete der Schamane Wasser auf die Türschwelle. Wahrscheinlich bat er die Ahnen, den *Fady* von den Räumen zu nehmen, denn eine der Frauen legte einen kleinen Korb mit Bambus und Kräutern dort ab.

Währenddessen ließ Tianasoa seine tiefe Stimme in Malagasy ertönen. Zum Schluss wusch er sich die Hände mit Wasser aus einem Sack, den ihm ein Tanala reichte.

»Es ist vollbracht. Die bösen Geister sind weg«, sagte er anschließend mit feierlicher Miene und für jedermann vernehmlich. Dann baute er sich vor Louise auf, umgeben von den Anwesenden. Sie begegnete Olivers und Jipas zufriedenem Lächeln, und ihr Herz wurde weit.

»Louise Bernard, Freundin der Tanala. Empfange den Segen unserer Ahnen und bringe ihnen ein Opfer dar, damit sie dich und die Station mit ihren guten Seelen und Geistern beschützen und bewahren. Mögen deine Schritte von Liebe gelenkt sein.« Der *Ombiasy* goss etwas Wasser über ihre ausgestreckten Hände, umrundete sie, wobei er Tropfen in den roten Sand sprengte. Danach küsste er ihren Scheitel.

»Hast du etwas, vielleicht einige Früchte, die du unseren Ahnen zum Dank darbringen kannst?«, fragte er ernst.

»Natürlich.« Louise holte eine Handvoll Bananen aus ihrer Hütte und reichte sie ihm.

Er dankte ihr und murmelte etwas Unverständliches, dann drehte er sich abrupt um und verließ unter Trommelschlägen mit den Tanala die Station.

Jipa schloss sie in die Arme. »Alles Gute, mein Mädchen.«

Von seinem plötzlichen Gefühlsausbruch gerührt, hielt sie einen Moment inne und zog ihn beiseite. »Danke. Hast du kurz Zeit für mich?«

»Was gibt es denn?«, fragte er.

Oliver spürte, dass sie etwas zu besprechen hatten, und ging zu den Arbeitern.

Jipa und Louise setzten sich auf die Terrasse und verfolgten, wie Mamy, Rado und Oliver neben dem Affenhaus Holz hackten. Wobei es ihr schwerfiel, ihren Blick von Olivers muskulösem Oberkörper zu lösen. Sie sah Jipa an. »Gut, dass du da bist. Ich muss dir etwas erzählen.« Daraufhin berichtete sie ihm in kurzen Zügen von dem kleinen Vari und ihrem Entschluss, ihn mit dem erwachsenen Weibchen zusammenzuführen. »Dass Theorie und Praxis manchmal weit auseinanderliegen, ist mir durchaus bewusst.« Sie legte ihm eine Hand auf den Arm. »Aber du kannst dich auf mich verlassen. Ich werde sie aufmerksam beobachten, versprochen.«

Jipas Blick ruhte nachdenklich auf ihr. »Gut, probier es. Nach allem, was du für uns riskiert hast, und wie entschlossen du versuchst, Nirina auszuwildern, obwohl du sie wie ein eigenes Kind liebst, hast du dir den Respekt aller hier verdient.« Als er ihre Stirn küsste, wurden Louises Augen feucht. Er sah von Louise zu Oliver, fing einen Blick der beiden auf, und die Falten um seine Augen vertieften sich. »Wie ich sehe, steht der Sieger unserer Wette inzwischen fest.«

»*Unserer* Wette?«, wiederholte sie leise, damit Oliver es nicht hörte.

»Ich habe auch ein paar Franc gewettet und gewonnen. Rado und Mamy werden sich mächtig ärgern.«

Louise schüttelte in gespielter Verzweiflung den Kopf. »Ihr seid unverbesserlich.«

»Das befürchte ich auch.« Jipa nahm sie beiseite. »Wie hat Fabrice die Nachricht aufgenommen, dass du bei uns bleibst?«

»Er wird es überwinden. Ich hoffe, wir können Freunde bleiben.«

»Das wünsche ich euch«, sagte der Tanala.

Dann wendeten sie sich wieder ihrer Arbeit zu. Oliver, Rado und Mamy gingen zum Holzhacken in den Dschungel, da es um diese Tageszeit noch angenehm kühl war. Jipa brach auf, um bei den Einheimischen am Straßenrand Lebensmittel zu kaufen. Unterdessen übernahm Nielsen Talibs Beschäftigungstherapie bei ihren tierischen Dauergästen. Louise beobachtete das Geschehen aufmerksam und stellte Fragen. Als er im Anschluss seine Visite begann, assistierte sie ihm. Nielsen wog das Variweibchen und hörte seine Herztöne ab. Obwohl sein Zustand stabil war, machte es einen apathischen Eindruck. Der Tierarzt hob die Schultern. »Sie verweigert immer noch die Nahrung.«

»Sie ist traurig, Nielsen.« Louise strich über das stumpf wirkende Fell des Lemuren, während der Tierarzt ihm ein Mittel zur Stärkung verabreichte. »Sie braucht etwas Zeit.«

Nielsen lächelte. »Vorerst habe ich die Pflege des Varikinds übernommen. Heute Nacht hat der Kleine jedenfalls kräftig getrunken.«

»Das ist ein wirklich guter Start«, sagte sie warm.

Die Sonne hatte ihren höchsten Stand erreicht, als sie sich um den Flammenbaum setzten, um einen Moment zu verschnaufen.

Da bog der B10 in die Einfahrt. Nielsen sprang auf. »Der Gendarm!«

Louise strich ihren Rock glatt und folgte dem Tierarzt zum Vorplatz. Sander, der Gendarm und Fabrice eilten ihnen entgegen.

»*Bonjour*«, begrüßte sie den älteren Uniformierten. »Kann ich Sie beide sprechen?«, bat er sie.

Der Missionar reichte Nielsen und ihr die Hand. Fabrice wich Louises Blick bei der Begrüßung aus.

»Bitte folgen Sie mir zur Terrasse. Dort ist die Hitze am besten zu ertragen«, sagte sie.

Louise servierte Fruchtsaft und nahm neben Oliver Platz.

»Heute Morgen habe ich Ihren Sohn vernommen, Monsieur Rasoloarison, der sich ja deutlich auf dem Weg der Besserung befindet. Mit seiner Aussage hat er Licht ins Dunkel gebracht.« Der Gendarm machte eine Pause, um sich der Aufmerksamkeit aller zu versichern. »Mit den Verbrechen an Ihrem Bruder und seiner Frau hat er offenbar nichts zu tun. Um es vorwegzunehmen: Die einzige Schuld, für die er sich verantworten muss, ist, seinen Angreifer in Notwehr getötet zu haben.« Er suchte Louises Blick. Ein Raunen erfüllte die Terrasse. Nielsen schien vor Erleichterung förmlich in sich zusammenzusinken.

»Wer hat meine Familie ermordet?«, wollte Louise wissen.

»Tsito, der Sprecher, der Monsieur Rasoloarison angegriffen hat«, erwiderte der Gendarm. »Nachdem Monsieur Bernard den Arbeitern zwei Monatslöhne schuldig geblieben war, vermittelte Tsito Monsieur Bernard bei seinem Schwager, einem Geschäftsmann aus der Hauptstadt, einen Privatkredit.«

Louise schwirrte der Kopf. »Halt! Woher weiß Talib das alles?«

Der Uniformierte wendete sich ihr zu. »Er ist mit einem der Arbeiter befreundet, und dieser hat wohl von dem Kredit Wind bekommen. Ihr Bruder bat mehrfach um Zahlungsaufschub. Monsieur Rasoloarison sagte, der Sprecher hätte an Ihrem Bruder Selbstjustiz verübt, weil er bei seinem Verwandten in Ungnade gefallen war.«

Auf einmal ergaben die Unregelmäßigkeiten in Adriens Buchführung einen Sinn. Wenn Talibs Worte der Wahrheit entsprachen, hatte Adrien verzweifelt versucht, die größten Löcher zu stopfen, doch das konnte er nur, wenn er neue aufriss. Die Erkenntnis hinterließ einen bitteren Geschmack in ihrem Mund.

»Eines begreife ich nicht«, meldete sich Fabrice zu Wort. »Warum hat der Kerl versucht, Talib zu töten? Talib hatte doch nichts damit zu tun.«

»Monsieur Rasoloarison war zum Mitwisser geworden«, erläuterte der Gendarm. »Um ihn zum Schweigen zu verpflichten, erpresste ihn der Sprecher: Wenn ihm sein Leben lieb wäre, sollte er mit allen Mitteln verhindern, dass Informationen bis zur Station durchdrangen. Aber Monsieur Rasoloarison weigerte sich, weshalb der Sprecher ihn aus dem Weg räumen wollte.« Er warf Louise einen vielsagenden Blick zu.

Schlagartig verstand sie. Wahrscheinlich hatte Talib die Skorpione in ihr Bett legen sollen. Als er den Befehl verweigerte, hatte der Kerl es vermutlich selbst erledigt, ebenso wie er ihr Geld gestohlen und die Hütte verwüstet hatte. Jäh stieg Übelkeit in ihr auf, während sie ihre Gedanken weiterspann. »Und

Rana musste sterben, weil sie den Mörder gesehen hat«, ergänzte Louise.

Der Gendarm blickte in die Runde. »So ist es.«

Sie schwiegen bestürzt.

»Inzwischen hat man die Scheune versiegelt und die Waren beschlagnahmt, bis die Beweisaufnahme abgeschlossen ist, und verhört die Dorfbevölkerung«, fuhr der Gendarm fort. »Es ist also nur eine Frage der Zeit, bis wir alle Drahtzieher der Justiz übergeben und den Fall abschließen können. Latif beziehungsweise Rodin Andrianjanahary und der Schwager sind unauffindbar, eine Fahndung wurde eingeleitet. An jedem Baum und an jedem Geschäft werden Suchmeldungen angebracht. Wir finden sie, Mademoiselle Bernard. Seien Sie ohne Sorge.« Er erhob sich und mit ihm Sander und Fabrice. »Wir bleiben in Verbindung.«

»Ich danke Ihnen.« Ein Zittern durchlief Louise. Sollte die Suche nach dem Mörder endlich ein Ende finden?

»Nielsen, wir hätten noch einen Platz im Wagen frei«, sagte Sander. »Sie möchten sicher Ihren Sohn besuchen.«

»Geh nur«, sagte Jipa zu dem Tierarzt. »Ich übernehme deinen Nachtdienst.«

»Kommt nicht infrage. Ich mache das«, riefen Oliver und Louise wie aus einem Mund.

Jipa und Nielsen freuten sich sichtlich.

Dann trat der Missionar auf Louise zu. »Gestern habe ich einen Anruf vom Gouverneur erhalten. Wir sind übermorgen bei ihm zum Diner eingeladen. Es warten dabei einige Pressetermine auf uns. Das ist zwar recht kurzfristig, aber ich verbinde damit die Hoffnung, unser beider Arbeit bekannt zu machen. Darf ich dich am späten Nachmittag abholen?«

»Aber gern. Bis dann.« Louise tastete nach Olivers Hand, als Sander und Nielsen auf den Wagen zusteuerten.

Fabrice' Blick heftete sich auf ihre verschlungenen Hände. Hinter seiner unbewegten Miene meinte sie für einen Moment, Trauer zu erkennen. Gleich darauf hatte er sich wieder gefangen. »Ich sehe, du hast dich entschieden, Louise. Ich wünsche euch alles Glück der Welt.« Bevor sie ihm antworten konnte, hatte er sich schon abgewendet.

Jipa, Oliver und sie winkten ihnen nach.

Louise schloss gequält die Augen, zu heftig tobten die Gefühle in ihr, die der Gendarm und das kurze Gespräch mit Fabrice in ihr ausgelöst hatten. »Ich muss ein wenig allein sein«, brachte sie stockend hervor und lief fluchtartig auf den Dschungel zu. Sie brauchte Luft. Weite. Farben, die ihre Seele streichelten, die Laute der Waldgeister oder ein Froschkonzert. Louise steuerte auf den Baum der Reisenden zu, der den Eingang des Dschungels markierte, und lehnte sich gegen seinen glatten, von der Sonne erwärmten Stamm.

Als Oliver eine Weile später vor ihr auftauchte, lächelte sie ihm entgegen. Er musterte sie. »Geht es dir besser?«

»Ja, viel besser. Sieh nur, ist es nicht wunderschön hier?«

Sie blickten hoch zu den Baumkronen, wo die Lemuren den Tag verschliefen.

»Für mich gibt es keinen schöneren Ort«, gestand er.

»Für mich auch nicht.«

Ihre Blicke fanden sich.

»Was soll aus uns werden, Oliver?«. Diese Frage beschäftigte sie seit der letzten Nacht.

Mit seinem Zeigefinger zog er die Linie ihrer Nase nach. »Wenn du noch einen Platz in deiner Hütte zu vergeben hast, verkaufe ich mein Haus.«

Louise schüttelte heftig den Kopf. »Du hast es doch gerade erst gebaut.«

»Ja und? Ein Mann sollte dort leben, wo er sich zu Hause fühlt«, erklärte er mit großen Augen und reizte sie damit zum Lachen. »Mit dem Erlös modernisieren wir die Anlage. Wir müssen unbedingt die Stromversorgung sicherstellen«, fuhr er unbeirrt fort. Er schien nicht zu bemerken, wie Louise bewegungslos vor ihm verharrte. »In den letzten Tagen habe ich viel nachgedacht. Was hältst du davon, wenn ich eine Reiseroute zusammenstelle, die eine exklusive Führung durch die Station beinhaltet? Wenn die Leute Kontakt mit euch und den Tieren knüpfen, werden sie auch bereit sein zu spenden. Was sagst du dazu?«

Auf seinen Zügen spiegelte sich Begeisterung wider, während er erzählte. Reines Glück wallte in Louise auf. Stürmisch schlang sie die Arme um ihn und küsste ihn zärtlich. »Das klingt wundervoll. Adrien und Rana hätte es gefreut, und meine Eltern auch.«

KAPITEL 32

Die nächsten Tage waren angefüllt mit Begebenheiten und Begegnungen. Der Gouverneur stellte sich als vornehmer und aufgeschlossener Mann heraus, und Louise bedauerte, sich kein neues Kleid gekauft zu haben. Er zeigte sich interessiert an der Arbeit vom *Coeur de la Jungle.* Louise und ihre Reisebegleiter verbrachten einen angenehmen Abend mit ihm und gaben den anwesenden Reportern bereitwillig Auskunft.

»Mach dir lieber nicht zu große Hoffnungen«, sagte Oliver einmal in der Mittagspause, als sie ein paar Minuten für sich hatten.

»Wir werden sehen, Liebling«, antwortete Louise. »Er wird uns bald einen Besuch abstatten. Ich bin jedenfalls guter Dinge, in ihm vielleicht einen Verbündeten gefunden zu haben.«

Vor den Begegnungen mit Fabrice hatte sie in jüngster Zeit immer Angst gehabt, doch er behandelte sie mit derselben Herzlichkeit wie zuvor, hielt sich jedoch ein wenig abseits.

Talibs Wunde verheilte gut. »Ich mich schämen, weil nicht gewarnt. Ich gehen weg von Station«, sagte er eines Nachmittags zu Oliver und Louise.

»Das darfst du nicht!«, wehrte sie entschieden ab. »Du wirst auf der Station gebraucht.«

Mit Tränen in den Augen versprach Talib schließlich zurückzukehren.

Am nächsten Tag hatte ihnen der Gendarm durch Sander ausrichten lassen, dass Latif beziehungsweise Rodin Andrianjanahary und der Schwager des toten Tsitos gefasst worden waren. Bisher leugneten sie zwar jede Beteiligung an den Verbrechen, verstrickten sich aber zunehmend in Widersprüche. Der Gendarm äußerte sich zuversichtlich, ihnen bald ein Geständnis entlocken zu können.

Wenig später war der Anbau endlich fertig. Gerade rechtzeitig, denn am selben Abend brachten einige Tanala neue tierische Findelkinder und Patienten. Die Annäherung des Variweibchens an das Kleine verlief unkompliziert. Dennoch hielten Louise und Nielsen den Atem an, als sie das Lemurenkind in den Käfig des Weibchens legten. Hielten die beiden Roten Vari zunächst noch Abstand, fand Louise sie am folgenden Morgen eng umschlungen vor. Als sie genauer hinsah, entdeckte sie, dass das Weibchen den Kleinen säugte. Andächtig beobachtete sie die beiden und hatte das Gefühl, als hätte sie einen wichtigen Sieg errungen.

Nirina machte ebenfalls Fortschritte. Vielleicht war es reiner Zufall, doch seit jenem Augenblick, an dem sie dem Kattamädchen leise zugesprochen hatte, zeigte es sich mutiger und jammerte weniger. Wenn Nirina anfangs noch scheu war und sich nicht traute, den Käfig zu verlassen, kletterte sie bald den nächsten Baum hoch. Sie blieb immer in Sichtweite, und es genügte, wenn Jipa oder Nielsen sie riefen, damit sie in ihren Käfig zurückkehrte. Doch bald fand das

Kattamädchen Gefallen an der Freiheit und begann den Dschungel neugierig zu erkunden. In den letzten Tagen hatten sie ihr das Futter in die Äste gelegt, um sie zu entwöhnen. Am vergangenen Abend hatten Louise und Oliver noch lange eng umschlungen unter dem Flammenbaum gesessen und dem Geräusch des prasselnden Regens gelauscht.

»Nirina ist so weit«, sagte Oliver sanft. »Es wird Zeit, sie gehen zu lassen.«

Sie schmiegte sich an ihn. »Ja, ich weiß. Morgen.«

»Warum ausgerechnet morgen, wenn sich Mathieu und Fabrice verabschieden?«, fragte er und küsste ihre Stirn.

»Der Tag ist genau richtig«, erwiderte sie schlicht. »Ich möchte das gern mit dir allein machen.«

»Dafür haben die Männer bestimmt Verständnis, mein Herz.«

Am nächsten Nachmittag war der Augenblick des Abschieds gekommen. Sie schüttelte Mathieu die Hand und wünschte ihm eine sichere Rückreise. Dann stand Fabrice vor ihr. Es war alles gesagt, er hatte sie an sich gezogen, auf beide Wangen geküsst und ihr im Gehen noch zugerufen, sie solle bald schreiben.

Nun stand sie mit Jipa, Nielsen und Oliver auf dem Vorplatz und beobachtete, wie die Silhouette des B10 mit der Umgebung verschmolz.

Louise atmete tief durch und streckte den Rücken. Gemeinsam mit Oliver trug sie Nirina zu dem vertrauten Ort am Rand des Dschungels und öffnete den Käfig. Eine Hand vor den Mund gepresst, um nicht laut aufzuschluchzen, blieb sie reglos stehen.

Das Kattamädchen zögerte.

Geräuschlos ging Louise in die Hocke. Nirina spürt, dass wir uns verabschieden müssen, durchfuhr es sie. Auch wenn es schwer war, sie durften nicht länger warten. Louise tastete nach dem Ody und schloss die Lider. Obgleich die Entscheidung richtig war, war sie nicht imstande zuzusehen, wie Nirina den Dschungel zurückeroberte und im dichten Blattwerk verschwand.

Plötzlich kitzelte etwas an ihrem Hals. Sie öffnete die Augen und blickte direkt in das Gesicht des Kattamädchens, das sie leise fiepend umschlang. Louise erkannte sich selbst in Nirinas Augen und strich zärtlich über die feinen Härchen an ihren Ohren. Ein letzter inniger Moment, dann sprang ihr Schützling auf den Boden und kletterte behände auf einen Regenwaldriesen.

Oliver schloss Louise in die Arme. »Sie hat sich bei dir bedankt.«

»Ja«, sagte sie und wischte sich über die Wangen. »Es wird ihr gut gehen. Sie wird sich einer Gruppe anschließen und bald selbst eine Familie gründen.« Sie blickte in Olivers geliebte Züge. »Die Vergangenheit liegt hinter uns. Jetzt beginnt unsere Zukunft.«

Glossar:

Antananarivo: Hauptstadt von Madagaskar, auch Tananarive oder Tana

Bara: großer Volksstamm von Rinderzüchtern aus dem Südwesten. Die Bara sind wahrscheinlich afrikanischer Herkunft.

Croisière Noire: auch »Schwarze Kreuzfahrt« bzw. »Schwarze Expedition« genannt. Sie war eine Transafrikaexpedition über eine Strecke von 28 000 km und eine der von André Citroën initiierten Expeditionen, die dazu dienten, den Bekanntheitsgrad seiner Marke Citroën international zu steigern und die Weltgeltung der französischen Automobilindustrie zu unterstreichen. Sie führte mit acht Halbkettenfahrzeugen von Colomb-Béchar in Algerien über Timbuktu nach Antananarivo (Tananarive) auf Madagaskar. Georges-Marie Haardt und sein Stellvertreter Louis Audouin-Dubreuil leiteten diese Expedition vom 28. Oktober 1924 bis zum 1. August 1925. Vorangegangen war ihr eine bereits 1922 mit fünf Halbkettenfahrzeugen durchgeführte erste Saharatour von Touggourt in Algerien nach Timbuktu in Mali.

Colomb-Béchar: Stadt in Algerien

Fianarantsoa: auch Malagasy oder Fianara (auf

Deutsch: »Wo man das Gute lernt«) ist eine 1830 gegründete Stadt in Madagaskar.

Hova: Stamm aus dem Osten der Insel, der durch seine hellere Hautfarbe und viele Gebräuche auf einen malayischen Ursprung hinweist.

Lamba: traditionell gewebter weißer Stoff der Tanala

Tanala: (auf Deutsch: »die, die im Wald wohnen«) Volksstamm aus dem Regenwald

Tamatavé: auch Toamasina. Stadt im Osten Madagaskars mit dem einzigen natürlichen Hafen der Insel

Nachwort für meine lieben Leser

Sie werden sich vielleicht fragen, warum ich als Schauplatz für meinen Roman ausgerechnet Madagaskar gewählt habe. Nun, ehrlich gesagt war es umgekehrt, der Schauplatz hat mich ausgesucht. Die Idee entstand durch eine Dokumentation. Ich war sofort gefesselt von der Schönheit und einzigartigen Vielfalt der Insel, die sich vor vielen Millionen Jahren vom afrikanischen Kontinent abtrennte. Gleichzeitig wuchs meine Bestürzung. Mehr als achtzig Prozent aller Pflanzen, die Hälfte aller Brutvögel, mehr als neunzig Prozent aller Reptilien und Amphibien sowie sämtliche Affenarten auf der Insel sind endemisch. Doch ihre Umwelt ist schwer geschädigt. Von den ursprünglichen Waldflächen sind heute nur noch zehn Prozent erhalten. Eine Ursache ist die Armut. Madagaskar zählt zu den ärmsten Ländern der Welt. Für die Herstellung von Brennholz sind die Bauern zu illegaler Brandrodung gezwungen. Dadurch wird der Lebensraum der Tiere immer kleiner. Deshalb widme ich meine Geschichte den Lemuren, diesen wundervollen Primaten, die zu unserer genetischen Familie gehören und nicht aussterben dürfen. Mein Kattamädchen Nirina ist ein Beispiel von vielen.

Ähnlich interessant ist die Herkunft der Einwohner Madagaskars. Dort findet man nämlich eine Vielzahl verschiedener Volksstämme und ethnischer Gruppen, die sich über Jahrhunderte hinweg aus arabischen, asiatischen, indischen, europäischen und afrikanischen Einwanderern entwickelt haben. Mittlerweile haben genetische Untersuchungen ergeben, dass die madagassische Urbevölkerung aus dem indonesischen Raum stammt.

Als ich während meiner Recherchen noch las, dass der große Autobauer André Citroën 1924 tatsächlich eine Transafrikaexpedition bis Madagaskar in Auftrag gab und zur selben Zeit der neue Citroën B10 auf den Markt kam, wusste ich, dass ich darüber einen Roman schreiben wollte. Krönen wollte ich die Geschichte, indem ich eine junge Verfechterin der damals neuen Frauenrechte in den Wagen setzte und sie in eine entlegene Zivilisation schickte, in der emanzipierte Gedanken ebenso fern sind wie das Ziel ihrer Reise.

Ich wünsche Ihnen allen gute Unterhaltung!

Meine wichtigsten Quellen

Verschwörung im Regenwald. Die Reise nach Madagaskar, von Ida Pfeiffer, Lenos Verlag, Lizenzausgabe des Schönbach Verlags, Amden 1991

Reisebilder aus Ostafrika und Madagaskar, von Conrad Keller, C.F. Winter, 1887. Neuausgabe Let Me Print (19. März 2010)

Madagascar, Polynesian People in an African Land, von Walter D. Marcuse, Band IX der Reihe: *Peoples of All Nations: Their Life Today and Story of Their Past,* herausgegeben von John Alexander Hammerton. London Educational Book Co., London 1922

Information for the traveller in Madagascar, von L. Joleaud, in: *Practical Hints to Scientific Travellers,* Band 6, S. 105 ff, herausgegeben von Hendrik Albertus Brouwer. Martinus Nijhoff Verlag, Den Haag 1925

Dadabé, Ein Kurzroman und zwei Erzählungen aus Madagaskar, von Michèle Rakotoson, Lamuv Verlag, Göttingen 1998

Das Wissen der Gegenwart 57. Band. Der Weltteil Afrika in Einzeldarstellungen, V. Madagaskar und die Inseln Seychellen, Aldabra, Komoren und Maskarenen, von Prof. Dr. R. Hartmann, G. Freytag, Leipzig 1886

Die Märchen der Weltliteratur, herausgegeben von Friedrich von der Leyen. Malaiische Märchen aus

Madagaskar und Insulinde, herausgegeben von Paul Hambruch, Eugen Diederichs, Jena 1927

Handbuch zur Ausführung von Reparaturen an Citroën B14G-B15G, Modelle 1928. Herausgegeben durch die Citroën Automobil AG, Köln-Poll

Aufruhr auf Madagaskar, von Max Mezger, F.A. Brockhaus, Leipzig 1930

The Tanala, A Hill Tribe of Madagascar, von Ralph Linton, Field Museum of Natural History, Publication 317, The Library of the University of Illinois, Chicago 1933

Die Lemuren-Affen in Madagaskar, von D. Reimer (E. Vohsen), Berlin Verlag 1906

Mammals of Madagascar, A complete Guide, von Nick Garbutt, Yale University Press, New Haven und London 2007

Madagascar – La grande île secrète, von Pierrot Men – Françoise Raison-Jourde, Editions Autrement, Paris 2003

Madagaskar – Von Makis und Menschen, von Lennart Pyritz, Springer Spektrum, Berlin Heidelberg 2012

Brehms Tierleben, Zweite Ordnung: Die Halbaffen oder Äffer, von Dr. A. Meyer, Hamburg 1927

Zwischen den beiden Weltkriegen. Weibliche Rollen in Frankreich und England, von Anna-Marie Sohn, in *Geschichte der Frauen: 20. Jahrhundert,* herausgegeben von George Duby und Michelle Perrot, Frankfurt 2012

Mein Anzieh-Stickerbuch, Zeitreise 1920er, Originalausgabe von Emily Bone, Usborne Verlag, London 2014

Danksagung

Wie immer geht ein herzliches Dankeschön an meine Verlagsleiterin und Lektorin Eléonore Delair, aber auch an meine Verlegerin Nicola Bartels, ohne die dieser Roman nicht das Licht der Buchwelt erblickt hätte.

Mein Dank geht ebenfalls an meine Agentin Lianne Kolf und ihre Assistentinnen für ihre Unterstützung, Andrea Stumpf für das Endlektorat und Simone Kühlewind fürs Testlesen. Aber auch allen anderen fleißigen Bienen, die im Hintergrund aus meiner Geschichte ein wunderschönes Buch gemacht haben, möchte ich von Herzen danken.

Ein besonderes Dankeschön geht an Dr. Barbara Ellermeier, die mich mit ihrem Fachwissen und ihrer historischen Beratung während des ganzen Schreibprozesses begleitet hat.

Für meine Familie, die Weggefährten und Freunde, die sehr oft auf mich verzichten mussten und es mit liebevoller Gelassenheit ertrugen, ist sowieso jeder Dank zu klein.

Aber mein größter Dank gilt Ihnen, meinen lieben Lesern! Ohne Sie dürfte ich nicht tun, was ich am meisten liebe: Sie mit meinen Geschichten in eine andere Welt entführen.

Im Schatten des Flammenbaums von Anna Levin

Leseprobe
aus »Das Lied der Sturmvögel«
von Anna Levin

Erschienen im April 2015
im Blanvalet Verlag

Der Julimorgen war windstill und warm. Draußen war es bereits taghell, als ich verschlafen ins Badezimmer wankte. Schon nach halb sieben, dabei musste ich pünktlich in der Redaktion sein. Meinem Spiegelbild warf ich einen finsteren Blick zu und hüpfte schnell unter die Dusche. Kurz darauf hörte ich meine Freundin Elda in der Küche hantieren.

Wir beide kennen uns, seit ich acht Jahre alt bin. Damals war Elda eines verregneten Herbstmorgens im Kinderheim »Haus zur Eiche« im Westen von Berlin aufgetaucht. Ich erinnerte mich lächelnd, wie ich das fremde, ganz in Schwarz gekleidete Mädchen angestarrt hatte, dessen grüne Haare ihr wie die Stacheln eines Igels vom Kopf abgestanden hatten. Auf Anhieb hatte ich die Neue cool gefunden, schillernd, wie aus einer anderen Welt. Aber das Schönste an Elda waren ihre leicht schräg stehenden Augen.

Obwohl wir beide total unterschiedlich waren, wurden wir unzertrennlich, Gefährtinnen gegen das dumpfe Gefühl des Alleinseins. Eine jede stand für die andere ein, das machte uns stark. Elda wurde für mich zu der großen Schwester, die ich mir immer gewünscht hatte. Wenn ich an unsere gemeinsame Kindheit zurückdachte, fragte ich mich, wer damals eigentlich wen gerettet hatte.

Ich schüttelte die Erinnerung ab, fuhr mir ein letztes Mal mit der Puderquaste über die Wangen und ging in die Küche.

Elda saß bereits am Frühstückstisch und begrüßte mich mit einem für sie typischen Zwinkern. »Der Tag, an dem du nicht zu spät dran bist, muss auch erst noch anbrechen, oder?« Sie schob mir einen Teller mit getoasteten Brotscheiben zu.

»Sehr witzig«, kommentierte ich genervt und trank hastig einen Schluck Espresso.

Elda lachte. »Nichts für ungut. Wann machst du heute Feierabend?«

»Keine Ahnung.« Ich biss in das Marmeladenbrot, das ich mir eilig geschmiert hatte. »Aber ich bin auf jeden Fall um sieben vor dem Theater.«

Wir beide hatten Karten für die Premiere eines Klassikers im Deutschen Theater und freuten uns schon seit Wochen darauf.

»Hast du nicht Lust, heute Abend das tolle rote Kostüm anzuziehen, das du dir neulich gekauft hast?«, fragte mich meine fünf Jahre ältere Freundin. »Aber wehe, du lässt mich wieder warten, Lissy!«

Ich wischte mir den Mund ab und unterdrückte ein Grinsen. »Nenn mich nicht immer Lissy! Außerdem weiß ich echt nicht, was du ständig an meinen Klamotten auszusetzen hast.«

Wir wechselten einen kampfeslustigen Blick. Es war ein altes Spiel zwischen uns. Seit Elda zur Oberschwester im städtischen Krankenhaus aufgestiegen war, kleidete sie sich mit unauffälliger Eleganz, während ich bunte, individuelle Kombinationen bevorzugte. Am liebsten trug ich kurze Röcke und Strumpfhosen, gern mit ausgefallenen Mustern. Wir lächelten einander zu.

Ich erhob mich. »Ciao, bis später.«

Wie jeden Morgen warf ich Elda noch eine Kusshand zu und verließ eiligen Schrittes die Wohnung.

KAPITEL 1

Es wurde Abend, und Lisa saß noch immer im Redaktionsbüro der Boulevardzeitschrift *Berliner Glam,* die sich im sechsten Stock eines hochmodernen Gebäudes in Tempelhof eingemietet hatte. Ein heftiges Gewitter hatte nach mehreren schwülen Tagen endlich Abkühlung gebracht. Draußen goss es in Strömen. Eigentlich hatte die junge Journalistin längst Feierabend. Aber sie wollte ihre Kolumne, die wöchentlich auf der zweiten Seite erschien, unbedingt noch fertig schreiben. *Die zehn besten Beauty-Tipps unserer In-Models,* lautete das Thema dieser Woche.

Auf den Straßen und Fußwegen wichen Eltern den Pfützen aus, während ihre Kinder mit den farbenfrohen Gummistiefeln begeistert hineinsprangen. Missmutig wandte sich Lisa wieder ihrem Computer zu. Als ob ihr nicht ein aufregenderes Thema für die Kolumne eingefallen wäre. Aber der Chefredakteur Jochen Gerlach hatte es nach einem heftigen Wortwechsel durchgesetzt und Lisas Vorschläge verworfen. Die Zielgruppe der Zeitschrift seien junge Frauen zwischen sechzehn und fünfundzwanzig, und die würden sich nun mal am Style und Look der Modebranche orientieren. Was interessierte die Leserinnen da schon die kritische Beleuchtung, warum es immer mehr Stars und Sternchen gab, die sich beim Schönheitschirurgen unters Messer legten. »Damit zerstören wir Illusionen«, hatte Jochen seine Entscheidung begründet. »Diskussion beendet!«

Lisa griff nach einem Stift und malte Fratzen mit schütteren Haaren und dünnem Zopf auf ihren Notizblock, das beste Mittel gegen Frust am Arbeitsplatz. Sie warf einen Blick auf ihre Armbanduhr: halb sieben.

Da steuerte ihr Kollege Tim mit gespielt strenger Miene auf sie zu. »Mädchen, es ist gleich sieben, beweg endlich deinen hübschen Hintern hier raus.«

»Gleich.« Lisa setzte ein affektiertes Gesicht auf. »Lest die zehn besten Beauty-Tipps. Eine Anti-Cellulitis-Paste, die unsere aktuelle Miss World zweitausendzehn ebenfalls für ihr zartes Dekolleté benutzt. Dann wäre da noch das nigerianische Topmodel Adanna, die früher ein Mann war und Amaru hieß. Adanna badet in Stutenmilch, um seinen … ähm … ihren verführerischen Körper …«

Tim brach in schallendes Gelächter aus. »Verstehe. Jochen und du hattet mal wieder euren üblichen Zoff?« Er stupste ihre Nasenspitze. »Kopf hoch. Unsere jungen Leserinnen brennen jede Woche auf deine Kolumne.« Er knöpfte seine Jeansjacke zu. »Was meinst du, habt ihr beiden am Wochenende Lust auf einen gemütlichen DVD-Abend?«

»Mit Chips und Rotwein? Klingt verlockend, aber ich glaube, Elda hat Spätdienst. Wir sagen noch Bescheid, okay?«

In diesem Moment klingelte das Telefon. Lisa grinste. »Warte kurz, das wird sie sein.« Sie nahm das Gespräch entgegen und sagte, ohne auf die Nummer zu achten: »Ja, ich weiß, Elda, ich bin wieder mal spät dran. Bin schon unterwegs.«

Doch am anderen Ende erklang eine fremde Männerstimme, deren sachlich formulierte Worte wie Messerstiche in ihr Herz drangen. Ungläubig schüttelte sie den Kopf. »Können Sie das bitte noch mal wiederholen?«, stammelte sie und lauschte. Ihr Puls hämmerte gegen die Schläfen, und die Konturen ihrer Umgebung verschwammen zu einem milchigen, undurchdringlichen Weiß. »Wo?«, krächzte sie nur.

Das Telefon fiel mit einem dumpfen Ton zu Boden.

»Lisa? Hey, was ist los?«

Sie hob die Lider, der vertrauten Stimme entgegen, aber es war, als hätte man sie mit einem Schlag von der Welt getrennt.

Tim umfasste ihre Schultern. »Sieh mich an, Kleines! Was ist passiert?«

»Elda. Sie hatte einen Unfall.«

Irgendwie gelang es ihm, ihr den Namen des Krankenhauses zu entlocken, in das ihre Freundin eingeliefert worden war.

»Komm, wir fahren hin«, hörte sie ihn wie von weit her sagen. Tim fuhr den Computer herunter, griff nach ihrer Handtasche und der Regenjacke an der Garderobe.

Bewusstlos, vermutlich innere Verletzungen. Intensivstation.

Elda war mit ihrem Motorrad auf regennasser Fahrbahn ins Schleudern geraten und mit einem entgegenkommenden Pkw zusammengeprallt. Mechanisch folgte Lisa ihrem Kollegen in die Tiefgarage zu ihrem

Wagen. Die Lichter der Großstadt blendeten, das Motorengeräusch erschien ihr viel zu laut. Tim gab Gas. Sie erlebte die Ankunft am Krankenhaus, als wäre sie durch eine gläserne Wand von allem getrennt. Eldas Züge waren durch einen Beatmungsschlauch kaum noch auszumachen. Sie lag so still da. Während Lisa automatisch auf die Fragen der Ärzte reagierte und den Blick nicht von dem vertrauten Gesicht der Freundin wenden konnte, begriff ihr Verstand kaum, was vor sich ging.

Als sie zwei Stunden später mit Tim das Krankenhausgebäude wieder verließ, war dieser betäubende Schmerz, der ihren ganzen Körper erfasst hatte, alles, was sie wahrzunehmen imstande war.

»Es tut mir ja so leid. Ich weiß echt nicht, was ich sagen soll.« Tims Arme schlossen sich um sie.

Wenig später stand sie in ihrer Wohnung. Sie machte kein Licht, als sie Eldas Wohnzimmer betrat. Ein Hauch ihres Parfums hing noch in der Luft, und das gerahmte Foto ihrer knallroten Motoguzzi über der Anrichte hinterließ einen schalen Geschmack in Lisas Mund. Regentropfen liefen in schmalen Rinnsalen an den Fensterscheiben herab.

Elda war nicht mehr aus der Bewusstlosigkeit erwacht, ihre Seele hatte sich einfach davongestohlen. Tränen benetzten Lisas Wangen, sie fror, weshalb sie sich aufs Sofa sinken ließ und das Gesicht in einem Kissen vergrub.

»Asche zu Asche, Staub zu Staub«, endete der Pastor und füllte eine Schaufel mit Sand, um ihn auf den Sarg hinabzuwerfen.

Fassungslos starrte Lisa auf die Tulpenpracht, deren halb geöffnete Blüten von der regenschweren Erde erdrückt wurden. Am liebsten hätte sie die Blumen von ihrer Last befreit, Elda hatte Blumen über alles geliebt. Wie angewachsen verfolgte Lisa, wie eine Handvoll Trauergäste vor dem Grab innehielt und der Verstorbenen die letzte Ehre erwies. Jemand strich ihr über den Arm und bat sie, sich ebenfalls zu verabschieden.

Abrupt drehte sie sich auf dem Absatz um und verließ fluchtartig den Friedhof. Erst als sie in ihrem Auto saß, glaubte sie, wieder freier atmen zu können. War es tatsächlich erst ein Vierteljahr her, seit sie mit ihrer besten Freundin ein unbeschwertes Weihnachtsfest an der Ostsee verbracht hatte? Sie sah Elda als Teenager vor sich, mit der grünen Punkfrisur, die sie später als Schwesternschülerin abgelegt hatte. Damals hatte Lisa es kaum erwarten können, das Waisenhaus endlich auch zu verlassen und mit Elda eine Wohngemeinschaft zu gründen. Seitdem waren sie nie länger als einige Tage getrennt gewesen. Daran hatten auch die Männer nichts ändern können, mit denen sie beide ausgegangen waren.

Lisas Gedanken schweiften zu ihren eigenen schmerzvollen Erfahrungen. Nach ein paar kurzen Beziehungen hatte sie einsehen müssen, dass sie nicht zur anschmiegsamen Partnerin taugte, die ihre eigenen Lebensträume für einen Mann zurückstellte. Wozu auch? Die wenigen Typen, mit denen sie sich eingelassen hatte, wollten keine Karrierefrau und verstanden nicht, was ihr der Beruf bedeutete. Viel zu lange hatte sie hart gearbeitet, um sich selbst zu beweisen, dass sie mehr war als nur ein armes, von der Kindheit traumatisiertes Mädchen aus dem Heim.

Mühsam rief sich Lisa in die Wirklichkeit zurück, startete mit zitternden Händen den Motor ihres Minis und fuhr nach Hause.

Eldas Zimmer befanden sich gleich links neben der Eingangstür, deshalb steuerte sie schnurstracks auf die Dachterrasse zu, weil sie den Anblick der mit vielen Blumen und Reiseandenken liebevoll dekorierten Räume ihrer Freundin nicht ertrug. Sie setzte sich in einen Gartenstuhl und hielt das Gesicht in den frischen Wind. Die schwarzen Pumps, die eigentlich Elda gehörten, kickte sie von sich und schlang den Kurzmantel enger um ihre Schultern.

Was sollte sie nun anfangen? Die Nächte vor der Beerdigung hatte sie schlaflos zugebracht. Manchmal meinte sie, die klappernden Geräusche von Eldas Stiefelabsätzen auf dem Parkettboden zu hören oder einen Luftzug zu spüren, als ob sie zur Tür hereinkäme. Neununddreißig Jahre war sie nur geworden, und ein einziger achtloser Moment hatte genügt, um ihre ansteckende, übersprühende Lebenslust für immer auszulöschen. Lisa schloss die Augen.

Unzählige Gedanken wirbelten ihr durch den Kopf, und jeder einzelne verstärkte den dumpfen Schmerz in ihrem Inneren, der sie seit dem furchtbaren Anruf an dem Abend vor sechs Tagen nicht mehr verlassen hatte.

Mit einer winzigen Dachgeschosswohnung hatte damals alles begonnen. Wie stolz Elda und sie waren, als sie die Räume endlich beziehen konnten.

Jahre später wurde aus dem ersten kleinen Nest ein großzügiges Penthouse mit vier Zimmern in Berlin-Steglitz. Jetzt erschien es Lisa viel zu groß, viel zu luxuriös – und viel zu leer. Sie warf einen Blick in die Wohnküche, die sie vor ein paar Jahren gemeinsam eingerichtet hatten, erhob sich steif und ging wieder hinein. Doch nur, um kurz darauf das Kostüm abzustreifen und ins Bad zu eilen. Wenig später verließ sie fluchtartig das Haus und fuhr in die Redaktion.

Im Büro empfing Lisa tröstliche Geschäftigkeit. Ein Telefon klingelte, Stimmengewirr lag in der Luft, und ihre Kollegin Josefine Anders kam ihr mit wiegenden Hüften entgegen. Die blonde Löwenmähne saß ebenso perfekt wie das Make-up. Aber der Eindruck täuschte: Hinter der puppenhaften Fassade verbarg sich eine ehrgeizige Journalistin mit einem messerscharfen Verstand. Josefine gehörte erst seit einigen Monaten zum Redaktionsteam und war unter anderem für die Rubrik Leserbriefe zuständig.

»Hallo, meine Liebe. Heute mit dem falschen Fuß aufgestanden?«

Lisa antwortete nicht und ließ die Kollegin einfach stehen.

Kaum saß sie an ihrem Schreibtisch, machte sie sich an die Arbeit. Die Ablenkung würde ihr guttun.

Da kam Tim mit besorgter Miene auf sie zu. »Hey, Lisa, hattest du dir nicht heute frei genommen? Was suchst du hier?«

»Ich halte es zu Hause einfach nicht aus.« Sie blätterte geschäftig in ihrem Terminkalender und hoffte, er würde sie endlich allein lassen.

»Hör zu, Kleines. Ich verstehe dich, aber …«

Sie blickte auf. »Mach dir keine Sorgen. Ich weiß, du meinst es gut, aber lass mich bitte einfach in Ruhe arbeiten, okay?«

Er klopfte ihr auf die Schulter. »Du musst es ja wissen. Manou und ich wollen heute Abend ins Kino gehen. Hast du Lust, uns zu begleiten?«

»Mit deiner neuen Freundin? Nein, lieber nicht, danke.« In Gegenwart der frisch Verliebten würde sich das nagende Gefühl der Einsamkeit nur verstärken, etwas, das sie derzeit nicht ertragen konnte.

»Gut, melde dich, wenn ich etwas für dich tun kann.« Damit drehte er sich endlich um und ging wieder.

»Alles klar.« Lisa sah ihm nach und wendete sich ihren Aufgaben zu.

Der australische Tennisstar Timothy Wood, seit einem knappen Jahr mit der britischen Rocksängerin Holly March verheiratet, war mit dem in homosexuellen Kreisen einschlägig bekannten Künstler Damian Berg in einer Diskothek in New York gesichtet worden. Aber das war noch nicht alles – die beiden hatten den angesagten Nobelschuppen in den frühen Morgenstunden Arm in Arm verlassen. Bernd Ludwig, der als Fotograf für die Berliner Boulevardzeitschrift unterwegs war, hatte eine ganze Reihe Schnappschüsse von den beiden gemacht. Das letzte Foto, auf dem die Männer gerade ein Hotel betraten, sollte im nächsten Heft besonders wirkungsvoll präsentiert werden. Wenn das an die Öffentlichkeit kam, würde ein Aufschrei durch die Republik gehen. Der smarte und äußerst männlich wirkende Tennisspieler in Begleitung des androgynen Freigeists, der sich auf Partys gern in Frauenkleider hüllte. Was wohl Timothys Frau Holly zu den Bildern sagen würde, die übermorgen erscheinen sollten?

Lisa war den beiden wenige Wochen nach der Hochzeit in London begegnet, wo die Sängerin ein umjubeltes Konzert gegeben hatte. Sie hatte das glückstrahlende Paar interviewt. Nachdenklich blickte sie auf das offizielle Hochzeitsbild der beiden, wählte Bernds Telefonnummer und wartete. Kurz darauf erklang seine Stimme mit dem unverkennbar norddeutschen Dialekt.

»Hi, Bernd. Du, sag mal, wegen der Fotos. Können wir die wirklich exklusiv verwenden, oder hat sonst jemand …? Und du bist dir ganz sicher, dass es wirklich *der* Damian Berg in Woods Begleitung war? Super, ich danke dir. Ciao, bis bald.«

Lisa massierte sich die Schläfen und vergrößerte dann die Aufnahmen auf ihrem PC-Monitor. Die Hand des Tennisspielers lag tatsächlich bedenklich nahe an Damians schmalem Hinterteil. Die Geschichte versprach, interessant zu werden. Eigentlich war das genau die Art von Story, die Lisa besonderen Spaß bereitete. Aber an diesem Tag tippte sie den Begleittext zu den Fotos lustlos in die Tastatur.

Jochen Gerlach, den obligatorischen roten Kaschmirschal locker um den Hals gewickelt, näherte sich ihr mit hochgezogenen Brauen.

»Lisa! Habe ich nicht gerade gelesen, dass du heute beurlaubt bist?« Der Mittvierziger musterte sie durch seine Ray-Ban-Brille und lächelte auf seine typische, immer leicht zynische Art.

»Ich habe es mir anders überlegt«, erwiderte Lisa

betont sachlich und lenkte das Gespräch in eine andere Richtung. Weder ihr Chef noch die anderen Kollegen wussten Näheres aus ihrem Privatleben, von Eldas tragischem Tod ganz zu schweigen. »Sollen wir diese Bilder hier wirklich veröffentlichen?«, fragte sie und deutete auf den Bildschirm.

Gerlach schüttelte verständnislos den Kopf. »Was soll die Frage, Lisa? Warum betreiben wir wohl den Aufwand mit der Geheimhaltung? Mensch, die Story wird der Wahnsinn! Die Presse und die Boulevardmagazine der Fernsehsender werden sich wie die Geier auf die beiden stürzen, und wir sind die Ersten, die die Nachricht bringen.«

»Was, wenn das alles gar nichts zu bedeuten hat? Wenn die Aufnahmen nur nach einem feuchtfröhlichen Abend zustande gekommen sind?«

Seine Stirnfalten vertieften sich. »Mach dich doch nicht lächerlich! Wir schreiben schließlich keine Tatsachenberichte, sondern stellen in dem Artikel bloß die berechtigte Frage, was Woods Hand am Hintern von diesem schrägen Typen zu suchen hatte.« Der Chefredakteur lehnte sich gegen eine Trennwand. »Hast du damit etwa ein Problem?«

Diesen Tonfall kannte sie nur zu gut. Lisa zwang sich innerlich zur Ruhe, konnte jedoch nicht verhindern, dass in ihrer Stimme ein Hauch Zorn mitschwang. Jochen verstand es nämlich ausgezeichnet, einem das Gefühl zu geben, stets der dumme Unterlegene zu sein.

»Ein Problem? Nein, Jochen. Aber meinst du nicht, wir sollten die Info noch mal absichern, bevor wir die Schlagzeile bringen?«

Er lächelte milde wie ein Pfarrer, der einem seiner Schäfchen Absolution erteilt hatte, doch in den Augen des Chefredakteurs schimmerte etwas Lauerndes. »Ach so, jetzt begreife ich. Du hast Skrupel, nicht wahr?« Er tätschelte ihr die Wange, und Lisa zuckte zurück. »Wir sind weder eine Beratungsstelle für Ehe- und Familienfragen noch die Wohlfahrt. Unsere Zeitschrift ist für ihre brisanten und provokanten Themen bekannt. Wir können nicht warten, bis uns eine andere Zeitung die Nachricht vor der Nase wegschnappt. Außerdem sollten wir uns über die unerwarteten Bilder freuen, denn sie garantieren uns eine gute Auflage und einen Haufen Publicity.« Er legte den Kopf schief. »Ist alles in Ordnung mit dir? Du bist ziemlich blass um die Nase.«

»Mir geht's wunderbar, danke der Nachfrage.« Im Lügen war sie noch nie begabt gewesen, weshalb sie seinen Blick mied. Stattdessen drehte sie den Monitor ein Stück nach links, damit sich Gerlach den vorbereiteten Artikel ansehen konnte.

»Gut gemacht. Aber ich will die Überschrift in roten Lettern.«

»Okay, ich setze einen dementsprechenden Vermerk. Sonst noch was?«

»Vorerst nicht. Ich warte noch auf eine Antwort von Rosa Baumgarts Managerin, wegen der großen Reportage über ihr Leben und Wirken. Die Baumgart, ist wie du weißt, dafür bekannt, dass sie die Presse gerne hinhält.«

Lisa war wie elektrisiert, als sie den Namen der charismatischen Modeschöpferin und gebürtigen Berlinerin mit Wohnsitzen in Cannes und Los Angeles hörte. Sie hatte schon immer ein Faible für die zarte, introvertierte Frau gehabt, die nur selten Interviews gab. Seit zwei Jahren versuchte sie nun schon, die Baumgart, die für ihre fröhliche und unkonventionelle Mode bekannt war, vors Mikrofon zu bekommen. Lisa bewunderte sie, und wenn es ihr Geldbeutel erlaubte, kaufte sie sich das eine oder andere Teil aus ihren Kollektionen.

»Vielleicht zahlt sich deine Hartnäckigkeit endlich aus, Lisa. Frau Baumgart ist nächsten Monat angeblich eine ganze Woche lang in Berlin. Ihr Management wollte uns heute benachrichtigen, ob die Lady bereit ist, uns eine Stunde ihrer kostbaren Zeit zu gewähren.«

»Eine Stunde? Das ist viel zu wenig! Um eine gute Reportage zu schreiben, müsste ich sie eine Zeit lang begleiten, das weißt du genau.«

»Richtig. Aber wir können uns glücklich schätzen, wenn es überhaupt klappt. Nun mach nicht so ein Gesicht. Dann musst du eben versuchen, die Baumgart beim Interview zu einer großen Reportage zu überreden.«

»Na schön. Sag mir bitte gleich Bescheid, sobald du etwas erfährst.«

Nachdem Gerlach gegangen war, führte Lisa noch ein paar Telefonate. Sie wollte vorab unbedingt noch ein paar Details aus dem Leben von Rosa Baumgart recherchieren, um sie später – sollte es zu der Reportage kommen – in den Text einfließen zu lassen. Doch ihre Nachforschungen gestalteten sich mühsam. Was hauptsächlich daran lag, dass die Modeschöpferin ihr Privatleben streng geheim hielt und alle Versuche, über ehemalige Angestellte etwas in Erfahrung zu bringen, im Sande verliefen.

KAPITEL 2

Ein paar Tage später saß Lisa am frühen Morgen am Küchentresen, vor sich eine Tasse Kakao. Ihr Käsebrot lag noch immer unberührt auf dem Teller, daneben ein Stapel Briefe, adressiert an Elda. Bisher hatte Lisa nicht die Kraft gefunden, sie zu öffnen. Die Blumenarrangements in den Zimmern ihrer Freundin waren längst verblüht, im Kühlschrank befanden sich noch ihre Lieblingsjoghurts und ein paar Schokoriegel. Lisa schielte zu der Pinnwand neben der Küchentür hinüber, an der Fotos von ihren gemeinsamen Reisen hingen. Thailand, Paris, Sizilien. Auf allen Bildern Eldas ausdrucksvolles Gesicht mit dem strahlenden Lachen.

Lisa schob den Teller von sich. Wie hätte sie auch ahnen können, dass die Kusshand, die sie Elda zugeworfen hatte, ein Abschied für immer werden sollte?

Sie zitterte, wischte sich über die Wange und machte sich auf den Weg in die Redaktion.

Im Aufzug traf sie wie so oft Josefine, die in ihrem tief ausgeschnittenen Hosenanzug, mit dem sorgfältig geschminkten Gesicht und den hochgesteckten blonden Haaren wie eine Fleisch gewordene Barbiepuppe aussah. Kam es ihr nur so vor, oder war Josefines Lächeln heute besonders süß? Glücklicherweise ließ die Kollegin sie heute in Ruhe, daher war Lisa froh, als sich die Aufzugtür öffnete, und schlüpfte mit einem knappen Gruß nach draußen.

Ob es inzwischen schon erste Reaktionen auf die Story über Timothy Wood und den Paradiesvogel Damian Berg gab? Neugierig fuhr sie den Computer hoch. Ein paar Klicks, und sie stieß auf die ersten, zumeist erbosten Lesermeinungen zu dem Artikel, in dem sich die User über die skrupellosen Paparazzi echauffierten. Außerdem gab es diverse Berichte über die beiden Männer, und zwar selbst in den renommiertesten Tageszeitungen Europas. *Ist unser Tennisheld doch kein Saubermann?,* war da in dicken Lettern zu lesen. Es hieß, Wood und seine Frau hätten sich in ihrem Ferienhaus in den Bergen Kaliforniens verschanzt.

Energisch schob Lisa die Gedanken an den Tennisspieler beiseite. Sie brauchte dringend frische Ideen für die Kolumne, doch in ihrem Kopf herrschte nichts als dumpfe Leere. Wie lange war es her, seit sie zuletzt dieses angenehme Prickeln empfunden hatte, wenn sie an einer neuen Story mitwirken durfte? Jahrelang hatte sie alles dafür gegeben, um Jochen Gerlach zu beweisen, dass sie mehr konnte, als nur über Belanglosigkeiten zu schreiben. Dieses Ziel hatte sie schließlich erreicht, doch von dem alten Feuer war im Laufe der Zeit nur eine schwache Glut geblieben.

Es war schier zum Verzweifeln. Morgen erwartete Jochen neue Vorschläge. Lisa stöpselte sich die Kopfhörer ihres Handys ins Ohr und wählte eine ruhige Melodie. Das hatte sie noch immer inspiriert.

Bald darauf kritzelte sie die ersten Überschriften in ihr Notizheft. *Wie viel Hund verträgt ein Star?* Das versprach, interessant zu werden, aber ob es Jochen überzeugte? *Braucht die Modewelt wirklich Pelze?* Ja, das ginge sicher auch, außerdem wäre es endlich mal ein sinnvolles Thema, das auf den Tierschutz hinzielte und sie obendrein selbst beschäftigte. Lisa unterdrückte ein Seufzen. Jedes Jahr dasselbe. Außerdem: *Die neuen Prêt-à-porter-Shows in Paris. Wir zeigen euch, was auf dem Laufsteg angesagt ist!* Ein vierseitiger Artikel sollte es werden, den sie gemeinsam mit ihrer erfahrenen Kollegin Helga Brandl pünktlich zu den Modenschauen vorbereiten sollte.

Lisa machte sich daran, die erste Kolumne zu schreiben. Ihre Anspannung ließ allmählich nach, und sie tippte ihre Gedanken in die Tastatur. Es klappte besser als gedacht, und danach konnte sie sich dem weitaus interessanteren Thema Rosa Baumgart zuwenden. Kurz vor Feierabend war sie mit den Recherchen zu der Modeschöpferin und ihren Vorschlägen fertig. Ihre Mappe unter den Arm geklemmt, steuerte Lisa auf das Büro des Chefredakteurs zu. Durch die Glasscheibe konnte sie erkennen, dass er gerade telefonierte. Kaum war das Gespräch beendet, bemerkte er sie und gab ihr ein Zeichen einzutreten.

»Lisa, du kommst wie gerufen! Nimm Platz.«

»Danke, nicht nötig. Ich wollte dir nur schnell zwei Themen für die Kolumne vorschlagen. Sie werden dir gefallen«, begann sie und legte ihm die ausgedruckten Texte auf den Schreibtisch.

Sein Lächeln war gewinnend, als er die Mappe öffnete, eine Lesebrille aufsetzte und die beiden Artikel überflog. Lisa musterte ihn währenddessen gespannt.

Nachdem er fertig war, hielt sie es nicht länger aus, ihre Neugier war einfach zu groß. »Was sagst du eigentlich zu den Reaktionen der Kollegen auf den Wood-Artikel?«

»Oh, das.« Er strahlte. »Die Presse überschlägt sich förmlich, Lisa. Das war wirklich gute Arbeit. Wenn wir da mal nicht ein Geheimnis aufgedeckt haben.« Er nippte an seinem Espresso. »Übrigens, am zweiten August zwischen neun und halb zehn triffst du dich mit Rosa Baumgart, und zwar hier im Büro. Herzlichen Glückwunsch.«

»Ehrlich? Na endlich!«, entschlüpfte es ihr, und ihr Herz hüpfte vor Freude, ehe sich Ernüchterung breitmachte. »Nur eine halbe Stunde? Sei's drum, ich werde tun, was ich kann. Was hältst du von dem Hundetext?«

Der Chefredakteur lehnte sich zurück. »Guter Ansatz, aber irgendwie zu *bissig.*« Er grinste über sein eigenes Wortspiel. »Nimm ein wenig die Schärfe raus, dann kann ich den Text vielleicht bringen.«

Lisa richtete sich kerzengerade auf. »Das ist jetzt nicht dein Ernst, oder? Gerade die kritische Auseinandersetzung mit dem Thema macht doch die Würze aus. Wenn ich das abschwäche …«

»Entscheide dich, so will ich den Artikel jedenfalls nicht«, erwiderte Gerlach scheinbar ungerührt. »Ach ja, wo wir gerade dabei sind, meine Liebe. Ab ersten August übernimmt Josefine die Kolumnen.«

Die Worte des Chefredakteurs trafen Lisa wie ein Keulenschlag. »Josefine«, echote sie nur. Ihre Hände wurden feucht. »Wieso?«

»Sie hat eine Menge innovative Ideen, was man von dir in letzter Zeit leider nicht gerade behaupten kann.«

Lisa konnte nicht umhin, sich zu fragen, in welchem privaten Umfeld Josefine ihre innovativen Ideen wohl präsentiert hatte.

Jochen setzte eine bedauernde Miene auf. Allein für seine Scheinheiligkeit hätte Lisa ihm am liebsten so einiges ins Gesicht geschleudert.

»Bitte, nimm mir die Kritik nicht übel, du bist eine gute Journalistin«, fuhr ihr Chef fort. »Deshalb wirst du dir zukünftig mit Helga Brandl die Rubrik Beauty und Mode teilen und mir außerdem für Enthüllungsstorys zur Verfügung stehen.«

Hitze schoss ihr unvermittelt durch die Adern, während er sie ruhig betrachtete. Mit bebendem Körper beugte sie sich vor und suchte seinen Blick. »Du … du gibst Josefine einfach so die Kolumne«, stieß sie zwischen den Zähnen hervor, »für die ich jahrelang hart geschuftet habe?« Lisa schnappte nach Luft, rang um Beherrschung. »Und jetzt willst du mich zu Beauty und Fashion abschieben, obwohl du genau weißt …«

Entspannt lehnte er sich in seinem Sessel zurück. »Sorry, aber für die Kolumnen taugst du leider nichts.«

Etwas in ihrem Inneren schien zu explodieren. Ruckartig fuhr sie hoch und umklammerte die Schreibtischkante. »Es reicht, Jochen! Ich bin kein zwanzigjähriges Dummchen mehr, das sich von dir nach Belieben herumschubsen lässt! Ich bin nicht auf den Job hier angewiesen. Meine Kündigung liegt morgen auf deinem Schreibtisch.«

Mit durchgestrecktem Rücken stürmte sie aus seinem Büro.

»Jetzt warte doch mal, Lisa. Lass uns in aller Ruhe darüber reden«, rief er ihr hinterher, aber sie drehte sich nicht mehr um.

Ihre Knie fühlten sich auf einmal an wie geschmolzene Butter. Lisa atmete heftig. Ausgerechnet Josefine. Verwunderlich war das nicht, Jochens Vorliebe für Blondinen war hinreichend bekannt. Ihr selbst blieben Beauty und Fashion und ab und zu eine Sensationsgeschichte, um sie, die unbequeme und nicht annähernd so junge und biegsame Kollegin, bei der Stange zu halten. Schweiß trat ihr auf die Stirn, als sie sich auf ihren Schreibtischstuhl setzte. Ihre Finger zitterten so stark, dass sie Mühe hatte, den Computer herunterzufahren. Mit letzter Kraft erhob sie sich und nahm ihre Handtasche. Keinen Moment länger hielt sie es in diesem stickigen Büro aus.

Just als Lisa einen Fuß auf den Flur setzte, um den Fahrstuhl zu rufen, begann der Boden unter ihr zu schwanken. Sie spürte, wie ihr das Blut aus dem Kopf schoss. Wie aus weiter Ferne meinte sie, jemanden ihren Namen rufen zu hören. Sie öffnete den Mund, wollte um Hilfe bitten, aber ihre Stimme gehorchte ihr nicht mehr. Im nächsten Moment trübte ein Schleier ihre Wahrnehmung, und es wurde still um sie.

Der helle Ton in Lisas Ohren war unerträglich und übertönte sogar die Stimmen des Pflegepersonals,

als sie Stunden später im Krankenhaus erwachte. Sie hatte einen Kreislaufkollaps erlitten, der zu einem Hörsturz geführt hatte. Angestrengt versuchte sie, einen klaren Gedanken zu fassen, doch es wollte ihr nicht gelingen, und sie dämmerte wieder weg.

Am Nachmittag kam Tim zu Besuch und stellte eine Vase mit Blumen auf den Nachttisch.

»Hallo, Kleines. Geht's dir schon besser?« Mit skeptischem Blick beäugte er sie. »Ich soll dich vom Chef grüßen. Er war sehr besorgt um dich.«

»Die netten Worte kann er sich getrost sparen«, antwortete sie mühsam beherrscht.

Tim strich ihr über die Wange. »Du solltest mal verreisen.«

»Wie stellst du dir das vor?«, warf Lisa ein. »Ich muss mich um so vieles kümmern. Außerdem steht demnächst das Interview mit der Baumgart an. Hast du eine Ahnung, wie lange ich auf diese Chance gewartet habe? So eine Gelegenheit bekomme ich nicht wieder.«

»Meine Güte, das ist doch alles nebensächlich. Die Baumgart ist nicht der Nabel der Welt. Nimm deinen Zusammenbruch ja nicht auf die leichte Schulter, Lisa.«

»Du meinst, ich soll mich einfach aus dem Staub machen? Vielleicht hast du recht. Kannst du mir bitte die Kündigung aufsetzen? Ich habe noch einige Wochen Urlaubsanspruch, die restlichen Tage soll Gerlach meinetwegen als unbezahlten Urlaub abrechnen. Die Redaktion sieht mich jedenfalls nicht wieder.«

»Klar, das ist die leichteste Übung für mich. Bist du dir wirklich sicher?«

»Hundertprozentig.«

»Okay. Das Schreiben bringe ich dir morgen vorbei. Warum erledigst du nicht das Notwendigste und nutzt deinen Jahresurlaub, um dich zu erholen?«

Plötzlich schoss Lisa ein Gedanke durch den Kopf. Sie versuchte, den Kopf zu heben, ließ ihn aber gleich darauf mit einem Stöhnen aufs Kissen zurücksinken. »Ich habe da vielleicht eine Idee, Tim. Dafür brauche ich allerdings deine Hilfe. Im Gegenzug verspreche ich dir, dass ich so bald wie möglich verreise.«

Sein Blick wurde aufmerksam. »Schieß los.«

»Kannst du dich, solange sich Rosa Baumgart in Berlin aufhält, an ihre Fersen heften und sie für mich beschatten?«

Tims Augen weiteten sich. »Ich soll in meiner Freizeit für dich den Sherlock Holmes spielen?«

Sie lächelte leicht. »Ja, das wäre super.«

»Wie stellst du dir das vor?«

»Keine Ahnung. Lass dir was einfallen. Sonst bist du doch auch immer so kreativ.«

Er schnaubte. »Okay. Mach dir aber bitte keine großen Hoffnungen.«

»Danke. Lass dich bloß nicht erwischen. Ich glaube, mit ihren Bodyguards ist nicht zu spaßen. Sobald du etwas herausfindest oder dir etwas ungewöhnlich vorkommt, gibst du mir Bescheid, ja?«

»Geht klar.«

»Danke, ich mach's auch bestimmt wieder gut.«

Nachdem Tim gegangen war, lehnte sich Lisa entspannt zurück und schloss die Augen. Die Idee mit dem Urlaub gefiel ihr immer besser.

Als Lisa eine gute Woche später endlich das Krankenhaus verlassen durfte, hatte sich das durchdringende Piepen in ihren Ohren in einen leisen Ton gewandelt. Wenn sie die Ratschläge der Ärzte befolgte, standen die Chancen gut, dass auch das stete Geräusch eines Tages vollends verschwand. Vor dem Hauptportal blickte sie sich unschlüssig um. Da ihr Auto noch in der Tiefgarage der Redaktion stand, beschloss sie, als Erstes mit dem Bus in ein Reisebüro zu fahren.

Dort angekommen, blickte Lisa grübelnd auf die bunten Auslagen im Schaufenster. Sofort waberten die Bilder ihrer letzten Urlaube mit Elda durch ihren Geist. Sie erinnerte sich an den Schwefelgeruch und die Hitze, als sie beide eine Wanderung zum Ätna gemacht hatten. An Eldas andächtige Miene beim Anblick des mächtigen Gipfelkraters, an ihre feuchten Augen angesichts der Schönheit und Gefährlichkeit des Ortes. Natürlich hatte sie später behauptet, ihre Augen hätten nur von dem stürmischen Wind getränt. Lisa atmete noch einmal tief durch und drückte die Türklinke herunter.

Als sie das Reisebüro wenig später verließ, lief sie wie auf Wolken. Zufrieden warf sie einen Blick auf den Umschlag mit den Reiseunterlagen in ihrer Hand. Madeira. Bevor sie ihr Studium begonnen hatte, war sie mit Elda ein Jahr lang mit dem Rucksack quer durch Portugal unterwegs gewesen. Die Sprache hatte es ihr damals schon angetan, und der Urlaub auf der Insel würde ihr Gelegenheit geben, ihr Portugiesisch aufzufrischen.

Wenn Sie wissen wollen,
wie es weitergeht, lesen Sie

Anna Levin
»Das Lied der Sturmvögel«
ISBN 978-3-442-38097-8
ISBN 978-3-641-14499-9 (E-Book)

blanvalet